WREADERS

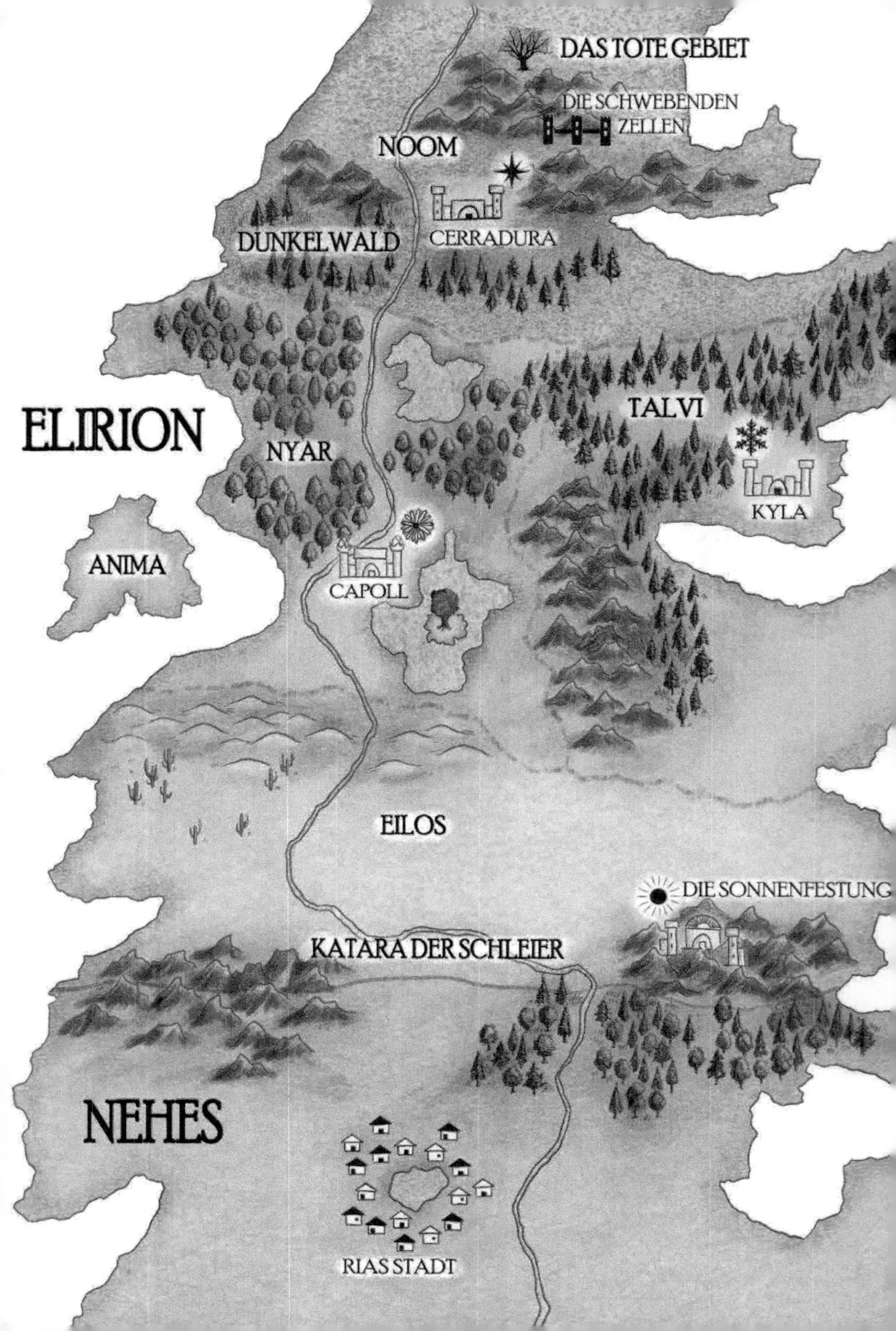

DAS TOTE GEBIET
DIE SCHWEBENDEN ZELLEN
NOOM
DUNKELWALD
CERRADURA
TALVI
ELIRION
NYAR
KYLA
ANIMA
CAPOLL
EILOS
DIE SONNENFESTUNG
KATARA DER SCHLEIER
NEHES
RIAS STADT

Weltendunkel

Nightrise

Anna Frost

WREADERS

WREADERS TASCHENBUCH
Band 72

Dieser Titel ist auch als E-Book erschienen

Vollständige Taschenbuchausgabe
Deutsche Erstausgabe

Druck: BoD – Books on Demand, Norderstedt
Umschlaggestaltung: Julia Dummer
Illustration: Viktoria Bedke
Lektorat: Theresa Fleichaus, Lena Kamenzin
Satz: Lena Weinert

www.wreaders.de

ISBN: 978-3-96733-143-1

Für meine Familie.
Für meine Freunde.
Und für dich, mein Herz.

Melindungi Anda

Über die Autorin

Anna Frost, geboren am 22.1.1991, lebt mit ihrem Mann im Rheinland. Die Nähe zu ihrer Familie und ihren Freunden ist ihr sehr wichtig. Nach einer Ausbildung zur Verlagskauffrau, arbeitete sie eine Weile auf der anderen Seite des Schreibtisches, bis sie sich ihrem Wunsch Geschichten Leben einzuhauchen gänzlich hingab. Ihr erster Fantasy Roman „Weltendunkel-Nightrise“ entstand aus einem sehr bildhaften Traum heraus. Wenn sie nicht gerade schreibt oder liest, ist sie am liebstes am Meer und lauscht dem Rauschen der Wellen.

Prolog

Es gab eine Zeit, in der die Welt im Einklang war. Hell und Dunkel herrschten nebeneinander und sorgten für eine Balance des Lebens. In dieser Zeit beschlossen die Savi, die Weisen, denen die Welt untertan war, die Magie zu erwecken. Sie erschufen Elirion und knüpften so das Band zwischen dem Magischen und dem Menschlichen. Um dieses neue, unberührte Land nicht führungslos sich selbst zu überlassen, hauchten sie einigen Menschen ihren Atem ein und ließen den Strom der Magie in ihren Adern und in ihren Herzen erblühen. Und da sie nun nicht mehr völlig menschlich waren, nannten die Savi sie Iluminar, die Leuchtenden. Zu Beginn herrschte Frieden zwischen den beiden Gruppen und die Weisen überließen ihnen die blühende und gedeihende Welt. Doch nach tausend Jahren der Harmonie keimte der Neid dunkel und hasserfüllt in den Herzen der Menschen. Sie missgönnten den Iluminar ihre Magie und ihre Könige ersannen tödliche Schlachtpläne, um Elirion zu erobern und sich den ihnen verwehrten Atem der Savi gewaltsam zu eigen zu machen.

Es folgten Jahrzehnte voller Leid, Krieg und Dunkelheit. Den Menschen war es nicht vorherbestimmt, über das magische Land jenseits ihrer eigenen Grenzen zu herrschen, und so rissen sie an sich, was ihnen möglich war. Schätze, unzählige Bücher und magische Artefakte, in der Hoffnung, dass die Magie so in ihrem Leben Wurzeln schlagen möge. Aber jeder noch so kleine magische Funke starb, sobald er die Grenze Elirions überschritt. Während das Blut unzähliger Unschuldiger die Erde auf beiden Seiten tränkte, gelang es einem der menschlichen Herrscher, einem jungen, gewissenlosen König mit dem Namen Metus, hinter das wohl größte Geheimnis Elirions zu kommen. Er stahl es von den Lippen eines Heeresführers der Iluminar nach tagelanger grausamer Folter und machte es zur schrecklichsten Waffe des andauernden Krieges. Die Magie wurde durch den Glauben der Menschen in ihrer Welt gehalten. Alles, was der Atem der Weisen berührt hatte, war gleichzeitig ein Versprechen an die nichtmagische Welt, dass sie und nur sie allein darüber entscheiden konnten, wie weit ihr tiefster Glaube reichte, wie weit seine Wurzeln nahrhaften Boden finden würden. Würde dieser Glaube verglimmen, begann für Elirion ein langsames Sterben. Metus benutzte dieses Wissen und zwang die mächtigsten Iluminar, eine Barriere zu errichten, zwischen der ihren und der Menschenwelt. Sie sollte jegliche

Erinnerung an die Ungerechtigkeit, die den Menschen widerfahren war, verschleiern. Und so geschah es.

Der Schleier drang in die Herzen der Menschen und der Glaube an alles Magische verglomm wie das flackernde Licht einer Kerze. Der Krieg war zu einem jähen Ende gekommen, wenngleich das Leiden Elirions mit diesem Tag erst begann. Die Iluminar nannten die Barriere zwischen den Welten fortan Katara, den Fluch. Die einstige Balance des Lebens war zerbrochen und das vereinende Band begann sich aufzulösen. Wo Licht ist, ist auch Dunkelheit, doch was geschieht, wenn die Dunkelheit übermächtig wird? Was geschieht, wenn der letzte Funke verglüht und die Hoffnung stirbt? Es trug sich zu, dass das eine Land aufs Neue zu erblühen begann, während das andere in die Schatten fiel. Die Menschen blickten nie mehr zurück und verschlossen ihre Herzen. Die Angst und die Missgunst siegten über die Freude und die Liebe. Und Elirion wurde zu einer Legende, einem zaghaften Funkeln in einem Meer voller Magie…

Eins

Nox

Es war still. So still, dass mir mein eigener Atem als Störgeräusch in den Ohren klang. Wenige Sekunden lang fixierte ich die steinerne Tischplatte vor mir und versuchte, nicht allzu offensichtlich mit den Zähnen zu knirschen. Als ich den Kopf hob, bohrte sich der eiskalte Blick meines Gegenübers erbarmungslos in den meinen und ließ mir das Blut in den Adern gefrieren.

»Ich weiß nicht, ob ich diesen Auftrag erfüllen kann.« Meine Stimme war klar und fest, wenngleich es tief in meinem Innersten rumorte und ich mich am liebsten auf der Stelle übergeben hätte. Ein heiseres Lachen erklang und ich schloss die Faust um den Griff meines Dolches. Seine Antwort war so dunkel wie die Nacht selbst und kalt wie klirrendes Eis.

»Das war keine Frage, Nikas. Es steht dir nicht zu, dich zu entscheiden.«

Ich spürte den Hass glühend heiß in mir aufsteigen, doch ich schwieg. Er war der König und ich sein Laufbursche. Und die dutzenden Male, in denen er mich tagelang eingesperrt hatte wie einen Verbrecher in den schwebenden Zellen hoch oben im Gebirge, waren mir zumindest fürs Erste eine Lehre gewesen. Ein leises Räuspern erklang von der anderen Seite des runden Tisches, der nahezu völlig bedeckt war mit Landkarten und Plänen.

»Sollten wir ihm nicht ein paar Männer zu Verfügung stellen, Valarian?«

Ich warf der Beraterin des Königs einen kurzen Blick zu. Tama hatte die schmalen, weißen Finger ineinander verschlungen und war kläglich daran gescheitert, die Nervosität aus ihrer Stimme herauszuhalten. Ich betrachtete die Flammen, die an den Holzscheiten im offenen Kamin empor züngelten. Jeder Auftrag begann genauso. Valarian schickte mich die Sterne wussten wer weiß wohin und Tama sorgte sich um meine Sicherheit, was mich nicht im Mindesten interessierte und unseren König zusehends wütend machte.

»Wir können keinen der Männer entbehren, meine liebste Tama, und wenn wir es könnten, hätten sie wichtigere Aufgaben zu erfüllen, als ihr Leben für meinen Bruder zu riskieren.«

»Halbbruder«, entwich es knurrend meiner Kehle. Der dunkle Stahl des Dolches schimmerte im Feuerschein, als ich die Waffe zwischen meinen Finger drehte.

»Wie auch immer. Du brichst noch heute Nacht auf. Ich erwarte dich bis zum nächsten Vollmond zurück und keinen Tag später.«

Valarians Anweisungen waren kaum mehr als ein Flüstern. Tamas blaue Augen folgten mir, als ich mich erhob und eilig auf die massive Eichenholztür zuging.

»Und Nikas: Enttäusch mich nicht.«

Die Kälte seiner Stimme, jagte mir eine Gänsehaut über den Körper, und blieb auch dann noch, als ich den schwarzen Turm längst hinter mir gelassen hatte. Kühle Nachtluft umschmeichelte mich wie ein Diener seinen Herrn. Auf dem pechschwarzen Firmament leuchteten die Sterne, kleine Hoffnungsschimmer in einem Meer voller Dunkelheit. Der Wind frischte auf und brachte eisige Luftströme aus dem Norden.

Ich wandte mich um und eilte über die graue Brücke aus massivem Gestein in den angrenzenden Wald hinein. Die kahlen Äste der Bäume hingen tief und immer wieder musste ich den Kopf einziehen, um mich nicht in ihnen zu verfangen. Im Gegensatz zum schwarzen Turm und dem Rest des majestätischen Schlosses war es hier nicht still, sondern die Baumwipfel rauschten, die Bewohner des Waldes huschten umher, flüsterten miteinander und ab und an rief ein Käuzchen. Dennoch mieden die meisten Iluminar das zu jeder Tageszeit dunkle Gehölz zwischen meterhohen Tannen und gedrungenen Laubbäumen. Zu viele eigenartige Geschöpfe lebten unter den knorrigen Wurzeln, in den dunklen Höhlen und an den Tümpeln und Teichen. Mich hatte der Wald von Kindesbeinen an beruhigt und jedes Mal, wenn ich wund vom Training auf das weiche Moos gesunken war, füllte ein Frieden mein Herz, den ich nur hier spürte, umgeben von Dunkelheit und Sternen.

Ich lehnte mich an den Stamm einer gewaltigen Eiche. Verschränkte die Arme hinter dem Kopf, schloss die Augen und wartete. Es dauert nicht einmal eine Minute, bis ich sie spürte. Der Wind trug den Duft nach Schnee und Erde mit sich und das unsichtbare Band zwischen uns flackerte auf wie das warme Licht einer Kerze. Ein Lächeln stahl sich in meinen Mundwinkel, als ihre beruhigende Stimme über meine Gedanken strich.

»So bald hatte ich dich nicht erwartet. Was ist passiert?«

Ich öffnete die Augen und sah ein Glimmen am anderen Ende der Lichtung. Es wurde schnell größer und allmählich nahmen die eisblauen Rauchfäden Gestalt an. Es überraschte mich jedes Mal, wie stark und sanft zu gleich sie war. Ihr Fell war saphirblau, schwarze Muster rankten sich über ihre Tatzen und entlang ihres Rückens. Sie war im Aussehen und in der Größe einem Fuchs sehr ähnlich, doch hinter ihren spitzzulaufenden Ohren saßen onyxfarbene Hörner, gedreht wie Schneckenhäuser. Den buschigen Schwanz hatte sie grazil um ihren Körper geschlungen. Sie blickte mich abwartend an.

»Ich freue mich auch, dich zusehen, Frost. Es ist noch viel schlimmer, als ich befürchtet hatte. Er schickt mich nach Süden, ich soll heute Nacht aufbrechen«, seufzte ich und schob meine Hände tief in die Hosentaschen. Ihren Unmut spürte ich durch unsere Verbindung nur allzu deutlich.

»Das kann er doch nicht ernst meinen! Was erhofft Valarian sich von deiner Reise? Du kannst Katara nicht einfach durchschreiten und diesen Fluchbrecher an dich nehmen. Die Menschen sind einfältig, aber nicht dumm. Sie werden einen verschwundenen Gegenstand sicherlich bemerken und dann wird ein erneuter Krieg unumgänglich sein.«

Unruhig zerrupften ihre Pfoten das Moos und ich sah die Krallen, spitz wie Dolche, vor und zurückzucken. Ein sicheres Zeichen dafür, wie schlecht sie die Informationen aufnahm. Ich kniete mich nieder und streckte meine Finger nach ihr aus. Augenblicklich rieb sie ihre weiche Schnauze an den Fingerspitzen meiner linken Hand und gab ein tiefes Knurren von sich.

»Ich werde dich begleiten.«

Ich schüttelte den Kopf. »Nein, das kommt nicht in Frage. Es ist gefährlich und du wärst unbeschreiblich weit von zu Hause entfernt.«

Der Laut, der ihrer Kehle entwich, klang wie heiseres Lachen und als sie antwortete, blitzte ein Feuer in ihren Augen, wie ich es nur selten zu Gesicht bekam.

»Ich bin dein Gefährte – Gefährtin, wenn du es genau nimmst. Ich werde dich nicht allein gehen lassen. Verstanden, Nox?«

Die Wärme flutete durch meinen Körper wie eine Welle. Kaum jemand nannte mich so, erst recht nicht hier.

»In Ordnung, aber du folgst meinen Anweisungen, keine Alleingänge, nichts Waghalsiges.«

Sie ließ von meiner Hand ab und huschte, beinah lautlos, einige Schritte voraus.

»Das wollte ich dir gerade sagen. Komm schon, bis nach Eilos ist es nicht unbedingt ein Katzensprung.«

Ich packte nur das Nötigste ein, schob einen weiteren Dolch in meinen Stiefel und verließ eilig die karge Kammer. Sie enthielt nichts weiter als ein Bett, einen Schrank und eine Truhe mit einem Waffenarsenal, auf das jeder Hunter neidisch gewesen wäre, hätte er gewusst, dass es sich in meinem Besitz befand. Frost war mir nicht gefolgt. Sie mied das Schloss, als ginge von ihm eine Krankheit aus, die, einmal eingefangen, unheilbar war. Eilig nahm ich immer zwei Stufen auf einmal und war völlig in Gedanken versunken, als ich beinah mit jemandem zusammenstieß.

»Nikas, ich bin so froh, dass ich dich noch erwische. Ich weiß nicht, was in unseren König gefahren ist, aber ich halte nichts von dieser Mission. Gib mir noch ein paar Stunden, ich kann ihn sicherlich umstimmen.«

Tamas Augen huschten über mich hinweg und die Röte auf ihren Wangen wurde mit jeder Sekunde dunkler. Ich fuhr mir durchs Haar und schien sie damit noch verlegener zu machen.

»Das ist nicht nötig. Ich breche noch heute auf und werde vor dem nächsten Vollmond zurück sein.«

Ich wollte mich an ihr vorbei schieben, als sich ihre Hand um meinen Unterarm schloss. Meine Muskeln versteiften sich und ich sog die Luft scharf durch die Nase ein. Ein Hunter war darauf trainiert zu kämpfen und wenn nötig für seinen König zu sterben, auch wenn sich alles in mir sträubte, dieses Opfer jemals meinem tyrannischen Halbbruder darzubringen. Emotionen waren nicht nur nicht erwünscht, sie wurden uns während der harten Ausbildung in den Bergen Nooms regelrecht aus dem Körper herausgebrannt. Ich war mein Leben lang anderen Geschöpfen meiner Spezies aus dem Weg gegangen, lediglich in Gegenwart von Frost ließ ich Gefühle zu. Tama hielt es jedoch nicht davon ab, mir immer wieder nah zu kommen, zu nah. Und sie war nicht die Einzige. Sie dachten, ich würde es nicht bemerken, aber ich hörte ihr leises Kichern und spürte ihre glühenden Blicke, wenn ich vorbeiging. Dabei war es egal, welchen Alters oder welcher Herkunft die Frauen entstammten. Es interessierte mich nicht. Ich schüttelte die Hand der königlichen Beraterin ab und setzte meinen Weg fort. Je schneller ich diesen Auftrag hinter mich brachte, desto besser. Nur wenige Minuten später trat ich an die Seite meiner Gefährtin und legte meine Finger sanft zwischen die onyxfarbenen Hörner.

»Bist du bereit, Nox?«, schnurrte Frost und ich grinste.
»Ich hoffe, dass du es bist.«
Ihr raues Lachen verschluckte der peitschende Wind, als wir in einer Wolke aus blauen Rauchschwaden mit der Nacht verschmolzen und verschwanden.

Es war warm, obwohl der Mond auch hier bereits hoch am dunklen Firmament stand. Die laue Luft wirbelte feine Sandkörner auf und ich kniff die Augen zusammen. Ich hatte Eilos nie sonderlich gemocht. Es war zu heiß, zu hell und zu staubig. Ein Seufzen entfuhr meiner Kehle und Frost schüttelte sich.
»Ich möchte wirklich wissen, was ihn dazu veranlasst hat, sich hier ein neues Leben aufzubauen«, knurrte sie.
Ich grinste. »Er hat einfach keinen Geschmack.«
Wir bogen um einen grauen Felsen, der in der Form einem gigantischen Stoßzahn glich. Vor uns erstreckte sich eine schier unendliche Weite. Eilos war karg und wies außer Felsformationen und vereinzelten Kakteen wenig Vegetation auf. Erreichte die Sonne um die Mittagszeit ihren Höchststand, zogen sich die Bewohner in die Berge und unter die Erde zurück. Die Luft stand dann flimmernd über der weitläufigen Wüste und machte ein Durchatmen beinah unmöglich. Es gab auch hier keine Hauptstadt, ebenso wenig wie in den anderen drei Teilen des Kontinents. Unser aller Hauptstadt war Anima, eine von Nebel verborgene Insel mitten im Ozean. Was jedoch nicht hieß, dass es keine Städte oder Dörfer gab. Iluminar lebten ebenso wenig gern allein wie die Menschen. Und so entstanden über die Jahrhunderte verschiedene Lebensmittelpunkte, einige größer, andere mit kaum mehr als einem Dutzend Bewohnern. Nahe der Grenze, die Katara zum Reich der Menschen bildete, erhob sich aus einem Gebirgszug ein steinernes Schloss, das fast den Anschein hatte, als würde es schweben. Es war mit viel Geschick in das rot-graue Felsmassiv gebaut worden und in der allumfassenden Dunkelheit leuchteten die vielen Lichter in den Fenstern wie ein riesiger Wegweiser. Wir verharrten einen Augenblick und ließen den Anblick auf uns wirken.
»Es ist, als würde das gesamte Gebirge von innen heraus strahlen«, flüsterte Frost andächtig. Ich schwieg. Es wirkte wie Abertausend gefallene Sterne. Und in diesem Moment ahnte ich, warum er diesen Ort bei Nacht so faszinierend fand. Es erinnerte ihn an Noom, an zu Hause.

Wir passierten das bewachte Eingangstor und fanden uns wenig später in einem mit flackernden Kerzen beleuchteten Empfangszimmer wieder. Die hohen Wände waren mit goldenen Symbolen verziert: eine Sonne, die ihre Strahlen in alle Himmelsrichtungen ausschickte. Ungeduldig lief ich auf und ab, während Frost sich vor dem in den Sandstein gehauenen Kamin zusammenrollte und die Augen schloss. Unsere Art zu reisen war praktisch, aber auch wenn die Füchsin es niemals zugeben würde, erschöpfte sie es doch jedes verfluchte Mal. Da mein Halbbruder die Frist für meinen Auftrag zeitlich sehr begrenzt hatte, blieb uns keine andere Wahl. Elirion binnen eines Mondzyklus zu bereisen, war schier unmöglich. Ich rieb mir über die Stirn, hinter der sich ein heraufziehender Kopfschmerz bemerkbar machte.

»Du siehst schrecklich aus. Das kommt davon, wenn man der Damenwelt abschwört und ein Schoßhündchen wird.«

Eine Stimme schreckte mich aus meinen Gedanken und mir lag bereits eine bissige Antwort auf der Zunge, als ich mich zu ihm umwandte. Der Ratsgesandte von Eilos trug weite grüne und beige Kleidung. Das luftige Hemd hatte er aufgeknöpft. Seine hellblonden Haare standen ihm wirr vom Kopf ab, als wäre er eilig aufgestanden, und die goldenen Stecker in seinen spitzzulaufenden Ohren funkelten.

»Ich freue mich auch, dich zu sehen, Sky.«

Das Grinsen auf dem Gesicht meines Gegenübers wurde breiter, ehe er mich in eine feste Umarmung zog. »Was bei den Sternen tust du denn hier um diese Uhrzeit?«

Ich schob die Hände in die Taschen meiner schwarzen Hose. »Ein Auftrag des Königs, dringend, du verstehst, was ich meine.«

Zustimmendes Brummen, während Sky sich eine hellrote Flüssigkeit in einen Trinkkelch goss.

»Habe ich dich bei irgendetwas gestört?« Die Frage ließ meinen besten Freund prustend auflachen.

»Nun ja, wenn du mich so fragst, eigentlich wollte ich gerade …«, doch ein leises Knurren unterbrach ihn.

Frost hatte ein Auge geöffnet und rümpfte die Schnauze: »Bitte, keine Details.«

»Ich hatte ganz vergessen, wie charmant du doch bist, kleine Lady«, schmunzelte Sky und ich konnte nicht anders, als mich ihm anzuschließen.

»Er will *was*?« Wir saßen in gepolsterten Korbstühlen, vor uns auf dem mosaikverzierten Tisch standen Kelche, eine Karaffe und mehrere Teller, gefüllt mit exotischem Obst und Gebäck. Ich hatte mich vornübergebeugt, die Unterarme auf meine Beine gestützt und fixierte das Licht, das sich auf der glattpolierten Oberfläche des Trinkgefäßes brach. Frost war auf der Jagd und wieder einmal wurde mir bewusst, dass ich keine Ahnung hatte, was sie eigentlich fraß, da sie es nie in meiner Gegenwart tat.

»Er will diesen Fluchbrecher und ich soll ihn beschaffen.«

Mein bester Freund knirschte mit den Zähnen. »Für wie dumm hält er die Menschen? Sie würden dir doch niemals ihren wertvollsten Besitz einfach so überlassen. Und was hat er überhaupt damit vor? Wir beobachten ihn schon eine ganze Weile und der Rat ist besorgt, weil er so nach Macht giert, dass er den Blick für das Wesentliche verliert. Für sein Volk, für Noom und für ganz Elirion.«

»Sie hätten ihm nie gestatten sollen, sich diese verdammte Krone aufzusetzen und allein dadurch über allen anderen zustehen. Das war der erste Fehler! Von denen, die schon gefolgt sind und noch folgen werden, ganz zu schweigen.« Meine Hände schlossen sich zu Fäusten. Das Knistern des Feuers war für einen Augenblick das einzige Geräusch, lediglich das Flüstern des Windes wagte, es zu unterbrechen.

Sky erhob sich und ging rastlos auf und ab, die Stirn in tiefe Falten gelegt. Es war ein offenes Geheimnis, dass er Valarian verabscheute. Und der Gesandte Eilos' war mit seiner offenen Abneigung gegen den selbsternannten König Nooms nicht allein. Die Ratsvertreter Nyars im Westen und Talvis im Osten hinterfragten die Entscheidung Animas in diesem Punkt bei jeder sich bietenden Gelegenheit. Und doch hatte man ihn gewähren lassen und Noom befand sich in immer größer werdender Gefahr. Das Nordvolk nannte es Nihil – das Nichts. Es breitete sich aus wie eine Seuche und überall dort, wo es Leben berührte, schlug es tiefe, kranke Wurzeln. Bisher war lediglich Noom befallen, doch wenn nicht bald etwas geschah, würde es die anderen Gebiete und vermutlich auch Anima infizieren. Valarians Lösung war, dass Katara, der Schleier, verschwinden sollte, der Fluch, den die Menschen vor so vielen Jahrhunderten über Elirion gebracht hatten, sich auflöste und mit ihm die bleiche Krankheit des Nordreiches. Dafür brauchte er den Fluchbrecher, dafür brauchte er mich.

»Hast du eine Ahnung, wie dieses Ding aussieht?« Sky verschränkte die Arme vor der Brust und seine blauen Augen funkelten.

Ich verzog die Lippen zu einem schiefen Grinsen. »Hat das irgendjemand?«

Nach dieser Antwort senkte sich die Stille erneut bleischwer auf uns herab, und im Osten begann der Horizont rot zu glühen, während ein neuer Tag heraufzog.

Zwei

Ria

Die Sonnenstrahlen tanzten über den staubigen Holzboden und eine leichte Brise bauschte die zerschlissenen Vorhänge zu grauen Wolken auf. Die unbequeme Mauer aus bröckelndem Putz stach mir in den Rücken, durch den dünnen Stoff meines Pyjamas. Ich hatte die Stirn in Falten gelegt und blickte hochkonzentriert auf den Zeichenblock in meinem Schoß. Mit schnellen, gleichmäßigen Bewegungen huschte der Bleistift über das Papier und gab ein beruhigendes, kratzendes Geräusch von sich. Jede Linie, die ich zog, war klar und kräftig. Dabei zeichnete ich eine Erinnerung, einen Traum, aus dem ich vor Stunden erwacht war und der mir so real erschien, als hätte ich das Geträumte wirklich erlebt.

Mein Vater hatte immer gesagt, ich hätte eine seltene Gabe: Fantasie. Als ich klein gewesen war, waren seine Worte bedeutungslos in mir verklungen, doch jetzt, beinah zwanzig Jahre später, ahnte ich, was er gemeint hatte. Es schien nicht viele Menschen zu geben, die träumten, geschweige denn fantastische Ideen hatten. Kurz vor seinem Tod hatte mein Vater mir das Versprechen abgenommen, dass ich die bunte Welt in meinem Kopf, wie er sie liebevoll genannt hatte, unter Verschluss hielt und mit niemandem darüber sprach.

»Am liebsten wäre es mir, meine kleine Ria, du würdest sie vergessen, einfach löschen. Damit sie dich niemals in Gefahr bringen kann.« Ich hatte genickt und doch waren die Träume mit jeder Nacht intensiver geworden, als wollten sie mir eine Nachricht senden, etwas erzählen, mich geradezu zwingen, ihnen zu zuhören. Ich atmete tief ein und aus und kniff die Augen zusammen, schob mir den Bleistift hinter das Ohr und bemerkte das unruhige Klopfen in meiner Brust, als ich die Zeichnung aufmerksam musterte. Ich hatte schon des Öfteren Menschen gemalt, manchmal auch nur einzelne Körperteile. Augen, Hände, Münder, aber noch nie hatte mich ein Bild so sprachlos gemacht. Ich war über die Jahre ziemlich gut geworden, doch das hier war nahezu perfekt. Jede Strähne des dunklen Haars, jede Wimper der eisblauen Augen, jede scharfe Kontur der Wangenknochen. Vorsichtig verwischte ich mit dem Zeigefinger das zerzauste, längere Haar des Mannes, der mich so durchdringend ansah, als stünde er wahrhaftig vor mir. Die Luft wurde aus meiner Lunge gepresst und mir war so schwindelig, als wäre ich unzählige Runden auf einem Karussell gefahren. In diesem Augenblick flog die Tür auf und eine blonde, junge Frau rauschte herein, drückte mir im Vorbeigehen eine Tasse Tee in die Hand und stieß dann das einzige Fenster so weit auf, dass sämtliche lose Blätter, die überall auf dem Boden verstreut lagen, durch die Luft gewirbelt wurden.

»Guten Morgen, ist es nicht ein herrlicher Tag? Ich liebe den Sommer.« Sie ließ sich auf der schmalen Fensterbank nieder und nippte an ihrer dampfenden Tasse. Ihre Augen fixierten mich, musterten dann den Block auf meinen Knien. In Windeseile stellte sie den Tee ab, huschte zum Bett herüber und entriss mir die Zeichnung.

»Was beim Himmel ist das? Nein, falsch, WER ist das? Ria, willst du mich nicht vielleicht aufklären?«

Ihre Wangen färbten sich rosa und ein Funkeln ließ ihr Gesicht leuchten, wie es sonst nur bei Verliebten zu sehen war. Ich zog die Beine unter mein Kinn und senkte den Blick.

»Das war nur ein Versuch.«

Doch weil Mira und ich uns seit Kindertagen kannten, wusste sie sofort, dass ich log, und ihre gespielt ärgerliche Miene wurde von einem hellen Kichern zunichte gemacht.

»Wenn er tatsächlich ein Versuch war, dann ein wirklich atemberaubender. Erzähl, woher kennst du ihn? Hat er in der Buchhandlung eingekauft? Oder ist er vielleicht sogar Autor? Diese Augen würden jedenfalls dazu passen …«

Ich griff nach einer leichten Leinenhose und einem schmalgeschnittenen Oberteil, streifte meinen Pyjama ab und stieg in meine Alltagskleidung. Dann trat ich an den angelaufenen Spiegel, der über dem winzigen Waschbecken hing, und versuchte, meine roten Haare zu bändigen. Sie fielen mir in leichten Wellen bis zur Brust und wurden an den Spitzen heller. Einen Augenblick lang betrachtete ich mein Spiegelbild skeptisch. Winzige Sommersprossen befleckten meine Nase und einen Teil meiner Wangen. Meine grünen Augen waren um die Pupille herum von einem hellen Gold durchzogen und das Einzige, was ich an mir wirklich hübsch fand. Mein Vater hatte mir immer erzählt, dass meine Mutter wunderschön gewesen war und dass ich ganz nach ihr kam.

»Ihr gleicht euch wie ein Ei dem anderen, bis auf …«, und an dieser Stelle hatte er jedes Mal aufgehört, über sie zu sprechen, egal wie sehr ich bettelte und ihn beschwor, den offenbar einzigen Unterschied zwischen mir und meiner Mutter wollte er mir nicht nennen. Ich seufzte, nahm die kleine Ledertasche vom Stuhl und verließ mit einer aufgeregt vor sich hin plappernden Mira das Haus.

Nachdem mein Vater verstorben war, war ich auf mich allein gestellt. Ich musste wenigstens so viel Geld verdienen, dass es zum Leben reichte und ich das winzige, windschiefe Haus, in dem wir seit meiner Geburt lebten, weiter unterhalten konnte. Ich bekam eine Stelle in der örtlichen Buchhandlung und nahm diese dankbar an. Und während die Mädchen in meinem Alter sich ihrem Studium widmeten oder, sobald sie volljährig waren, heirateten, lernte ich jeden Titel in dem nach Papier und Druckerschwärze riechenden Laden mit den hohen Decken und den knarrenden Holzdielen auswendig. Binnen eines Jahres hatte ich alles verschlungen, was mir an gebundenen und publizierten Werken in die Finger gekommen war, und so fieberte ich jedem Monatsanfang entgegen, wenn die Vertreter mit neuen Büchern kamen, die ich las, noch bevor wir sie zum Verkauf anboten. Hatte ich kein Buch zur Hand, zeichnete ich. Mira war nicht nur meine strengste Kritikerin, sondern auch meine größte Bewunderin und wann immer sie konnte, kaufte sie mir neues Papier und Stifte, die ich mit meinem winzigen Verdienst schweren Herzens als Luxusartikel abgelegt hatte.

An diesem sonnigen Vormittag blieb die Buchhandlung verwaist und ich griff nach meinem Zeichenblock, den meine beste Freundin mir nur unter Protest überlassen hatte.

»Ich habe mich in ihn verliebt und du nimmst ihn mir weg. Du bist herzlos und grausam, Ria.«

Sie hatte einen Flunsch gezogen und mir gespielt theatralisch meinen Block ausgehändigt. Ich zögerte, als ich die Seite umschlug und sich fremde Augen stechend in die meinen bohrten. Dass ich diesem Mann noch nie begegnet war, hatte ich Mira verschwiegen. Das Versprechen meines Vaters saß wie ein Stachel unter meiner Haut. Ich würde mit niemandem, nicht einmal mit meiner engsten Freundin, über meine Gabe sprechen, weil sie mir gefährlich werden konnte. Und einmal mehr fragte ich mich warum.

Das Abendessen war karg und ich schob das fad schmeckende Gemüse auf dem Teller hin und her, ohne auch nur einen Bissen zu nehmen. Als die Sonne am Horizont versank und die ersten Sterne das Blau des Himmels erleuchteten, verließ ich das Haus und lief die schmale Straße entlang, die aus dem beschaulichen Städtchen hinausführte. Ein Mischwald erstreckte sich zu beiden Seiten des Weges, der einem Bachlauf in Richtung der Berge folgte. Hierher verirrten sich die Stadtbewohner selten, der Wald lag zu nah an der Grenze, an dem Schleier, wie wir ihn nannten. Als kleines Mädchen hatte ich meinen Vater mit Fragen gelöchert und ihn gebeten, mir die Legende des Landes jenseits des Schleiers zu erzählen. Er hatte sich geweigert, bis zu meinem achtzehnten Geburtstag. An diesem Tag hatte er mir ein kleines, ledergebundenes Buch überreicht.

»Achte gut darauf, Ria. Lass es niemals unbeaufsichtigt. Und wenn du darin liest, tu es heimlich und vergewissere dich, dass du allein bist.«

Er hatte kein weiteres Wort über dieses merkwürdige Geschenk verloren, nie wieder. Und ich hatte jede Zeile, jede Seite in mich aufgenommen wie die Luft zum Atmen. Es war die Geschichte des Schleiers, die Geschichte zweier Welten, getrennt durch eine unsichtbare Grenze, die unterschiedlicher nicht sein konnten: die Welt der Menschen, meine Welt, und Elirion. Ein Kontinent voller Magie und Zauber, voller Gefahren und einer Spezies, die gefährlich, mordlustig und überheblich war – die Iluminar. Dieses Volk war nicht nur unsagbar machthungrig und gewalttätig, sondern auch schön und in seiner Gestalt absolut vollkommen. Der Ausgleich zu ihren düsteren Herzen, die langsamer schlugen als die unseren. Vor Jahrhunderten hatte der Krieg zwischen Menschen und Iluminar seinen Höhepunkt erreicht und ein junger König hatte, um das Reich der Menschen zu schützen, den Schleier heraufbeschwören lassen. Damit war die Macht Elirions für alle Zeit gebannt und es herrschte wieder Frieden in unserer Welt. Ich hatte die Geschichte sooft gelesen, dass ich sie auswendig konnte, dennoch ließ ich mich am Stamm einer großen Eiche nieder und schlug die dünnen Pergamentseiten des wertvollsten Geschenks, das ich je erhalten hatte, um. Während die Geräusche der Nacht heraufzogen, nahm mich Elirion einmal mehr gefangen. Eine Legende, die mein Herz jedes Mal erhellte wie die Flamme eines längst vergessenen Feuers.

Der Schrei eines Käuzchens ließ mich den Blick heben. Ich rieb mir über die Augen, die schummerige Dunkelheit hatte das Lesen erschwert und mich müde werden lassen. Ich klopfte mir das Moos und die trockene Erde von der Hose und schob das Buch zurück in meine Tasche. Der Wind frischte auf und eine Gänsehaut kroch meine Arme hinauf. Es war spät und ich musste dringend ein wenig Schlaf nachholen, dennoch verharrte ich wie angewurzelt auf der Stelle und ließ meinen Blick zu der Tannengruppe schweifen, die auf der anderen Seite der Lichtung lag. Irgendetwas dort zog mich magisch an.

Ich runzelte die Stirn und ging mit langsamen Schritten über die vom Mond beschienene freie Fläche. Mein Herz begann zu klopfen und mein Mund wurde trocken. Etwas stimmte hier nicht. Unsicher blieb ich ein Stück hinter den majestätischen Nadelbäumen stehen und versuchte, das Kribbeln in meinen Fingerspitzen zu ignorieren.

»*Geh nach Hause!*«, murmelte eine Stimme in meinem Kopf, doch sie verhallte ungehört. Ich blieb, wo ich war, und nahm jedes Geräusch intensiver wahr als noch vor wenigen Minuten. Plötzlich blinzelte ich irritiert. Dieser Geruch war völlig fehl am Platz, er passte nicht in einen Sommerwald. Es duftete nach gefallenem Regen und einem Hauch Zimt. Etwas Vergleichbares hatte ich noch nie gerochen. Es war intensiv, sorgte für ein leichtes Schwindelgefühl und nichts auf der Welt hätte mich auf den nächsten Moment vorbereiten können.

Kaum zwei Meter von mir entfernt, trat eine dunkel gekleidete Gestalt aus dem Wald und verharrte, als sie mich entdeckte. Ich schnappte nach Luft. Diese eisblauen Augen, das dunkle längere Haar und die markanten Gesichtszüge waren mir so vertraut wie mein eigenes Ebenbild. Mein Blick wanderte an ihm hinauf und wieder hinab. Er trug ein schwarzes Hemd, das er nachlässig hinter den Gürtel seiner ebenso schwarzen Hose gesteckt hatte. Im Schaft seiner ledernen Stiefel blitzte der Griff einer Waffe auf. An seinem linken Unterarm konnte ich feine schwarze Linien erkennen, da die Hemdsärmel unordentlich nach oben gekrempelt waren.

Das Pochen meines Herzens klang wie das Schlagen Aberhunderter Trommeln in meinen Ohren. Ich hatte ihn gezeichnet, heute Morgen erst, und nicht geahnt, dass es ihn wirklich gab. Geschweige denn, dass ich ihm jemals begegnen würde. Eins hatte ich jedoch bei meiner Zeichnung nicht abgebildet: Als der Wind energisch durch die Baumwipfel fuhr, schob er seine dunklen Haarsträhnen hinter ein Paar spitz zulaufende Ohren. Die Ohren eines Iluminar.

Es war, als wären alle Geräusche auf einen Schlag verstummt. Als hielte der Wald den Atem an. Ich sah, wie er langsam die Waffe aus seinem Stiefel zog, und jedes Wort aus der Legende fiel mir wieder ein: mordlustig, herrisch, gewalttätig. Ich setzte langsam einen Schritt zurück, ließ ihn dabei jedoch nicht aus den Augen. In meinem Kopf überschlugen sich die Gedanken. Wie schnell konnte ich laufen? Schaffte ich es in die Stadt zurück, bevor er mich töten konnte? Meine Hände begannen zu zittern und ich biss mir auf die Lippe. Dann sah ich aus dem Augenwinkel eine huschende Bewegung. Etwas schlich sich unbemerkt an ihn heran. Das war meine Chance und doch hielt mich etwas zurück. Als das schemenhafte Wesen zum Sprung ansetzte, stürzte ich nach vorn, und spürte, wie meine Finger durch einen kühlen, durchsichtigen Vorhang zu gleiten schienen. Ich hatte nicht einmal bemerkt, dass er überhaupt da gewesen war, und in diesem Moment verschwendete ich auch keinen weiteren Gedanken daran.

»Pass auf!«

Meine Stimme klang zu hoch, zu schrill und ehe er auf dem Absatz herumwirbelte, konnte ich den verwirrten Ausdruck in seinem Gesicht nur allzu deutlich erkennen. Ich sah, wie er die stählerne Waffe über den Kopf riss, und drehte mich hastig um. Und dann endlich begann ich zu laufen. Zweige schlugen mir ins Gesicht und Dornen rissen an meinen Kleidern, ich stolperte immer wieder und fiel beinah hin. Die Luft brannte in meiner Lunge und ich keuchte. Doch erst, als das kleine windschiefe Haus in Sicht kam, wurde ich langsamer. Ich riss die Eingangstür auf und nahm auf meinem Weg nach oben immer zwei Stufen auf einmal. Die schiefe Holztür fiel krachend ins Schloss und ich schob eilig einen Stuhl unter den Türknauf. Dann sank ich auf die vom Mondlicht beschienen Bodendielen und schloss für ein paar Sekunden die Augen. Das stetige Pochen in meinen Fingerspitzen ließ mir jedoch keine Ruhe. Ich stieß einen erstickten Laut aus, als ich auf meine Hände hinabblickte. Dort wo ich den seltsamen Luftwiderstand berührt hatte, leuchteten helle Symbole auf meiner geröteten Haut. Und sie kamen mir seltsam bekannt vor. Ich riss das Buch aus meiner Tasche und hielt es schräg in den spärlichen Lichtschein, der durch das geöffnete Fenster fiel. Da waren sie: verschlungene Kreise, Linien und Ranken, tief in das dunkle Leder der Geschichte Elirions geprägt. Wie eine unheimliche Warnung kroch die Gänsehaut über jeden Zentimeter meines zitternden Körpers.

Drei

Nox

Die dunkelrote Blutlache breitete sich zu meinen Füßen aus und tränkte die trockene Erde. Ich wischte den Dolch an den fleischigen Blättern eines Sonnenbusches ab und schob ihn in den linken Stiefelschaft zurück. Während ich mich irritiert umsah, erklang Frosts Stimme aus nächster Nähe.

»Sie ist fort.«

Meine Begleiterin saß unter einer Tanne mit tiefhängenden Zweigen und leckte sorgsam ihre Vorderpfoten. »Tzz, was für eine Schweinerei. Musstest du den armen Zarkull so niederstrecken?«

Wütend funkelte ich sie an. »Wo warst du überhaupt die ganze Zeit? Ich hätte etwas Hilfe gebrauchen können.«

Sie legte den Kopf mit den onyxfarbenen Hörnern schräg und schien beinah zu lächeln. »Du bist wirklich ein Goldstück, aber mit einem Zarkull wirst du sehr gut allein fertig. Und solltest du das irgendwann einmal nicht mehr schaffen, weiß ich, dass ich mir ernsthafte Sorgen machen muss.«

Ein Grinsen stahl sich auf mein Gesicht, ich lehnte mich an den Stamm des nächsten Baumes und beobachtete Frost aufmerksam. Langsam setzte sie sich in Bewegung. Sie machte dabei kein Geräusch, lediglich die winzigen Eiskristalle, die ihre Schritte begleiteten, knisterten vor Kälte.

»Es gibt allerdings etwas, das mir schon jetzt Kopfzerbrechen bereitet.«

Ich verschränkte die Arme hinter meinem Kopf und sah in den sternenübersäten Nachthimmel hinauf.

»Sie konnte Katara berühren, Nox. Und nicht nur das, sie konnte *durch* den Schleier greifen.«

Ich runzelte die Stirn, ehe ich antwortete: »Ich weiß nicht, was daran besonders sein soll. Wir wollen Katara doch schließlich auch durchschreiten, oder? Dann sind die Menschen ebenfalls dazu in der Lage und vermutlich nur zu feige, es zu versuchen.«

Ein tiefes, kehliges Knurren stieg aus dem saphirblauen Körper meiner Gefährtin. Ich blinzelte.

»Tust du nur so unwissend oder hat Valarian es dir tatsächlich nicht gesagt?«

Meine Muskeln versteiften sich. »Was hätte er mir sagen sollen?«

Der Klang meiner Stimme war so dunkel wie der Wald um uns herum. In Frosts Miene legte sich tiefe Sorge und als sie erneut zu sprechen anhob, flüsterte sie beinah: »Katara kann nicht durchschritten werden, Nox. Kein Iluminar hat es seit Bestehen des Fluches vermocht, ganz gleich wie mächtig er war. Du wärst bei dem Versuch schlimm verletzt, vielleicht sogar getötet worden.«

Die Wut, die sich heiß wie ein Strom Lava in mein Innerstes ergoss, machte mich rasend. Valarian hatte mich nicht beauftragt, um einen mysteriösen Fluchbrecher aus dem Reich der Menschen zu stehlen und Nooms Untergang aufzuhalten. Er hatte mich auf ein Selbstmordkommando geschickt und gewusst, dass ich alles tun würde, um meine Heimat zu retten. Der selbsternannte König des Nordreichs hatte soeben versucht, seinen Halbbruder zu töten.

»*Pass auf!*« Der Schrei klang in meinen Ohren nach und ich fuhr so hastig aus dem Schlaf, dass ich die goldene Karaffe auf dem kleinen Nachttisch umstieß und nicht nur den Fußboden, sondern auch die dünnen Bettlaken mit Wasser durchtränkte. Fluchend erhob ich mich und warf das ohnehin feuchte Baumwolltuch, mit dem ich mich zugedeckt hatte, auf die kleine Lache zu meinen Füßen. Unwirsch fuhr ich mit der Hand durch mein zerzaustes Haar, welches inzwischen so lang war, dass es mir in die Augen fiel. Die Nächte in Eilos waren kühler geworden. Und ich fror, als der Wind meinen nackten Oberkörper streifte, während ich an die bodentiefen Fenster trat. Nach dem Gespräch mit Frost hatte ich minutenlang auf alles eingedroschen, was mir in den Weg gekommen war. Meine Fingerknöchel waren wundgescheuert und ich völlig erledigt, als wir schweigend den Rückweg antraten. Sky hatte nichts gesagt, sondern mich lediglich mit hochgezogenen Brauen gemustert. Ich war ihm eine Erklärung schuldig geblieben und hatte mich zurückgezogen. Meine Begleiterin war mir nicht gefolgt und dafür war ich ihr dankbar. Ich wollte allein sein und meine verworrenen Gedanken ordnen.

Dass Valarian mich hasste, war kein Geheimnis. Doch ich hatte nicht damit gerechnet, dass er mich lieber tot als lebendig sah. Er hatte mich zum Anführer seiner persönlichen Armee, den Huntern, erklärt. Meine Ausbildung war härter, quälender und länger gewesen als die meiner Männer. Ich hatte mir keine Fehler erlauben dürfen, wenn ich ihm widersprach oder seine Entscheidungen in Frage stellte, verbannte er mich für unbestimmte Zeit in die schwebenden Zellen hoch oben im Nordpass. Sky hatte es richtig formuliert, er war der König und ich sein Laufbursche. Er hatte mir alles genommen: mein Leben, meinen freien Willen und meine Magie. Die Hunter schworen, sich niemals ihrem König zu widersetzen, nie mehr zu fühlen und sie schlossen ihre Fähigkeiten tief in sich ein und versiegelten sie mit einem Schwur, um lediglich mit den Waffen eines Menschen zu überleben und zu dienen. Ich hatte damals keine andere Wahl gehabt. Valarian war der Ältere und so stand sein Anspruch auf Noom und auf den Titel des Ratsgesandten bereits vor meiner Geburt fest. Ich hätte mit Sky nach Eilos gehen können, als mein Halbbruder den Thron bestieg, aber ich blieb aus Liebe zum Nordreich, zu meinem Zuhause. Und nun, Jahre später, war ich auf einer Selbstmordmission, anstatt mein Volk zu retten. Nihil würde ganz Elirion befallen und … ich keuchte, wandte mich um, griff nach meinem schwarzen Hemd und stürmte die Treppe zu Skys Privatgemächern hinauf. Der Gedanke bohrte sich wie ein Stachel in mein Gehirn und ließ mich kaum noch klar denken. Wenige Sekunden später schlug ich mit der Faust donnernd gegen die Schlafzimmertür meines besten Freundes.

»Sky! Ich muss mit dir sprechen, jetzt.«

Langsam nährten sich Schritte und die sandfarbene Tür öffnete sich einen Spalt breit. Der Raum dahinter lag im Halbdunkel und wurde lediglich durch ein paar Kerzen erleuchtet. Sky hatte sich ein Laken um die Hüfte gewickelt. Der glasige Ausdruck in seinen Augen ließ mich erahnen, womit er noch kurz zuvor beschäftigt gewesen war, und ein leises Kichern bestätigte meine Vermutung. Ich verdrehte die Augen und verschränkte die Arme vor der Brust.

»Bei den Sternen, Nox, muss dieser Tumult denn sein? Ich bin wirklich ziemlich unpässlich. Hat das nicht bis morgen Zeit?«

Ich setzte eine so finstere Miene auf, dass mein Freund kaum merklich zurückzuckte.

»In Ordnung, gib mir fünf Minuten.«

Ich hatte mich bereits auf dem Absatz umgedreht und knurrte: »Zwei.« Dann eilte ich die Stufen zum Empfangszimmer hinab.

Unruhig lief ich vor dem Kamin auf und ab, als Sky wenig später den Raum betrat.

»Du hast besser einen guten Grund, mich um diese Uhrzeit aus dem Bett zu holen. Noch dazu habe ich diese liebreizende Gesellschaft gegen dein mürrisches Gesicht eingetauscht und ich bereue es schon jetzt.«

Der Gesandte Eilos' ließ sich seufzend in einen Sessel fallen. Ich fuhr mir mit der flachen Hand über die Stirn, ehe ich zu einer Antwort ansetzte.

»Er wollte mich töten, Sky. Dieser Mistkerl hat mich tatsächlich in den Selbstmord geschickt und ich schwöre dir, wenn ich zurück bin, reiße ich ihm dafür die Eingeweide heraus! Wusstest du, dass Katara nicht durchschritten werden kann? Von niemandem unserer Art? Vermutlich kann nicht einmal der Rat selbst diesen Fluch aufheben und er hat mich glauben lassen, dass ich bei den Menschen ein Mittel gegen dieses Virus finde, das meine Heimat Stück für Stück vernichtet!«

Das Geräusch, welches meiner Kehle entwich, war so rau, dass es kaum mehr an ein Lachen erinnerte. Sky ließ mich keinen Moment aus den Augen und seine Miene verdunkelte sich mit jedem weiteren Wort.

»Das Einzige, was er offenbar je wollte, war, König zu werden und mich aus dem Weg zu räumen. Hätte Frost mich nicht begleitet, wäre es ihm gelungen.«

Ich schlug meine Faust so heftig gegen die Wand, dass ein Stück herausbrach und feiner Sand zu Boden rieselte. Das Pochen in meinen Knöcheln ignorierte ich.

»Vermutlich war es meinem Glück zu verdanken, dass diese menschliche Frau wie von der Tarantel gestochen geschrien hat …«

Sky hob die Hand und ich verstummte. »Welche Frau? Wovon sprichst du, Nox?«

Ich erzählte es ihm und immer wieder blitzten dabei grüne Iriden und ein sternenförmiges Feuermal vor meinem inneren Auge auf, als wollten sie sich in mein Gedächtnis brennen wie ein Fluch oder ein Versprechen.

Der Gesandte aus Eilos trommelte nervös mit den Fingern auf den runden Tisch und stieß dabei Laute aus, die an ein verletztes Tier erinnerten. Seine innere Unruhe ließ mich kalt. Ich lehnte an einem der geöffneten Fenster und atmete die stetig wärmer werdende Morgenluft ein, die den Geruch von Gewürzen mit sich brachte. Wir hatten die restliche Nacht diskutiert und mehr als einmal kündigte mein bester Freund an, er würde bei Tagesanbruch Valarian überraschen und ihm ein Messer in die Brust jagen, ehe dieser wusste, wie ihm geschah.

Frost war nicht aufgetaucht und allmählich bereitete ihr Fortbleiben mir Sorgen. Wenn sie in Noom längere Zeit verschwand, beunruhigte mich das nicht, es war ihre Heimat und sie kannte vermutlich jeden Stein und jeden Strauch besser als ich es jemals könnte. Aber Eilos war anders und die Hitze machte ihr ebenso zu schaffen wie mir. Die Luft flimmerte bereits und ließ die karge Landschaft merkwürdig verzerrt erscheinen.

Ich fuhr mit dem Zeigefinger immer wieder über die dunkle Tätowierung auf meinem linken Unterarm. Winzige Punkte waren mit filigranen Linien zu einem Sternenbild verbunden worden. Das Zeichen von Noom. Jedes Volk der vier Reiche Elirions trug von Geburt an ein solches Bildnis auf der Haut. In Talvi war es ein Eiskristall, in Eilos war es eine Sonne und in Nyar zierte eine erblühende Knospe an einer beliebigen Stelle den Körper ihrer Bewohner. Einzig Sky bildete eine Ausnahme. Da er in Noom geboren war, nun aber die Rolle des Ratsgesandten des südlichsten Reiches übernommen hatte, war das Symbol der Sonne mit dem bereits bestehenden Tattoo auf seiner Schulter verbunden worden.

»Ich weiß nicht, was an der Formulierung ›*es eilt*‹ nicht zu verstehen ist! Bei den Sternen, es ist fast Mittag!«

Der blonde Iluminar beobachtete mich aufmerksam. Er wusste, dass ich offiziellen Treffen nichts abgewinnen konnte, doch dieses Mal war es etwas anderes. Ich war der Einzige, der die Menschenfrau gesehen hatte und Zeuge davon geworden war, dass Katara offenbar doch durchschritten werden konnte, wenn auch nur von einer Seite. Grund genug, dass Sky Nachrichten an die Ratsgesandten Talvis und Nyars geschickt und um eine umgehende Zusammenkunft gebeten hatte. Valarian ließen wir im Dunkeln, sollte er zunächst annehmen, dass sein Plan aufgegangen war. Wenn es an der Zeit war, würde ich mich rächen, und ich war zuversichtlich, dass mein Freund mir liebend gerne folgen würde. Sonnenlicht brach sich auf der Klinge meines Dolches, als ich ihn gedankenverloren kreisen ließ.

»War sie hübsch?«

Das Klirren von Metall auf Stein ließ mich zusammenzucken. Das schiefe Grinsen in Skys Gesicht, verfinsterte meine Miene.

»Na hoppla, ich wollte dich nicht aus der Fassung bringen, Prinz des ewigen Eises.«

Ich stützte mich auf die helle Tischplatte und funkelte mein Gegenüber zornerfüllt an. »Was soll der Unsinn? Wir haben uns nicht zum Plaudern getroffen und der Zarkull saß mir im Nacken. Davon abgesehen interessiert mich kaum etwas weniger als das Aussehen dieser menschlichen Abnormität.«

Im selben Augenblick blitzte ein Paar grüner Augen in meinen Gedanken auf und ich holte schnaubend Luft. Skys Lachen erfüllte den Saal und ich spürte, wie das Blut in meinen Adern zu wallen begann.

»Du hast gerade an sie gedacht. Sie muss mehr als hübsch gewesen sein, dass du deine eisernen Prinzipien über Bord wirfst. Sieh dich vor, Nox, menschliche Frauen sind überaus besitzergreifend, wenn ihnen etwas gefällt.«

Ich griff nach dem nächsten Gegenstand, der sich in meiner Reichweite befand, und schleuderte ihn mit voller Wucht in Richtung meines Freundes. Doch Sky duckte sich und der Kelch fiel scheppernd vor die Füße des Ratsgesandten Talvis, der soeben im Türrahmen erschienen war.

»Sind wir zu früh? Braucht ihr wohlmöglich noch ein paar Minuten?«

Nives schmunzelte und hob in einer fließenden Bewegung das Trinkgefäß auf, um es zurück auf den Tisch zu stellen. Er hatte den schweren Umhang aus Fell bereits abgelegt und seine Uniform schimmerte in einem dunklen Nachtblau. Er war groß und schlank, hatte schulterlanges braunes Haar und auf seiner Stirn ruhte ein schmaler Silberreif. Hätte ich mir einen König vorstellen müssen, dann wäre meine Wahl auf ihn gefallen. Der Gesandte Talvis strahlte eine natürliche Größe und Kraft aus, sobald er den Raum betrat. Anders als Valarian, der sich seine Macht erbittert erkämpft hatte, schien sie Nives schlicht und ergreifend von Geburt an inne zu wohnen. Sky erhob sich und reichte seinem Freund die Hand, der sie lächelnd ergriff.

»Habt ihr keine Manieren? Wollt ihr wirklich eine Lady auf dem Flur stehen lassen? Ungehobeltes Volk.«

An den beiden hochgewachsenen Männern, schob sich eine zierliche blonde Frau vorbei. Ein Kranz aus Blüten lag auf ihrem Haupt, an ihren Handgelenken schimmerten unzählige goldene Armreifen und ein großes, blütenförmiges Medaillon hing um ihren Hals. Sie trug eine leichte hellgrüne Bluse, die von einer aus Goldfäden gesponnen Korsage gehalten wurde, und eine ebenso hellgrüne Hose. Ihre Füße steckten in Lederstiefeln und über ihrer Schulter hing nachlässig ein schmaler Bogen. Die Ratsgesandte Nyars wirkte zart und zerbrechlich, doch ich hatte noch nie eine Iluminar gesehen, die erprobter im Kampf war als Linnea. Mit federnden Schritten kam sie auf mich zu und zwinkerte verschmitzt.

»Na das ist ja eine seltene Überraschung, der Prinz des Nordens. Was hat Sky dir geboten, dass du unserem kleinen Treffen beiwohnst?«

Noch ehe ich etwas erwidern konnte, legte mein bester Freund einen Arm um Linneas Schultern und schenkte mir ein selbstgefälliges Grinsen.

»Er ist der Grund für unsere Zusammenkunft, meine Liebe. Aber Vorsicht, er reagiert etwas verschnupft, wenn du ihn auf die Ereignisse ansprichst.«

Ich verdrehte die Augen und ließ mich auf den nächstbesten Stuhl sinken, während die drei anderen ebenfalls Platz nahmen.

»Deine Nachricht klang dringend, was ist geschehen, dass es keinen Aufschub duldete?«, erkundigte sich Nives.

Die nächsten Minuten lauschten die Gäste Eilos' gespannt und gleichsam irritiert den Schilderungen der vergangenen Nacht. Ich hatte die Arme hinter dem Kopf verschränkt und starrte an die Decke. Vielleicht hatte ich überreagiert, schließlich war nichts weiter passiert. Gut, ein paar blaue Flecken und Kratzer, aber ansonsten hatte ich keinen Schaden davongetragen, zumindest keinen körperlichen. Warum mir diese leuchtenden Augen nicht aus dem Kopf gehen wollten, war allerdings ein ganz anderes Problem und dafür musste ich schnell eine Lösung finden.

»Nox? Hast du gehört, was ich gesagt habe?«

Ich blinzelte und sah, dass die Blicke aller Anwesenden auf mich gerichtet waren. Ich räusperte mich und versuchte, Skys wissendes Lächeln zu ignorieren.

»Was ist passiert, nachdem der Mensch durch Katara gegriffen hatte?«, half Nives meinen wirbelnden Gedanken auf die Sprünge.

»Ich weiß es nicht. Der Zarkull griff mich an und ich war mehr als beschäftigt. Ich nehme an, die Frau ist davongelaufen und tut diese ganze Begegnung als seltsamen Traum ab.« Das war zumindest meine Hoffnung.

»Also wirklich, jetzt sind wir schon so weit, dass sie von dir träumen soll? Du überrascht mich immer wieder, Nox.« Der belustigte Ausdruck in Skys Gesicht ließ mich mit den Zähnen knirschen.

»Oh, dann war sie also hübsch? Und ihre Ohren? Sind sie wirklich so rund, wie man es sich erzählt?« Linnea hatte ihre Finger zu ihren eigenen, spitz zulaufenden Ohren gehoben und sah mich neugierig an.

Nives hob schmunzelnd den vor ihm stehenden Kelch an die Lippen und schwieg.

Ich bemühte, mich die Wut aus meiner Stimme heraus zu halten, als ich an Linnea gewandt antwortete: »Ich habe keine Ahnung und es interessiert mich auch nicht im Mindesten. Wir sollten viel eher überlegen, ob und wie wir es schaffen, diese Menschenfrau aufzuspüren und sie dazu zu bringen, ihre Fähigkeiten einzusetzen, um Katara zu vernichten und damit hoffentlich die Krankheit, die sich in Noom ausbreitet.«

Der Gesandte Talvis nickte zustimmend und während Sky mich noch bewundernd musterte, wickelte Linnea eine Haarsträhne um ihren Zeigefinger.

»Nun, wir können nicht alle gehen, um sie zu suchen, und dich kennt sie bereits, Nikas. Also schlage ich vor, dass du dich auf den Weg machst und zu der Stelle zurückkehrst, an der ihr euch begegnet seid. Du kannst Katara nicht durchschreiten, aber du kannst mit ihr sprechen und sie überzeugen, nach Elirion zu kommen.«

Ich ballte meine Hände zu Fäusten. »Und weswegen sollte sie die seit Jahrhunderten existierende Grenze überschreiten? Bestimmt nicht, weil ich sie nett bitte.«

Die drei Ratsgesandten wechselten einen Blick, den ich nicht zu deuten wusste, dann räusperte sich Nives.

»Sag ihr, dass sie der Schlüssel ist. Dass nur sie den Fluch aufheben kann.«

Ich schüttelte den Kopf. »Das wird sie mir nicht glauben.« Ich ließ meine Augen von einem zum anderen wandern und es herrschte für einen Moment lang bedrückende Stille.

Niemand sah mich an, als Sky schließlich leise antwortete: »Dann sag ihr, dass wir von ihrer Mutter wissen. Erzähl ihr, dass sie eine Wächterin war, die letzte Wächterin, und dass sie ihr Volk kennen lernen kann.«

Eine Gänsehaut kroch meine Arme hinauf. Und noch immer blickte mir niemand ins Gesicht. »Ihr Volk? Was soll das heißen?«

Die Stimme, die nun sprach, hätte ich überall wiedererkannt. Sie war kühl wie der Nordwind, sanft wie gefallener Schnee und alt wie die Welt selbst. »Sie ist nur zu einem Teil ein Mensch, Nox. Zum anderen Teil ist sie wie du. Sie ist eine Iluminar«, hauchte Frost. Ihre dunklen Augen waren verschleiert vor Sorge und mein Herz setzte einen Schlag aus.

Vier

Ria

Das Wasser war kalt geworden. Ich saß bereits seit einer Stunde in der gusseisernen Badewanne und versuchte, die Erinnerungen an die vergangene Nacht abzuwaschen. Doch ganz egal, wie viel ich schrubbte, die hellen Kreise an meinen Händen wollten einfach nicht verschwinden. Zitternd vor Ärger und Kälte wickelte ich mich in ein Baumwolltuch und trat an die wackelige Kommode, in der ich meine Kleidungsstücke aufbewahrte. Ich griff nach einem Paar enger schwarzer Hosen und einem grauen weiten Oberteil. Dann band ich meine Haare zu einem strengen Zopf und schnürte die schwarzen Lederstiefel. Ich schob das Buch, das dieselben Zeichen trug wie meine helle Haut, in eine Kiste unter mein Bett, eilte die Treppe hinab und zog wenige Sekunden später die Haustür ins Schloss. Wenn ich Glück hatte, fing ich Mira ab, bevor sie sich auf den Weg zur Akademie machte, an der sie studierte. Ich bog um die nächste Straßenecke und konnte bereits das große, mit Blumenkästen übersäte Stadthaus ausmachen, in dem meine beste Freundin lebte. Sie trat gerade aus der Tür und strich den Rock glatt, der ihr fließend um die schmalen Beine schwang.

»Ria, was machst du denn hier?« Ihr Lächeln gefror, als sie meinen Gesichtsausdruck sah. »Ist etwas passiert? Ist es dieser unbekannte Schönling? Was hat er getan? Sollte er dir wehgetan haben, dann …«

Ich schüttelte den Kopf und griff nach ihrem Handgelenk. »Ich muss dringend mit dir sprechen. Irgendwo, wo wir ungestört sind.«

Wir eilten durch die kleinen Gassen und Nebenstraßen, bis wir den Rand des Waldes erreichten, den die Bewohner des beschaulichen Städtchens so eisern mieden.

Mira blieb ruckartig stehen und biss sich nervös auf die Unterlippe. »Und es fiel dir wirklich kein besserer Ort ein?«, murmelte sie.

Ich lief weiter und ihr blieb nichts Anderes übrig, als mir zu folgen. Nahe einem kleinen Bachlauf setzte ich mich ins Gras und wartete darauf, dass meine Freundin es mir gleichtat. Zaghaft ließ sie sich mir gegenüber nieder und sah immer wieder nervös über die Schulter.

»Mira, hör zu, es ist nur ein Wald und es ist helllichter Tag, es wird dich niemand hinterrücks anfallen. Bitte, ich brauche deine ganze Aufmerksamkeit.«

Ich verknotete meine Finger fest ineinander und atmete tief ein und aus. Ich hatte versucht, mir eine halbwegs glaubwürdige Geschichte zurechtzulegen, aber es war mir nicht gelungen. Nichts von alldem war gewöhnlich, geschweige denn glaubwürdig.

»Es geht tatsächlich um den Mann, den ich gestern gezeichnet habe. Ich bin ihm begegnet, letzte Nacht.«

Miras Augen wurden groß und ihre Wangen färbten sich rot. »Letzte Nacht? Ria, du hast ihn nie vorher erwähnt. Was …«

Doch ich unterbrach sie. »Nein, wir sind uns zum ersten Mal begegnet. Ich habe ihn nie zuvor gesehen. Ich … ich habe ihn aus einem Traum heraus gezeichnet, ich wusste nicht, dass es ihn tatsächlich gibt.«

Ich verschränkte die Arme vor der Brust und versuchte, das Klopfen meines Herzens zu besänftigen. Es gelang mir nicht und immer wieder sah ich diese Augen, das zerzauste dunkle Haar, die spitz zulaufenden Ohren …

»Mira, er ist kein gewöhnlicher Mann. Er stammt von der anderen Seite des Schleiers, ich habe ihn an der Grenze gesehen. Er … er ist ein Iluminar. Die Legende über das magische Reich … ich glaube, sie ist wahr.«

Meine Worte verhaspelten sich und stolperten übereinander, so wenig hatte ich sie unter Kontrolle. Meine Begleiterin sah mich an und schwieg. Ich setzte mich auf die Knie und hielt ihr meine geöffneten Hände entgegen. Die Schatten der Bäume zeichneten die feinen Kreise und Muster auf meinen Fingern nach und Mira keuchte.

»Was ist das? Oh Gott, was ist mit dir passiert?«

Ich drückte meine Finger an die Brust und zuckte hilflos mit den Schultern. »Ich weiß es nicht. Dieser Unbekannte wurde von etwas angegriffen. Ich konnte nicht sehen, was es war, aber ich wollte ihn warnen und dabei habe ich wohl den Schleier berührt. Es hat gebrannt, als hätte ich in eine offene Flamme gefasst, und dann sind diese Symbole erschienen. Sie wollen nicht mehr verschwinden, ich habe bereits alles versucht.« Meine Freundin wurde blass und ich überlegte, ob ich wohlmöglich zu viel gesagt hatte. Vermutlich hielt sie mich für übergeschnappt.

»Du hast ihn *berührt*? Ria, niemand sollte überhaupt in die Nähe der Grenze gehen! Diese *Monster* sind gefährlich, der Schleier dient unserer Sicherheit! Und egal, wie atemberaubend schön dieser Fremde auch sein mag, er sollte dich nicht kümmern, du solltest vor ihm davonlaufen, so schnell und soweit du kannst! Versprich mir, dass du diesen Ort nie wieder aufsuchen wirst.«

Sie hatte sich erhoben und ich tat es ihr gleich. Dann nahm sie mich in den Arm und flüsterte: »Ich werde keiner Menschenseele von unserem Gespräch erzählen, ich verspreche es. Und jetzt muss ich zum Unterricht. Sehen wir uns später?«

Ich brachte lediglich ein Nicken zustande. Gleich darauf wandte sie sich auf dem Absatz um und eilte den Weg entlang, den wir gekommen waren. Ich sah ihr nach, doch sie blickte kein einziges Mal zurück.

Wieder und wieder kreisten meine Gedanken um die vergangenen Geschehnisse und als die Sonne ihren Zenit weit überschritten hatte, rappelte ich mich auf, klopfte das Gras von meinen Beinen und trat in den kühlen Schatten des Waldes. Ich weiß im Nachhinein nicht mehr, was mich dazu veranlasst hatte, Miras Warnung in den Wind zu schlagen, und es ist mir gleichgültig. Ich duckte mich unter tiefhängenden Zweigen hindurch, schob mich durch dichtes Buschwerk und balancierte über gefallene Baumstämme. Dann, nach einer ganzen Weile und einer Vielzahl an Zweifeln, dass ich mich wohlmöglich verirrt hatte, kam ich an die Lichtung und die Reihe von hochgewachsenen Tannen, hinter denen sich das Reich der Iluminar befand.

Ich ballte die Hände zu Fäusten und setzte meinen Weg mit wackeligen Knien fort. Die Luft schien sich zu verändern, sie flimmerte und waberte, als wäre sie von großer Hitze erfüllt. Zaghaft trat ich einen letzten Schritt vor und schloss die Augen. Ich konnte spüren, wie meine Fingerspitzen zu glühen begannen. Zögernd sah ich mich um. Nichts rührte sich, ich war allein. Natürlich, was hatte ich erwartet? Dass er auftauchen würde? Was war er, so eine Art Wächter für eine Grenze, die niemand sehen oder durchschreiten konnte?

Ich schüttelte über meine eigene Naivität, den Kopf und seufzte, doch dann nahm ich den Geruch wahr: gefallener Regen und ein Hauch Zimt. Ich spürte, wie ich mich innerlich verkrampfte und instinktiv den Atem anhielt, als zwischen den Bäumen eine dunkel gekleidete Gestalt hervortrat.

Dieses Mal trug er ein kurzärmliges, enganliegendes Baumwolloberteil. Zwei Dolche steckten nach wie vor in seinen Stiefeln. Großartig, er war besser bewaffnet als vergangene Nacht, während ich nicht einmal einen Stock zur Verteidigung vorzuweisen hatte. Ich schluckte und versuchte, dem bohrenden Blick seiner Augen standzuhalten. Er trat so nah an den Schleier heran, wie er es vermochte und verschränkte die Arme vor der

Brust. Ich richtete mich kerzengerade auf und drückte den Rücken durch, trotzdem überragte er mich um fast einen Kopf. Mein Blick huschte zu den dunklen Linien auf seinem Unterarm. Ein Sternenbild, so filigran gezeichnet, dass man es übersehen konnte, wenn seine Haut nicht so hell gewesen wäre.

»Ist das eine Eigenart von euch Menschen? Oder hat man euch nur nicht gesagt, dass es unhöflich ist, sein Gegenüber so unverhohlen anzustarren?« Seine Stimme war tief und so klar wie eine Winternacht. Ich konnte nichts gegen die Gänsehaut tun, die unaufhörlich meine Arme hinaufkroch. Dass er mich ansprechen würde, hatte ich nicht vermutet, wenngleich er genauso unverschämt war, wie ich es vorausgeahnt hatte.

»Und ihr? Seid ihr immer unhöflich und voller Vorurteile, oder trifft das nur auf dich zu?«, gab ich schnippisch zurück. Der Ausdruck, der daraufhin auf sein Gesicht trat, ließ mich schmunzeln. Was hatte er erwartet? Dass ich einfach dort stand und mich beleidigen ließ?

»Warum bist du zurückgekommen? Kennst du denn nicht die Legenden?«, knurrte er. Ich stemmte die Hände in die Hüften und verdrehte theatralisch die Augen.

»Ich gebe nicht viel auf Geschichten. Meist ist die Wahrheit zu weit von ihnen entfernt. Und du?«

Ein Grinsen stahl sich in seinen Mundwinkel, was ihn wirklich unverschämt gut aussehen ließ. Ich schüttelte den Gedanken gleich wieder ab und konzentrierte mich auf das Hier und Jetzt.

»In diesem Fall solltest du der Geschichte glauben. Wir sind nicht sonderlich gut auf Euresgleichen zu sprechen. Und was dich im Speziellen betrifft … du würdest nicht einmal merken, wenn ich angreife. Mein Dolch wäre in deinem Rücken, noch bevor ich diesen Satz beendet habe.«

Ich lachte auf. »Charmant, wirklich. Lass mich raten, du bist unter deinesgleichen ein großer Krieger? Stark, aber einsam, trifft es das ungefähr … wie sagtest du, war dein Name?«

Mein Herz pochte. Ich wusste, dass ich niemals so unverfroren hätte sein können, würde die Barriere zwischen uns nicht existieren. Der Wind schob einzelne Haarsträhnen hinter seine spitzen Ohren und ich trat instinktiv einen Schritt zurück.

»Nenn mich wie deinen schlimmsten Alptraum. Denn nichts anderes bin ich.«

Er sprach drohend leise. Miras Worte fielen mir wieder ein: »*Du solltest vor ihm davonlaufen, so schnell und soweit du kannst!*« Und für den Bruchteil einer Sekunde erwog ich es. Doch irgendetwas hielt mich an Ort und Stelle und brachte mich dazu, weiterhin in diese rätselhaften blauen Augen zu schauen, als hinge mein Leben davon ab.

Für eine Weile waren lediglich die Geräusche des Waldes zu hören und meine Gedanken überschlugen sich. Was genau tat ich eigentlich? Ich sollte nicht hier sein und schon gar nicht in der Nähe eines Iluminar. Es bestand nicht der geringste Zweifel daran, dass er genau das tun würde, was er mir angedroht hatte, sobald er die Chance dazu bekam. Ich schüttelte den Kopf.

»Was denn, habe ich dich erschreckt? Ich bitte um Verzeihung. Wie heißt du?«

Seine Stimme war freundlich, fast schon schmeichelnd und ohne noch einmal darüber nachzudenken, antwortete ich: »Riana, aber Ria ist völlig ausreichend … oh Gott. Ich habe dir meinen Namen genannt! Du … du hast mich reingelegt!«

Er lachte. Es war ein raues, leises Lachen. Ich rieb mir mit der flachen Hand über die Stirn. Hatte er nun etwas gegen mich in der Hand? Konnten seine magischen Kräfte mir gefährlich werden? Ich spürte, wie es mir abwechselnd heiß und kalt den Rücken hinablief. Ich war übergeschnappt, total verrückt.

»Vielen Dank dafür, *Riana*. Nun, da ich dich nicht auf der Stelle getötet habe, bist du mir einen Gefallen schuldig. Und ich weiß auch schon ganz genau, was du für mich tun kannst.«

Das Funkeln in seinen Augen wirkte beinah angriffslustig. Mir stockte der Atem. Wie hatte ich nur so naiv sein können? Natürlich taten die Iluminar nichts ohne eiskalte Berechnung. Und ich hatte ihm auch noch eine Gelegenheit auf dem Silbertablett serviert. Ich schlang die Arme um mich und hob den Kopf ein wenig höher. Er sollte nur nicht den Eindruck bekommen, dass ich mich fürchtete.

»Schön, sag mir, was du willst, und keine Spielchen mehr, keine doppelten Böden oder Zweideutigkeiten.«

Meine Stimme zitterte, als ich die Worte aussprach, und ich wusste, dass er jede Unsicherheit aufnahm wie ein Jagdhund eine Fährte. Das Grinsen wurde breiter und er fuhr sich scheinbar gedankenversunken durch sein dunkles Haar. Ich verfluchte mich innerlich, meine eigene Dummheit und Neugier, aber vor allem verfluchte ich mein Herz, das so unkontrolliert trommelte und dabei völlig aus dem Takt geriet.

»Also, *Riana.*« Er betonte meinen Namen mit einem Schmunzeln und es machte mich rasend. »Es gibt da ein Problem, bei dem du mir tatsächlich helfen könntest. Nicht, dass wir auf Euresgleichen angewiesen wären, aber in diesem Fall kannst du mir sehr nützlich sein.«

Er schob die Hände in die Taschen seiner dunklen Hose und legte abwartend den Kopf schräg. Wie ein Wolf, der seine Beute fixierte. Ich presste die Lippen zusammen und holte tief Luft.

»Was muss ich tun?«

Er trat einen weiteren Schritt auf die unsichtbare Grenze zwischen uns zu und ließ seinen Blick zu allen Seiten schweifen, ehe er mich erneut ansah.

»Es ist nicht weiter schwierig. Du musst lediglich Katara durchschreiten und mit mir nach Elirion kommen.«

Meine Augen wurden groß und ich schüttelte so vehement den Kopf, dass einzelne Haarsträhne sich aus meinem Zopf lösten und mir in die Stirn fielen.

»Das ist nicht dein Ernst! Ich kann den Schleier nicht durchqueren, niemand kann das. Ich weiß nicht, wie du …«

Seine Hände ballten sich zu Fäusten und seine Stimme grollte wie Donner: »Lüg mich nicht an! Ich habe letzte Nacht gesehen, dass du deine Hand hindurch geschoben hast, als mich der Zarkull abgelenkt hat. Was für deine Hand gilt, ist auch für den restlichen Körper kein Problem. Du bist mir etwas schuldig, also begleiche deine Schuld, *Mensch*.« Er spuckte mir das letzte Wort geradezu vor die Füße. Doch so leicht wollte ich mich nicht geschlagen geben.

»Unter einer Bedingung: Wir vergelten Gleiches mit Gleichem. Du nennst mir zuerst deinen Namen, dann lasse ich mich auf einen Versuch ein.«

Meine Finger begannen zu kribbeln, als spürten sie bereits, was geschehen würde. Mein Gegenüber hob die Augenbrauen und seufzte. Und in diesem Moment wurde mir klar, dass sich soeben der Verlauf meines bisherigen Lebens gänzlich verändert hatte und ich ahnte, dass dieser Iluminar noch eine wesentliche Rolle darin spielen würde. Ein Mann, von dem ich gestern nicht einmal geahnt hatte, dass er wirklich existierte.

Fünf

Nox

Ihr Schicksal war besiegelt. Ich hatte nicht erwartet, dass es so einfach werden würde. Leichtgläubigkeit und Manipulierbarkeit schienen wesentliche Eigenschaften der Menschen zu sein und sie machten sie schwach, geradezu jämmerlich. Der Trotz in ihrem Blick war beinah bewundernswert, doch sie kämpfte einen aussichtslosen Kampf.

»Also? Wie heißt du?« Ihre Stimme bebte, aus Angst vermutlich.

»Nikas. So, und nun sei bitte so freundlich und erfülle deinen Teil der Abmachung.«

Ich trat auffordernd einen Schritt zurück und wartete. Sie zögerte und sah sich immer wieder um, als fühlte sie sich beobachtet oder als gäbe es einen Ausweg. Dann rieb sie nervös ihre Handflächen aneinander und legte vorsichtig die Finger auf eine durchscheinende Wand aus Luft, die sofort zu flimmern begann. Ich sah, wie sich helle Kreise und Symbole auf ihrer Haut bildeten und weiß zu leuchten begannen. Ein leises Knistern erfüllte den Wald und eine sengende Hitze schlug mir in entgegen, wie eine Welle. Ich blinzelte, als das weiße Licht sich ausbreitete und für ein paar Sekunden die gesamte Lichtung erhellte, ehe es genauso schnell verschwand, wie es gekommen war. Sie stand vor mir, jenseits ihrer Grenze: Ein Mensch in Elirion, das hatte es seit Jahrhunderten nicht mehr gegeben. Und fast war es so, als hielte die Welt den Atem an.

Die Bäume lichteten sich und der Horizont färbte sich bereits rot, als der Sonnenhof von Eilos in Sicht kam. Wir hatten kein Wort miteinander gesprochen und dafür war ich sehr dankbar, ebenso wie für den Umstand, dass sie mir einfach gefolgt war, ohne weitere Fragen zu stellen. Doch jetzt, da das mit dem Gebirge verschmolzene Schloss von den ersten Lichtern erhellt wurde, holte sie hörbar Luft. »Wo sind wir? Was ist das für ein Ort?«

Ich schwieg und setzte meinen Weg unbeirrt fort. Sie schloss zu mir auf und aus dem Augenwinkel sah ich, wie ihr vor Staunen der Mund offenstand. Ich runzelte die Stirn, als sie mich mit leuchtenden Augen ansah.

»Lebst du hier? Es ist wunderschön.«

Ich verschränkte die Arme vor der Brust und trat durch das bewachte Eingangstor in den Innenhof, in dem sich Händler und Bewohner gleichermaßen tummelten.

»Nein, ich komme aus dem Norden. Wir befinden uns hier im südlichsten Gebiet von Elirion. Und lass die Fragen, das ist keine Lehrstunde.«

Meine Schritte beschleunigten sich und ich knirschte mit den Zähnen. Auf was hatte ich mich nur eingelassen? Es spielte keine Rolle, wer ihre Mutter gewesen war, sie war ein Mensch und sie gehörte nicht hier her. *»Und was ist mit dir, Nox? Wohin gehörst du?«* Ich ignorierte die leise Stimme in meinem Kopf und eilte die Stufen zum Empfangszimmer hinauf. Für Noom, für meine Heimat. Wie ein Mantra wiederholte ich stumm diesen Satz und versuchte die grünen Augen aus meinem Gedächtnis zu verdrängen.

Ich betrat den Raum, ohne vorher anzuklopfen, und fand die drei Ratsgesandten genauso vor, wie ich sie vor Stunden zurückgelassen hatte. Sky lehnte an einem der bodentiefen Fenster, Nives hatte sich über verschiedene Pergamente gebeugt und sah nun interessiert auf, während Linnea den goldenen Kelch klirrend vor sich abstellte.

»Nox, das ging schneller, als wir erwartet hatten. Aber ich sehe schon, dass deine Manieren immer noch grauenhaft sind, oder gibt es einen guten Grund, warum unser Gast vor der Tür steht?« Mein Freund lächelte süffisant, trat um mich herum und auf Riana zu, die verlegen ihre Stiefelspitzen begutachtete.

Ich schob mich an ihm vorbei und ließ mich demonstrativ am anderen Ende des Zimmers auf einen Stuhl sinken.

»Ich hoffe, unser Prinz des Nordens war nicht zu eisig.«

Ihre Augen huschten erstaunt über meine Gestalt. »*Prinz*? Aber …?« Noch ehe sie den Satz beenden konnten, bugsierte der Ratsgesandte Eilos' sie zu einem Korbsessel.

»Setz dich, meine Liebe. Ich bin Sky und das sind Nives und Linnea. Und dein Name lautet?«

Ich verdrehte die Augen. Was für ein gigantisches Theater und Sky schien es wahrhaftig zu genießen. Ich griff nach der Karaffe und leerte den süßlichen Wein in einem Zug. Der Alkohol rann brennend meine Kehle hinab und nach dem zweiten Kelch legte sich mein Zorn allmählich. Die Gesandte Nyars hatte neben Riana Platz genommen und legte die Hand behutsam auf die ihre.

»Das muss alles furchtbar viel für dich sein. Wenn du Fragen hast, lass es mich wissen. Und was die drei Hohlköpfe angeht: Ignorier sie einfach, sie haben alle kein Benehmen.« Linnea zwinkerte verschmitzt, während Sky sich lautstark verteidigte und Nives geradezu bestürzt dreinsah.

Ich zog den Dolch aus meinem Stiefel und ließ ihn zwischen meinen Fingern kreisen. Dann fing ich Rianas Blick auf. Ein Lächeln lag auf ihren Lippen und meine Miene wurde kalt und abweisend, doch das hielt sie nicht davon ab, mich weiterhin zu fixieren.

»Ich bin hier, um Nikas bei einem Problem zu helfen, ich habe nicht vor, lange zu bleiben«, sagte sie.

Mein Griff um die Waffe verstärkte sich und meine Fingerknöchel wurde weiß.

»Er hat dir also von unserem Problem erzählt? Du weißt bereits, um was es geht?« Nives blickte erstaunt zwischen der Menschenfrau und mir hin und her.

»Einen Augenblick, was hat er dir dafür angeboten?« Mein bester Freund sah Riana durchdringend an.

Sie wickelte eine rote Haarsträhne um ihren Zeigefinger, ehe sie antwortete: »Nichts, um ehrlich zu sein. Ich habe es freiwillig getan.«

Ich stieß zischend die Luft zwischen meinen zusammen gebissenen Zähnen aus, während die Menschenfrau irritiert von einem zum andern sah und Linnea sich kaum mehr halten konnte vor Lachen. Nives schüttelte amüsiert den Kopf und Sky wandte sich breit grinsend an mich: »Wirklich? Ich weiß nicht, wann Nox das letzte Mal so ein Glück gehabt hat.«

Wütend stieß ich die Spitze des Dolches in die sandfarbene Tischplatte und das dunkle Knurren, das meiner Kehle entwich, ließ zumindest die beiden Frauen, zusammenzucken. Gerade als ich zu einem wüsten Kommentar ansetzen wollte, strich Frost um meine Knöchel und schnurrte wie eine Katze.

»In Ordnung, es ist besser, wir beruhigen uns alle und verlieren nicht das eigentliche Thema aus dem Blick«, mahnte sie die Anwesenden.

Sie musterte Sky aus ihren kühlen Augen heraus. Ich war ihr selten so dankbar gewesen. Riana hingegen runzelte die Stirn und rieb sich geistesabwesend über die Arme.

»Sie kann mich spüren, aber nicht sehen. Durch ihre menschliche Seite hat sie den Blick für die Magie verloren«, murmelte meine Begleiterin so leise, dass nur ich sie hören konnte. Währenddessen sprach Nives über die Krankheit, die meine Heimat befiel und zu einer ernsten Bedrohung geworden war.

»Du meinst, sie hat den Zarkull letzte Nacht ebenfalls nur *gespürt*?«

Frost nickte und ließ sich zur linken Seite meines Stuhls nieder. Ich sah zu Riana hinüber und fragte mich, ob sie wohl ahnte, dass tief verborgen in ihr ein Funken Magie leuchtete, begraben und vergessen.

Es wurde ein langer Abend und insbesondere Sky ließ es sich nicht nehmen, jedes noch so kleine Detail bildhaft auszuschmücken, als wäre unser menschlicher Gast der Schiedsrichter in einem undurchsichtigen Spiel. Ich schwieg die gesamte Zeit über und sah nur hin und wieder von meinen Dolchen auf. Riana stellte so viele Fragen, dass es einem schwindelig werden konnte. Doch die drei Ratsgesandten beantworteten gewissenhaft jede einzelne. Als der Mond sein kaltes Licht durch die bodentiefen Fenster warf, hob Linnea vielsagend ihre Hand vor den Mund und gähnte herzhaft.

»Vielleicht wäre es ratsam, wenn wir uns alle etwas ausruhen würden. Soll ich Ria ihr Zimmer zeigen?« Nives hatte sich bereits erhoben, um sich zu verabschieden.

Sky streckte die Arme über den Kopf und seufzte. »Das ist sehr nett von dir, Zauberblume, aber ich denke, Nox sollte das übernehmen. Sein Zimmer liegt direkt gegenüber.«

Ich funkelte meinen besten Freund so düster an, dass er eilig aufsprang und Nives aus dem Raum folgte. Linnea sah zögernd zwischen uns hin und her, räusperte sich dann und umarmte die Menschenfrau.

»In Ordnung, lass dich nicht von ihm ärgern und schlaf gut. Und du«, sie wies drohend mit dem Zeigefinger auf mich, »sei nett, einmal wenigstens.«

Dann ließ sie uns allein und ich schob meine Waffen zurück in die Stiefel. »Gehen wir«, knurrte ich und wollte auf den Flur hinaustreten, als ich ihren Blick in meinem Rücken spürte. Sie stand wie versteinert da und beobachtete mich. Ich wandte mich um und legte die Stirn in Falten.

»Mir soll es recht sein, wenn du die Nacht hier verbringen willst, aber ich fürchte, Linnea schießt einen Pfeil auf mich ab, wenn sie das erfährt, also komm.«

Sie legte den Kopf leicht schräg und ihre grünen Augen funkelten merkwürdig im fahlen Dämmerlicht.

»Ich habe dich gemalt. Du warst in meinem Traum, vor zwei Nächten. Ich bin aufgewacht und musste dich zeichnen. Ich habe nicht erwartet, dass du wirklich existierst, Nox.«

Ich trat einen Schritt zurück und ballte die Hand zur Faust. »Gehen wir.«

Ohne ihre Antwort abzuwarten, stürmte ich die Treppe hinauf und versuchte, die brennende Wut in meiner Brust zu unterdrücken. Vor meiner Zimmertür blieb ich stehen und wartete, dass sie mich einholte. Ich wies mit dem Kinn auf den Durchgang gegenüber.

»Das ist es. Egal was du tust, wandere nicht herum und stell nichts Dummes an.«

Dann stieß ich die Tür auf und mit einem letzten Blick über die Schulter grollte ich: »Und nenn mich nie wieder Nox.«

Krachend vibrierte das massive Holz im Rahmen, als ich den Raum von innen verriegelte und schwer atmend zu Boden sackte.

Es war dunkel, so dunkel, dass man die Hand von Augen nicht sah. Die Luft war stickig und roch nach Tod und Verwesung. Meine Finger kratzten über rauen Stein und mein Körper fühlte sich schwer und wund an, als hätte man mir jeden einzelnen Knochen zertrümmert. Sooft ich auch blinzelte, die Schwärze um mich herum wollte nicht weichen. Und dann erkannte ich, wo ich mich befand: die schwebenden Zellen von Noom. Panik flutete über mich hinweg. Das konnte nicht sein, ich war in Eilos! Die Gesandten aus Talvi und Nyar waren da gewesen und eine Frau, menschlich … Katara konnte durchschritten werden. »Ich habe dich gemalt, Nox.« Diese Stimme … ein Paar grüner Augen … das Lachen eines Mannes … ein gleißendes Licht und ich brannte, loderte und schrie.

Meine Haut war schweißüberströmt und ich erhob mich stöhnend aus dem Bett. Schwankend ging ich in das angrenzende Badezimmer und wusch mein Gesicht. Das Wasser war so kalt, dass ich zusammenzuckte. Doch die Enge in meiner Brust wollte sich nicht legen, also griff ich nach einem schwarzen Pullover und trat wenige Minuten später auf die Dachterrasse des Sonnenhofes. Der Wind zerzauste meine Haare und ich lehnte mich mit geschlossenen Augen an die von der Wüste aufgeheizte Außenmauer. Ich hatte selten Alpträume und an die meisten erinnerte ich mich nach dem Aufwachen nicht mehr, doch irgendetwas war dieses Mal anders gewesen. Es hatte sich beinah so angefühlt, als wäre jemand in meinen Kopf eingedrungen.

»Kannst du auch nicht schlafen? Oder genießt du nur die Aussicht?«

Ich blinzelte und wünschte mir, ich hätte es nicht getan. Das rote Haar fiel ihr über die schmalen Schultern und sie trug einen beigen Morgenmantel aus einem glänzenden Material, Seide vermutlich. Ich schmunzelte, als ich auf ihre Füße hinabsah und anstelle von ihren schwarzen Stiefeln Fellpantoffeln vorfand.

»Nicht jeder schläft in seiner Alltagskluft, also hör auf, mich so prüfend zu mustern.« Sie verschränkte die Arme vor der Brust und die hellen Symbole auf ihren Händen schienen das Mondlicht zu reflektieren.

»Sky hat wirklich Geschmack.« Ich hustete, um das aufsteigende Lachen in meiner Kehle zu unterdrücken. Ihre Wangen röteten sich merklich und sie schob ihre Arme so fest ineinander, dass der dünne Stoff des Seidenmantels zu knittern begann.

»Lass die dummen Scherze. Seit wann bist du so gesprächig? Vorhin konntest du mich gar nicht schnell genug loswerden und jetzt möchtest plaudern? Hat es mit dem Mond zu tun oder dem Bad, das du offensichtlich genommen hast?«

Sie deutete auf meine feuchten Haare, ich verschränkte achselzuckend die Hände hinter dem Kopf und blieb ihr die Antwort schuldig. Langsam trat sie an das schmale goldene Geländer und hob den Blick zum Himmel hinauf. Ich stützte meinen linken Fuß an der Mauer aus Sandstein ab und beobachtete sie. Sky hatte nicht unrecht gehabt, sie war hübsch, zumindest für einen Menschen. Die meisten ihres Volkes wirkten roh und grobschlächtig, sie hingegen hatte etwas Weiches, fast schon Strahlendes. Es musste von ihrer Mutter stammen, denn die Iluminar waren ausnahmslos schön, auf eine Art, die nicht zu erklären war. So einzigartig und doch so gleich, wie die Sterne am dunklen Firmament.

»Warum bist du mitgekommen?«

Sie schob sich eine Haarsträhne hinter ihr Ohr. Runde Ohren, die Ohren eines Menschen. Dann wandte sie sich zu mir um.

»Du hast mich darum gebeten, auch wenn ich nicht wirklich weiß, wie ich helfen kann. Ich habe keine magischen Kräfte, die euch nützlich sein könnten.«

Ich hob die Augenbrauen.

»Das ist alles? Weil ich darum gebeten habe? Ich wusste, dass ihr naiv seid, aber eigentlich habe ich eure Spezies nicht für dumm gehalten.«

Sie stürmte über die Terrasse und stieß mir wütend ihren Zeigefinger gegen die Brust.

»Hör zu, ich bin eine höfliche, kluge Frau und ich lasse mich nicht ständig von dir beleidigen, verstanden? Ich kann den Schleier durchschreiten und werde es ohne zu zögern wieder tun, wenn du nicht lernst, etwas freundlicher zu sein. Und es hilft dir keineswegs, dass du attraktiv, düster und geheimnisvoll bist. Das sind Dinge, die meine Freundin Mira beeindrucken würden, aber nicht mich. Also benimm dich nicht wie ein Idiot und arbeite mit mir zusammen, wie deine Freunde es auch tun, und du bist mich schneller wieder los, als du es dir vorstellen kannst. Und jetzt werde ich wieder ins Bett gehen. Gute Nacht, *Nox*.« Mit diesen Worten machte sie auf dem Absatz kehrt und verschwand die Treppe hinab. Ich war so perplex, dass ich mich nicht einmal darüber ärgern konnte, dass sie mich bereits zum zweiten Mal Nox genannt hatte.

Sechs

Ria

Mein Herzschlag dröhnte in meinen Ohren. Ich lag wie erstarrt auf dem riesigen Himmelbett und schlug mir die Hände vors Gesicht. Er war attraktiv, düster und geheimnisvoll? Was hatte ich mir dabei nur gedacht? Er behandelte mich wie eine Aussätzige und ich machte ihm Komplimente, großartig. Ich griff nach einem der weichen, wolkenartigen Kissen und schleuderte es quer durch den dunklen Raum. Um nichts in der Welt wollte ich seinem aufgeblasenen Ego noch mehr schmeicheln.

Ich seufzte, an Schlaf war nicht zu denken, aber ich konnte ihm kein weiteres Mal über den Weg laufen, also stand ich auf und setzte mich ans Fenster. Diese wüstenartige Landschaft wirkte bei Nacht unglaublich beeindruckend und es sah beinah so aus, als würden am Horizont Himmel und Erde ineinanderfließen in einen endlosen Raum.

Jedes Mal, wenn ich die Legende Elirions gelesen hatte, waren in meinem Kopf Bilder aufgetaucht. Von exotischen Landstrichen und seltsamen Wesen, die sie bevölkerten. Aber immer, wenn ich versuchte hatte, mir die Iluminar vorzustellen, waren die Fantasien brüchig geworden und hatten sich vor meinem geistigen Auge aufgelöst wie Rauch. Lediglich ihre spitzen Ohren konnte ich deutlich vor mir sehen. Ihre Vollkommenheit und dieses sanfte Strahlen, das sie umgab, war jedoch so überwältigend, dass ich keine Worte dafür fand. Ich sah an mir hinab und biss mir auf die Lippen. Nichts an mir wirkte besonders oder gar schön. Ich war ein Mensch und konnte mich keineswegs mit ihnen vergleichen. Es war besser, wenn ich diese Tatsache verinnerlichte, bevor etwas in mir Gedanken Raum gab, in denen eisblaue Augen die Hauptrolle spielten.

Durch die geschlossene Tür des Ratssaals drangen Stimmen, die sich angeregt unterhielten. Nervös trat ich von einem Fuß auf den anderen. Kurz nach Sonnenaufgang hatte es zaghaft geklopft und zwei Iluminar in Dienstbotenkleidung hatten mir ein Bad eingelassen und danach darauf bestanden, mich anzukleiden. Ich wollte mich weigern, doch bereits nach kurzer Zeit war ich an den vielen Schnüren und Knöpfen verzweifelt. Ich zog das luftige Oberteil zurecht und fühlte mich sichtlich unwohl. Ich trug eine helle Hose, die sich um meine Beine legte wie eine zweite

Haut. Die sandfarbene Bluse war halb durchsichtig und endete über dem Hosenbund. Sie war am Rücken geschnürt wie eine Korsage und auf meinem Dekolletee lagen ein ganzes Dutzend filigraner Goldketten mit verschiedenen Anhängern. Die Haare hatte man mir lediglich an der linken Seite zurückgesteckt und in ordentliche Wellen gelegt, sodass mein sternenförmiges Feuermal, welches ich seit meiner Geburt trug, verdeckt blieb. Meine schwarzen Stiefel hatte ich unter Protest anziehen dürfen und somit waren sie das einzige mir vertraute Kleidungsstück. Plötzlich legte sich eine Hand auf meine Schulter und ich zuckte zusammen.

»Guten Morgen, ich fürchte, es wird uns niemand hereinbitten. Das, sowie alles andere Lebenswichtige, nehmen wir besser selbst in die Hand, was meinst du?!« Linnea strahlte. Sie trug ein unglaublich schönes, figurbetontes grünes Kleid und die blonden Locken flossen ihr wie pures Gold über den Rücken.

Ich nickte lediglich und folgte ihr mit wackeligen Knien, als sie die Flügeltüren aufstieß und erhobenen Hauptes in den Raum stolzierte. Nives und Sky sahen von einigen, auf dem Tisch verstreuten Pergamenten auf und während der dunkelhaarige Iluminar scheu lächelte, stieß Sky einen leisen Pfiff aus. Augenblicklich wurden meine Handflächen feucht und ich spürte, wie meine Wangen zu kribbeln begannen.

»Guten Morgen, die Damen. Ihr hättet euch wirklich nicht so rausputzen müssen. Ria, die Kleider stehen dir ausgezeichnet, als wären sie für dich gemacht. Oder, Nox?«

Der Ratsgesandte des Sonnenhofs grinste, als er sich umwandte. Nox stand an einem der Fenster und musterte mich kühl. Er trug erneut schwarz, doch aufgrund der bereits am Morgen herrschenden Wärme waren mehr Knöpfe seines Hemdes geöffnet als geschlossen und dieser Umstand jagte mir eine Hitzewelle durch den Körper, dass mir fast schon schwindelig wurde.

»Du musst darauf nichts sagen«, murmelte ich, doch zu meinem Erstaunen stieß er sich von der Wand ab und trat zu uns an den Tisch.

»Ja, sie stehen dir.« Der raue Klang seiner Stimme erzeugte ein Brodeln in meinem Inneren.

Ich nahm eilig Platz und wandte mich an Nives. »Worüber habt ihr gesprochen?«

Er schob mir eine Karte und einige Aufzeichnungen zu. »Wir beraten, ob es klug ist, nach Noom zu reisen, um uns von Nihil ein genaueres

Bild machen zu können. Allerdings müssten wir uns dann mit Valarian auseinandersetzen und es ist nicht sicher, was mit dir oder Nikas geschehen soll, während wir weg sind.«

Sky nickte und füllte seinen Kelch mit Wasser aus einer goldenen Karaffe. »Dieser sogenannte *König* denkt, dass Nox tot ist oder bald sein wird. Von dir weiß er nichts und es ist vermutlich besser, wenn das zunächst so bleibt. Wir können lediglich spekulieren, was er mit dir anstellen könnte, wenn er herausfindet, dass du Katara durchschreiten kannst.«

Ich sah von einem zum anderen und versuchte, all die neu gewonnenen Informationen zu verarbeiten. »In Noom gibt es einen König?«

Nun war es Linnea, die das Wort ergriff. »Er hat sich selbst zum König ernannt. Valarian ist genauso ein Gesandter des Rats wie wir. Allerdings ist er machtgierig, größenwahnsinnig und unberechenbar und Nikas Bruder, was die Sache erschwert.«

»Halbbruder«, knurrte Nox und ich fing seinen düsteren Blick auf. Linnea stieß mich leicht in die Seite und flüsterte: »Jetzt weißt du auch, woher der Prinz des Nordens seinen Charme hat.« Ein Schmunzeln legte sich auf meine Lippen, doch als Nox mich durchdringend ansah, schluckte ich hörbar. Was war das nur für ein Ausdruck auf seinem Gesicht? Und wieso wollte ich ihn so dringend verstehen? So sehr ich auch hoffte, auf all das eine Erklärung zu erhalten, fürchtete ich, dass es nicht leicht werden würde, denn mein Herz hatte sich in der Vergangenheit bereits viel zu oft getäuscht.

Wir hatten uns den gesamten Vormittag beraten. Und auch während des Mittagessens, bei dem es so fantastisch schmeckende Speisen gab, dass ich nicht aufhören konnte zu probieren, hatten wir weiter diskutiert. In einer der wenigen kurzen Pausen, die wir uns erlaubten, wollte ich mir ein wenig die Beine vertreten. Ich ging in den belebten Innenhof und bewunderte das bunte Treiben der Händler, nahm die exotischen Gerüche in mich auf und lenkte meine Schritte dann zu einem kleinen Springbrunnen, der munter vor sich hinplätscherte. Dort ließ ich mich auf dem breiten Rand aus Sandstein nieder und tauchte meine Finger in das kühle Wasser, das so türkis leuchtete, dass es beinah unwirklich schien.

»Diese Hitze ist erbarmungslos, nicht wahr?« Neben mir sank eine schwarzhaarige Iluminar auf die warmen Steine und fächelte sich mit der Hand Luft zu. Sie hatte helle Haut, trug dunkle, lederne Kleidung und ein Schwert an ihren schmalen Hüften. Ihre blauen Augen musterten mich abwartend.

»Das stimmt, es fühlt sich an, als würde der Sauerstoff aus den Lungen gepresst. Ich bin Ria.«

Sie nahm meine ausgestreckte Hand und schüttelte sie. »Freut mich sehr, Ria. Bist du das erste Mal in Eilos?«

Ich nickte und sah in den wolkenlosen Himmel hinauf. Dann löste ich die Spangen aus meiner kunstvollen Frisur und band mir die Haare zu einem Zopf, um wenigstens das Gefühl eines Windhauchs auf meinem Nacken spüren zu können.

Die Fremde stutze und deutete auf meine Ohren. »Du bist ein Mensch? Wie ist das möglich?«

Eilig erhob ich mich und wies die Treppen hinauf. »Es tut mir leid, ich muss jetzt leider gehen, schön, dich kennen gelernt zu haben …?«

Mein Gegenüber verengte die Augen zu schmalen Schlitzen. »Tama. Ja, es hat mich wirklich gefreut, *Ria*.«

Ich hob die Hand zum Gruß und lief dann die Stufen zur Eingangspforte hinauf, ohne mich noch einmal umzudrehen. Mein Gefühl sagte mir, dass ich gerade einen großen Fehler begangen hatte.

Wir beendeten die Gespräche am Nachmittag früher als erwartet und ich wartete auf eine günstige Gelegenheit, um mit Nox sprechen zu können. Mein Verhalten von letzter Nacht lag mir schwer im Magen und ich wollte einiges richtigstellen, doch Linnea griff nach meiner Hand und zog mich sanft, aber bestimmt aus dem Raum, sobald Sky ein offizielles Schlusswort gesprochen hatte. Überrascht folgte ich ihr durch einige Gänge, die Treppen hinauf und wieder hinab, bis sie schließlich eine Tür öffnete und ich mich in ihren Gemächern wiederfand. Es hing ein Duft von tausenden Blüten in der Luft und alles leuchtete in warmen Pastellfarben. In einer Ecke wurzelte ein mit großen, rosa Knospen bestückter Baum und ich meinte, das Zwitschern von Vögeln hören zu können.

»Willkommen in meinem Reich. Ich finde Eilos furchtbar karg und sandig, deswegen muss ich ein wenig Heimat hierherbringen, um mich wohlzufühlen. Wie findest du es?«

Staunend trat ich an den knorrigen Stamm heran und legte meine Hände prüfend darauf. Er fühlte sich echt an und ich konnte jede Erhebung der dunklen Rinde deutlich spüren. »Wie ist das möglich?«

Linnea trat an meine Seite und öffnete langsam ihre linke Hand. Über ihrer Handfläche schwebten golden und grün leuchtende Funken. Ein Hauch und ein kleines Feuerwerk hob sich strahlend und knisternd in die Luft, ehe es in einem Blütenregen explodierte. Ich hatte Magie noch nie gesehen. Ein Schauer lief meine Arme hinab und meine Augen weiteten sich.

»Das ist wunderschön. Einfach unglaublich.«

Sie lächelte, löste einige der Blumen aus ihren blonden Locken und ließ sie zu Boden segeln. »Das ist die ganz eigene Magie von Nyar. Jedes Reich Elirions verleiht seinen Bewohnern eine besondere Magieader, zusätzlich zu ihrer persönlichen. Da Nyar das Reich der Natur und des Sommers ist, sind die Pflanzen und ihr Wachstum sein Element und somit auch das meine. Schön, dass es dir gefällt.«

Sie öffnete die Tür eines mächtigen Schrankes, der mit dem Boden verwurzelt schien, als wäre in seinem Holz noch Leben. Ich war noch immer völlig fasziniert von all dem Zauber um mich herum.

»Und die anderen? Welche Magieader fließt durch sie?«

Linnea ließ einige Kleidungsstücke prüfend auf das verschnörkelte Himmelbett fallen. »Wenn du Nives besuchen möchtest, solltest du einen warmen Mantel anziehen. Er verfügt über die Kräfte des Eises und des Winters. Sky kann die Energie der Sonne und des Tages nutzen und Valarian befehligt die Nacht und den Mond.«

Ich setzte mich auf einen dunkelgrünen Sessel, dessen Oberfläche sich wie weiches Moos anfühlte und sah auf meine Hände hinab, als ich erneut zu sprechen anhob.

»Und … Nox?«

Die Gesandte Nyars verharrte in der Bewegung und sah mich durchdringend an.

»Es ist besser, du sprichst nicht darüber, welche Magie durch die Adern des Nordprinzen fließt.«

Das Vogelgezwitscher verstummte und mir war, als spürte ich einen kalten Luftzug, der nicht so richtig in dieses idyllische Bild passen wollte.

»Warum? Was ist mit seinen Kräften?«

Die blonde Iluminar wurde ernst und jegliche Wärme war plötzlich aus ihrem Blick verschwunden. »Sie sind … dunkel und tief in ihm verborgen. Der Tag, an dem sie entfesselt werden, wird hoffentlich niemals kommen. Und jetzt lass uns nicht mehr darüber reden, heute Abend ist das Mittsommerfest und wir haben noch eine Menge zu tun, wenn wir rechtzeitig fertig sein wollen.« Sie lächelte, doch dieses Mal erreichte das Strahlen nicht ihre Augen.

Ich betrachtete mich wieder und wieder in dem bodentiefen Spiegel und konnte noch immer nicht glauben, dass diese Frau, die jeder meiner Bewegungen folgte, tatsächlich ich war. Linnea hatte mir erklärt, dass in Eilos jedes Jahr um diese Zeit ein Fest stattfand. Zu Ehren der Sonne, der Magie und des Lebens, das sie spendete. Es wurde gefeiert, getanzt, gegessen und getrunken bis zum nächsten Morgen. Ganz Eilos war mit den Vorbereitungen beschäftigt und aus dem festlich geschmückten Innenhof drangen aufgeregte, lachende Stimme empor.

»Du siehst aus wie eine Prinzessin. Wunderschön.« Linnea schloss ein sonnenförmiges Medaillon um meinen Hals und nickte anerkennend.

»Etwas fehlt allerdings noch.« Sie trat vor und legte ihre schmalen Finger um meine Ohrmuscheln, die augenblicklich zu kribbeln begannen.

»So, nun bist du perfekt.« Sie gab den Blick auf den Spiegel wieder frei und ich schnappte nach Luft. Meine runden Menschenohren waren verschwunden, an ihre Stelle waren nun die spitz zulaufenden Ohren einer Iluminar getreten. Behutsam fuhr ich mit meinen Händen ihre Form nach und mein Herz setzte einen Schlag aus. Ich trug ein bodenlanges, figurbetontes, goldschimmerndes Kleid. Es war schulterfrei und hatte einen herzförmigen Ausschnitt, den Mira sicherlich als zu unanständig aufgefasst hätte. Filigrane Ohrringe schlangen sich von der Spitze meiner neuen Ohren, bis zu den Ohrläppchen hinab. Meine roten Haare waren mit Goldstaub durchzogen, und an den Seiten zurückgesteckt. Ich trug sandfarbene Sandalen, die sich um meine Waden wickelten und so leicht waren, dass ich sie kaum spürte. Mein sternenförmiges Feuermal hatte Linnea mit winzigen, funkelnden Sandkörnern nachgezeichnet, sodass es nicht länger ein hässlicher Makel war, sondern eher einer strahlenden Tätowierung glich. Ich drückte den Rücken durch und atmete tief ein und aus.

»Ich bin bereit. Gehen wir.« Linnea lächelte und hakte sich bei mir ein. Gemeinsam verließen wir das Zimmer und traten hinaus in die warme Abenddämmerung.

Sky und Nives erwarteten uns am Fuße der Eingangstreppe und während der dunkelhaarige Iluminar Linnea seinen Arm anbot, flüsterte Sky mir zu: »Du siehst bezaubernd aus, Ria. Zu schade, dass ich dich nicht begleiten kann. Aber als Gesandter des Rates muss ich die Feier eröffnen und dieses Mal ist es wirklich ein Jammer. Ich hoffe, Nox weiß deine Gesellschaft zu schätzen.«

Ich spürte erneut die Röte in meine Wangen schießen. Sky trat ein paar Schritte zurück und gab den Blick auf *ihn* frei. Er trug wie gewöhnlich schwarz, doch seine Kleidung war förmlicher und schimmerte im Licht, als wären Sterne in den Stoff gewebt worden. Über seinem Hemd lag eine Jacke mit einem Stehkragen und verzierten silbernen Knöpfen. Die dunkle Hose schmiegte sich um seine muskulösen Beine und endete in schwarzen Lederstiefeln. Seine Haare waren sorgsam zurückgekämmt und an den Schläfen blitzten helle Verzierungen wie Sternenbilder auf. Ich konnte die Augen nicht von ihm abwenden. In diesem Moment sah er tatsächlich aus wie ein Prinz. Dunkel, mächtig und so attraktiv, dass ihm die Blicke sämtlicher Frauen folgten, als er die unteren Stufen hinaufstieg und mir seinen Arm entgegenstreckte.

Zögernd ließ ich mich von Nox davonführen, hinüber zu einem goldenen Baldachin, unter dem gepolsterte Korbstühle standen und flackernde, sonnenförmige Laternen ein sanftes Licht spendeten.

Ich setzte mich, als Sky mit seiner Ansprache an das Volk Eilos' und seine Gäste begann. Er war sich seiner Funktion als Ratsgesandter bewusst, aber er fühlte sich nicht erhaben, sondern sprach zu ihnen als Freund. Man sah und spürte, dass die Bewohner des Sonnenhofes ihn schätzten und bewunderten. Trinkkelche wurde erhoben und als die Sonne gänzlich hinter dem Horizont verschwand, erklang eine fröhliche Melodie und die Iluminar tanzten ausgelassen, paarweise oder in Gruppen. Ich konnte mich gar nicht sattsehen an den Farben, den geschmückten Fassaden und schwebenden Lichtern um mich herum.

Ich beobachtete Linnea und Nives eine Weile. Sie wirkten sehr vertraut und ich fragte mich, ob sie vielleicht jemals etwas füreinander empfunden hatten, was über eine freundschaftliche oder politische Beziehung hinausgegangen war.

Ich sah zu Nox hinüber. Er ließ seinen Blick aufmerksam über die Menge schweifen, ehe er den meinen auffing. Abwartend hob er die Augenbrauen und ich räusperte mich.

»Das ist ein schönes Fest. Nimmst du jedes Jahr daran teil?« Seine Augen funkelten.

»Nein, ich kann mit diesen albernen Traditionen nichts anfangen. Ich bin heute lediglich für Sky hier.«

Ich bemerkte die Dolche in seinen Stiefeln und seufzte. »Das heißt, du wirst nicht tanzen?«

Eilig wandte er sich ab und murmelte: »Sicher nicht.«

Ein leises Zwicken in meinem Herzen brachte mich dazu, energischer aufzustehen, als ich es beabsichtigt hatte. Ich strich den Rock meines Kleides glatt und steuerte hoch erhobenen Hauptes auf die Tanzfläche zu. »In Ordnung, dann geh ich allein.« Und mit diesen Worten verschwand ich in der ausgelassen feiernden Menge.

Sieben

Nox

Sie kehrte nicht zurück. Nach einer Weile erhob ich mich und beschloss, mir ein wenig die Beine zu vertreten. Sky war in ein intensives Gespräch mit einer blonden Iluminar vertieft, deren Kleid mehr von ihrem Körper freigab, als es verdeckte. Ich verdrehte die Augen und zog mich in eine weniger belebte Ecke des Innenhofes zurück. Alles an diesem Fest war mir zuwider. Die Musik, der Alkohol, die lauten Stimmen und sich eng aneinanderschmiegenden Tänzer. Doch nachdem wir beschlossen hatten, Rianas Ankunft in Elirion vorerst geheim zu halten, hatte Sky mir das Versprechen abgenommen, ein Auge auf unseren menschlichen Gast zu haben. Mein Halbbruder hatte ein breites Netzwerk von Spionen und Kundschaftern und in keinem Fall durfte er über unsere Pläne, nach Noom zu reisen, in Kenntnis gesetzt werden.

»Nikas?«

Sämtliche Muskeln in meinem Körper versteiften sich, als ich eine dunkelhaarige Frau in einer schwarzen Lederrüstung auf mich zu eilen sah. »Tama, was tust du hier?«

Der Zorn in meiner Stimme ließ sich nur allzu schwer verbergen. Doch sie lächelte bloß und umarmte mich, während ich zu einer Salzsäule erstarrte und meinen Blick unruhig über die Feiernden huschen ließ. Wo war Riana? Sie durfte der Beraterin Valarians nicht in die Arme laufen.

»Ich habe in Nyar einen Auftrag erledigt und bin auf der Heimreise. Doch das Mittsommerfest von Eilos ist einfach großartig, das konnte ich mir nicht entgehen lassen. Wann kommst du nach Noom zurück? Warst du erfolgreich?«

Ich befreite mich aus ihrem Griff und trat einige Schritte zurück, um Abstand zwischen uns zu bringen. »Das weiß ich noch nicht, und jetzt entschuldige mich.« Ich trat an ihr vorbei, als sie mit ihrer Hand meine Schulter berührte.

»Bitte, pass auf dich auf. Und Nikas, du siehst toll aus«, flüsterte sie.

Ich ignorierte ihre Worte und schob mich zwischen den Tanzenden hindurch. Sekunden später sah ich *sie*, zusammen mit einem hell gekleideten Iluminar, der sie lachend im Kreis drehte. Eilig ging ich auf sie zu, und bedeutete dem sichtlich faszinierten Mann, der ihre Hand hielt, Platz zu machen. Irritiert wich er zurück und ich griff nach Rianas Fingern. Sie wirbelte herum und ihre Augen wurden groß, als ihr bewusst wurde, dass es meine Arme waren, die sie auffingen.

»Überraschung«, sagte ich trocken, während sich meine linke Hand auf ihren unteren Rücken legte und sie näher zu mir schob.

»Wo ist Corvin?« Sie klang nicht halb so enttäuscht, wie sie mir vermutlich gerne weismachen wollte.

»Der hatte etwas Dringendes zu erledigen, also wirst du wohl mit mir Vorlieb nehmen müssen, bis der Tanz vorbei ist.«

Sie stellte sich auf die Zehenspitzen, um mir geradewegs in die Augen sehen zu können. »Ich bezweifle, dass du überhaupt tanzen kannst. Geschweige denn, mich wie ein Gentleman führen.«

Ich beugte mich ein Stück näher zu ihr hinunter und verstärkte den Druck meiner Hände, sodass ihre Hüfte gegen die meine stieß. Ihre Wangen glühten, doch sie hielt meinem Blick stand. Dann begann ich sie im Takt der Musik zu drehen und sie folgte jedem meiner Schritte, ohne zu zögern. Um uns herum verstummten die Gespräche und ein leises Raunen und Flüstern brandete wie eine Welle über die Menge hinweg. Als die Melodie verstummte, war unser beider Atmung aus dem Rhythmus geraten. Riana bewegte sich ein letztes Mal im Kreis um mich herum und verharrte dann, ihre Hand in meiner, während ein jubelnder Applaus mein Trommelfell beinah zerriss. Eilig zog ich sie von der Tanzfläche und zu einem der unzähligen Hintereingänge des Sonnenhofes.

»Wohin gehen wir? Nox, warte!«

Sie keuchte, als ich immer zwei Stufen auf einmal nahm und die Wendeltreppe hinaufrannte. Ein schmaler, schummerig beleuchteter Gang zweigte zur Linken ab und verlor sich in der Tiefe. Ohne weiter darüber nachzudenken, lenkte ich meine Schritte in diese Richtung.

»Würdest du mir bitte erklären, was los ist? Hey!«

Ich wirbelte herum und drückte sie gegen die warme Steinmauer. Ihre Brust hob und senkte sich hektisch, und ihre Augen waren vor Verwunderung geweitet.

»Wir haben jetzt keine Zeit für Erklärungen, also halt einfach den Mund. Bitte.«

Ich setzte mich erneut in Bewegung, als ihre Finger sich fest um meine Hand schlossen und mir in diesem Moment erst bewusstwurde, dass ich sie die ganze Zeit über nicht losgelassen hatte. Ich funkelte sie wütend an. Doch sie hob nur trotzig das Kinn und zischte: »Ich gehe keinen Schritt weiter, wenn du mir nicht sofort sagst, was in dich gefahren ist.«

Ungeduldig fuhr ich mir durch das sorgfältig gekämmte Haar und zerzauste es. »Ich habe jemanden getroffen, der nichts von deiner Existenz wissen sollte.«

Sie grinste und vollführte einen theatralischen Augenaufschlag. Wäre die Situation nicht so ernst gewesen, hätte ich beinah gelacht. »Du versteckst mich vor deiner Freundin? Du hast wirklich keine Manieren, Prinz des Nordens.«

Ich wollte gerade zu einer Antwort ansetzen, als ich leise Schritte aus der Nähe der Wendeltreppe vernahm. Wir eilten weiter den Gang hinab, ehe Riana mich plötzlich ruckartig zurückzog und durch eine Tür schob, die mir im Halbdunkel nicht aufgefallen war. Das Zimmer dahinter war leer und der Mond schien durch die gläserne Fensterfront. Ich lehnte mich an den hölzernen Türrahmen, während meine Begleiterin die Arme vor der Brust verschränkte und offensichtlich noch immer auf eine Erklärung wartete. Das kalte Licht der Nacht brachte ihr goldenes Kleid zum Funkeln und ließ die gesamte Situation surreal erscheinen. Ich schüttelte den Kopf. Was war in mich gefahren? Ich hätte Sky oder Nives bitten sollen, sie auf ihr Zimmer zu begleiten, um mich dann Tama anzunehmen. Stattdessen war ich von der Tanzfläche geflohen, als wären eine ganze Armee Zarkull hinter mir her.

»Kommen dir etwa Zweifel bezüglich deiner fadenscheinigen Ausflüchte?«

Sie war nun ebenfalls an die Tür getreten, und stand mir genau gegenüber. Warum redeten Frauen ständig ohne Unterlass? Ich schnaubte, stieß mich von der Wand ab und stützte meine Hände zu beiden Seiten ihres Gesichts auf. Sie zuckte zurück und ein zufriedenes Grinsen huschte über meinen Mund. Sie fühlte sich unwohl, sehr gut, das war genau der Zustand, in dem ich sie haben wollte.

»Du hast recht, eigentlich wollte ich lediglich mit dir allein sein.«

Meine Stimme war sanft und schmeichelnd und sie fiel auf jedes meiner Worte herein. Ihr Gesicht glühte und sie schwieg, während ich mich fragte, ob dieser unterschwellige Schwindel von den billigen Lügen kam, die mir nur allzu leicht von den Lippen geflossen waren, oder ob er eine andere, weit unbequemere Ursache hatte.

»Ich weiß wirklich nicht, was in dich gefahren ist! Bei den Sternen, du hast uns alle in Teufelsküche gebracht. Seit wann bist du so dermaßen unvernünftig? Nein, halt, das nehme ich zurück, das warst du schon immer. Fürsorglich? Ja, du sorgst dich um sie, Nox.«

Sky lief vor mir auf und ab und fuchtelte dabei so hektisch mit den Armen, dass ich mich immer wieder ducken musste, um einem unbeabsichtigten Schlag zu entgehen. Ich schwieg, während er erneut Luft holte und sein Tonfall immer angespannter wurde.

»Du hättest uns das überlassen sollen, Nikas, oder mir, sogar Linnea wäre der Aufgabe besser gewachsen gewesen als du. Du solltest auf sie aufpassen, nicht dafür sorgen, dass euer Tanz in aller Munde ist. Es kursieren bereits Gerüchte über die schöne Unbekannte, die das kalte Herz des Nordprinzen erwärmen konnte. Das ist ein Lauffeuer und …«

»Tama war hier. Sie wird Valarian davon berichten, er wird erfahren, dass ich nicht tot bin und dass ein Mensch nach Elirion gelangt ist. Wir haben größere Probleme als ein absolut abwegiges Liebesgerücht.«

Ich verschränkte die Arme vor der Brust. Mein bester Freund fuhr sich durch die hellblonden Haare, bis sie ihm wirr vom Kopf abstanden.

»Wir müssen ihn einladen. Ihm somit zuvorkommen und Ria als eine von uns ausgeben. Wie lange kann Linnea den Zauber mit den falschen Ohren aufrecht halten?«

Ich hob verwundert die Augenbrauen und zuckte die Achseln. Sky goss Wein in einen Kelch, nur um diesen dann unruhig hin und her zu schwenken.

»Fragen wir sie.«

Und mit diesen Worten war er aus dem Raum gestürmt.

Binnen weniger Minuten kehrte der Ratsgesandte von Eilos zurück, im Schlepptau Nives, Linnea und natürlich Riana, deren Ohren noch immer die einer Iluminar waren. »Es ist mitten in der Nacht und es war ein wirklich langer Abend.«

Die Gesandte Nyars wickelte den moosgrünen Morgenmantel fester um ihre zierliche Gestalt und funkelte meinen Freund böse an.

»Sieh einer an: der tanzende Gentleman höchstpersönlich. Was hast du wieder angestellt, Nikas?«

Ich ignorierte ihren schelmischen Gesichtsausdruck und blickte zu Riana. Sie hatte ihr goldenes Kleid gegen ein knöchellanges, schwarzes Nachthemd getauscht, das im Mondlicht silbern schimmerte. Sie wirkte beunruhigt und schob sich ein paar Haarsträhnen aus der Stirn.

»Wir werden nicht verhindern können, dass Valarian von alldem erfährt. Tama wird es ihm sicherlich brühwarm erzählen, also brauchen wir einen Plan. Ich schlage vor, ihm zuvor zu kommen und ihn einzuladen.«

Nives rieb sich gedankenverloren über den Nacken.

»Was willst du als Grund nennen? Er wird nicht einfach so auf eine Einladung reagieren.«

Skys Blick bohrte sich in meinen und seine Stimme war gefährlich leise, als er antwortete: »Linnea, du musst die Magie, die Ria in eine von uns verwandelt, aufrecht halten. Wir werden so tun, als wäre das Gerücht, dass ein Mensch Katara durchschritten hätte, nichts weiter als eben das: ein Gerücht. Und den großen Auftritt von Nox heute nutzen wir zu unserem Vorteil.«

Ich spürte, wie meine Haltung sich versteifte und ein dumpfes Rauschen in meinen Ohren anhob.

»Und wie sieht dieser Vorteil aus?«

Linnea schob sich näher an Riana heran, als befürchtete sie einen Schwächeanfall ihrerseits.

»Wir geben sie als Nox' Verlobte aus, das sollte alle abwegigen Vermutungen verstummen lassen und Valarian davon abhalten, genauer nachzuforschen.«

Das Rauschen wurde so laut, dass ich die aufgeregten Ausrufe und das gesprochene Durcheinander von den Gesandten Nyars und Talvis nicht mehr verstand. Ich griff haltsuchend nach einer Stuhllehne, während ich tief in mich hineinlauschte, doch ich empfand nichts. Keine Wut, keinen Zorn, nur gähnende Leere und ein mir bisher unbekanntes Gefühl: Furcht. Dann durchquerte ich eilig das Zimmer und riss die Tür auf. Während ich zu laufen begann, spürte ich ihre grünen Augen in meinem Rücken und beschleunigte meine Schritte, bis ich rannte und mein Puls wild zu pochen begann. Die Dachterrasse war menschenleer. Erleichtert blickte ich zu den Sternen hinauf und sog die kühle Nachtluft in meine brennenden Lungen. Ich hatte mich selbst in diese verdammte Lage gebracht. Hätte ich nicht eingegriffen und diesen lächerlichen Tanz unterbrochen, wäre alles anders gekommen. Ein raues Lachen entwich meiner Kehle. Bis vor wenigen Tagen war ich der Anführer der Hunter gewesen, mit dem Auftrag, den Fluchbrecher jenseits der Grenze zu stehlen. Und jetzt sollte ich mich lediglich zwischen meinem Tod oder einer erfundenen Verlobung mit einem Menschen entscheiden. Ich konnte nicht sagen, was die bessere Alternative war.

Der Saal war gefüllt mit unbekannten Gesichtern. Sie alle starrten mich an, als ich mich umwandte und meinen Blick auf die dunkle Ebenholztür richtete. Ich trug eine dunkle Uniform und ein niederdrückendes Gewicht lag auf meinem Kopf … eine Krone.

Die Tür öffnete sich und eine Frau betrat die Szenerie. Sie war in ein weißes, langes Kleid gekleidet und ihre roten Haare schimmerten unter einem Kranz aus gefallenen Sternen. Sie lächelte und ihre Augen füllten sich mit Tränen. »Ich bin so glücklich, so unendlich glücklich.« Sie streckte ihre Hand aus … Ich bekam keine Luft … Mein Hals war wie zugeschnürt und plötzlich ging alles um mich herum in Flammen auf. Schreie … splitterndes Holz … Hitze. Dann erfasste das Feuer sie und der Kranz aus silbernen Sternen schmolz und floss ihre Schläfen hinab, während sie flehte: »Rette mich Nox … rette mich!« Dunkelheit. Schwärze. Ein kaltes Lachen und dann war da nichts mehr.

Die Sonne schob sich rotglühend über den Horizont. Ich hatte den Kopf an die hölzerne Verkleidung meines Bettes gelehnt und wischte mir mit dem Handrücken den Schweiß von der Stirn. Woher kamen diese merkwürdigen, düsteren Träume? Sie waren erst nach Rianas Ankunft aufgetaucht und ich wollte sie, so schnell es möglich war, wieder loswerden. Frost hatte ich seit zwei Tagen nicht mehr gesehen und allmählich machte mich ihr Versteckspiel wütend. Sie war meine Begleiterin, wir teilten ein besonderes Band miteinander und ich hatte das Gefühl, dass sie mir aus dem Weg ging, ohne den Grund dafür zu kennen.

Ich griff nach meinen Stiefeln und stieg in meine schwarze Lederrüstung. Eine intensive Trainingseinheit würde mich hoffentlich auf andere Gedanken bringen. In dem kleinen Innenhof, der abgeschirmt zwischen den Sandsteinmauern des Sonnenhofes lag, bandagierte ich mir die Hände sorgfältig und schlug wenige Minuten später auf einen hölzernen Gegner ein, bis mir der Schweiß den Körper hinabrann und ich den Trommelschlag meines Herzens in den Ohren spürte.

Während meiner Ausbildung zum Hunter hatte ich gelernt, mit allen erdenklichen Waffen umzugehen. Verteidigungstechniken waren dabei ebenso wichtig gewesen wie der Angriff. Doch den unbewaffneten Nahkampf hatte ich mir selbst beigebracht. Meine Fingerknöchel waren jedes Mal blutig und mit Blasen übersät, aber selten fühlte ich mich besser als in den Momenten, in denen ich wie von Sinnen zuschlug, mich duckte und einen weiteren Schlag ausführte, der sein Ziel niemals verfehlte.

Ich biss die Zähne zusammen und meine Faust schoss vor, um den Kopf meines Gegenübers zurück schleudern zu lassen wie die Sehne eines Bogens. Ein Keuchen drang aus meiner Kehle und die Haare klebten mir bereits im Nacken, doch ich gab keine Sekunde nach.

Bevor Sky nach Eilos gegangen war, hatten wir immer gemeinsam trainiert und jedes Mal musste er sich geschlagen geben. Der Gedanke an meine Vergangenheit ließ eine erneute Welle der Wut und des Zorns über mich hinweg rollen und die Schläge wurden härter. Ich drehte mich um die eigene Achse und verpasste der Holzfigur einen gekonnten Tritt in die Brust. Es knackte, das Material splitterte und gab ächzend nach. Ich stemmte die Hände in die Seiten und betrachtete meinen am Boden liegenden Gegenspieler.

»Ich hoffe, du hast dir nicht mich dabei vorgestellt.« Sie trat aus dem Schatten einer Palme und musterte erst das zerbrochene Trainingsgerät, dann mich. Der warme Wüstenwind ließ ihr kurzes, sandfarbenes Oberteil flattern und sie umfasste eilig den Saum, der ihren Bauch umspielte. »Ich weiß, du bist verärgert, aber kannst du mir erklären, was die arme Figur damit zu tun hatte?«

Sie lächelte und ihre Augen funkelten. Ich löste die feuchten Bandagen von meinen Händen und ließ sie zu Boden gleiten.

»Ich muss trainieren und da es hier keinen würdigen Gegner gibt …«

Ich ließ den Satz unbeendet, bewegte vorsichtig die Finger und verzog das Gesicht, als ein brennender Schmerz hindurch jagte. Riana zuckte beim Anblick der blutenden Knöchel zusammen.

»Das muss versorgt werden.«

Sie griff nach meinem Arm und zog mich zurück in den kühlen Schatten des Hofes. Wenige Augenblicke später öffnete sie die Tür zu ihrem Zimmer, schob mich hindurch und trat durch einen Rundbogen in das angrenzende Bad. Ich rührte mich nicht von der Stelle, sondern blickte angestrengt aus dem Fenster in den belebten Innenhof hinab.

»Setz dich. Es wird einen Moment dauern.«

Seufzend ließ ich mich auf einem weich gepolsterten Sofa nieder und musterte sie abschätzig, als sie neben mir Platz nahm.

»Ich brauche deine Hilfe nicht. Das verheilt von allein.« Vorsichtig griff Riana nach meiner linken Hand und tupfte mit einem streng riechenden Tuch darüber. Ich knurrte. Die Flüssigkeit brannte, als würden sich kleine Flammen durch meine Haut fressen, doch sie ließ sich nicht beirren und säuberte nach und nach alle Knöchel von dem bereits getrockneten Blut. Ihr Knie stieß gegen das meine. Ich sah, wie sie die Lippen zusammenpresste und scheinbar den Atem anhielt.

»Das sollte fürs Erste genügen. Morgen wechsle ich die Verbände.«

Sie blickte auf ihre Füße hinab und stand dann eilig auf. Während sie die Tücher und Salben zurück an ihren Platz stellte, nestelte ich an den Verschlüssen des ledernen Brustschutzes. Ich gab jedoch fluchend auf, da die Bewegung meiner Finger eingeschränkt war.

»Soll ich?«, fragte sie leise.

»Da du mich sowieso schon wie einen Invaliden behandelst, bitte, tu dir keinen Zwang an.«

Ich presste die Kiefermuskeln aufeinander, während sie nach und nach sämtliche Schnallen und Haken öffnete. Das schwarze Oberteil war ebenso schweißnass wie der Rest meiner Kleidung und klebte an meinem Körper. Ihre Wangen glühten und ein seltsamer Glanz trat in ihre Augen. Ich räusperte mich.

»Diese Sache gestern … der Vorschlag von Sky … bilde dir darauf nichts ein, verstanden? Ich kenne Valarian und ich weiß, was er mit dir anstellen würde, wenn er wüsste, wer du bist. Also, wenn wir nicht gerade in der Öffentlichkeit sind, musst du nicht so tun, als würde dir etwas an mir liegen.«

Ich nahm die lederne Rüstung aus ihren Fingern und wandte mich zum Gehen.

»Wir sollten uns etwas einfallen lassen, wie wir die Fassade aufrechterhalten. Schließlich müssen wir deinem Halbbruder gegenüber glaubhaft erscheinen.« Der Ausdruck in ihrem Gesicht war beinah herausfordernd.

Ich grinste und trat auf den Gang hinaus. »Keine Sorge, ich kann sehr überzeugend sein, wenn ich will.«

Und mit diesen Worten eilte ich in Richtung der Ratsgemächer davon.

Ein gewaltiger Sandsturm verdunkelte seit den frühen Morgenstunden den Himmel. Es waren zwei Tage vergangen und Sky hatte keine Antwort aus Noom erhalten. Die Stimmung war angespannt. Ich hatte mich so gut es ging zurückgezogen und war lediglich zu den Mahlzeiten zu den anderen gestoßen. An diesem Mittag sprachen wir gerade über den Vorschlag von Nives, innerhalb der nächsten 24 Stunden in Richtung Norden aufzubrechen, als es klopfte. Sky erhob sich und öffnete. Vor der Tür stand ein Trupp aus sechs Männern, alle in die dunkle Lederuniform der Hunter gekleidet und mit Schwertern in den Gürteln. Die Ratsgesandten richteten sich kerzengerade auf, ebenso wie Riana, die zu meiner Linken saß. Ihre Miene wirkte gefasst, doch ich sah einen Hauch von Furcht in ihren Augen. Ich war ebenfalls aufgestanden und der erste Iluminar der Gruppe schlug sich die Faust gegen die Brust, als er mich erblickte.

»Sir, wir sind in Begleitung Eures Bruders, des Königs von Noom, gekommen, um Euch und Eure zukünftige Braut zurück in den Norden zu eskortieren.«

Ich verschränkte die Arme und neigte den Kopf, um ihm zu bedeuten, fortzufahren. Sky blickte unruhig zwischen mir und den Huntern hin und her und für einen Augenblick war es so still, dass das Heulen des Sturms deutlich zu vernehmen war. Eine knappe Verbeugung und die Männer traten zur Seite, um *ihm* Platz zu machen. Valarian trug eine imposante Krone auf seinem silberweißen Haar. Sein nachtschwarzer Mantel war über und über mit Ornamenten bestickt und reichte bis zum Boden hinab. An seinem rechten Zeigefinger glänzte ein dunkler Siegelring und das diabolische Grinsen auf seinem scharfkantigen Gesicht ließ mich unwirsch mit den Zähnen knirschen.

»Nikas, was für eine Freude. Und die Gesandten des Rates, wie schön. Eine hübsche kleine Versammlung, lediglich der Empfang lässt zu wünschen übrig.«

Valarian trat an Sky vorbei, ohne ihn eines Blickes zu würdigen, und auf Riana und mich zu. Seine onyxfarbenen Augen musterten die Menschenfrau prüfend. »Willst du uns denn nicht vorstellen?«

Das teuflische Lächeln wurde breiter. Ich reichte ihr die Hand, ehe sie sich erhob. Ihre Finger waren klamm und schlossen sich so fest um die meinen, dass ich instinktiv Luft holte.

»Valarian, das ist Riana. Riana, das ist mein Halbbruder.«

Sie sank in einen vornehmen Knicks und senkte den Blick. »Sehr erfreut, Hoheit.«

Ihre Stimme zitterte ein wenig und nun war ich es, der ihre Hand drückte. Sie sah mich an und ich legte meinen Arm um ihre Taille. Wenn dieses Scheusal unser Theater glauben sollte, musste ich meine Gedanken ignorieren und mitspielen, so gut ich konnte.

»Sieh an, deine Manieren sind ja vorbildlich. Wieso hast du mir diese reizende Gesellschaft so lange vorenthalten, Nikas? Warst du in Sorge, mein Charme könnte sie überzeugen, sich nicht an einen niederen Soldaten zu binden, sondern die Nähe eines Königs vorzuziehen?«

Ein kaltes Lachen entfuhr seiner Kehle und meine Finger gruben sich in den weichen Stoff ihres Kleides.

»Ich danke Euch für dieses schmeichelhafte Kompliment, Hoheit, aber mein Herz gehört Nikas.«

Ich hustete und fing Skys flehenden Blick auf. *Denk nicht nach, nicht jetzt.*

Valarian legte den Kopf schräg und seine Augen schienen mich regelrecht zu durchbohren. »Erstaunlich, nicht wahr, kleiner Bruder? Ich hätte niemals gedacht, dass jemand dein kaltes Herz lieben könnte, geschweige denn, dass du die Liebe einer Frau erwidern würdest. Ich bin neugierig, wie kam es zu dieser, wie mir scheint, doch recht plötzlichen Verbindung?«

Ich spürte das Blut durch meine Adern pulsieren, als Riana sich näher an mich schmiegte und die Stellen, an denen unsere Körper sich berührten, Feuer fingen. Draußen heulte der Wind, während in meinem Inneren ein ganz eigener Sturm tobte.

»Wollen wir uns nicht setzen und den eigentlichen Grund deines Besuches erörtern, Valarian?« Sky deutete auf den Platz zu seiner Rechten.

Doch der selbsternannte König des Nordens lächelte süffisant und wandte sich dann wieder an mich. Ich verfluchte den Plan, den meine drei Freunde für so klug gehalten hatten, und am meisten verfluchte ich meine Rolle in dem Laientheater, das mir Kopfschmerzen bereitete.

»Was könnte wichtiger sein als die Verlobung von Nikas? Riana, du musst eine außergewöhnliche Frau sein, wenn es dir gelungen ist, meinen Bruder von etwas derartig Romantischem wie einer Hochzeit zu überzeugen. Sag, aus welchem Teil Elirions stammst du?«

Mir lief es eiskalt den Rücken hinab. Wir hatten uns nie über eine glaubwürdige Geschichte unterhalten, ich hatte sie damals unterbrochen und mich damit gebrüstet, dass ich überzeugend sein konnte. Sie hatte recht behalten. Das Pochen hinter meinen Schläfen wurde hartnäckiger. Ich spürte ihre warme Hand auf Höhe meines Herzens.

»Ihr schmeichelt mir, Hoheit, erneut. Ich bin allerdings nicht so außergewöhnlich, wie Ihr meint. Meine Familie stammt aus Nyar, ich bin mit Linnea angereist, als Freundin und Unterstützerin in allen Belangen, die nicht politischer Natur sind, wenn Ihr versteht, was ich meine.«

Sie war gut, um nicht zu sagen fantastisch. Die Welle der Erleichterung erfasste mich mit jedem Satz mehr. Er glaubte uns und diese Lächerlichkeit würde ein schnelles Ende finden. Einem Instinkt folgend, legte ich meine Finger auf die ihren und fuhr leicht mit dem Daumen über ihren Handrücken. Ich ließ meinen Blick einen Moment länger auf ihr ruhen.

»Da fällt mir ein, Ria, da wir heute einen hohen Gast an unserem Tisch haben, müssten wir meine Garderobe überdenken. Würdet ihr uns entschuldigen?« Die Gesandte Nyars lächelte freundlich und hielt Riana ihren ausgestreckten Arm entgegen.

»Bitte, keine Umstände, die Damen.« Valarians kalte Miene war ausdruckslos und er folgte jeder unserer Bewegungen.

Ich lockerte den Griff um ihre Hüfte, und sie wandte sich mir zu. Ihre Augen suchten meinen Blick.

»Ich werde schnell mit ihr gehen. Wir sehen uns zum Abendessen«, flüsterte sie gerade so laut, dass Valarian sie verstand. Sie wollte sich schon abwenden, da griff ich nach ihrer Hand und führte sie rasch an meine Lippen.

»Wir sehen uns zum Abendessen, Maelle.«

Ihre Augen wurden groß, ehe ein seltsamer Glanz hineintrat. Dann ließ sie sich von Linnea davon führen und ich sah ihnen noch immer nach, nachdem die Tür bereits ins Schloss gefallen war. Eine merkwürdige Ruhe senkte sich über mein Herz. Der Sturm schwieg.

Acht

Ria

»Prinzessin? Charmant, wirklich. Ich wusste gar nicht, dass Nikas zu solchen Komplimenten fähig ist. Du hast großartig reagiert, als dieses Ekel dich ausgefragt hat. Brillant, Ria, einfach brillant!«

Linnea wirbelte in ihrem Zimmer umher, zog wahllos Kleidungsstücke und Schmuck aus den Schubladen und Kisten. Mein Herz pochte unterdessen ohne Unterlass und ich glühte am ganzen Körper. Wie in Trance rieb ich immer wieder über meinen Handrücken, den wenige Minuten zuvor Nox Lippen berührt hatten. Es war ein züchtiger, höflicher Handkuss gewesen. Und natürlich war auch diese Geste Teil des Schauspiels, das wir vor dem Nordkönig aufrecht halten mussten. Dennoch hatten seine Nähe und die Berührungen mich völlig aus dem Konzept gebracht. Ich fuhr mir nachdenklich über die Stirn. Der Duft nach gefallenem Regen und Zimt umgab mich. Sein Geruch. Er hatte sich in meinem Kleid verfangen und sorgte dafür, dass mir schwindelig wurde, obwohl ich bereits saß.

»Ist alles in Ordnung?« Linnea ließ sich neben mir auf das lindgrüne Sofa sinken und legte ihre Hände auf mein Gesicht.

»Ja, ich war nur ziemlich nervös. Was glaubst du, wie lange wird Valarian bleiben?«

Die blonde Iluminar lächelte verschmitzt. »Das kann man nie wissen. Manchmal dauern solche Treffen Tage oder auch Wochen.«

»Wochen? Du meinst, ich muss vielleicht *wochenlang* Nox' Verlobte spielen?«

Ein Keuchen entwich meiner Kehle und Linnea lachte. »Es sah nicht danach aus, als würde es euch allzu viel Mühe kosten. Ihr wart vorhin ziemlich überzeugend. Wenn ich es nicht besser wüsste, würde ich sagen, dass es ganz schön zwischen euch geknistert hat und so rot, wie du jedes Mal wirst, wenn er in deiner Nähe ist, nimmt man dir die verliebte Braut in jedem Fall ab.«

Sie stieß mich in die Seite und wartete gespannt auf meine Antwort. In meinem Kopf drehte sich alles. Es war ein Spiel, für uns beide, und so sollte es bleiben. Ich durfte meinen Gefühlen nicht trauen und musste mich besser unter Kontrolle halten. Er war ein Iluminar, ein Prinz, und so dunkel und mächtig, dass seine Magie unter Verschluss gehalten wurde. Und ich war ein Mensch, ich gehörte nicht in seine Welt. Trotzdem waren seine Hände auf meinen Hüften und der intensive Blick seiner eisblauen Augen das Einzige, an das ich denken konnte, während Linnea uns Tee bringen ließ und die Sonne langsam über den Horizont wanderte.

Das Abendessen verlief ruhig und ohne besondere Vorkommnisse. Anschließend zog der Nordkönig sich in seine Gemächer zurück und Nives begleitete Linnea auf einen Spaziergang hinaus. Sky schenkte Nox und mir Wein nach und wir setzten uns auf einen hübsch angelegten Balkon unter den Sternenhimmel, der mit einigen Laternen flackernd beleuchtet wurde. Wieder einmal fiel mir die raue Schönheit Eilos' auf und ich fragte mich, ob ich je die anderen Reiche Elirions zu Gesicht bekommen würde, als der blonde Iluminar sich räusperte.

»Ria, wir sind dir wirklich sehr dankbar. Du hast dich bewundernswert geschlagen und wir konnten Valarian davon überzeugen, dass eine Reise in den Norden wichtig wäre, um Noom zu helfen und Nihil auf den Grund zu gehen. Wir müssen lediglich ein paar Vorbereitungen treffen und können dann, wenn alles glattgeht, in wenigen Tagen aufbrechen.« Er lächelte und prostete mir zwinkernd zu.

Ich erwiderte sein Lächeln. »Das freut mich, wirklich. Werden Linnea und Nives uns begleiten?«

Nox schwieg und der Gesandte aus Eilos biss sich auf die Lippen.

»Ria, es ist so … du, ähm … naja …« Er stockte und fuchtelte mit den Händen, ehe er seufzend verstummte. Ich sah zu dem dunkelhaarigen Iluminar hinüber und seine Augen funkelten, als er meinen Blick auffing.

»Du wirst am Sonnenhof bleiben, bis wir zurück sind.« Nox' Stimme duldete keinen Widerspruch.

Klirrend stellte ich den Kelch auf den Tisch vor mir und umfasste die Armlehnen meines Sessels. »Das ist nicht euer Ernst! Ihr lasst mich hier zurück? Allein?«

Meine Stimme bebte vor Wut und Enttäuschung.

»Es ist zu deiner Sicherheit. Wir wissen nicht, was uns in Noom erwartet, und wenn du möchtest, wird Linnea dir sicherlich Gesellschaft leisten. Wir …«

Ich ließ Sky den Satz nicht beenden, sondern erhob mich während Nox' Blick jeder meiner Bewegungen folgte.

»Das habt ihr nicht zu entscheiden, keiner von euch! Gute Nacht.«

Ich wirbelte auf dem Absatz herum und stürmte davon. Was fiel ihnen ein? Ich war erwachsen, ich konnte selbst für meine Sicherheit sorgen, niemand musste mich beschützen. Ich öffnete wahllos eine dunkle Eichenholztür zu meiner Rechten und betrat den dahinterliegenden Raum. Ich befand mich in einer Bibliothek mit Regalen, die bis zu der gewölbten Decke reichten und gefüllt waren mit unzähligen Büchern und Pergamenten. Riesige Kerzenleuchter erhellten die Szenerie und ließen ihre Schatten über die Buchrücken tanzen, als wären sie geradewegs aus deren Fantasiewelten entsprungen. Behutsam fuhr ich mit dem Finger über die ledernen Einbände und ließ die beruhigende Atmosphäre auf mich wirken. Ich schloss für einen Moment die Augen und als ich sie wieder öffnete, war ich nicht länger allein. Valarian lehnte an einem mir gegenüberliegenden Regal und seine onyxfarbenen Augen musterten mich kühl. Ich zuckte zusammen, fing mich aber rasch und zwang mich zu einem höflichen Nicken.

»Eure Hoheit, ich habe Euch nicht eintreten hören. Ich dachte, ihr hättet Euch zurückgezogen.«

Ich faltete die Hände und verknotete die Finger etwas zu energisch ineinander. Sein Haar schimmerte silbern und die Schatten legte sich über die linke Seite seiner großen, schlanken Gestalt, als spiegelten sie einen Teil seiner Seele wider. Einen düsteren, beängstigenden Teil.

»Und du, meine Liebe? Solltest du nicht bei meinem Bruder sein? Es ist spät und sicherlich gibt es … andere Dinge, die ein verliebtes Paar zu dieser Stunde tun könnte. Oder hat es einen Grund, dass die Verlobte des Nordprinzen des Nachts allein in der Bibliothek umherwandert?«

Er trat langsam auf mich zu und ich fühlte das aufgeregte Pochen des Herzens in meiner Brust. Ich hob das Kinn und wich einen Schritt zurück, ehe ich das Holz des Regals in meinem Rücken spürte. Valarian war kaum mehr als eine Armlänge von mir entfernt und ein diabolisches Lächeln umspielte seine Lippen. Es gab nichts, wovor ich mich fürchten musste. Ich war in Sicherheit. Ich dachte an Nox und versuchte, mich an seine Wärme zu erinnern, an den sanften Druck seiner Hände auf meiner Hüfte und meine Ohren begannen zu glühen.

»Ich konnte nicht schlafen. Das Klima in Eilos ist doch etwas gewöhnungsbedürftig, Hoheit. Ich werde jetzt zurückgehen, bevor mein Verlobter mich vermisst.«

Ich sank in einen Knicks und wollte mich verabschieden, doch der Nordkönig griff nach meinem Handgelenk und ich erschauderte. Seine Finger waren eiskalt.

»Nicht doch, Riana. Es hat ja beinah den Anschein, als würdest du vor mir davonlaufen. Ich bin sicher, mein Bruder kann noch eine Weile auf deine Gesellschaft verzichten. Setz dich zu mir.«

Er schob mich zu einem Sessel nahe dem Kamin und ließ sich in das gegenüberliegende Polstermöbel sinken. Meine Hände krallten sich in den dunklen Stoff meines Oberteils und ich saß so aufrecht, dass mein Rücken bereits nach kurzer Zeit schmerzte.

»Und nun, wo wir so nett beieinandersitzen, möchte ich wirklich gern die Wahrheit wissen.«

Die Spitzen seiner Finger begannen zu leuchten und schwarze Rauchfäden schlängelten sich daraus empor, während er ihnen nicht die geringste Aufmerksamkeit schenkte, sondern den Blick unverwandt über meine Gestalt huschen ließ. Mir stockte der Atem. Wir waren auf seine Maskerade hereingefallen. Er hatte uns die Verlobung keine Sekunde lang abgekauft.

»Es tut mir leid, ich weiß nicht, wovon Ihr sprecht.«

Valarian lehnte sich zurück und die dunklen Schwaden krochen über den Fußboden und die Wände. »Meine Liebe, ich bin nicht dafür bekannt, besonders geduldig zu sein und ich werde auch für eine so reizende Frau wie dich keine Ausnahme machen. Also lassen wir die Spielchen. Wer bist du wirklich?«

Mein Kopf war völlig leer. Ich hatte nicht geringste Idee, wie ich mich aus dieser Situation herausmanövrieren sollte. Möglicherweise gelang es mir, Zeit zu schinden. Ich musste es wenigstens versuchen.

»Das sagte ich Euch bereits, Hoheit: Ich bin die Verlobte Eures Halbbruders. Nox und ich werden heiraten.«

Die Temperatur war binnen weniger Sekunden gefallen und ich schlang fröstelnd die Arme um mich. Die Schatten schienen von Minute zu Minute größer zu werden und alles Licht zu verschlucken, das die unzähligen Kerzen spendeten. Ich musste hier raus. Die Magiefäden leckten an meinen Stiefeln und es gelang mir nicht, meine Füße zu bewegen.

»Tztztz. Ein letzter Versuch, *Riana.*« Er spuckte meinen Namen so verächtlich aus, als hätte er einen bitteren Nachgeschmack auf seiner Zunge hinterlassen. »Wer bist du? Und keine Geschichten über eine Verlobung mit meinem Bruder. Er ist der Kommandant meiner Hunter und sollte er eine Ehe eingehen wollen, so wäre das ein bedauernswerter Zufall, den ich ganz gewiss hinterfragen würde. Dennoch war es töricht, mir dieses Laientheater aufzutischen. Ich verstehe durchaus, dass du dich zu ihm hingezogen fühlst. Er ist ein Prinz, er ist attraktiv und mächtig. So mächtig, dass selbst ich an meine Grenzen stoßen würde. Ich bin, gelinde gesagt, verstimmt. Also reiz mich nicht, meine Liebe.«

Ich konnte mich nicht mehr rühren. Jeder Muskel meines Körpers fühlte sich kalt und steif an und das Atmen fiel mir schwer. Die Dunkelheit um mich herum griff nach mir und legte sich drückend auf meine Brust, es war beinah so als verlangsamte sie meinen Herzschlag. Mir schwindelte.

»Nox …«, murmelte ich und die schwarzen Rauchfäden umschlangen meinen Körper und hüllten ihn ein. Valarian lehnte sich vor und sein Blick bohrte sich so fest in meinen, dass ich zu spüren glaubte, wie er in meine Gedanken eindrang. Bilder flammten vor meinem inneren Auge auf.

Das windschiefe Haus, am Ende einer schmalen Straße … Mira und ich, wie wir gemeinsam in der Sonne saßen und lachten … die Buchhandlung … meine Zeichnungen … die eigenartigen Symbole auf meinen Händen … Sky, Linnea und Nives, scherzend und fröhlich … eisblaue Augen, dunkles Haar, ein filigranes Tattoo, Arme, die mich hielten und im Kreis drehten … die Berührung von Lippen auf den meinen … der Geruch von gefallenem Regen und Zimt … »Du bist wunderschön.« Nox …

»Weg von ihr, Valarian!«

Nur langsam tauchte ich aus der Finsternis auf. Meine Lider waren bleischwer, alle Geräusche klangen dumpf und unendlich weit entfernt. Ich blinzelte und spürte Hände, die mich schüttelten.

»Riana! Hörst du mich? Bei den Sternen, Riana!«

Er klang aufgebracht, was war passiert? Die Bilder und Farben kehrten zurück. Ich war noch immer in der Bibliothek, mir gegenüber stand Valarian und sein teuflisches Grinsen ließ mich erneut frösteln. Doch dann wurde ich mir des Griffs um meine Arme bewusst und blickte irritiert in Nox' wutverzerrtes Gesicht.

»Was tust du hier?«

Ich stolperte über die Worte und stöhnte auf, als ein stechender, eiskalter Schmerz durch meine Stirn jagte. Er stützte mich, bevor ich zu Boden sinken konnte. In seinen Augen spiegelte sich neben Zorn ein seltener Ausdruck von Sorge. Er zog verwirrt die Augenbrauen zusammen und antwortete stockend: »Ich bin aufgewacht und du warst nicht da. Ich habe vermutet, dass ich dich hier finden würde. Ich habe … ich war …«

Er fuhr mit den Händen durch sein dunkles Haar und biss sich auf die Lippen. Er spielte weiterhin seine Rolle, wenngleich seine Bestürzung so echt wirkte, dass mein Herz einen Sprung tat.

»Es tut mir leid, ich wollte nicht, dass du dich sorgst«, murmelte ich, als ein kaltes Lachen erklang.

Valarian trat auf uns zu, die Arme vor der Brust verschränkt, ein dunkles Schimmern in seinen Augen. »Wirklich beeindruckend, kleiner Bruder. Du amüsierst mich immer wieder, doch du kannst mit deinem Schmierentheater jetzt aufhören. Die liebe Riana hat mir alles verraten, was ich wissen wollte.«

Ich wagte kaum, zu atmen, als Nox mich vorsichtig losließ und die Hände zu Fäusten ballte.

»Ganz recht. Hast du wirklich geglaubt, dass ich dir eine Verlobung abnehme? Mit dieser Frau? Du bist ein Hunter, vergiss das nicht. Ich weiß mehr über dein jämmerliches Dasein als irgendjemand sonst. Du gehörst mir, bis ich mich dazu entschließe deinem minderwertigen Leben ein Ende zu bereiten. Und was deine kleine Prinzessin angeht: Sie wird uns nach Noom begleiten. Ich bin sicher, dass sie noch sehr nützlich sein kann. Bis dahin wird sie nicht mehr von meiner Seite weichen. Ich bin der König, ich nehme mir, was mir gefällt, und du wirst dabei zusehen, Nikas. Für jeden Fehler, den du begehst, wird sie leiden, bis es dein kleines, kaltes Herz völlig zerstört hat.«

Ich spürte, wie mein Blick sich verschleierte, und blinzelte. Ich durfte ihm keine Gelegenheit bieten, mich zu schwächen.

Nox trat an mir vorbei. »Wie du wünschst, mein König.«

Sein Blick glitt über mein Gesicht, dann wandte er sich zum Gehen. Im Türrahmen verharrte er einen Augenblick und die Kälte in seiner Stimme, sandte eine Gänsehaut über meinen Körper.

»Sie interessiert mich nicht. Du musst dir ein anderes Druckmittel suchen.« Dann eilte er hinaus und Valarian lachte leise, ehe er ebenfalls auf die Tür zuschritt.

»Wir werden sehen. Gute Nacht, Riana.«

Die Leere der Bibliothek umfing mich wie eine warme, tröstende Decke. Ich war allein. Und als die leisen Schritte verhallt waren, sank ich zu Boden und ließ den Tränen ihren Lauf.

Neun

Nox

Die Stille war so laut, dass ich meine eigenen Gedanken kaum wahrnehmen konnte. Ich stand zwischen den Trümmern der hölzernen Sitzecke meines Zimmers und mein Atem ging stoßweise. Binnen weniger Minuten hatte ich die Möbel zertrümmert und gehofft, dass mein dummes Herz endlich schweigen würde. Das war ein Irrtum gewesen, den ich nun, da er mir klar wurde, so heftig verfluchte, dass meine Stimme unheilvoll von den steinernen Wänden widerhallte. Die Wunden an meinen Fingerknöcheln, die sich dank der Verbände vor wenigen Stunden erst geschlossen hatten, waren wieder aufgeplatzt und der brennende Schmerz schürte meine Wut wie ein sengendes Feuer.

Wie hatte ich nur so naiv sein können? Valarian war der Teufel persönlich und ich hatte ihm tatsächlich Vertrauen entgegengebracht, das mich nun teuer zu stehen kam. Anstatt Riana vor ihm zu verstecken und in Eilos in Sicherheit zu wissen, hatte ich sie ihm auf dem Silbertablett serviert. Sollte er auch noch erfahren, dass sie in Wirklichkeit ein Mensch war …

Ich schlug so heftig gegen die bereits am Boden liegende Tischplatte, dass das Holz in alle Himmelsrichtungen davon splitterte. Ich hatte ihm weismachen wollen, dass mich ihr Schicksal nichts anging, dass es mich nicht interessierte. Und ich wünschte mir so sehr, dass es mir gelang, mich selbst von diesem Standpunkt zu überzeugen. Ich durfte nicht schwach werden, ich musste sie aus meinem Inneren verbannen. Der Schmerz in meiner Brust strafte mich Lügen und ich stützte den Kopf in die blutenden Hände und starrte in die Nacht hinaus.

Als Sky mich Stunden später so vorfand, sog er scharf die Luft ein und trat vorsichtig über die zerstörten Möbelstücke auf mich zu. Eine Weile saßen wir schweigend nebeneinander und lauschten der bedrückenden Stille. Dann legte Sky mir eine Hand auf die Schulter und murmelte: »Ich habe das nicht kommen sehen, Nox. Ich dachte, wenn wir es ihm nur glaubhaft verkaufen, würde er euch in Ruhe lassen. Ihr wärt hier in Eilos sicher und wir würden für alles andere eine Lösung finden.«

Ein raues Lachen entwich meiner Kehle. »Da haben wir uns wohl gründlich verschätzt.«

Mein Freund seufzte und ich spürte seinen musternden Blick. »Wie geht es dir? Also bis auf die Tatsache, dass du mein schönstes Gästezimmer in Schutt und Asche gelegt hast. Hast du mit Ria sprechen können?«

Die Erwähnung ihres Namens ließ mich zusammenzucken. »Bestens. Und was sie angeht … Ab sofort fällt das nicht mehr in meinen Zuständigkeitsbereich. Valarian hat sie an seine Seite beordert. Ich weiß, was mich das letzte Mal erwartet hat, als ich seine Befehle missachtet habe.«

Ich presste die Zähne aufeinander, als vor meinem inneren Auge die schwebenden Zellen von Noom Gestalt annahmen.

Sky stand abrupt auf und funkelte mich wütend an. »Du überlässt sie diesem Monster? Hast du eine Ahnung, was er ihr antut, wenn er erfährt, wer sie wirklich ist?«

Ich fuhr über die wunde Haut an meinen Händen und beobachtete meinen Freund, wie er vor mir auf und abging.

»Das können wir nicht tun, Nox. Sie hat sich bereiterklärt, uns zu helfen! Noom zu helfen! Wir dürfen sie nicht im Stich lassen, du darfst sie nicht im Stich lassen!«

»Und warum nicht?«, knurrte ich.

Sky verdrehte die Augen und schlug seine Faust gegen meine Brust. »Jetzt erzähl mir nicht, dass dieses ganze zukünftige Brautpaar-Gerede nur Theater war. Wir haben es alle gesehen, es war so eindeutig wie die Position der Sonne am Himmel.« Ein Grinsen huschte über sein blasses, angespanntes Gesicht. Ich wandte meinen Blick aus dem Fenster.

»Ich habe keine Ahnung, wovon du sprichst.«

Der Gesandte aus Eilos verschränkte die Arme und sah mich mit erhobenen Augenbrauen an. Ich spürte die Wärme durch meine Adern pulsieren, spürte, wie mein Innerstes Feuer fing.

»Mir ist bewusst, dass du nichts und niemanden an dich heranlässt, Nox. Aber Ria löst etwas in dir aus. Ich weiß nicht was es ist, aber du kannst es nicht bestreiten. Dieses pochende Ding in deiner Brust ist längst nicht so kalt, wie alle meinen. Und aus diesem Grund wirst du auch nicht tatenlos zusehen können, wie Valarian sie quält und erniedrigt.«

Meine Faust schlug gegen die sandfarbene Mauer und hinterließ eine Vertiefung. Der Schmerz explodierte in meinen Fingern und ich musste mich zwingen, nicht aufzustöhnen. Jeder Muskel meines Körpers war angespannt und das Rauschen in meinen Ohren wurde lauter.

»Ich bin ein Hunter! Ich bin ein Soldat! Meine Magie ist so tief in mir eingeschlossen worden, dass ich nicht weiß, wie ich sie jemals wieder befreien kann. Ich habe keinen verdammten Platz in mir für Gefühle und ich übernehme keine Verantwortung für eine Frau, die mich in den Abgrund stürzen könnte. Die mir alles nehmen und mich weich und zerbrechlich werden lassen könnte. Es ist mir egal, ob Valarian sie demütigt, ihr Liebhaber wird oder sonst was mit ihr anstellt. Ich bin nicht für sie verantwortlich, jetzt nicht und auch nicht in Zukunft. Sie bedeutet mir nichts!«

Mit jedem Satz war ich lauter geworden, hatte dem Zorn Raum gegeben. Sky schüttelte langsam den Kopf, legte mir seine Hände auf die Schultern und sagte so leise, dass selbst ich Schwierigkeiten hatte ihn zu verstehen: »Das bist du nicht. Was Valarian dir angetan hat, ist entsetzlich. Es widert mich an, mitanzusehen, was aus dir geworden ist, nur weil du dein Volk nicht im Stich lassen wolltest. Aber sie ist deine Chance, all das in die Dunkelheit zu verbannen. Sie ist nicht dein Untergang, Nox. Du bist es.«

Dann wandte er sich um und verließ den Raum. Ich sank an der Wand hinab und meine Finsternis verschluckte mich … ein weiteres Mal.

Ich schlief nicht, keine Sekunde. Meine Gedanken überschlugen sich und ließen den Schlaf nicht an mich heran. Als ich am nächsten Morgen aus dem Zimmer trat, wartete Frost vor meiner Tür. Wortlos ging ich den Gang entlang und sie folgte. Als ich lediglich noch ein paar Meter von meinem Ziel entfernt war, versperrte sie mir den Weg und knurrte gefährlich leise: »Komm mit.«

Wenige Minuten später betraten wir im hellen Morgenlicht die verwaiste Dachterrasse.

»Willst du denn nicht wissen, wo ich gewesen bin?«

Ihr saphirblaues Fell leuchtete und sie wirkte in all der kargen Landschaft wie ein gefallener Stern. Ich verschränkte die Arme hinter dem Kopf und schwieg.

»Also gut, dann rede ich. Ich bin an der Grenze gewesen, aber der Schleier ist intakt und an keiner Stelle zerstört oder gerissen. Das heißt, unser menschlicher Gast kann Katara zwar durchschreiten, aber nicht auflösen.«

Ich würdigte sie nach wie vor keines Blickes, als Frost fortfuhr: »Ihre Magie, die Magie ihrer Mutter, scheint entweder sehr schwach zu sein oder sie ist noch nicht vollständig erwacht. Als ich das herausgefunden hatte, habe ich den Rat in Anima aufgesucht. Sie wissen von der Grenzüberschreitung, ebenso wie sie von Nihil wissen und der Tatsache, dass Valarian völlig machtlos ist gegen diese Dunkelheit, die Noom befallen hat. Den Auslöser dieser Krankheit konnten oder wollten mir die Räte nicht mitteilen, ebenso wenig ob Riana diejenige ist, die Nihil aufhalten kann. Wir werden es also darauf ankommen lassen müssen.«

Ich nickte knapp und starrte auf einen imaginären Punkt am Horizont.

»Bei den Sternen, Nox! Sei nicht so stur. Ja, ich hätte es dich wissen lassen müssen, aber du hättest darauf bestanden, mich zu begleiten, und deine Anwesenheit war hier dringender nötig.«

»Valarian ist hier. Er wird Riana mit nach Noom nehmen, ebenso wie mich. Er bildet sich ein, ein Druckmittel gegen mich in der Hand zu haben.«

Frost strich behutsam an meinem Bein entlang und war schon die ersten Stufen hinab gelaufen, als sie sich noch einmal umwandte und mich durchdringend ansah.

»Das hat er, Nox. Wir müssen vorsichtig sein.« Ich folgte ihren Pfotenabdrücken aus Eiskristallen und versuchte, das schmerzhafte Pochen hinter meiner Stirn zu ignorieren.

Niemand sprach. Lediglich das Klappern von Geschirr und Gläsern war zu hören. Sky warf mir immer wieder einen Blick zu, doch ich ignorierte ihn. Linnea hatte sich an Rianas Seite gesetzt, während Valarian ihr gegenüber Platz genommen hatte und seine Augen sie so eindringlich fixierten, dass ich mir fast sicher war, er würde nichts und niemanden sonst bemerken. Sie aß nichts und sah so blass und müde aus, wie ich mich fühlte.

»Wir brechen morgen früh auf. Meine Liebe, ich habe ein Kleid in deine Gemächer schicken lassen, das du tragen wirst.«

Valarian lächelte kalt, als sie zusammenzuckte.

»Sollten wir mit unserer Abreise nicht noch ein wenig warten? Es braucht seine Zeit, bis alle Vorbereitungen getroffen sind.« Sky sah abwechselnd zwischen meinem Halbbruder und Riana hin und her. Doch der selbsternannte König erhob sich bereits.

»Ihr könnt nachkommen, wie es euch beliebt. Lediglich mein Bruder und die *Prinzessin* werden mich begleiten. Ach, und Nikas: Dein kleines Schoßhündchen soll sich bereithalten. Sie wird eine doppelte Last tragen müssen, denn wir wollen unser liebreizendes Brautpaar doch nicht trennen.«

Ich ballte die Hände zu Fäusten und biss mir auf die Zunge, während Valarian sich mit einem letzten eisigen Blick auf mich hinausbegab.

»Ich werde mich umziehen«, murmelte Riana und Linnea griff nach ihrem Arm.

»Ria, du musst nichts dergleichen tun. Er hat dich nicht in der Hand.«

Sky und Nives nickten.

Sie lächelte schwach und ihre Augen füllten sich mit Tränen. »Doch, das hat er.«

Für einen kurzen Augenblick fand ihr Blick den meinen, dann eilte sie hinaus und verschwand. Das Pochen in meinem Kopf schwoll an und ich schob angewidert die kaum berührten Speisen zur Seite.

»Was ist nur passiert?«, fragte die Gesandte Nyars, doch niemand antwortete ihr.

Den restlichen Tag verbrachte ich in dem abgelegenen Hinterhof und trainierte wie ein Besessener, bis meine Muskeln brannten und ich kaum noch in der Lage war, zu stehen. Ich hatte versucht, alle in mir tobenden Gefühle auszuschalten und mich nur auf die nährende Flamme des Zorns zu konzentrieren, die immer höher züngelte. Doch gerade als ich den Brustschutz abgelegt und das Hemd über den Kopf gezerrt hatte, trat Riana aus den Schatten auf mich zu. Sie trug ein mitternachtsblaues Kleid, dass sie umschmeichelte wie eine zweite Haut. Es war an beiden Seiten bis zur Mitte der Oberschenkel hochgeschlitzt und das Dekolletee entblößte mehr als es verdeckte. Valarian ließ keinen Zweifel daran, welche Rolle sie einzunehmen hatte. Ich senkte den Blick und konzentrierte mich auf das Abwickeln meiner Bandagen. Der warme Wüstenwind trocknete den dünnen Schweißfilm auf meiner Haut und verfing sich in ihrem roten Haar. Sie blieb kaum einen halben Meter von mir entfernt stehen und ihre Augen wanderten über meinen nackten Oberkörper, während ihre Wangen das fast schon vertraute rote Glühen annahmen, das immer häufiger auf ihr Gesicht trat, wenn sie sich in meiner Nähe aufhielt. Skys Worte schossen mir durch den Kopf. Wenn sie wirklich etwas für mich empfand, musste sie es sich lieber früher als später ausreden, bevor Valarian auch das gegen uns verwenden konnte.

»Geht es dir gut?« Ihre Stimme war fest, wenngleich so leise, dass ich sie kaum verstand. Ich nickte lediglich, während ich meine Dolche zurück in die Stiefel schob.

»Ich wollte nur, dass du weißt, dass ich dich verstehe. Du musst dich nicht verpflichtet fühlen, mich zu beschützen. Ich weiß, dass die anderen so etwas in der Art von dir verlangt haben. Ich entbinde dich von diesem Versprechen. Es reicht, dass er mich erpressbar gemacht hat. Wir sehen uns morgen.«

Sie hatte sich bereits umgewandt, als ich mich räusperte. »Er ist gefährlich, manipulativ und böse. In Noom ist nichts so, wie es im ersten Augenblick scheint. Es ist anders als hier … Ich bin dort jemand anders.«

Ihr Lächeln wirkte traurig und sie rieb sich mit der Hand über den Arm, als würde sie frieren.

»Dann ist es gut, dass ich keine Ahnung habe, wer du eigentlich bist. Oder, Nox?«

Auch Minuten nachdem sie verschwunden war, stand ich noch immer auf dem sonnigen Platz und fragte mich, warum die sonst so befreiende Leere plötzlich schmerzte wie eine offene Wunde.

Die ersten Sonnenstrahlen krochen träge über den Horizont, als ich ins Freie trat. Die zweite Nacht ohne Schlaf war quälend langsam vergangen. Ich hatte stundenlang in die Dunkelheit hinaus gestarrt, als könnte sie mir Antworten auf all die Fragen geben, die mir unter den Nägeln brannten und eine innere Unruhe von mir Besitz ergreifen ließen. Valarian stand neben Riana, während sich der kleine Trupp aus Huntern hinter ihnen versammelt hatte. Sie schlugen sich die Faust auf die gepanzerte Brust, als ich auf sie zukam, um mir ihren Respekt zu erweisen. Ich drückte den Rücken durch und meine Miene wurde ebenso kalt, wie die meines Halbbruders.

»Nikas, du bist pünktlich, sehr erfreulich. Wo ist dein Schoßhund? Wir wollen aufbrechen.«

Ich biss die Zähne zusammen. Die Art und Weise, wie Valarian über Frost sprach, war entwürdigend.

»Sie wartet vor den Toren auf uns«, knurrte ich. Seine onyxfarbenen Augen musterten mich einen Augenblick lang, dann wandte er sich an Riana.

»Es gefällt mir nicht, aber du wirst mit Nikas nach Noom reisen. Ich werde dort auf dich warten und ich warte ungern längere Zeit, also werdet ihr keine Umwege machen.«

»Natürlich, Hoheit.« Sie hielt seinem Blick stand, ehe sie nach vorn und an meine Seite trat.

»Ihr seid wirklich ein schönes Paar. Tragisch, dass die Liebe meinem Bruder so völlig unbekannt ist.«

Noch ehe ich etwas erwidern konnte, züngelten schwarze Rauchfäden an seinen Stiefeln empor und binnen eines Wimpernschlags war er verschwunden. Die sechs Soldaten bildeten einen Kreis um uns und gemeinsam traten wir durch das majestätische Eingangstor vor den Sonnenhof in die wärmende Morgensonne hinaus. Sky, Nives und Linnea erwarteten uns bereits. Mein bester Freund funkelte die Hunter finster an und kam auf mich zu. Er zog mich ohne Umschweif in eine Umarmung, in der ich starr verharrte, ehe er mir zuflüsterte: »Wir werden in den nächsten Tagen zu euch stoßen. Bis dahin achte gut auf dich, auf euch. Und egal, was Ria dir gesagt hat oder was Valarian tut: Du musst an ihrer Seite bleiben, verstanden, Nox?«

Ich spürte, wie ich nickte, dann ließ er mich los und legte Riana eine Hand auf den Scheitel. »Es wird alles gut, das verspreche ich dir.«

Sie lächelte zaghaft. Linnea schloss sie in die Arme und Nives verbeugte sich förmlich.

»Bis bald.«

Die Gesandte Nyars trat an Nives Seite und lehnte sich behutsam an ihn. Ich spürte Frosts Anwesenheit durch das Band, das sanft an meinem Herzen zupfte. Ich platzierte meine Hand auf ihrem Rücken und schob sie fort. Meine Gefährtin setzte sich zu meinen Füßen und blinzelte mich aus ihren dunklen Iriden an.

»Bist du bereit, Nox?«

Ich nickte und schob meine Finger zwischen ihre dunklen Hörner.

»Du musst sie gut festhalten«, murmelte Frost mit einem Blick auf Riana. Vorsichtig schlang ich den Arm um ihre schmale Taille und ihre Augen blickten in die meinen.

»Ich vertraue dir«, sagte sie leise und ihre Hände fanden ihren Platz auf meiner Brust. Ich spürte den eisigen Wind und das deutliche Kribbeln in meinem Körper, als wir in einen Nebel aus blauen Eiskristallen eingehüllten wurden und Eilos hinter uns verblasste wie ein undeutlicher Traum.

Meine Füße berührten den weichen Waldboden und es roch nach Kälte und Tannennadeln. An das schummrige Halbdunkel gewöhnten sich meine Augen schnell. Ich sog die klare Luft tief ein, füllte meine Lungen mit dem Gefühl von Freiheit. Das Nordreich, meine Heimat. Ich war zurück.

Zehn

Ria

Ich spürte den Druck seines Arms noch immer wie ein Versprechen auf meiner Hüfte, als meine Augen sich langsam an das dämmrige Tageslicht gewöhnten, das durch die hohen Baumkronen fiel. Überall um uns herum erklangen Geräusche: ein Wispern und Rauschen, ein Flüstern und Zwitschern. Doch es schien aus dem Wald selbst zu stammen, denn ich konnte keine Tiere oder andere Lebewesen erkennen.

»Wo sind wir?«

Ich versuchte die Kälte zu ignorieren, die eine Gänsehaut über meinen Körper sandte. Ein saphirblauer Schimmer tauchte ein Stück weit entfernt von uns auf und schwebte in der Luft, wie eine kleine Wolke.

»Im Dunkelwald. Außer Frost und mir verirrt sich selten jemand hierher.«

Nox trat einen Schritt zur Seite und ich fühlte, wie seine Finger meinen unteren Rücken entlang strichen, ehe sie sich zurückzogen und ein warmes Kribbeln hinterließen.

»Frost?«

Ich hatte diesen Namen bereits ein Dutzend Mal gehört, doch von seinem *Schoßhündchen,* wie Valarian es genannt hatte, bisher noch keine Spur gesehen.

»Sie ist meine Gefährtin, ein Tilki. Ein magisches Urwesen Elirions. Ohne ihre Hilfe wären wir Wochen unterwegs gewesen.«

Er ging auf den wolkenartigen Fleck zu und schien ihn zu streicheln.

»Wieso kann ich sie nicht sehen?«

Unsicher kniete ich mich an seine Seite. Seine eisblauen Augen musterten mich für wenige Sekunden, dann ging er auf eine Reihe Bäume zu, die so dicht beieinanderstanden, dass man lediglich seitlich zwischen den breiten Stämmen hindurchgehen konnte. Das Kleid, das ich trug, war nicht nur viel zu freizügig, sondern auch denkbar unpraktisch, um darin über Stock und Stein zu klettern. Immer wieder blieb ich an dünnen Zweigen hängen oder verfing mich in Blätterranken, die scheinbar aus den Wipfeln hinab wuchsen. Ich musste mich so sehr auf den unwegsamen Untergrund konzentrieren, dass ich kaum Zeit hatte, diese neue, ungewöhnliche Landschaft zu bewundern, die in mir ein merkwürdiges Gefühl der Vertrautheit auslöste. Wir folgten einem kleinen Bachlauf, an dessen Ufer dunkelblaue Blüten leuchteten, als bestünden sie aus gefallenem Sternenlicht. Fasziniert berührte ich einen der funkelnden Kelche, als meine Fingerspitze sich dunkel färbte und augenblicklich taub wurden. Ich schrak zurück und betrachte die seltsame Verfärbung meiner Haut, die allmählich über das Fingergelenk zu meiner Handfläche kroch.

»Was hast du getan? Bei den Sternen, die Mitternachtsblüten sind giftig!«

Nox Stimme klang aufgebracht. Er griff unwirsch nach meiner Hand und führte sie an seinen Mund. Mein Gesicht brannte vor Scham, als er die Spitze meines Zeigefingers vorsichtig mit seiner Zunge berührte und ich kurz darauf ein leichtes Zwicken wahrnahm, während sich seine Zähne in meine Haut gruben.

»Was … was tust du da?«, stammelte ich. Mein Herz pochte so heftig, dass ich dachte, mein Brustkorb würde zerspringen. Er funkelte mich wütend an und rieb mit seinen Daumen über meine leicht gerötete Fingerkuppe.

»Wenn man das Gift nicht sofort entfernt, kann es die Blutzirkulation verlangsamen. Erst wirst du ohnmächtig und dann bleibt innerhalb kürzester Zeit dein Herz stehen. Gern geschehen.«

Es war kein Kuss gewesen, nicht so wie vor ein paar Tagen im Ratszimmer, als er sich von mir verabschiedet hatte, dennoch schien sich das Gefühl seiner Lippen auf meiner Haut in mein Gedächtnis brennen zu wollen.

»Ich … danke«, murmelte ich und versuchte, meine Gedanken auf etwas anderes zu konzentrieren. Nox fuhr sich durch sein dunkles Haar.

»Fass einfach nichts an und hör auf zu trödeln.«

Ich verschränkte die Arme vor der Brust und zischte: »Hast du mal versucht, in diesem Kleid mit dir Schritt zu halten? Außer zum Stillsitzen ist es zu nichts geeignet, also entschuldige, dass ich …«

Er machte plötzlich einen Satz auf mich zu und presste seine Hand auf meinen Mund, dann zog er mich hinter den Stamm einer Tanne. Ich drückte ihm meinen Ellbogen in den Bauch, doch er knurrte mir ins Ohr: »Still und beweg dich nicht. Wir sind nicht allein.«

In meinen Ohren rauschte es. Hektisch blickte ich zwischen den Bäumen hindurch, konnte aber nichts erkennen, geschweige denn etwas hören. Ich griff nach seinen warmen Fingern und flüsterte: »Woher weißt du das?«

Nox zog in einer einzigen fließenden Bewegung die Dolche aus seinen Stiefeln und schob sich vor mich.

»Bleib genau hier stehen, verstanden?«

Ich sah, wie sich die Muskeln in seinen Armen spannten, dann warf er sich nach vorn und die Klingen seiner Waffen trafen auf eine Wand aus grauem Rauch. Dunkelrote Tropfen färbten das Gras zu seinen Füßen und ein schrilles, grausames Kreischen flutete wie eine Welle über mich hinweg. Mir stockte der Atem. Die wabernde Wolke nahm die Umrisse einer mindestens drei Meter großen, gekrümmten Gestalt an. Ich konnte keine Einzelheiten erkennen, doch die raschen, zuckenden Bewegungen ließen den Schluss zu, dass Nox seine gezielten Angriffe nicht auf die Luft niedersausen ließ. Er drehte sich blitzschnell um die eigene Achse und während seine Stiefel seinen Gegner traktierten, versanken seine Arme mitsamt den Dolchen bis zu den Ellbogen in den dunklen Rauchschwaden. Ein grässliches, knirschendes und schmatzendes Geräusch erklang, dann trat Nox schwer atmend ein paar Schritte zurück und die Wolke sank zu Boden. Mit wackeligen Knien ging ich um den Stamm der Tanne herum und blieb in einigem Abstand zu ihm stehen. Er wandte sich zu mir um und wischte die blutbesudelten Klingen an den Blättern eines hellgrünen Strauches ab, ehe sie wieder an ihrem gewohnten Platz verschwanden. Der Ausdruck auf seinem Gesicht war wild und seine Augen funkelten siegestrunken.

»Dallador, skelettartige Geschöpfe mit absolut todbringenden Klauen. Er muss uns gewittert haben.«

Er tauchte seine Hände in das glasklare Wasser des Bachs und wusch das fremde Blut von seinen Fingern. Ich verschränkte die meinen fest ineinander, um das Beben, das von meinem ganzen Körper Besitz ergriffen hatte, unter Kontrolle zu bringen. Er hatte recht gehabt. In Noom war nichts so, wie es schien, und in diesem Moment wurde mir bewusst, dass diese Welt nicht nur magisch und wunderschön, sondern auch düster und gefährlich war. Und dass sie einen fast unwiderstehlichen Sog auf mich ausübte, den ich mir nicht erklären konnte.

Dunkel und gewaltig ragte das Schloss in den azurblauen Himmel empor. Die vielen Winkel und Türme ließen es noch imposanter erscheinen. Der Stein, aus dem es errichtet worden war, schimmerte, als wären unzählige Sterne in ihm zu Staub zerfallen. Ein seltsames Gefühl breitete sich in meiner Brust aus, als wäre ich schon einmal hier gewesen, als wäre mir dieser Ort vertraut. Die hohen Torbögen, die wir passierten, waren glattgeschliffen und warfen bizarre Spiegelungen zurück. Eine breite Treppe führte zu einer hellen, mit Silber beschlagenen Tür hinauf.

In ihrer Mitte saß ein sternenförmiger Türknauf. Nox legte seine Hand darauf und mit einem leisen Klicken schwangen die Flügel geräuschlos nach innen. Wir betraten eine kuppelartige Eingangshalle, auf deren schwarzem Marmorboden unsere Schritte beinah unangenehm laut widerhallten. Säulen schraubten sich spiralförmig in die Höhe. Von der Decke hingen schwere Kronenleuchter und erhellten die Szenerie. Zu beiden Seiten der Halle gingen Türen und Gänge ab, die sich jedoch weitestgehend in schummeriger Dunkelheit verloren. Nox drehte sich zu mir um und ich verharrte mitten in der Bewegung.

»Warte hier. Ich werde Valarian über unsere Ankunft unterrichten.«

Ich nickte und sah ihm nach, als er die Stufen emporeilte und verschwand. Es war vollkommen still, lediglich das Flackern der Kerzen drang an meine Ohren. Widersprüchliche Emotionen stritten in mir. Neugier, Angst und der Wunsch, keine Sekunde mit dem König allein sein zu müssen. Ich schloss die Augen und dachte an den Augenblick im Wald zurück.

»Ria?«

Die Stimme jagte mir einen Schauer über den Rücken. Die schwarzhaarige Iluminar, der ich am Springbrunnen in Eilos begegnet war, stand am Fuße der Treppe und musterte mich erstaunt. Ich bemühte mich um ein freundliches Lächeln und ging auf sie zu.

»Was tust du in Cerradura? Ganz allein?«

Sie trug eine dunkle lederne Rüstung und hatte ihr Haar zu einem Knoten zusammengesteckt. Ihr Blick blieb abschätzig an meinem Kleid hängen und sie rümpfte sichtlich die Nase. Gegen ihre praktische Kleidung wirkte meine so zurechtgemacht, dass es mir fast peinlich war.

»Tama, ich bitte dich. Sei etwas höflicher zu unserem Ehrengast.«

Valarian schritt die Stufen hinab, gefolgt von Nox, der bei dem Anblick der hübschen Iluminar die Augen verdrehte. Ich presste die Lippen aufeinander, um das Lachen zu unterdrücken, das mir bereits im Hals steckte.

»Valarian, du bist zurück? Ich habe dich sobald nicht erwartet. Und was meinst du mit Ehrengast? Ich hatte angenommen, sie sei zu Gast am Sonnenhof.«

Mir entging nicht, wie Tamas Augen zu leuchten begannen, als Nox an ihr vorbei trat, um sich zwischen seinen Halbbruder und mich zu stellen. Ganz offensichtlich empfand sie etwas für den Nordprinzen, was meinem Herzen einen Stich versetzte.

»Nun meine Liebe, ich habe nicht gewusst, dass ich meine Anwesenheit an meinem eigenen Hof kundtun muss.«

Der König lächelte kalt und Scham färbte Tamas Wangen rot.

»Riana und Nikas haben die wahnwitzige Idee gehabt, mir ein höchst amüsantes Schauspiel zu bieten, in dem sie vorgaben, miteinander verlobt zu sein. Lachhaft wenn du mich fragst, dennoch ist mir eine gewisse Verbundenheit nicht entgangen. Da schien es mir nur angemessen, diese einzigartige Frau, die meinen kleinen Bruder so sehr ins Herz geschlossen zu haben scheint, auch in seiner Gegenwart zu belassen. Nur um sicherzugehen, wie viel den beiden tatsächlich aneinander liegt.«

Ich konnte nicht anders, als Nox anzusehen, und er erwiderte meinen Blick. Tamas Gesichtsausdruck verdunkelte sich und sie griff nach Nox' Schulter. Kaum eine Sekunde lang sah er ihr ins Gesicht, nur um dann zurück zu mir zu kehren.

»Nikas, was hast du dir dabei gedacht? Und dann auch noch mit *ihr*, ich bitte dich.«

Valarian lachte dunkel und ich zuckte zusammen.

»Na, na meine Liebe, die Eifersucht steht dir gar nicht. Ich werde Riana nun in ihre Gemächer begleiten und anschließend erwarte ich euch im schwarzen Turm. Nikas, verabschiede dich bis zum Abendessen von unserem Gast.«

Der Spott in seiner Stimme entflammte einen Zornesfunken in meinem Inneren und ließ ihn hell auflodern. Zeitgleich gingen wir einen Schritt aufeinander zu und während ich in einen Knicks sank, griff Nox nach meiner Hand. Beinah hoffte ich, er würde erneut einen Handkuss als Verabschiedung wählen, doch sein Daumen fuhr lediglich über die hellen Symbole auf meinem Handrücken und hinterließ ein wärmendes Prickeln. Dann wandte er sich eilig ab und verschwand in einem der dunklen Gänge, die sanfte Berührung wie ein Versprechen auf meiner Haut.

Der Raum, den ich wenig später betrat, glich eher einem Saal. Ein Nachthimmel war über die gesamte Decke gemalt worden und die schweren mitternachtsblauen Samtvorhänge, bewegten sich leicht in der kühlen Brise, die durch die geöffneten Fenster hereinwehte. Bücherregale reihten sich an den Wänden aneinander und ein Himmelbett beanspruchte den Großteil des Raumes für sich. Des Weiteren befanden sich ein Frisiertisch, mehrere Kommoden und ein Eichenholzschrank darin. Eine Tür am anderen Ende führte zu einem eleganten Bad. Valarian beobachtete jeden meiner Schritte, ehe er sich räusperte.

»Es wird dir eine Dienerin beim Ankleiden für das Abendessen helfen, ansonsten bist du ganz für dich. Solltest du das Zimmer verlassen wollen, lässt du es mich vorher wissen. Und erliege nicht dem Irrglauben, dass ich es nicht erfahren würde, wenn du dich fortschleichst.«

Ich senkte demütig den Blick, während der Zorn in mir Wellen schlug. Er schob seine kalten Finger unter mein Kinn und ich hielt seinen onyxfarbenen Augen stand.

»Du bist eine kluge Frau, Riana. Solltest du dich ohne mein Wissen mit Nikas treffen, wird das schmerzhafte Konsequenzen für euch beide nach sich ziehen. Halte mich nicht zum Narren. Du gehörst jetzt mir und niemand vergreift sich an meinem Eigentum.«

Sein Daumen fuhr den Schwung meiner Lippen nach und ich richtete mich kerzengerade auf. Jede Berührung, jedes Wort von ihm war mir zuwider. Er neigte höflich den Kopf und trat auf den Flur hinaus. Ich wartete, bis seine Schritte verhallt waren, dann schloss ich die Tür, stürmte ins Bad und drehte die Wasserhähne der blankpolierten, in den Boden eingelassenen Wanne auf. Ich zog die unbequemen Schuhe aus und streifte in Windeseile das freizügige Kleid ab, um es dann energisch in eine Ecke zu schleudern. Wahllos griff ich nach den verschieden aufgereihten Fläschchen und schüttete den wohlduftenden Inhalt in das dampfende Badewasser. Weiß schimmernder Schaum bedeckte Sekunden später die Oberfläche. Ich glitt in die wärmende Umarmung des Wassers und schloss die Augen.

»Das werde ich nicht tragen!«

Ich ballte die Hände zu Fäusten und funkelte die schmale Iluminar an, die sich mir als Elia vorgestellt hatte.

»Aber der König möchte es so, Lady Riana.«

Sie legte eine Kette mit einem mondförmigen Sternsaphir um meinen Hals. Ich wirbelte herum und hätte beinah die filigranen Parfümfläschchen von dem überfüllten Frisiertisch geworfen.

»Elia, ich bin keine Lady. Nenn mich also bitte einfach Ria und über dieses Kleid werde ich nicht diskutieren. Es ist … geschmacklos.«

Elia schmunzelte verhalten, während ich an den Spiegel trat und mich immer wieder um mich selbst drehte. Der schwarze Seidenstoff verbarg nichts und schimmerte im Licht an diversen Stellen beinah durchsichtig. Vorne war er hochgeschlossen, doch der Rückenausschnitt reichte bis zu meinem Hintern hinunter. Der Schlitz an der linken Seite öffnete sich bei jedem Schritt und gab den Blick ungeniert bis zur Mitte meines

Oberschenkels frei. Die schmalen Sandalen, die ich trug, hatten einen schwindelerregend hohen Absatz und setzten das verruchte Kleid zusätzlich in Szene.

»Ihr seht wunderschön aus, Ria.«

Elia fächerte meine rotgewellten Haare über meine hellen Schultern und besprühte sie mit einem Nebel aus winzigen Silberpartikeln.

»Ich sehe aus wie die Geliebte eines Schürzenjägers!«

Die Iluminar kicherte und ich musste unwillkürlich lachen.

»Also gut, dann werde ich diesen Fetzen mit so viel Würde tragen, dass dem König schwindelig wird«, seufzte ich, drückte den Rücken durch und ging hoch erhobenen Hauptes den Gang entlang zum Abendessen, eine kopfschüttelnde Elia im Schlepptau.

Valarian, Tama und Nox saßen bereits an dem mit unzähligen Kerzen erleuchteten Tisch, als ich eintrat. Valarians Grinsen war mehr als anzüglich, während die dunkelhaarige Beraterin an seiner Seite schockiert nach Luft schnappte. Er erhob sich und zog den Stuhl gegenüber seinem Halbbruder einladend zurück. Kokett lächelnd nickte ich ihm zu und fing Nox' Blick auf. Der Ausdruck in seinen Augen war so erstaunt, dass ich mir auf die Lippe biss, um meinen Siegestaumel im Zaum zu halten.

»Meine Liebe, du bist eine Augenweide. Nicht wahr, Nikas?«

Mein Gegenüber blinzelte, starrte an mir vorbei auf die Wand und schwieg. Während des Essens sprach ich kein Wort. Tama und Valarian erörterten die Neuigkeiten, die die Hunter von den Grenzen zum nördlichsten Gebiet Nooms überbracht hatten. Ich konzentrierte mich auf die köstlichen Speisen, die in rauen Mengen aufgetischt wurden. Als auch der letzte Gang abgeräumt war und das Mondlicht durch die bodentiefen Fenster fiel, zog Tama sich zurück. Der König leerte seinen Weinkelch und wandte sich dann an Nox.

»Ich denke, es wird Zeit, unseren Gast zurück auf ihr Zimmer zu begleiten. Du brichst morgen noch vor Sonnenaufgang auf, habe ich recht?«

Mein Herz setzte einen Schlag lang aus. Valarian schickte meinen einzigen Verbündeten fort und vermutlich würde es kein allzu kurzer, ungefährlicher Aufenthalt werden. Nox nickte und stand dann ebenfalls auf. Der silberhaarige Iluminar blickte mich dunkel an, ehe er fortfuhr: »Nikas wird dir noch etwas Gesellschaft leisten. Ich habe einige dringende Dinge zu besprechen. Denk an unsere kleine Abmachung, Riana, sie ist vielleicht überlebenswichtig.«

Er wickelte sich eine Strähne meines Haares um den Zeigefinger und kam mir dabei so nah, dass ich seinen Atem auf meinen Wangen spüren konnte. Die Drohung schwebte unheilvoll im Raum, als er hinausging und die Kälte mit sich nahm, die ihn umgab wie der schwarze Rauch seiner Magie.

Unruhig wälzte ich mich von einer Seite auf die andere. Ich war bereits vor Stunden zu Bett gegangen und hatte seitdem keine Minute die Augen schließen können, ohne Bilder zu sehen, die mich aufschrecken und frösteln ließen.

Irgendwann hielt ich es nicht mehr aus, stand auf und öffnete die nächste Kommode. Im untersten Fach lagen ein paar dunkle, samtweiche Hosen und Pullover. Ich seufzte erleichtert, kleidete mich an und trat leise auf den dunklen Flur hinaus. Tief in die Schatten geduckt schlich ich eine Wendeltreppe hinauf, von der ich annahm, dass sie aufs Dach führte. Ich brauchte frische Luft und keine Mauern um mich herum, die mir das Gefühl gaben, eher eine Gefangene als ein Gast zu sein.

Mit klopfendem Herzen drehte ich den Türknauf. Die kühle Brise streifte mein Gesicht und ich atmete tief ein und aus. Der Himmel war übersät mit Sternen, die so hell funkelten, dass ich den Blick weit in die Ferne schweifen lassen konnte. Wälder, Berge und eine wilde, ungezähmte Landschaft breiteten sich vor mir aus und zogen sich bis zum Horizont, wo der Mond groß und majestätisch auf dem nachtblauen Firmament thronte. Für einen Augenblick vergaß ich alles: Valarian, den Schleier, Nox' Auftrag, und füllte mein Herz mit dem nächtlichen Frieden Nooms.

Ich spürte seine Anwesenheit, bevor ich ihn sah. Er trat an meine Seite und blickte ebenso schweigend in den Himmel hinauf. Meine Augen wanderten über die lederne Rüstung, das Schwert auf seinem Rücken und die schwarzen Handschuhe, die lediglich seine Finger aussparten. Er sah aus wie ein Krieger, mächtig und stolz. Doch als seine Augen den meinen begegneten, wirkten sie nachdenklich und sorgenvoll.

»Ich wollte mich von dir verabschieden.«

Seine Stimme klang so ernst und leise, dass ich instinktiv die Luft anhielt.

»Wann kommst du zurück?«

»Das weiß ich nicht. Der Auftrag ist schwierig und gefährlich.«

Der Wind schob ihm einige dunkle Haarsträhnen in die Stirn und entblößte die Spitzen seiner Ohren. Ich wusste nicht, wie lange Linneas

Zauber anhielt und hoffte sehr, dass sie rechtzeitig hier sein würde, ehe ich optisch wieder vollkommen menschlich war.

»Ich werde Frost bei dir lassen. Wir … uns verbindet etwas. Ich kann es nicht erklären und es ist auch nicht wichtig, aber sie kann mir Nachrichten über diese Verbindung übermitteln. Solltest du mir also irgendetwas sagen wollen oder müssen, werde ich davon erfahren.«

Ich konnte nicht umhin, Nox anzulächeln und meine Hand auf sein Handgelenk zu legen. Sein Blick schweifte kurz hinab, ehe er meine Finger vorsichtig in die seinen nahm. Das wohlbekannte Kribbeln schoss durch meine Adern und wärmte meinen ganzen Körper. *Du darfst diese Gefühle nicht zulassen, sie sind gefährlich!* Ich schob die leise Stimme zur Seite, trat einen Schritt auf ihn zu und hob den Kopf. Die flachen Stiefel, die ich trug, überbrückten den Größenunterschied zwischen uns nicht annährend. Er hätte ohne weiteres sein Kinn auf meinen Scheitel legen können.

»Danke, für alles. Für Frost … dafür, dass du gelogen und geschauspielert hast.«

Sein Daumen strich über meinen Handrücken und brachte die hellen Symbole zum Leuchten. »Du hast mich wirklich gemalt?«

Ich blinzelte, irritiert über den plötzlichen Themenwechsel. Das Mondlicht spiegelte sich in seinen hellen Iriden.

»Ja, an dem Morgen bevor wir uns begegnet sind. Ich habe geträumt, ich glaube von Noom. Als ich aufgewacht bin, ging mir dieses Bild nicht mehr aus dem Kopf, also habe ich dich gezeichnet.«

Das Lächeln stahl sich so flüchtig in seinen Mundwinkel, dass ich beinah glaubte, es nicht wirklich gesehen zu haben.

»Wenn ich zurück bin, kannst du es vielleicht noch einmal versuchen«, sagte er rau.

Ich nickte. Das Verlangen, meine Stirn an seine Brust zu lehnen und mich von ihm festhalten zulassen, war übermächtig.

»Pass auf dich auf … Ria.«

Mein Herz klopfte so schnell, dass ich glaubte, man müsste es durch den Stoff des Pullovers erahnen können. Er hatte mich Ria genannt, nicht Riana, und nicht abfällig, wie er sonst so häufig tat. Und vermutlich war es ein kindischer Gedanke, aber es schien beinah so, als wäre da ein Funke, ein zartes Glühen. Ich wusste nicht, was war, aber etwas war anders.

»Pass auf dich auf, Nox«, murmelte ich und wusste, dass die Worte nicht ausreichen würden, um meinen Emotionen Ausdruck zu verleihen. Doch für diesen einen Moment war es genug.

Elf

Nox

Der Regen fiel unnachgiebig und verwandelte den Boden in schlammige Bäche, die stetig anschwollen. Meine Kleider waren so durchnässt, dass sie bereits auf der Haut klebten. Die Griffe meiner Waffen rutschten mir immer wieder aus den vor Kälte tauben Händen.

Wir waren so weit im Norden, dass die felsige Landschaft tückisch und für die meisten meiner Männer völlig unbekannt war. Valarians Anweisungen waren dürftig gewesen und der Verdacht, dass er mich lediglich von Cerradura fernhalten wollte, hatte sich mit jedem verstrichenen Tag erhärtet. Die Hunter waren ausgebildete Soldaten, beherrschten die meisten Kampftechniken blind, aber ihre Stärken lagen nicht im Ausharren und Belagern von Grenzen oder imaginären Feinden. Die Stimmung war trüb und aggressiv. Ich wusste nicht, wie lange ich selbst noch die Ruhe bewahren und die Armee des Nordkönigs davon abhalten konnte, sich gegenseitig an die Gurgel zu gehen.

Ich wischte mir mit dem Handrücken über die feuchte Stirn und seufzte. Es dämmerte bereits und ich hatte mich nicht einmal für ein paar Stunden ausgeruht. Die Abfolge von Tag und Nacht war in Noom nicht so deutlich auszumachen wie in den anderen drei Reichen. Selbst zur Mittagszeit fiel das Licht eher schummerig auf die wilde Landschaft und die Nacht brach früh herein. Unsere Kaminfeuer, Kronenleuchter und Fackeln brannten länger, häufig sogar 24 Stunden hindurch. Ich kannte es nicht anders. Ich war im Norden geboren, es war meine Heimat und doch konnte es verwirrend sein … besonders, wenn man ein Mensch war.

Ich blinzelte. Ihre Augen und das sanfte Lächeln flammten jäh in meinem Kopf auf. Die Art und Weise, wie sie meinen Namen aussprach, als wäre er etwas Besonderes, ließen mich frösteln. Warum kehrten meine Gedanken immer wieder zu ihr zurück? Mehr als einmal war ich versucht gewesen, Frost eine Nachricht zu schicken, ein Bild, irgendetwas. Doch ich hatte es nie getan. Es waren bereits zwei Wochen vergangen, seit ich sie zurückgelassen hatte bei diesem Wahnsinnigen. Ich wusste nicht, wozu Valarian fähig war, was er ihr möglicherweise antun konnte oder ob er sie weiter demütigen würde. Diese Ungewissheit kroch mir unter die Haut und machte mich rastlos.

Ich ging zwischen den schwarzen Zelten hindurch auf der Suche nach der Verpflegungsjurte, als mir einer der Männer in den Weg trat. Caleb war groß, breit und hatte eine Stimme tief wie Donnergrollen.

»Sir, das ist soeben für Euch eingetroffen.«

Er reichte mir einen versiegelten Umschlag, den ich sorgfältig unter die lederne Jacke steckte.

»Danke, Caleb. Du kannst gehen.«

Er schlug sich die Faust an die gepanzerte Brust und stapfte davon. Das Zelt war warm und einige eisenbeschlagene Laternen spendeten ein diffuses Licht. Ich zog mich mit einem dampfenden Becher in eine der hinteren Ecken zurück und betrachte das goldene Sonnensiegel eingehend. Sky hatte nie viel für Briefe übriggehabt, dass er mir jetzt schrieb, bereitete mir ein ungutes Gefühl in der Magengegend. Der Alkohol brannte in meiner Kehle und benebelte meine Sinne so weit, dass ich das Kuvert minutenlang anstarrte, ohne es zu öffnen. Als ich es dann doch tat, war ich schlagartig hellwach.

Nox, ich würde dir nicht schreiben, wenn es nicht wichtig wäre. Du weißt, wie sehr ich es verabscheue, aber mir blieb keine Wahl, da du vermutlich auf unbestimmte Zeit nicht nach Cerradura zurückkehren wirst.

Ich bin vor zwei Tagen in Noom angekommen und wie du dir vorstellen kannst, war der Empfang eisig. Nives hätte die Situation sicherlich entspannen können, doch er hatte dringende Angelegenheiten in Talvi zu regeln und Linnea befindet ist auf dem Weg nach Anima, um den Rat um eine Audienz zu bitten (ich bin mir sicher, dass es völlig ausreicht, wenn sie hübsch mit den Wimpern klimpert, und die Alten des Rates werden ihr mit Kusshand jeden Wunsch von den Augen ablesen).

Also stelle ich mich dieser selbsternannten Hoheit (vorerst) allein. Aus ihm habe ich deinen Aufenthaltsort nicht herausbekommen, aber die liebe Tama war sehr gesprächig, rührend, wie sie sich um dich sorgt.

Doch genug davon. Ich schreibe, weil meine Sorge um Ria ganz neue Ausmaße angenommen hat. Seit ich am Hof bin, habe ich sie lediglich einmal gesehen, konnte allerdings kein Wort mit ihr wechseln, weil dieser Widerling sie keine Sekunde aus den Augen lässt. Ich habe jedoch aus ihrer Miene alles lesen können, was ich wissen muss. Nox, es geht ihr mehr als schlecht. Sie ist leichenblass und scheint kaum zu schlafen, geschweige denn zu essen. Und sie ist ebenso innerlich wie äußerlich zu Eis erstarrt. Ich weiß nicht, was dieser Schweinehund mit ihr anstellt, aber ich habe die blauen Flecken an ihren Armen bemerkt. Du weißt, ich beschwere mich nicht über eine aufreizende Garderobe, schon gar nicht, wenn die Frau, die sie trägt, so ansehn-

lich ist, wie Ria. Aber die Kleider, die Valarian ihr vorschreibt, sind demütigend. Er lässt sie auftreten wie seine Bettgespielin.

Ich bin mir darüber bewusst, dass du gesagt hast, dass dich all das nichts angeht, doch ich habe deine Blicke gesehen, Nox. Und ich weiß, wie Sehnsucht in den Augen eines Mannes aussieht. Ich werde, so gut ich kann, auf sie aufpassen, aber was immer dein Auftrag sein mag, beende ihn, so schnell du kannst. – Sky

Ich zerknüllte den Brief in meiner Faust, leerte den Becher in einem Zug und trat an die offene Feuerstelle. Mit gerunzelter Stirn sah ich dem Papier dabei zu, wie es langsam zu Asche zerfiel. Dann wandte ich mich um und ging erneut in den kaum nachlassenden Regen hinaus. Diese ganze Mission war lächerlich und meine Geduld erschöpft. Ich wies Caleb an, einen Trupp aus sechs Männern zusammenzustellen und mich in etwa einer halben Stunde am hinteren Ende des Lagers zu treffen.

Eilig betrat ich mein Zelt, griff nach ein paar Arm- und Beinschonern, streifte sie über und schnallte das Langschwert mit einem Gurt auf meinem Rücken fest. Ich erwartete die Männer an der Grenze zum toten Gebiet, wie wir den nördlichste Teil Nooms nannten. Ich hatte Sky eine kurze Nachricht geschrieben und einen Boten nach Cerradura geschickt: *Tu nichts Unüberlegtes und pass auf dich auf. Er hat seine Augen und Ohren überall. Lass Frost in ihrer Nähe. Ich bin bald zurück.*

Der Wind frischte auf und ließ die kalten Wassertropfen horizontal in der Luft stehen. Als die Gruppe Hunter vor mir zum Stehen kam, verschränkte ich die Arme vor der Brust und blickte sie finster an.

»Ihr wisst ebenso wie ich, dass es ein demütigendes und sinnloses Ausharren war in den vergangenen vierzehn Tagen. Das ist nun vorbei. Wir werden die Grenze nicht länger bewachen, sondern überschreiten. Nihil ist schon viel zu weit vorgedrungen und es wird sich nicht aufhalten lassen, wenn wir nichts unternehmen. Ihr seid tapfere Männer, Soldaten, Krieger und ihr habt dem König einen Treueschwur geleistet. Der bindet euch jedoch nicht an mich, wenn ihr euch also dazu entschließen solltet, im Lager zu bleiben, werde ich euch nicht im Weg stehen. Solltet ihr mir folgen, kann und werde ich nicht für eure Sicherheit garantieren. Das Einzige, dessen ihr euch sicher sein könnt, sind mein Dank und mein Respekt. Entscheidet selbst.«

Einen Augenblick lang herrschte Schweigen, dann trat Caleb vor, neigte den Kopf und legte die Faust auf sein Herz. »Ich komme mit Euch.«

Die anderen folgten seinem Beispiel und eine Woge der Erleichterung spülte über mich hinweg, ehe ich über die Hügelkuppe und auf die Wand aus Nebel zutrat, die die Grenze um waberte wie ein graues Band.

Die Luft roch vermodert und feucht. Die Bäume waren kahl und morsch und unsere Schritte das einzige Geräusch. Sie klangen in der dumpfen Stille zu laut. Der Atem hing in weißen Wolken vor unseren Gesichtern. Caleb trat an meine Seite und flüsterte: »Sir, wonach müssen die Männer Ausschau halten?«

»Nach allem, was ungewöhnlich erscheint, und tragt die Waffen griffbereit.«

Der Hüne zog sich nickend zurück und in einiger Entfernung sah ich, wie der Pfad abschüssig in eine Senke hinabfiel. Dort war aufgrund der feuchten Nebelschwaden nichts zu erkennen. Ich hob die Hand und der Trupp verharrte auf der Stelle.

»Ich werde vorgehen. Ihr wartet einen Augenblick und gebt mir Rückendeckung«, murmelte ich und schlich so lautlos davon, dass selbst der aufkommende Windhauch zu brüllen schien.

Die graue Dunkelheit umfing mich wie ein eisiges Grab. Ich konnte kaum zwei Meter weit sehen und schon nach wenigen Schritten hatte ich gänzlich meine Orientierung verloren.

Ein plötzliches Rauschen wie von mächtigen Flügeln drang an meine Ohren. Meine Finger schlossen sich um die Griffe der Dolche und ich duckte mich hinter einem umgestürzten Baum. Steine rieben übereinander, als sich unmittelbar vor mir etwas im Dunst bewegte. Ich konnte lediglich die Umrisse erkennen: Ein Wesen, vom Gang her ein Iluminar, mit gigantischen Flügeln und einem Geruch nach Tod und Verwesung erschien vor mir aus dem Nebel. Die Augen meines Gegenübers leuchteten rot, als würde ein verzehrendes Feuer in ihnen lodern. Die schwarzen Schwingen schimmerten, wie Obsidian. Die muskulösen Hände endeten in langen Klauen und als ein Grinsen das Gesicht der Gestalt teilte, sah ich spitzzulaufende Zähne wie unzählige Rasierklingen hell aufblitzen.

»Was bist du?«, knurrte ich.

»Ein Todesengel, kleiner Prinz.« Die Stimme schnurrte beinah sanft und war eindeutig die einer Frau.

»Das werden wir sehen.« Ich spannte jeden einzelnen Muskel in meinem Körper an und sprang auf das geflügelte Wesen zu. Die Klinge schoss zur Schulter meines Gegners und hinterließ einen tiefen Schnitt. Ich balancierte das Gewicht meiner Waffen aus und hörte kurz darauf ein diabolisches Lachen. Es schien geradewegs aus der Hölle zu stammen.

»Ist das alles, kleiner Prinz?«

Ich biss die Zähne zusammen, als ich sah, dass sich die gerade zugefügte Wunden bereits wieder geschlossen hatte.

»Wo ist deine Magie? Ich habe so lange auf diesen Moment gewartet«, zischte sie und schlug mit den Flügeln. Ein Windstoß erfasste mich und brachte mein Gleichgewicht durcheinander. Ich riss den linken Arm nach oben, um die umherfliegenden Zweige und Steine abzuschirmen. Als ich die Augen wieder öffnete, war das Wesen verschwunden. Ich wirbelte herum und hörte das Knacken von Holz in meinem Rücken.

»Sir, ist alles in Ordnung?« Caleb. Ich durfte nicht zulassen, dass die Hunter sich einmischten und wohlmöglich ihr Leben riskierten.

»Bleibt, wo ihr seid. Bildet einen Kreis und zieht eure Schwerter«, rief ich durch die Wolke aus Staub und Nebel.

»Du bist nicht allein? Wie amüsant.«

Die teuflische Stimme war so nah an meinem Ohr, dass ich zusammenzuckte.

»Wirst du jetzt kämpfen? Denn nicht weniger als ihr Leben steht auf dem Spiel.«

Ein brennendes Gefühl in meinem ganzen Körper ließ mich stöhnend auf die Knie sinken. Die geflügelte Frau erhob sich vor mir aus einer schwarzen Rauchsäule und trat mit federnden Schritten auf mich zu. Sie beugte sich zu mir hinab und fuhr mit ihrem krallenbewehrten Finger über meine Schläfe. Ich keuchte, als das Feuer durch meine Adern schoss. Ich schien innerlich zu verbrennen. Was für eine Art Magie war das? Sie lächelte und hob mein Kinn. »Du kannst sie nicht rufen, nicht wahr? Du kannst sie nicht kontrollieren.«

Der helle Glanz in ihren roten Augen ließ mich blinzeln.

»Sir! Wo seid Ihr?«, donnerte Calebs Stimme durch die Finsternis. Ich spürte das Kratzen von Krallen auf meinem Gesicht und warmes Blut perlte meine Stirn hinab. Die Hitze benebelte meine Sinne.

»Wer hat sie so tief in dir eingeschlossen, kleiner Prinz?«

Ich ballte die Hände zu Fäusten und schlug zu, wieder und wieder.

»Lass sie frei. Sonst wird die Dunkelheit dich verschlingen. Warum zögerst du? Was hast du zu verlieren?«

Die Flammen in meinem Inneren züngelten hoch und setzten mein Herz in Brand. Die Frau stutzte, ehe sie meinen Kopf an den Haaren zurückriss und meine Kehle entblößte.

»Oder sollte ich besser sagen … *wen* hast du zu verlieren. Sie ist ein Mensch … nein, nicht völlig … sie …« Die roten Augen weiteten sich und sie ließ von mir ab, während ich hart auf einen Felsen schlug.

»Du bist schwach, so schwach. Ich werde sie dir nehmen, kleiner Prinz. Ich werde sie töten und du wirst mir dabei zusehen. Und dann wird deine Magie die Welt in Stücke reißen.«

Dunkel und kalt lief ein Schauer durch meinen Körper. Er löschte das Feuer und drang in jede Zelle, in jede Vene, bis er mich gänzlich ausgefüllt hatte. Ich wusste nicht, wie es mir gelang, mich zu erheben, doch plötzlich schoss ich vor und schwarzes-silbernes Licht hüllte mich gänzlich ein. Ich spürte ein Ziehen zwischen meinen Schulterblättern und meine Füße berührten kaum noch den Boden. Das Knurren, das aus meiner Kehle drang, ließ alles um uns herum erzittern. Meine Fingerspitzen pulsierten und dunkle Linien wanden sich über meine Hände bis zu meiner Brust hinauf, ich konnte das Kribbeln fühlen.

»Du wirst sie nicht anrühren.«

Der Hass in meiner Stimme ließ das Pulsieren glühen und knistern. Mein Gegenüber legte den Kopf schräg und lächelte.

»Da ist sie ja. Wunderschön, wenn du mich fragst. Wir werden uns schon bald wiedersehen und dann werde ich erfahren, ob du wirklich imstande bist, ihr Leben zu beschützen, ohne das Deine auszulöschen.«

Die Rauchsäule umhüllte sie und binnen von Sekunden war sie verschwunden. Die Leere, die augenblicklich über mir hereinbrach, schmerzte und mein Atem verlangsamte sich. Das Pulsieren und Leuchten löste sich auf und das reißende Gefühl auf meinem Rücken verflüchtigte sich. Ich spürte, dass ich fiel, und dann war da nichts mehr.

Zwölf

Ria

Die Buchstaben tanzten vor meinen Augen und ich las denselben Absatz bereits zum fünften Mal. Ich hatte in den vergangenen vierzehn Tagen jedes Buch in meinem Zimmer aus dem Regal gezogen, es durchgeblättert und nach kurzer Zeit wieder zurückgestellt. Meine Aufmerksamkeit ließ schon nach wenigen Minuten nach und es war zwecklos, mich irgendwie ablenken zu wollen.

Rastlos ging ich durch den Raum und versuchte, meine Gedanken zu ordnen. Sky war vor kurzem eingetroffen, allein, und ich hatte noch keine Gelegenheit gehabt, mit ihm zu sprechen. Valarian ließ mich lediglich zu den Mahlzeiten aus den Gemächern holen und damit das auch so blieb, wurde meine Tür sorgsam abgeschlossen. Ich war eine Gefangene in einem hübschen Kerker.

Seit einigen Nächten quälten mich Albträume. Dunkle, geflügelte Schatten fielen über mich her und zerkratzten mir mit ihren krallenbewehrten Händen die Arme und das Gesicht. Dabei stießen sie ein diabolisches Lachen aus, das mir durch Mark und Bein ging. Jedes Mal wachte ich mit brennender Haut und pochendem Kopf auf, um dann den Rest der Nacht wach zu liegen. Valarians Demütigungen waren ein Leichtes dagegen.

Abend für Abend trug ich ein neues sündiges Kleid, das noch durchsichtiger, noch enganliegender oder noch tiefer ausgeschnitten war. Anfangs hatte ich die Arme um mich geschlungen und so versucht, die bloßen Stellen zu verdecken, doch inzwischen hielt ich das Kinn erhoben und versuchte, so viel Würde und Stolz wie nur irgend möglich auszustrahlen. Die schmeichelnden Komplimente und die Berührungen seiner kalten Finger lächelte ich weg und war in Gedanken woanders.

Ich schob eines der Kissen von meinem Bett auf die Fensterbank und ließ mich darauf nieder. Der Blick in den dunkelblauen Himmel verriet mir, dass es bereits Abend wurde. Die Bergkette in der Ferne war schneebedeckt und erstreckte sich imposant über den gesamten Horizont. Ich seufzte und lehnte den Kopf an die kühle Steinmauer. Zu meinen Füßen funkelte eine saphirblaue Wolke … Frost. Sie war nicht von meiner Seite gewichen und obwohl ich noch immer keine Ahnung hatte, wie sie aussah, beruhigte mich ihre Anwesenheit. Oft hatte ich darüber nachgedacht, Nox eine Nachricht zu schicken, doch jedes Mal hatte mir Valarians Drohung in den Ohren geklungen. Er würde es erfahren und er würde Nox dafür leiden lassen. Mein Herz zog sich schmerzhaft zusammen. Ich hatte mir geschworen, ihn nicht zu vermissen, und war kläglich gescheitert. Mit jedem Tag, der verging, blickte ich sehnsüchtiger auf den Hof hinab, wartete auf die Rückkehr der Hunter. Doch nichts geschah, der Platz blieb verwaist.

Ich stand stocksteif vor der dunklen Eichenholztür, die zu den Gemächern des Königs führte, und spürte, wie mein Puls zu rasen begann. Ich war erst ein einziges Mal hier gewesen, in Begleitung von Tama. Nun war ich allein und betrat zögernd das Zimmer. Valarian stand mit dem Rücken zu mir an einer meterlangen Fensterfront und blickte hinaus. Ich räusperte mich.

»Ihr wolltet mich sehen, Hoheit.«

Seine Augen schimmerten gefährlich, als er sich zu mir umwandte. »Allerdings, meine Liebe. Ich habe eine Nachricht aus dem Norden erhalten. Nikas und ein kleiner Trupp meiner Männer haben die Grenze zum toten Gebiet passiert. Er hat sich meinen Anweisungen widersetzt, erneut.«

Seine Lippen wurden schmal und ich konnte den Zorn sehen, der sich in seiner Miene spiegelte Ich richtete mich ein wenig gerader auf und versuchte, meine Atmung zu beruhigen. Er trat auf mich zu, in der Hand ein Stück schmutziges Papier.

»Lies. Laut und deutlich, Riana.«

Meine Fingerspitzen waren feucht und für ein paar Sekunden blickte ich auf die ordentliche Handschrift, die, obwohl ich sie nie zuvor gesehen hatte, mir unendlich bekannt vorkam.

»Tu nichts Unüberlegtes und pass auf dich auf. Er hat seine Augen und Ohren überall. Lass Frost in ihrer Nähe. Ich bin bald zurück.«

Meine Stimme verlor mit jedem Wort ihren festen Klang und meine Hand zitterte leicht, als ich geendet hatte. Es war sein Brief. Nox hatte ihn vermutlich an Sky schicken wollen, doch Valarian hatte ihn abgefangen.

»Ich verstehe nicht, Hoheit.«

Er griff nach meinem Handgelenk und zog mich ganz nah zu sich heran. Die Kälte, die ihn umgab, ließ mich frösteln.

»Spiel nicht mit mir. Du musst ihm etwas erzählt haben, warum sonst sollte er seinen Schoßhund zu deinem Schutz abstellen. Ich habe dich gewarnt. Wenn du hinter meinem Rücken Kontakt mit Nikas aufnimmst, bezahlt ihr beide dafür. Er kann von Glück reden, dass ich ihn an die Grenze geschickt habe, aber du bist hier und ich bin wirklich sehr wütend. Du warst bisher mein Gast, wenngleich du dich zu meinen Bedingungen hier aufgehalten hast. Aber ich kann diesen Ungehorsam nicht dulden. Und ich werde dafür Sorge tragen, dass mein Bruder bei seiner Rückkehr ganz genau sieht, wie wenig folgsam du gewesen bist.«

Er zerrte mich zum Bett und stieß mich unsanft gegen einen der ebenholzfarbenen Holzpfosten. Schwarze Rauchfäden züngelten an seinem Körper empor und wanden sich dann um meine Arme und Beine. Ich wehrte mich, kämpfte erbittert gegen das einsetzende lähmende Gefühl und scheiterte. Ich war ihm schutzlos ausgeliefert und hielt instinktiv den Atem an, als Valarian mein Gesicht in seine von der Magie dunkel gefärbten Hände nahm. Mit zusammengebissenen Zähnen versuchte ich, den reißenden Schmerz in meinem Kopf zu ignorieren. Der Geruch von gefallenem Regen und Zimt umfing mich. Die kalten, dunklen Augen wurden eisblau und die Berührung der eben noch eisigen Finger, war warm und sanft.

»Nox?«, flüsterte ich.

»Du bist stark, viel stärker, als du glaubst, Ria.«

Der Klang seiner Stimme ließ mein Herz schneller schlagen. Das Bild löste sich auf und Valarians frostiges Lachen flutete über mich hinweg. Ich keuchte, als meine Haut zu brennen begann.

»Sag mir, was du für ihn empfindest. Erzähl mir von diesen starken Gefühlen Nikas gegenüber.«

Jeder Knochen meines Körpers schmerzte, mein Blut schien zu gefrieren und etwas riss an meiner Seele, als wollte es sie entzwei teilen.

»Aufhören! Bitte!« Meine Zunge fühlte sich taub an und die Worte stolperten aus meinem Mund. Ich spürte seinen Atem an meinem Ohr. Er war mir so nah, dass mir schwindelte.

»Er bedeutet dir mehr, als du ahnst, und du wirst sein Untergang sein. Ich werde dabei zusehen, wie du den Mann zerstörst, den du so sehr begehrst. Dein dummes Herz wird daran zerbrechen, wenn du sein wahres Gesicht erkennst. Sobald er die Dämonen nicht mehr unter Kontrolle halten kann, seine Magie ausbricht und alles in die Finsternis reißt.«

Ich spürte, wie ich herumgewirbelt wurde und hart auf dem Boden aufschlug. Seine Augen blickten mich ein letztes Mal voller Hass an, dann wandte Valarian sich ab und flüsterte: »Träum süß, Riana.«

Und ich schrie, während ich in einen Strudel aus Dunkelheit und Kälte gerissen wurde.

Mein Kopf fühlte sich so bleischwer an, dass ich ihn kaum heben konnte. Langsam setzte ich mich auf und stellte fest, dass ich mich in meinem eigenen Bett befand. Es war still und die Vorhänge waren zugezogen.

Schwankend kam ich auf die Beine und ging vorsichtig ins Bad. Ich trat an den ovalen Spiegel und betrachtete mich. Die dunklen Ringe unter meinen Augen waren noch massiver geworden und ich war so blass, dass meine roten Haare regelrecht zu lodern schienen. Meine Lippen waren farblos und an meiner Stirn klebte getrocknetes Blut, vermutlich von dem Sturz auf die Steinfliesen.

Ich befeuchtete ein Handtuch und tupfte über die dunkle Kruste. Immer wieder fielen mir einzelne Strähnen ins Gesicht und ich schob sie unwirsch hinter meine Ohren.

Plötzlich stockte mir der Atem, das Baumwolltuch rutschte ins Waschbecken und ich hob zitternd die Hände. Sie waren verschwunden … die Spitzen der Iluminar, die mich geschützt und gedeckt hatten, waren fort.

Der Kloß in meinem Hals erschwerte mir das Schlucken und ich drängte mit aller Macht die aufsteigende Panik zurück, griff nach der Haarbürste und kämmte mir das Haar über die Schultern. Dann eilte ich zu dem Frisiertisch und riss die Schubladen auf. Als ich nicht fündig, wurde durchforstete ich sämtliche Fächer in allen Kommoden, erfolglos. Offenbar trugen die Frauen in Noom keine Kopfbedeckung, geschweige denn ein Haarband. Der kleinste Lufthauch würde mein Geheimnis preisgeben und Linnea war nicht hier, um den Zauber erneut zu sprechen.

Ich lehnte mich an den Pfeiler meines Himmelbettes und atmete heftig ein und aus. Winzige Eiskristalle krochen das Holz empor und ich zog erschrocken die Hand zurück. Die saphirblaue Wolke war mir in all der Aufregung nicht aufgefallen. Frost befand sich offenbar inmitten meiner zerwühlten Laken und ich ließ mich neben ihr nieder. Die eisblauen Schneesterne wirbelten eifrig um sich selbst, ehe sie erstarrten und ein schmaler Reif zum Vorschein kam.

»Was ist das?«, murmelte ich und die Wolke berührte meine ausgestreckten Finger sanft wie eine Aufforderung, der ich augenblicklich nachkam. Die Eiskristalle hatten sich verbunden und zu einer filigranen Krone zusammengefügt. Die Spitzen glichen Eiszapfen und das Mondlicht ließ sie silbrig-blau schimmern. Ich drückte sie behutsam auf meinen Scheitel. Sie war federleicht und sorgte dafür, dass meine Haare an Ort und Stelle blieben. Ich hätte vor Erleichterung am liebsten getanzt.

»Ich danke dir.«

Das Saphirblau leuchtete auf und ich meinte, ein leises Flüstern in meinen Gedanken hören zu können: »Gern geschehen.«

Ein weiterer Tag zog ins Land und ich verließ meine Gemächer nicht. Die Unruhe, die mich jedes Mal ergriff, wenn ich Schritte auf dem Flur vernahm, raubte mir noch den Verstand. Dann, die nächtliche Dämmerung hatte bereits eingesetzt, erschien Elia in Begleitung Tamas. Ich erhob mich von meinem Platz am Fenster und trat ihnen entgegen. Das Dienstmädchen senkte den Kopf, während Valarians Beraterin mich abschätzig musterte.

»Der König möchte dich im Thronsaal sehen. Ich werde dich zu ihm bringen.«

Elia eilte mit einem bodenlangen, blauen Kleid auf mich zu. Der Stoff funkelte, als bestünde er aus gefallenem Schnee. Ich nickte lediglich und ließ mich von der Iluminar ankleiden, dann griff ich nach dem Reif und dankte im Stillen Frost erneut dafür.

»Wir können gehen«, sagte ich kalt an Tama gewandt und trat auf den Flur hinaus, ohne sie eines weiteren Blickes zu würdigen.

Der Saal war spärlich erleuchtet. Die Decke erstreckte sich kuppelförmig in den Himmel, Fenster gab es keine. Lediglich eine riesige Glasfront hinter dem aus Ebenholz gefertigten Thron. Sternenbilder waren in den dunklen Marmor des Thronganges eingemeißelt worden, an dessen Ende eine silberne Mondsichel den Steinboden zierte. Zur linken Seite Valarians, am unteren Ende der drei Stufen, stand Sky, die Hände auf dem Rücken verschränkt, und sah mich unverwandt an. Ich schenkte ihm ein winziges Lächeln, ehe ich in einen höflichen Knicks sank und Valarians Blick verächtlich über meine Gestalt huschte.

»Wie ich hörte, quälen dich schreckliche Albträume. Du sollst kaum schlafen, ist dem so?«

Ich biss mir auf die Lippen und schluckte den bissigen Kommentar hinunter, der mir bereits auf der Zunge lag. »Es liegt womöglich an den jüngsten Ereignissen, dass der Schlaf mich meidet, Hoheit.«

Skys Augen weiteten sich und ich spürte, wie Tama meinen Arm umfasste und ihre Fingernägel sich in meine Haut gruben. »Ich nehme an, dass du dich um die Rückkehr von Nikas sorgst. Nun, deine Sorge scheint berechtigt zu sein. Ich habe heute Morgen eine höchst beunruhigende Nachricht erhalten.«

Er fuhr mit seinem Zeigefinger über die geschwungene Armlehne, während der Gesandte aus Eilos scharf die Luft einsog. Mein Mund wurde trocken und meine Hände ballten sich zu Fäusten.

»Was für eine Nachricht?«, fragte ich. Der Wunsch, ihn mit einer Waffe zu durchbohren, wuchs und etwas zupfte eindringlich an meiner Seele, an jeder Faser meines Körpers.

»Bei der Grenzüberschreitung scheinen Komplikationen aufgetreten zu sein. Eine wirklich unangenehme Sache.«

Valarian erhob sich und schritt langsam die Stufen hinab. Tama wich ehrfürchtig zurück und trat an Skys Seite. Der selbsternannte König griff nach meinen Fingern und begutachtete die hellen Symbole auf meiner Haut. Dann zog er mich mit einem Ruck an sich und sein Arm legte sich um meine Taille.

»Was soll das, Valarian?«, rief Sky und wollte zu mir eilen, doch die dunkelhaarige Iluminar stellte sich ihm in den Weg, eine Hand auf dem Griff ihres Schwertes. Ich drückte den Rücken durch und hob trotzig das Kinn. Das diabolische Lächeln ließ mich kalt und ich hielt seinem Blick stand, während ein warmer Strom aus Helligkeit durch meinen Körper flutete wie flüssiges Licht.

»Ich hatte den Befehl erteilt, die Grenze zu bewachen, nicht zu überschreiten, doch mein lieber Bruder nimmt es nicht so genau mit gut gemeinten Ratschlägen anderer. Sie sind angegriffen worden.«

Das Lächeln wurde breiter.

»Nikas wurde verwundet. Und auch die anderen Männer des Trupps. Es hieß, dass er versucht haben soll, sich für sie zu opfern, dass er seine Magie gebrauchen wollte. Er ist gescheitert, wie erwartet.«

Das Blitzen in seinen dunklen Iriden wirkte fast schon amüsiert. Mein Herz krampfte sich schmerzhaft zusammen. Nox hatte gekämpft, war verletzt und niemand von uns war bei ihm, nicht einmal Frost. Valarian legte seinen anderen Arm ebenfalls um meine Hüfte und schob seine Hände zu meinem unteren Rücken hinab, als würden wir engumschlugen tanzen. Übelkeit wallte in mir auf und der Zorn in meinem Inneren brannte rotglühend und heiß.

»Was hattest du damit zu tun? Sag schon, du kranker Schweinehund!« Skys Stimme hallte von den steinernen Wänden wider und ließ mich zusammenzucken.

»Du wagst es, so mit dem König zu sprechen? Du dreckiger kleiner Verräter!«

Tama zog ihre Waffe und ich keuchte, als sie mit der Spitze auf die Brust des blonden Iluminars deutete. Ich versuchte, mich aus Valarians Griff zu befreien, doch er war stark und hielt mich mit jeder Bewegung, die ich machte, nur noch fester umklammert.

»Es war ein Selbstmordkommando, als du ihm aufgetragen hast, Katara zu durchschreiten. Und jetzt schickst du ihn ins tote Gebiet, nur damit er dort auf ominöse Weise angegriffen wird? Was ist der wahre Grund, weshalb du ihn so dringend loswerden willst? Na los, du Feigling, mach endlich deinen Mund auf!«

Skys Wangen waren vor Wut dunkelrot und ein merkwürdiges Flirren umgab ihn. Ich blinzelte, es sah aus wie kleine dichtgebündelte Sonnenstrahlen … seine Magie.

Tama hob die Klinge auf Höhe seiner Kehle und trat einen weiteren Schritt auf ihn zu. Doch der Gesandte aus Eilos lachte nur abfällig. Ich presste meine Hände energisch gegen Valarians Brust und merkte kurz darauf, wie schwarze Rauchfäden an meinen Füßen leckten. Nein, dieses Mal durfte er keine Kontrolle über mich erlangen. Ich holte aus und schlug ihm mit der flachen Hand ins Gesicht. Für einen winzigen Augenblick sah er mich erstaunt an, dann kehrte das gefährliche Funkeln zurück. Er griff in mein Haar und beugte sich so nah zu mir hinab, dass unsere Lippen sich beinah berührten.

»Du bist zu weit gegangen, meine Liebe. Ich werde mich erst um diesen Störenfried kümmern und wenn er vor Erschöpfung zusammenbricht, werde ich bei dir weitermachen. Anschließend schicke ich einen Brief an die Grenze und setze Nikas davon in Kenntnis, dass er zurückkommen muss, wenn ihm etwas an euren beiden Leben liegt. Du wirst mich anflehen, ihn zu verschonen, und das wird erst der Anfang sein.«

Valarian krallte seine Finger in den dünnen Stoff meines Kleides und fuhr dann mit seiner Zunge über seinen Mund, ehe er in meine Unterlippe biss, sodass ich Blut schmeckte.

»Rühr sie nicht an, du Bastard!«, brüllte Sky und ein goldener Strahl schlug Tama das Schwert aus der Hand. Er packte sie an den Schultern und schleuderte sie gegen die Wand, wo sie zusammensackte und ohnmächtig liegen blieb. Doch ehe er mich erreichen konnte, hatte Valarian bereits eine Wand aus dunklem Rauch um uns errichtet. Er ließ seine kalten Finger von meinen Wangen hinabgleiten und verharrte an der eisblauen Spitze meines Dekolletees.

»Du gehörst mir«, knurrte er, dann trat er vor den wabernden Vorhang und ich sah hilflos zu, wie schwarze, dornenbewehrte Ranken sich um Skys Waden wickelten.

»Zügel dein loses Mundwerk, Verräter.« Valarian legte die Hand um die Kehle seines Gegenübers und die sonnenähnliche Magie erlosch.

»Es ist zu spät, du kannst es nicht mehr aufhalten. Er empfindet bereits etwas für sie«, keuchte der Gesandte aus Eilos und bäumte sich gegen den Würgegriff des Königs auf. Doch das schwarze Gewächs war inzwischen auf Höhe seiner Hüfte und schien ihn zusehends zu schwächen. Zornestränen liefen meine Wangen hinab und ich attackierte die dunklen Rauchschwaden mit meinen Fäusten. Es war als würde ich gegen Granit schlagen. Meine Finger wurden taub und ich begann, mit Tritten die scheinbar undurchdringliche Mauer zu traktieren, ohne Erfolg. Valarian ließ Sky vor sich in der Luft schweben, ehe die Ranken sich zischend und Funken sprühend auflösten und der blonde Iluminar auf dem Boden aufschlug.

»NEIN!«, schrie ich, als ich sah wie sich eine dunkelrote Pfütze auf der Höhe seines Kopfes bildete.

»DU MONSTER!«

Der dunkle Nebel verpuffte und ich stürzte auf meinen verletzten Freund zu.

»Oh Gott, Sky. Bitte sag etwas, irgendetwas.« Ich schluchzte und meine Hände zitterten, als ich ihm ein paar helle Haarsträhnen aus seiner Stirn schob. Ich musste ihn verarzten, ihn hier rausbringen … irgendwie. Vorsichtig beugte ich mich hinunter und legte mein Ohr auf seine Brust. Der Herzschlag war aus dem Takt geraten, aber noch immer kräftig.

Ein leises Klirren erklang, als der Reif von meinem Scheitel rutschte und über den Boden schlitterte. Valarian hob ihn auf und wog ihn in der Hand. Ich hielt den Atem an, als er den Kopf schräg legte und langsam auf mich zutrat. Er ging in die Knie und strich mir die Haare hinter mein Ohr … hinter mein rundes, menschliches Ohr.

»Sieh einer an. Dann sind die Geschichten also wahr. Eine Menschenfrau mit einer uralten Magie der Iluminar, das Licht in des Prinzen Dunkelheit.«

Das reißende Gefühl hinter meiner Stirn ließ mich schmerzerfüllt aufstöhnen. Ich spürte, wie mein Herzschlag sich verlangsamte, wie die Kälte in jeden Winkel meines Körpers kroch. Und während Valarians kaltes Lachen den Raum erfüllte, fiel ich in bodenlose Schwärze. »Sorgen wir dafür, dass diese Legende niemals wahr wird.«

Dreizehn

Nox

Die leisen Stimmen drangen in mein Unterbewusstsein, doch meine Lider waren bleischwer und so ließ ich die Augen geschlossen und lauschte.

»Die Wunden schließen sich nur langsam«, murmelte Cura, der beste Heiler des Trupps. Er war in Anima ausgebildet worden, ehe er sich den Huntern angeschlossen hatte.

»Konntet Ihr Gift feststellen? Oder eine andere Substanz, die das erklärt?«

Caleb klang nervös. Ich spürte einen kühlen, nach Minze duftenden Film auf meiner Stirn und nahm das schmerzhafte Ziehen in jedem Muskel meines Körpers wahr. ›Zerschlagen‹ war vermutlich das richtige Wort dafür. Als wäre ich aus großer Höhe gestürzt und hätte mir beim Aufprall sämtliche Knochen zertrümmert.

»Nein, keine Toxine, aber …« Cura stockte. Ich bemerkte, wie mein Puls sich beschleunigte. Schritte durchmaßen das Zelt und der Heiler senkte seine Stimme zu einem kaum verständlichen Flüstern.

»Caleb, ich möchte, dass du ehrlich bist. Unser Gespräch wird diesen Raum nicht verlassen. Hat der Kommandant versucht, seine Magie einzusetzen?«

In meinen Ohren setzte ein Rauschen ein, das es fast unmöglich machte, Calebs Antwort zu verstehen.

»Ich kann es nicht mit Gewissheit sagen, aber als wir ihn fanden, schien ein Glühen von ihm auszugehen, ähnlich wie das Flimmern von Magieströmen. Wie kommt Ihr darauf, diesen Umstand in Erwägung zu ziehen?«

Ein Rascheln war zu hören und das metallische Klirren von Schnallen, als würde eine Rüstung über den Boden gezogen werden.

»Sieh dir die Einschnitte auf der Rückenpanzerung an. Was meinst du, was das sein könnte?«

Caleb keuchte. »Stammen sie etwa von …«

Ich öffnete langsam die Augen und drehte meinen Kopf in Richtung der beiden Männer. Der Heiler nickte verbissen.

»Genau, Flügel.«

»Aber das ist unmöglich!«

Cura legte einen Finger an seine Lippen und Calebs hünenhafte Gestalt wandte sich zu mir um. Er trat auf mein Feldlager zu und ging in die Knie.

»Sir, wie fühlt Ihr Euch?«

Die Zunge klebte an meinem Gaumen und ich räusperte mich, ehe ich zu sprechen anhob. »Etwas lädiert. Was ist passiert? Wie haben wir es zurückgeschafft? Was ist mit den Männern?«

Ich setzte mich auf und stöhnte, als die Welt ins Wanken geriet.

»Du solltest dich noch etwas ausruhen. Deine Wunden sind tief.«

Cura reichte mir einen dampfenden Becher und verwies Caleb mit einer Handbewegung des Zeltes. Ich nippte an dem heißen Gebräu und spuckte aus.

»Bei den Sternen, was ist das für ein Trank? Willst du mich umbringen?«

Der Heiler grinste und tat so, als würde er überlegen. »Nichts läge mir ferner, Nikas.«

Ich erwiderte sein Grinsen. Cura war von Anfang an einer meiner engsten Berater und ich vertraute ihm.

Der blonde Iluminar verschränkte die Arme vor der schmalen Brust und funkelte mich aus seinen leuchtend grünen Augen an.

»Wie lange liege ich schon hier? Und wie geht es meinen Männern?«

Das Gesicht meines Gegenübers wurde ernst. Er zog einen Hocker zu sich heran und ließ sich darauf nieder. »Seit zwei Tagen. Du warst bewusstlos, als Caleb dich herbrachte. Der Trupp wurde nur leicht verletzt, nichts von Bedeutung. Nikas, was ist im toten Gebiet geschehen?«

Ich betrachtete meine mit Schrammen und Kratzern übersäten Hände. Mein linker Arm war verbunden und ein kleiner dunkler Fleck deutete darauf hin, dass die Wunde sich noch nicht geschlossen hatte. Cura beugte sich vor und legte den ledernen Rückenschutz auf meine Knie. Zwei absolut identische Risse hatten sich auf Höhe der Schultern in das weiche Material gegraben. Ich runzelte die Stirn und schwieg.

»Ich weiß, dass das alles verwirrend ist, und ich möchte dich wirklich nicht drängen, aber sollte ich mit meiner Vermutung recht behalten, müssen wir handeln. Heute früh ist ein Bote aus Cerradura eingetroffen.«

Ein kalter Schauer lief meinen Rücken hinab und ich fuhr mit den Fingerspitzen über die ramponierte Rüstung. Cura griff in die Tasche seines weiten Umhangs und zog einen Umschlag mit dem schwarzen Mondsiegel Nooms hervor. Meine Augen flogen über die wenigen verschlungenen Zeilen:

Nikas, ich habe von deinem eigenmächtigen Handeln erfahren und auch von dem törichten Scheitern deines Unterfangens. Deine Sturheit werden Sky und unser menschlicher Gast bitter bezahlen. Ganz recht, ich kenne Rianas kleines Geheimnis und ich bin nicht abgeneigt, sie an deiner statt dafür büßen zu lassen, dass ich nicht eingeweiht wurde. Sollte dir also etwas am Leben der beiden liegen, kehrst du nach Cerradura zurück. Du hast zwei Tage, oder ich sorge dafür, dass ihre Schreie als Echo in den Wänden des Schlosses widerhallen.

Ich stand so hastig auf, dass das Gefühl der Übelkeit in meinem Magen bedrohlich anhob. Ich stolperte und wäre beinah gestürzt, hätte der junge Heiler nicht eingegriffen und meinen Arm stützend auf seine Schultern gelegt. »Langsam, du bist längst noch nicht wiederhergestellt.«

Ich biss die Zähne zusammen, als ein glühender Schmerz durch meine linke Körperhälfte schoss. »Dafür habe ich keine Zeit. Ich muss übermorgen in Cerradura sein. Sag Caleb Bescheid, er soll sich bereithalten.«

Cura runzelte die Stirn und schob mich zurück auf die Liege. »Nikas, du bist nicht reisefähig und bis zum Schloss ist es weit. In deinem Zustand könnte das lebensgefährlich werden. Was stand in dem Brief?«

Ich reichte die Nachricht an ihn weiter und hob das Baumwollhemd an, um mir ein Bild von den Verletzungen machen zu können. Einige Kratzer und Schrammen zogen sich über meine Bauchdecke, nichts von Bedeutung. Unterhalb meiner Brust, auf Höhe des ersten Rippenbogens, war die Haut so dunkel und blaufleckig, dass ich unwillkürlich schluckte. Eine von Blut und einer anderen gelblichen Flüssigkeit getränkte Drainage lag unterhalb eines Verbands, der sich quer über die obere Hälfte meines Körpers wickelte.

»Was ist das für eine Wunde?«, fragte ich heiser.

Cura hob den Kopf und ließ das Stück Papier über einer Kerze in Flammen aufgehen. »Eine der Ernsteren. Nikas, ich kann dich nicht guten Gewissens aufbrechen lassen. Und wir alle kennen den König. Er liebt Machtspielchen.«

Ich schüttelte den Kopf, zog das Hemd herunter und erhob mich erneut. »Nein, dieses ist anders. Es sind keine leeren Drohungen. Sky ist mein bester Freund, ich könnte es mir nie verzeihen, wenn ich untätig bleiben würde, nur um mich selbst zu schonen.«

Konzentriert versuchte ich, meine Muskeln zu beherrschen und nicht auf das dumpfe Pochen an sämtlichen Stellen meines Leibes zu achten. Das Trommeln des wiedereinsetzenden Regens war für eine Weile das einzige Geräusch. Dann trat mein Gegenüber an einen Tisch, auf dem viele verschiedene Flaschen und Tiegel dicht gedrängt beieinanderstanden. Seine dünnen Finger, mit den schwarz schimmernden Nägeln griffen gezielt nach einigen Exemplaren und ließen sie in eine lederne Tasche gleiten.

»Wer ist sie?«, fragte Cura zwischen leisen Klirren des Glases und dem Knistern des offenen Feuers hindurch. Ich schob die Dolche, die auf einer Kiste gelegen hatten, zurück in meine Stiefel und konnte ein Stöhnen nicht unterdrücken, als meine Knochen mit jeder Bewegung knackten und ächzten.

»Wen meinst du?«, murmelte ich, als ein Paar grün leuchtender Augen sich in meine Gedanken stahl und den Rhythmus in meiner Brust aus dem Takt brachte. Ich durfte nicht an sie denken, nicht hier, nicht jetzt.

»Die Menschenfrau, die Valarian offenbar als Druckmittel einsetzt, um dich dazu zu bringen, trotz deines Gesundheitszustandes Hals über Kopf aufzubrechen.«

Ich griff nach meiner ledernen Jacke und streifte sie vorsichtig über, dabei mied ich sorgsam den Blick meines Freundes.

»Das ist eine lange Geschichte. Ich habe dafür gesorgt, dass sie sich in Elirion befindet, und möchte nicht schuld daran sein, wenn die Legenden, die die Menschen sich erzählen, tatsächlich zutreffen.«

Cura lachte glucksend und trat an mir vorbei auf den Ausgang der Jurte zu. »Natürlich. Würde ich dich weniger gut kennen, hätte ich dir diese Erklärung beinah abgekauft.«

Dann verschwand er in den peitschenden Wind hinaus.

Caleb erwartete uns bereits. An seiner Seite standen drei riesige Wölfe. Ihr Fell war weiß, durchzogen von dunklen Linien. Ihre Augen und Krallen schimmerten golden und die langen Fangzähne ließen sie wild und angriffslustig erscheinen. Die Vark waren die einzigen Reittiere in Noom und es dauerte Monate, meist sogar Jahre, bis sie gezähmt waren und einen Iluminar auf ihrem Rücken duldeten.

»Sir, ich bin froh, Euch auf den Beinen zusehen. Ich dachte, das erleichtert wohlmöglich unsere Reise.«

Der Hüne sah abwechselnd zwischen Cura und mir hin und her. Ich trat auf das mittlere Tier zu und bot ihm meine geöffnete Hand dar. Seine kühle Schnauze fuhr schnuppernd über meine Haut und die grauen Augen musterten mich prüfend. Es war immer ein Risiko, das Vertrauen der Vark auf die Probe zu stellen. Nicht selten kam es zu schlimmen Verletzungen auf Seiten der Iluminar, wenn ein Wolf nach seinem vermeintlichen Reiter schnappte. Ich atmete ruhig und verharrte völlig reglos auf der Stelle, bis ich die raue, warme Zunge des Tieres zwischen meinen Fingern spürte.

»Caleb, die Reise wird ein Kinderspiel«, sagte ich grinsend und griff behutsam in das lange Fell des Vark, ehe ich mich auf seinem Rücken niederließ und das sonore Schnurren des riesigen Körpers durch meine Adern pulsierte wie ein zweiter Herzschlag.

Der trübe Morgen dämmerte bereits herauf, als Cerradura sich majestätisch aus den Nebelschwaden vor uns erhob. Wir hatten kaum geschlafen und nur eine kurze Rast eingelegt, um den Vark die Möglichkeit zu geben, auf die Jagd zu gehen. Cura hatte sich nicht davon abbringen lassen, Caleb und mich zu begleiten. Als meine Verletzungen zu brennen begannen und ein dünner Schweißfilm bereits meine Stirn überzog, hatte der Heiler die Verbände erneuert und mir einen bitteren Trank verabreicht, der die Schmerzen lindern sollte. Ich war zeitweise wie betäubt und nahm die Landschaft um mich herum kaum wahr. Bevor wir den Innenhof erreichten, stiegen Cura und ich von unseren Reittieren, während Caleb sich ihrer annahm und vor den Toren des Schlosses zurückblieb. Meine Beine zitterten und ich hatte Mühe, mich zügig und sicher fortzubewegen. Dennoch lehnte ich die Hilfe meines besorgt neben mir hereilenden Freundes ab. Ich konnte Valarian nicht schwach und leidend unter die Augen treten. Diese Genugtuung würde ich ihm nicht bieten. Die Flügeltür zum Thronsaal war verschlossen und zwei dunkel gekleidete Wachen nahmen Haltung an, als wir um die Ecke bogen.

»Solltest du dich nicht etwas ausruhen, bevor wir die nächsten Schritte unternehmen?«, flüsterte Cura.

Ich schüttelte den Kopf, richtete mich kerzengerade auf und trat an den Männern vorbei. Die Temperatur im Saal war beinah eisig und nur einige wenige Kerzen versuchten, die langen Schatten zurück zu drängen. Der König saß auf seinem Ebenholzthron und blickte uns finster entgegen. Er trug neben seiner gewöhnlichen schwarzen Kleidung einen mit Silberfäden durchzogenen Mantel und die Krone auf seinem fast weißen Haar spiegelte das seitlich einfallende Tageslicht. Cura sank in eine knappe Verbeugung, während meine Augen auf der Person links neben Valarian ruhten. Ihr rotes Haar war streng zurückgebunden und wurde von einem schwarzen Reif aus Dornen gehalten, sodass ihre menschlichen Ohren gut zu sehen waren. Eine kurze, hauchdünne Bluse umwehte ihren schmalen Oberkörper und ließ ihre helle Haut krank aussehen.

Die schwarze Hose endete in hohen, geschnürten Stiefeln. Sie saß stocksteif da, ihr Blick wirkte stumpf und unendlich weit entfernt. Die Wut brandete wie eine Hitzewelle über mich hinweg. Was immer dieses Monster ihr angetan hatte, sie war nicht mehr sie selbst.

»Nikas, wie schön, dass du meiner Aufforderung Folge geleistet hast. Ich nehme also an, dass deine Verletzungen nicht so gravierend sind, denn ansonsten wäre eine solche Reise unverantwortlich gewesen,«

Er lächelte schmal und griff nach Rias Hand. Sie zuckte nicht einmal zusammen, als Valarian ihre blassen Finger auf seinen Oberschenkel legte und mich dabei keine Sekunde aus den Augen ließ. Das Blut rauschte in meinen Ohren und ich spürte, wie Cura behutsam meinen Arm berührte. Kurz flackerte mein Blick zu dem Heiler hinüber, ehe ich mich wieder auf den König konzentrierte.

»Verzeiht, Hoheit, aber die Reise war riskant. Euer Bruder hat schwere und vor allem zahlreiche Wunden davongetragen und sollte sich dringend ausruhen.«

Valarian legte nachdenklich die Stirn in Falten, ehe er sich zu Ria hinüberbeugte und mit seinem Daumen über ihr Kinn strich. Die Übelkeit stieg brennend meine Kehle hinauf und ich ballte die Hände so fest zu Fäusten, dass meine Nägel halbmondförmige Abdrücke hinterließen.

»Nun, wenn das so ist, wäre es ratsam, du würdest in seinen Gemächern alles vorbereiten. Du bist entlassen, Heiler. Lass uns allein.«

Cura drückte noch einmal meine Schulter und verließ dann eilig den Raum. Die Tür fiel knarrend ins Schloss und ich stürzte auf den Thron zu, stieß meine Faust gegen Valarians Brust und der Hass in meiner Stimme ließ mich zittern.

»Was hast du ihnen angetan? Wo ist Sky? Und wie kannst du es wagen, sie anzufassen?«

Das diabolische Lachen, das daraufhin von den Wänden widerhallte, machte mich rasend.

»Riana, meine Liebe, steh auf und begrüß unseren aufgeregten Gast.«

Dann lehnte er sich vor und flüsterte so leise, dass nur ich ihn hören konnte: »Pass gut auf, Nikas, so wird es von nun an immer sein. Genau so.«

Ich wandte mich zu Ria um, die vor mir in einen tiefen Knicks sank und die Augen niederschlug.

»Seid willkommen in Cerradura, Bruder meines Königs. Ich werde Euch zu Diensten sein, wann immer Ihr etwas braucht.«

Die Worte klangen hohl und ihre grünen Iriden hatten jegliches Leuchten verloren. Sie wirkte wie eine Puppe, wie das Spielzeug eines mächtigen Mannes. Ich reichte ihr meine Hand und sie ergriff sie zögernd. Die hellen Symbole waren auf ihren bleichen Finger kaum noch zu erkennen.

»Ria, ich bin es, Nox.«

Ich suchte in ihrem Gesicht nach einem Anzeichen dafür, dass sie meine Worte verstanden hatte, doch ich fand keines. Ich senkte meine Stimme und ließ meinen Daumen auf ihrem Handrücken kleine Kreise zeichnen.

»Du wolltest mich zeichnen, weißt du noch?«

Ein kurzes Flackern ihrer leeren Augen, doch sie schwieg und mein Herz fühlte sich so schwer an, als läge ein Stein in meiner Brust.

»Es ist absolut sinnlos, Nikas. Sie steht unter meinem Bann. Ich habe die Gedanken und Gefühlte an dich so tief in ihr begraben, dass sie sich nicht mehr erinnert. Du bist ihr fremd und sie handelt nur noch nach meinen Wünschen. Verschwende also keine Energie darauf, sie zurückzuholen. Menschen sind so willensschwache Wesen, sie lassen sich formen und manipulieren wie keine andere Art. Du solltest dich nun um deine Wunden kümmern, wir wollen den armen Sky doch nicht noch mehr quälen, nicht wahr?!«

Valarian trat an Rias Seite und fuhr mit seiner Hand die Kurve ihrer Taille entlang. Ich griff nach seinem Arm und riss ihn von ihr los.

»Du widerst mich an! Und ich schwöre dir, dass ich diese Machtspielchen nicht länger erdulden werde. Du bist zu weit gegangen, *Hoheit*.«

Das letzte Wort spuckte ich ihm vor die Füße. Mit einem letzten Blick auf ihr abwesendes Gesicht wandte ich mich um und verließ den Thronsaal.

Meine Atmung ging stoßweise und meine Haut war von einem Schweißfilm überzogen, der mit dem Fieber einherging, das seit ein paar Stunden stetig stieg. Cura hatte sämtliche Tinkturen und Tränke ausprobiert, doch nichts schlug an. Die dünnen Laken klebten an meinem nackten Oberkörper und ich stieß sie von mir. Das Gefühl von Stoff auf meinem glühenden Körper ertrug ich nicht. Der Heiler hatte eine Schale mit klarer Flüssigkeit und einem Lappen neben das Bett gestellt, ehe er verschwunden war, um in seinen Büchern Antworten auf die Krankheit zu finden, die in meinem Inneren tobte und die Verletzungen nicht heilen ließ. Meine Lippen waren trocken und so wund, dass selbst ein Schluck Wasser brannte wie Alkohol. Ich stöhnte bei dem Versuch, mich aufzurichten, und sank zurück in die Kissen.

Plötzlich klopfte es leise an der Tür. Da ich meiner Stimme nicht traute, schwieg ich und wartete. Behutsam schwang das Türblatt nach innen und ein winziges Lächeln huschte über mein Gesicht, als ich sie erkannte. Unschlüssig verharrte Ria einen Augenblick im Rahmen, ehe sie vortrat und sich auf dem Stuhl neben der Schlafstatt niederließ.

»Ihr seid krank«, flüsterte sie, griff nach dem nassen Tuch und begann, damit über meine Stirn zu streichen.

»Es ist nichts. Die Nachwirkungen der Reise«, sagte ich rau. Sie schüttelte den Kopf und fuhr behutsam über meine brennende Brust, ehe sie den Lappen auswusch. Ich schluckte und dachte daran, wie sich ihre Wangen gerötet hatten, wenn ich sie nur angesehen hatte. Nun lag ich halb nackt vor ihr und ihr Gesicht verriet nicht die kleinste Gefühlsregung. Lediglich die goldenen Sprenkel um ihre Pupillen funkelten, ein winziger Hoffnungsschimmer, ein Zupfen ihres Unterbewusstseins.

»Warum bist du hier?«, murmelte ich, weil mich scheinbar jedes Wort ein wenig mehr zu erschöpfen schien. Ria füllte Wasser in einen Kelch, schob ihre Hand in meinen Nacken und hob dann langsam meinen Kopf. Nach wenigen Schlucken verzog ich schmerzhaft das Gesicht und ließ mich schwerfällig zurücksinken. Sie wischte eine nasse Haarsträhne von meiner Schläfe und ihre sonst so warmen Fingerspitzen fühlten sich kühl und kraftlos an.

»Ich weiß es nicht. Irgendetwas hat mir gesagt, dass ich nach Euch sehen sollte.«

Einen Augenblick verharrte ihre Hand auf Höhe meiner Wange und sie blinzelte. »Warum kommt Ihr mir so bekannt vor?«

Ich verlagerte mein Gewicht auf die Unterarme und balancierte meinen Oberkörper zitternd aus. »Weil wir uns kennen. Wir waren gemeinsam in Eilos, am Sonnenhof. Ich habe dich nach Noom gebracht und bevor ich an die Grenze ging, hast du mir versprochen, dass du mich zeichnen würdest, sobald ich zurück bin.«

Ein Hustenanfall schüttelte mich und ein stechender Schmerz breitete sich in meiner Lunge aus. Ihre grünen Augen wurden schmal und sie zog ruckartig die Hand zurück.

»Unsinn. Ich bin nie in einem anderen Teil Elirions gewesen und Ihr seid der Bruder meines Königs. Vermutlich habe ich Euer Bild irgendwo schon einmal gesehen.«

Ich holte rasselnd Luft und spürte, wie am Rand meines Blickfeldes flimmernde schwarze Flecken auftauchten. Ich durfte jetzt nicht die Besinnung verlieren. Vielleicht hatte Valarian sich geirrt und die Erinnerungen nicht sorgsam genug verborgen. Ich musste es weiter versuchen.

»Nein, es gibt in Cerradura keine Bilder von mir. Ich bin der Zweitgeborene und *dein* König hat versucht, mich zu töten. Er hat dich manipuliert und dich vergessen lassen, auf wessen Seite du eigentlich stehen solltest. Ria, denk nach. Ich habe Frost zu deinem Schutz zurückgelassen.«

Ein Krampf ließ mich mit den Zähnen knirschen und sie griff instinktiv nach meinen zur Faust geballten Fingern. Das Atmen fiel mir mit jeder Minute schwerer und die Müdigkeit senkte sich bleiern über mich. Ich konnte meine Augen nicht länger offenhalten, als sie leise murmelnd meinen Namen sagte: »Nox.«

Dann umfing mich eine samtene Dunkelheit und hüllte mich gänzlich ein.

Vierzehn

Ria

Ich verharrte regungslos an der Seite eines mir völlig Fremden. Seine Brust hob und senkte sich zitternd. Meine Finger fuhren vorsichtig über die seinen und die geballte Faust öffnete sich langsam. Die Handinnenflächen waren mit dünnen Kratzern überzogen, die zwar nicht bluteten, aber rot und wund aussahen. Ich betupfte sie mit dem kühlen, nach Kräutern riechenden Tuch. Dann fiel mein Blick auf seinen linken Unterarm. Ein filigranes Sternenbild nahm den meisten Platz seiner Haut ein. Ich runzelte die Stirn. Es kam mir merkwürdig bekannt vor und ohne, dass ich etwas dagegen tun konnte, folgte mein Zeigefinger den tätowierten Linien.

Die hellen Symbole auf meinen Händen schimmerten, als wäre ein Licht in ihnen eingeschlossen worden, und dann geschah etwas Seltsames: Das pulsierende Glimmen ergriff Besitz von der schwarzen Zeichnung des Tattoos. Wie ein kräftiger Herzschlag verbanden sich Helligkeit und Schatten und glitten ineinander, als hätten sie für sehr lange Zeit auf genau diesen Moment gewartet. Gebannt blickte ich auf das zarte Band aus Sternen und Kreisen und ein Kribbeln breitete sich in meinem Körper aus. Ich bemerkte, wie die Atmung des Fremden ruhiger wurde, sich entspannte und die Verletzungen an seinen Händen verschwanden, als hätte das Licht sie fortgespült. Ein Seufzen entwich seiner Kehle und ich lächelte.

»Wie ist dir das gelungen?«, fragte eine aufgeregte Stimme in meinem Rücken.

Ich zuckte zusammen und die Verbindung riss ab. Ein blonder Iluminar stand mitten im Raum und sah mich erstaunt an. Er hatte die Ärmel seiner braun-grünen Tunika hochgekrempelt und zu seinen Füßen lag eine Reihe Bücher verstreut, als wären sie ihm soeben aus den Armen gefallen. Ich erhob mich und trat auf ihn zu, während ich einige der Schriftstücke vom Boden aufklaubte.

»Ihr habt mich erschreckt«, erwiderte ich.

Er schüttelte lediglich den Kopf, schob das Lesematerial achtlos auf einen Tisch und sah mich aus großen Augen an. »Verzeihung, das war nicht meine Absicht. Du bist Ria, nicht wahr? Nikas hat von dir gesprochen. Du nennst ihn Nox, oder? Das tun nicht viele, er ist da schon immer sehr eigensinnig gewesen.«

Nox … ein stechender Schmerz riss an meinem Herzen und ich presste mir die Hand auf die Brust. Warum kam mir dieser Name so bekannt vor? Ich biss mir auf die Lippe und schwieg.

»Ich heiße Cura, ich bin ein Heiler. Aber ich vermochte nicht das zu tun, was du gerade getan hast, vermutlich ohne darüber nachzudenken. Du bist ein Mensch, aber nicht gänzlich, stimmt das?«

Ich folgte Cura mit den Augen, als er auf das Bett zutrat und prüfend die Stirn des Kranken befühlte, sich durch die wirren Haare fuhr und ein schmales, dunkles Fläschchen aus seiner Tasche zog. Er beträufelte die Lippen des Fremden und sah mich auffordernd an. Ich ging auf die andere Seite der Schlafstatt und ließ mich behutsam auf die Laken sinken.

»Ja, ich bin ein Mensch. Warum fragt Ihr mich das?«

Ich blickte den Heiler nicht an, da die zuckenden Finger des dunkelhaarigen Iluminars meine Aufmerksamkeit auf sich zogen. Ich zögerte, doch der Drang war zu stark und so gab ich ihm erneut nach und schob meine Hand auf die seine. Das Zucken erstarb augenblicklich. Eine sanfte Wärme durchfuhr meinen Arm und breitete sich von dort, wo sich unsere Haut berührte, über meinen ganzen Körper aus. Cura beobachtete mich.

»Du weißt es also nicht? Dieses Licht, die Kreise und Linien auf deinen Handrücken symbolisieren eine uralte Magie. Eine Magie, wie sie in Elirion seit Jahrzehnten nicht mehr existiert. Ich nehme an, du kennst die Magieströme der vier Reiche?«

Ich schüttelte den Kopf und er fuhr fort.

»Jeder Kontinent hat eine ureigene Macht, die die Erde durchzieht wie die Adern unseren Körper. Die Iluminar, die zum Beispiel in Eilos geboren werden, tragen nicht nur das Symbol der Sonne auf ihrer Haut, sondern können sich ihrer Magie bedienen. Sie haben die Kraft, über die Wärme und das Licht zu verfügen. Die Mächtigsten unter ihnen tragen noch andere Magieströme in sich, die ganz unterschiedlich aussehen können. Sky, der Ratsgesandte aus Eilos, beherrscht die Zeitmanipulation. Das bedeutet, er kann für wenige Sekunden den Lauf des Tempus anhalten. Aber die eigene, persönliche Magie hat ihren Preis. Sie schwächt uns auf ganz verschiedene Arten, während die Erdmagie uns nur stärker werden lässt. Kannst du mir folgen?«

Er lächelte und tauchte seinen Finger in die Schale auf dem kleinen Beistelltisch. Das Wasser begann zu dampfen und färbte sich von hell- zu dunkelgrün, ehe es wieder klar wurde. Ich nickte zögernd.

»Gut. Dir alles zu erklären, wäre zu weitreichend und vermutlich in diesem Moment nicht angemessen, aber eins sollst du noch wissen.« Cura senkte seine Stimme zu einem Flüstern und ich beugte mich ihm entgegen, um jedes Wort zu verstehen.

»Nox' Magie wurde tief in seine Seele gebannt, vor vielen Jahren. Er war damals noch ein Junge und konnte sich nicht wehren. Dann hat Valarian ihn zum Kommandanten der Hunter ausbilden lassen, um ihn besser unter Kontrolle halten zu können. Er hat ihn manipuliert und ihn vergessen lassen, wie mächtig er eigentlich ist. Der König hatte schon immer Angst vor der Stärke seines Halbbruders. Als Nox die Grenze zum toten Gebiet überschritten hat, muss dort etwas geschehen sein. Etwas Unerwartetes. Denn es hat ihn dazu veranlasst, einen winzigen Teil seiner Seele zu befreien und der Magie ein stückweit ihren Raum zu geben.«

Ich blickte in das blasse Gesicht des Fremden: die schmale Nase, der Schwung der leicht geöffneten Lippen, die markante Zeichnung seiner Wangenknochen und das fast schwarze, längere Haar, das ihm in die Stirn fiel. Ich spürte das Klopfen meines Herzens ganz deutlich in meiner Brust. Was war das für ein Gefühl, das so tief reichte, dass es sich nicht abstellen ließ?

»Ist seine Magie dafür verantwortlich? Hat sie ihn krank werden lassen?«, murmelte ich.

Cura runzelte nachdenklich die Stirn. »Ich weiß es nicht, aber es wäre eine Möglichkeit. Und es würde erklären, warum die deine in der Lage ist, ihn zu heilen.«

Ich fröstelte, als der Heiler sich erhob und in Richtung der Tür davonging.

»Ich bin nur ein Mensch. Nichts an mir ist magisch«, wisperte ich leise.

Curas Antwort war kaum mehr als ein Hauch: »Nein, du bist viel mehr. Wieviel mehr, werden wir noch erfahren, wenn die Zeit gekommen ist. Bleib bei ihm, Ria, sorg dafür, dass er gesund wird.« Und während das Holz knarrend ins Schloss fiel, leuchtete das Band aus Licht und Dunkelheit zwischen unseren Fingern wie ein uraltes Geheimnis.

Hörst du mich? Bitte, du musst dich erinnern, erinnere dich! Der König ist nicht dein Freund, er hat dir wehgetan, er hat Sky verletzt und eingesperrt. Nichts von dem, was er dir erzählt hat, ist wahr. Du darfst ihm nicht glauben! Bitte glaub ihm kein Wort! Er versucht, dich von ihm fernzuhalten. Du kennst ihn, du hast ihn gezeichnet. Diese Gefühle für ihn sind echt, lass sie zu. Du musst dich erinnern. Erinnere dich an ihn … Nox …

Ich fuhr ruckartig aus dem Schlaf und die Stimme in meinem Inneren verstummte jäh. Langsam setzte ich mich auf und sah mich irritiert um. Das Zimmer war nicht mein eigenes und ich trug noch immer meine Kleider.

»Habe ich dich geweckt?« Der Klang dieser Worte drang tief in mein Unterbewusstsein ein und setzte mein Herz in Brand. Der Fremde lehnte halb aufrecht gegen ein paar Kissen gestützt an der hölzernen Verkleidung des Bettes und seine eisblauen Augen musterten mich.

»Ich bin eingeschlafen. Und ich sollte gar nicht hier sein.« Ich stand so eilig auf, dass mir schwindelte und ich mich auf der warmen Matratze abstützte.

»Du warst erschöpft, das ist alles.«

Seine Finger fuhren über meinen Handrücken und augenblicklich leuchteten die Symbole auf meiner Haut hell auf. Die Dinge, die der Heiler mir erzählt hatte … die Magie. Ich riss die Laken zur Seite und blickte auf die sich schließenden Wunden an seinem bloßen Oberkörper, die noch bis vor wenigen Stunden entzündet und offen gewesen waren.

Er keuchte. »Wie … wie ist das möglich? Hat Cura ein Heilmittel gefunden?«

Ich schlug die Hand vor den Mund und taumelte ein paar Schritte zurück. Das konnte alles nicht wahr sein.

»Ria, was ist passiert?«

Ich schüttelte den Kopf und floh zur Tür. Aus dem Augenwinkel sah ich, wie er versuchte, aufzustehen. Doch ich rannte auf den dunklen Flur hinaus, während das Licht auf meinen Händen langsam verglühte.

Der Mond erhob sich zum dritten Mal auf dem sternenübersäten Firmament, als der König mich zu sich rufen ließ. Ich hatte die vergangenen Tage in meinen Gemächern verbracht und, wenn ich nicht vor Erschöpfung schlief, versucht, die hellen Symbole von meiner Haut abzuwaschen. Rote und wunde Stellen waren zurückgeblieben, doch die Kreise und Linien schimmerten noch immer unbeeindruckt hindurch. Ich bemühte mich, die langen Ärmel meiner mitternachtsblauen Bluse bis zu meinen Fingerspitzen hinab zu ziehen. Der Fremde hatte mich nicht aufgesucht und ich war ihm ferngeblieben. Die widersprüchlichen Emotionen in meiner Brust hallten jedoch jede Nacht in mir wider wie ein nie vergehendes Echo.

Als ich die Treppe in die Eingangshalle hinabstieg, erwartete Valarian mich bereits. Sein dunkles Lächeln, ließ mich instinktiv die Luft anhalten und das Flüstern in meinem Inneren wurde eindringlicher. Ich ignorierte es und trat an seine Seite.

»Ihr wolltet mich sprechen, Hoheit?«

Seine kühlen Finger strichen das Haar aus meinem Gesicht. Während die eine Seite meines Herzens rebellierte, schien die andere jede Berührung folgsam zu erdulden. Zerrissen war vermutlich das richtige Wort für das Gefühl, welches mich seit der Nacht am Bett des dunkelhaarigen Iluminar mit den stechenden Augen nicht mehr losließ.

»Geht es dir nicht gut, Riana? Du wirkst müde und zerstreut. Hat es wohlmöglich etwas mit dem Umstand zu tun, dass du versucht hast, meinem Bruder ein wenig Linderung zu verschaffen? Man hat mir erzählt, du seist die ganze Nacht in seinem Zimmer gewesen. Ich hoffe, es sind nicht noch andere Dinge geschehen, die weitreichender wären als die magische Versorgung von Wunden.«

Der drohende Unterton entging mir nicht, wenngleich ich spürte, dass meine Haut zu kribbeln begann bei der Vorstellung, wie nah ich diesem Fremden gewesen war … und hätte sein können.

»Ich nahm an, dass es in Eurem Interesse liegt, dass der Kommandant der Hunter, so schnell es geht, wieder genesen ist.«

Der Trotz meiner Worte ließ mich irritiert die Stirn runzeln. Woher war dieser unterdrückte Zorn plötzlich gekommen? *Er ist kein Freund. Du musst dich erinnern. Erinnere dich an Nox!* Ich keuchte, als ein stechender Schmerz zwischen meine Rippen fuhr und mir schwindelte.

»Meine Liebe, etwas scheint dir wirklich zu schaffen zu machen. Vielleicht ist es das Beste, du ruhst dich aus. Der Gesandte von Eilos kann ebenso gut ein paar weitere Tage in seiner Zelle sitzen. Da besteht keine Eile.«

Valarian zog mich zu sich heran und legte die Arme um meine Taille. Sein intensiver Duft nach Moschus mischte sich mit etwas, das mein Unterbewusstsein mit einer Welle aus Licht und Wärme überzog: der Geruch von gefallenem Regen und einem Hauch Zimt. Ich versuchte, mich aus dem Griff des Königs zu befreien, als ich die raue Stimme des Fremden in meinem Rücken hörte.

»Lass sie los, sofort!«

Valarian wirbelte mich herum, ohne seinen Arm um meine Hüfte zu lockern. Der Hohn funkelte herablassend in seinen onyxfarbenen Augen.

»Nikas, wie ich sehe, bist du vollständig geheilt. Ein wahres Wunder, wie mir scheint. Um nicht zu sagen *magisch*.«

Die Lippen des Iluminar streiften mein Ohr und ein kalter Hauch strich über meinen Körper.

»Es geht Euch besser«, sagte ich, während mein Blick den seinen suchte.

Der Bruder des Königs trat auf mich zu, bis er kaum mehr zwei Schritte entfernt war. Dann schlossen sich seine Finger über meinen und augenblicklich verband sich das Licht mit den Schatten. Valarian beobachtete das Glühen, das sich über unser beider Arme hinaufschob, interessiert, ehe er von mir abließ. Seine Hand schnellte nach vorn und legte sich um die Kehle des Fremden.

»Ich habe dich gewarnt, Nikas. Mehrere Male. Komm mir nicht in die Quere. All das wird dein Schicksal nicht ändern, es ist bereits vorherbestimmt. Meine Versuche, dich zu beseitigen, mögen gescheitert sein. Aber du hast eine größere, weit gefährlichere Macht ins Spiel gebracht und sollte es mir nicht gelingen, wirst du durch ihre Hand sterben.«

Das diabolische Lachen hallte von den steinernen Wänden wider. Die Verbindung zwischen unseren Finger erlosch und Nikas rang nach Luft, als sich schwarze Rauchfäden um seine Knöchel schlangen.

»Ria … los, verschwinde«, keuchte er, während der Wahnsinn in den Augen des Königs zu lodern begann.

Rette ihn, du musst ihm helfen!

Die Stimme in meinem Inneren schrie und die Wut brach sich rotglühend ihre Bahn. Die Symbole auf meiner Haut brannten und verströmten eine solche Helligkeit, dass ich für einen Moment die Augen zusammenkniff. Als ich sie wieder öffnete, zischten die dunklen Magieströme Valarians in einem alles verzehrenden Funkenregen und begannen sich aufzulösen. Der dunkelhaarige Iluminar fiel auf die Knie, während das gleißende Licht einen schützenden Kreis um ihn bildete. Der König fuhr rasend vor Zorn zu mir herum.

»Du! Du menschlicher Abschaum. Du wagst es, dich auf seine Seite zu stellen? Du wagst es, dich gegen mich zu erheben? Ich werde dich vernichten, dich und dein gesamtes, elendes Volk.«

Eine Wand aus dichtem Rauch erhob sich in seinem Rücken und fächerte sich wie gigantische Flügel um ihn herum. *Du darfst nicht aufgeben. Kämpf, Ria! Du bist viel mutiger, als du denkst.* Ich schloss die Augen und ließ die warme Stimme mein Herz ausfüllen, ließ sie in jede Ader meines Körpers dringen und spürte, wie sie mir Stärke und Halt gab.

»Du wirst nichts dergleichen tun, Valarian! Du hast genug Schaden angerichtet.«

Ich hob den Blick und begegnete seinen beinah schwarzen Iriden, so dunkel und tief wie das Tor zur Hölle.

»Zeig's ihm, Kleines«, hörte ich jemanden sagen und zu meinen Füßen nahm eine saphirblaue Wolke langsam Gestalt an. Sie hatte die Größe eines Fuchses und in ihrem Fell schimmerten schwarze, verschlungene Linien. Auf ihrem Kopf, genau zwischen den Ohren, saß ein Paar gedrehte Hörner und als Frost mich ansah, glaubte ich, ein kaum merkliches Lächeln in meinen Gedanken zu spüren.

Ich nickte und konzentrierte mich auf das Licht in meinen Händen. Nährte es mit den glücklichen Erinnerungen, die tief aus meiner Seele zu mir aufstiegen. Bilder aus meiner Kindheit, Bilder aus Eilos, Bilder von Sky, Linnea und Nives und Bilder von eisblauen Augen … Nox. Die Magie brach aus mir heraus wie ein Sternenregen. Sie löste die Schatten auf, einen nach dem anderen und brachte Valarian ins Wanken. Winzige Splitter des hellen Schimmers stießen durch die flügelartigen Umrisse und schmolzen die Rauchschwaden wie Feuer das Eis.

»Nox, nimm Ria und lauft. Ich kümmere mich um eine Ablenkung«, fauchte Frost und sprang an mir vorbei auf den bleichen König zu. Ich spürte warme Finger, die sich um mein Handgelenk schlossen, und ließ mich von ihnen fortziehen, während die Halle in einem saphirblauen Eisregen explodierte.

Wir eilten eine schmale Wendeltreppe hinab, die zu einem feuchten Gang führte, der nur spärlich beleuchtet war.

»Wohin gehen wir?«, presste ich schwer atmend hervor. Meine Lunge brannte, immer wieder tauchten schwarze Flecken am Rand meines Gesichtsfelds auf und ein plötzliches Gefühl von Schwäche ließ mich stolpern. Nox griff nach meinen Schultern und fing mich auf.

»Wir sind gleich da, halte nur noch ein bisschen durch.«

Ich nickte und spürte kleine, elektrisierende Wellen durch meine Brust jagen, als er seine Hand um meine schloss. Der Tunnelabschnitt machte eine Kurve, an deren Ende Zellentüren aus dem schummerigen Halbdunkel auftauchten. Wir stürzten auf das letzte schmiedeeiserne Gitter zu und ich schluckte, als ich Sky erkannte. Er lehnte an der moosbewachsenen Wand und hatte die Augen geschlossen. Sein hellblondes Haar war stumpf und zerzaust, seine Kleider verdreckt und eine verkrustete Platzwunde an seiner Schläfe zog eine dunkle Blutspur über die linke Seite seines blassen Gesichts.

»Sky, oh mein Gott.«

Bei dem Klang meiner Stimme sah der Iluminar auf und ein zaghaftes Lächeln umspielte seine Mundwinkel. »Na, wenn das nicht mein furchtloses Traumpaar ist. Ihr habt euch ganz schön viel Zeit gelassen«

Ein Hustenanfall schüttelte ihn und Nox schob die Spitze seines Dolches in das verrostete Türschloss.

»Wir holen dich hier raus«, sagte ich und ignorierte die Wärme, die in meine Wangen schoss, als Sky vielsagend zwischen uns hin und her blickte und mir dann zuzwinkerte. Es dauerte nur ein paar Sekunden, dann sprang die Verriegelung auf und Nox half seinem Freund, vorsichtig aufzustehen.

»Wie seid ihr Valarian losgeworden?«

Der dunkelhaarige Iluminar schüttelte den Kopf. »Später, jetzt sollten wir schleunigst verschwinden, bevor Frost die Ideen ausgehen.«

»Die kleine Fuchslady ist bei ihm?«, murmelte der Gesandte aus Eilos, während er sich auf seinen Freund stützte. Ich trat an seine andere Seite und schob mir seinen Arm über die Schultern. Die Dankbarkeit in Nox' Augen ließ mich lächeln.

»Hey, ihr zwei, verschiebt das Liebäugeln auf später. Ich will aus diesem Loch raus, bevor ich mich nicht mehr rühren kann.«

Wir machten uns auf den Weg, kamen allerdings nur langsam voran, da Sky so geschwächt war, dass er sich kaum auf den Beinen halten konnte. Der Gang, aus dem wir gekommen waren, verlief in der anderen Richtung tiefer in ein Labyrinth aus Tunnel und Abzweigungen hinein. Schnell hatte ich die Orientierung verloren und konzentrierte mich lediglich auf den unebenen Boden, der übersät war mit Wurzeln und Geröll.

»Wir sind da«, hörte ich Nox sagen und wir blieben abrupt stehen. Vor uns öffnete sich ein schmaler Rundbogen, durch den das bleiche Mondlicht hereinfiel.

»Ihr wartet einen Augenblick. Ich bin gleich zurück.« Sky und ich beobachteten, wie er durch die Öffnung verschwand, und ich stieß den Ratsgesandten behutsam in die Seite.

»Wie geht es dir?«

Er seufzte. »Es ging mir nie besser, meine mutige kleine Kämpferin.«

Sein Grinsen reichte von einem Ohr zum anderen und ich teilte seine Freude bedingungslos.

Als wir kurze Zeit später in die kühle Nachtluft hinaustraten, wurde mein Herz so leicht wie seit Wochen nicht mehr. Cerradura erhob sich dunkel und kalt in unserem Rücken, während wir unseren Weg zwischen den Bäumen des Dunkelwaldes fortsetzten. Ich stellte keine Fragen, obwohl mir unzählige unter den Nägeln brannten, aber meine Kräfte schwanden mit jedem Schritt. Die unsichtbaren Bewohner huschten durchs Unterholz und ein stetiges Raunen und Flüstern drang an meine Ohren. Wir folgten dem Plätschern eines Bachlaufs und traten wenig später auf eine beinah kreisrunde Lichtung. Sky sank neben mir ins Gras, während Nox seinen Blick aufmerksam durch das dunkle Dickicht schweifen ließ.

»Warum halten wir an?«, fragte ich leise.

»Wir warten, bis sie auftauchen«, antwortete der blonde Iluminar und klopfte auf den weichen Boden. Ich ließ mich neben ihm nieder und wollte zu einer weiteren Frage ansetzen, da sah ich, wie sich zwischen den Bäumen kleine blaue Lichter auf und ab bewegten, als würden sie tanzen.

»Onibi, Irrlichter. Oder wie wir sie nennen: die Seelenlichter des Waldes«, murmelte Sky und ich beobachtete gebannt, wie die hüpfenden Wesen näherkamen. Sie tauchten alles in ein azurblaues Schimmern und ein leises Klingen wie von weit entfernten Glöckchen begleitete sie. Sky ergriff meine Hand und zog mich vorsichtig hoch. Nox trat an meine andere Seite und binnen Sekunden fanden wir uns in einem Regen aus klingenden, tanzenden Seelenlichtern wieder. Ich bewegte mich nicht und atmete so flach wie nur möglich, um die kaum fünfzehn Zentimeter großen Winzlinge nicht zu irritieren.

»Was tun wir jetzt?«, hauchte ich, als die Wolke auseinanderstob und in einer wellenförmigen Linie einen Pfad genau vor uns erhellte.

»Wir folgen ihnen«, schmunzelte Sky und ging voraus.

Ich schüttelte den Kopf. »Aber wohin?«

Nox' Finger strichen über meinen Handrücken, eine zufällige Bewegung, die mein Innerstes dazu brachte, Purzelbäume zu schlagen.

»Es wird dir gefallen. Vertrau mir.«

Seine Augen funkelten und ich zögerte keinen weiteren Moment, sondern eilte mit ihm zwischen die rauschenden Bäume, tiefer in das Herz des Waldes hinein. Der Weg führte über Wurzeln, vorbei an raschelnden Büschen und seufzenden Weiden in eine Senke, die umgeben war von hohen Tannen und anderem Nadelgehölz.

Ich blieb stehen und blickte erstaunt in die Mulde zu meinen Füßen hinab. Eine Gruppe von Laubbäumen stand dicht gedrängt in der Mitte. In ihren breiten Stämmen leuchteten unzählige Lichter hinter runden, hölzernen Fenstern. Das Zentrum bildete ein Haus mit einem spitzen, kegelförmigen Dach, aus dessen Schornstein heller Rauch aufstieg. Es schien mit den Bäumen verwachsen zu sein und eine gewundene Wendeltreppe führte zu einer ausladenden Terrasse empor.

»Hatte ich recht?«, flüsterte Nox.

Ich konnte lediglich nicken, zu sehr schlug mich der Anblick der Szenerie in den Bann. Dann öffnete sich die Tür der Behausung und mein Herz quoll über vor Freude.

»Da seid ihr ja endlich. Wir warten schon seit zwei Tagen!«, rief Linnea und Nives an ihrer Seite hob lächelnd die Hand.

Fünfzehn

Nox

Die Holzscheite knackten und sprühten kleine, rotglühende Funken. Es war völlig still, selbst die Geräusche des Dunkelwaldes schienen verstummt zu sein. Ich blinzelte. Die wohlige Atmosphäre machte mich schläfrig. Die anderen waren bereits zu Bett gegangen, nachdem vor allem Linnea uns mit einer Flut von Fragen überfallen und dabei immer wieder Ria umarmt hatte. Die Gesandte Nyars hatte ihr angeboten, die menschlichen Ohren gleich morgen früh verschwinden zu lassen, da sie nun eine von uns sei. Ria hatte lediglich gelächelt und geschwiegen. Sie war ebenso erschöpft wie Sky und ich. Die Flucht aus Cerradura und die Befreiung aus Valarians Klauen war kräftezehrend gewesen. Nives wollte gleich am nächsten Morgen unsere gegenwärtige Lage besprechen und auch wenn ich gut und gerne tagelang durchgeschlafen hätte, wusste ich, dass er recht hatte. Wir hatten etwas heraufbeschworen, das ganz Elirion in Dunkelheit stürzen konnte, und wir mussten uns ihm stellen.

»Kannst du nicht schlafen?«

Ich hob den Kopf. Sie stand auf der untersten Treppenstufe, die Hände in den Taschen ihres Morgenmantels vergraben. Das rote Haar fiel ihr in Wellen über die Schultern und leuchtete ebenso wie das Grün ihrer Augen im spärlichen Feuerschein.

Ich räusperte mich. »Ich wollte noch ein wenig nachdenken.«

Ria ließ sich auf die andere Seite des Sofas sinken und zog die Beine unter sich. »Es ist viel passiert in den vergangenen Stunden und einiges kommt mir noch immer vor wie ein schlechter Traum.«

Sie sah in die tänzelnden Flammen. Ich stützte die Unterarme auf meine Oberschenkel und schwieg. Der Gedanke an das weißglühende Band der Magie zwischen uns überzog meinen Körper mit einer Gänsehaut.

»In den Momenten, in denen ich nicht wusste, wer du warst, habe ich diese Stimme in meinem Inneren gespürt. Sie hat mir zugeflüstert, dass ich Valarian nicht trauen darf, dass ich dir vertrauen soll. Ich hatte das Gefühl, entzweigerissen zu werden. Du hast mich nicht aufgegeben, auch nicht, als diese Wunden dich geschwächt haben, als du beinah dem Fieber erlegen wärst.«

Ich spürte, dass sie mich ansah.

»Ich weiß nicht, warum du das getan hast, aber ich bin dir unendlich dankbar dafür. Nox?«

Ihre Finger legten sich auf meinen Arm, genau über das tätowierte Sternenbild. Und augenblicklich schoss ein wärmender Strom durch meine Adern. Ich begegnete ihrem Blick und runzelte die Stirn, als ein Lächeln über ihre Lippen huschte.

»Was bin ich?«

Ria beugte sich vor wie ein neugieriges Kind und verringerte den ohnehin schon spärlichen Abstand zwischen uns. Ich hatte verlernt, Nähe zu ertragen, sie löste ein ungutes Gefühl in mir aus. Doch in diesem Moment schwieg das flaue Gefühl und ich blieb, wo ich war.

»Ziemlich mutig und hitzköpfig«, antwortete ich. Ihre Augen wurden groß. Ich wusste, dass sie diese Frage aus einem anderen Grund gestellt hatte, aber es war nicht der richtige Zeitpunkt und ich nicht die richtige Person, um ihr eine ernste Antwort zu geben.

»Hitzköpfig? Ich habe dich gerettet, Kommandant, erinnerst du dich? Der König hatte die Hand an deiner Kehle«, stieß sie entrüstet hervor. Ich schmunzelte. Ria bohrte ihren Zeigefinger in meine Schulter.

»Ich stehe tief in deiner Schuld«, erwiderte ich und sie lachte. Ein glockenhelles Lachen, das so tief aus ihrer Seele zu stammen schien, dass es beinah ansteckte.

»Oh ja, sehr tief. Wohlmöglich wirst du es nie wieder gutmachen können, Nikas.«

Aus ihrem Mund klang mein Geburtsname merkwürdig unpassend.

»Nox«, murmelte ich und das Strahlen ihrer grünen Iriden hatte fast schon etwas Übernatürliches. Ihre Fingerspitzen fuhren über die schwarzen Linien auf meiner Haut und Sekunden später flammte der gleißende Magiestrom aus Licht und Schatten zwischen uns auf.

»Wie fühlt es sich an?«, flüsterte Ria.

»Warm und …«, ich zögerte.

»Und?« Ihr Atem strich über meine Wange und ich sah, wie die ihren rot wurden.

»Irgendwie vertraut.«

Sie legte den Kopf schräg und der flackernde Schein des Feuers zeichnete dunkle Konturen auf ihr helles, zartes Gesicht. Das Licht des Mondes schien durch die runden Fenster, während die Stille zurückkehrte und sich über uns senkte wie eine wärmende Decke.

Als ich erwachte, war es bereits Mittag. Ich stieg die Treppe hinab und fand lediglich Sky auf der ausladenden Terrasse vor. Die wenigen Sonnenstrahlen, die es durch das dichte Blätterdach hindurch schafften, spiegelten sich auf den Klingen der Kurzschwerter und Dolche, die mein Freund sorgsam begutachtete.

»Der Prinz beehrt mich mit seiner Anwesenheit, ich Glückspilz.«

Ich versetzte ihm einen Schlag auf den Hinterkopf, ehe ich mich auf den warmen Holzdielen niederließ.

»Wie fühlst du dich?«, fragte ich und stützte meine Hände auf, bevor ich den Blick in den Himmel hob. Ein helles Blau schimmerte zwischen den verschiedenen Grüntönen des Waldes hindurch.

»Nicht mehr halb so lädiert wie vor einer erholsamen Nacht Schlaf und einem ungenießbaren Gebräu, das mir unsere liebe Linnea heute Morgen als erstes unter die Nase gehalten hat.«

Ich grinste.

»Und nun möchte ich kein Sterbenswort mehr über meinen Gesundheitszustand verlieren. Zumindest nicht, bis du mir ganz genau erzählt hast, was es mit dieser intimen magischen Verbindung zwischen dir und unserer Prinzessin auf sich hat.«

Der Wind trug den Geruch von Erde und Nadelgehölz mit sich. Dieser Ort war etwas Besonderes. Als wir jünger gewesen waren, hatten Sky und ich ihn als Trainingsplatz auserkoren. Hier waren wir stets ungestört und manchmal verbrachten wir Tage und Woche in der Senke, zu der nur die Seelenlichter den Weg kannten. Dieser Umstand war der Rastlosigkeit des Hauses geschuldet. Es wanderte und tauchte irgendwann an einem anderen Ort irgendwo im Dunkelwald wieder auf. So war es unmöglich auf einer Karte zu verzeichnen und niemand in Noom hatte sich je die Mühe gemacht, es zu versuchen. Die meisten Iluminar ahnten nicht einmal etwas von seiner Existenz. Und die Irrlichter schienen in der Wahl der Besucher ihren eigenen Regeln zu folgen.

So kam es, dass Sky und mir jederzeit der Zutritt gewährt wurde, es aber eine ganze Weile dauerte, bis Nives und Linnea den Weg ebenfalls fanden oder besser gesagt finden durften. Außerdem passte das Haus sich den Bedürfnissen seiner Bewohner an. Waren mein Freund und ich allein, standen uns zwei Schlafzimmer zu Verfügung. Jetzt beherbergte das Obergeschoss noch drei weitere Räume. Auch der Esstisch war auf die doppelte Größe angewachsen, ebenso hatte sich die Anzahl der Badezimmer dupliziert. Von außen jedoch wirkte das leicht windschiefe, hölzerne Gebäude unverändert und eher winzig und gedrungen.

Das Klirren von Metall unterbrach meine Gedanken. Sky hielt mir den Griff eines Schwertes entgegen, ein schelmisches Grinsen umspielte seine Mundwinkel.

»Ich habe schon verstanden. Gut, dann reden wir nicht. Ich will mich davon überzeugen, dass du dein Training nicht vernachlässigt hast, bei all den Dramen, die du magisch anzuziehen scheinst.«

Ich griff nach der Waffe und erhob mich blitzschnell. Binnen weniger Sekunden deutete die Spitze der Klinge auf die Brust meines Freundes. Sky stieß einen anerkennenden Pfiff aus.

»Nicht übel. Aber wie sieht es mit deiner Beinarbeit aus?«

Mein Gegenüber trat vor und ließ das hell blitzende Metall in einer steilen Linkskurve in Richtung meines Schlüsselbeins herabfallen. Ich parierte den Schlag einhändig und drängte ihn mit gekreuzten Schwertern Schritt für Schritt zurück.

Das Aufeinandertreffen der Klingen war eine Zeit lang das einzige Geräusch, abgesehen von unserer angestrengten Atmung und Skys Knurren, jedes Mal, wenn ich ihn zum Aufgeben zwang. Die feuchten Haare klebten an meiner Stirn und mein dunkles Shirt war bereits schweißnass. Mein Freund krempelte die Ärmel seines beigen Leinenhemdes hoch und biss die Zähne zusammen. Ich wirbelte die Waffe von einer in die andere Hand.

»Wir sind noch nicht fertig, du elender Angeber«, stieß Sky unwirsch hervor.

»Das hatte ich auch nicht angenommen«, erwiderte ich und wirbelte um meine eigene Achse, ehe mein Schwert krachend auf die gegnerische Klinge herabschlug und der blonde Iluminar rückwärts zu Boden ging. Ich stellte meinen rechten Fuß auf seine Brust und ließ die Spitze meiner Schwertschneide nur Zentimeter über seiner Kehle verharren. Dann reichte ich meinem Freund die Hand und zog ihn hoch. Kopfschüttelnd sah er mich an.

»Ich will eine Revanche.«

Ich schmunzelte und nickte.

»Männer, kaum verliert einer, ist das Ego wochenlang angekratzt.«

Wir wandten uns um und sahen, wie Linnea und Ria die Außentreppen emporstiegen. Die Gesandte Nyars hielt ein lebloses Tier in ihrer linken Hand, während ihr Bogen auf der anderen Schulter ruhte. Die blonden Haare hatte sie zu einem strengen Zopf zurückgebunden und sie trug lederne Jagdkleidung. Sky trat an mir vorbei und nahm Linnea das Wild ab.

»Er hatte Glück, das ist alles«, sagte er augenzwinkernd und mehr zu den beiden Frauen gewandt. Ria biss sich auf die Lippen und versuchte, den Blick nicht allzu offensichtlich über meine Gestalt wandern zu lassen. Es gelang ihr nicht.

»Nikas, sei einmal ein Gentleman, sonst gibt es heute nichts zu essen außer ein paar muffigen Beeren«, wies Linnea mich an und betrat dicht gefolgt von einem feixenden Sky das Haus. Ich fuhr mir durch das feuchte Haar und griff nach den gestapelten Holzscheiten in Rias Armen.

»Du musst das nicht tun, ich bin nicht so schwach, wie ich aussehe«, murmelte sie und ihr warmer Atem strich über die schweißnasse Haut meiner Unterarme.

»Ich würde wirklich gerne etwas essen«, flüsterte ich ihr zu und sie stieß mir ihren Ellenbogen in die Seite.

»Du bist nicht sehr charmant.«

Doch der Ausdruck in ihrem Gesicht strafte sie Lügen und ihre Augen entzündeten die Flammen in meinem Inneren, die mir gefährlicher werden konnten, als ich jemals geahnt hätte.

»Er wird nicht einfach abwarten. Wahrscheinlich hat er die ersten Späher bereits ausgesandt und wer weiß, ob sie dieses seltsame Haus nicht doch irgendwie aufspüren können.«

Linneas Miene war ernst und sie sah immer wieder unruhig von einem zum anderen. Nives schenkte ihr ein aufmunterndes Lächeln.

»Du magst recht haben, was die Handlungsweise des Königs angeht, aber dieser Ort ist geschützt von etwas, das so alt ist wie Noom selbst. Wir sind hier vollkommen sicher.«

Sky ließ den Wein in seinem Kelch kreisen, ehe er sich zu Wort meldete. »Nox und Ria müssen trainieren. Beider Magie ist frisch und ungezähmt, das sollten wir, so schnell es geht, ändern. Und unserer reizenden Blüte Nyars würde ich vorschlagen, sich um die Waffenausbildung der Prinzessin zu kümmern. Sie sollte lernen, wie man mit Pfeil und Bogen umgeht und zumindest mit einer Nahkampfwaffe. Ich werde Nox derweil das Leben schwermachen.«

Ein Grinsen teilte seine Lippen, als er sich an Nives wandte: »Keiner von uns hat mehr Geduld als du, deshalb solltest du den Teil mit der Magie übernehmen, Nives.«

Der Ratsgesandte Talvis schmunzelte und blickte dann zu Ria und mir. »Wenn ihr einverstanden seid, beginnen wir gleich heute.«

Wir nickten und Sky schlug mit der flachen Hand auf den Tisch. »In Ordnung, lasst uns diesem Abschaum das Handwerk legen.«

Ich erhob mich und eilte die Treppe hinauf. Die Kleidung, die ich für die Unterweisung mit Nives wählte, war bequem und lag nicht wie eine zweite Haut an meinem Körper an, wie ich es von meiner ledernen Rüstung gewohnt war. Trotzdem schob ich einen meiner Dolche in den Stiefelschaft. Es war reine Gewohnheit. Als ich die mit Gras und Moos bewachsene Fläche der Senke betrat, erwartete mein Freund mich bereits. Es war ungewohnt, ihn ohne den fellbesetzten Mantel zu sehen. Seine nachtblaue Uniform schimmerte in dem schummerigen Licht der bereits tiefstehenden Sonne.

»Wie geht es dir?«, fragte Nives leise, als ich nah genug war, um ihn verstehen zu können.

»Es ist alles in Ordnung. Bis auf meine stetig kreisenden Gedanken.«

Er legte eine Hand auf meine Schulter. »Das verstehe ich, aber glaub mir, es wird sich alles fügen. Du musst mir lediglich eine Sache versprechen.«

Ich hob den Kopf und sah ihm in die grauen Augen. »Sicher.«

Sein Tonfall war eindringlich, als er murmelte: »Es wird vermutlich einen Zeitpunkt geben, an dem du deine Magie nicht mehr kontrollieren kannst. Sie ist … sehr mächtig. Wenn dieser Moment da ist, möchte ich, dass du dich fallen lässt, dass du nicht versuchst, dagegen anzukämpfen, komme was wolle. Versprich mir das, Nikas!«

Ich runzelte die Stirn und nickte.

»Sehr gut. Ria, wie schön, dann können wir anfangen.«

Ich spürte, wie sie neben mich trat und ihre Schulter meinen Arm streifte. Nives streckte seine Hände nach vorn und atmete tief ein und aus. Sekunden später tänzelten wirbelnde Schneeflocken zwischen seinen Fingern und ein kühler Wind rauschte durch die Blätterkronen der Bäume. Ria blickte wie gebannt auf den eisigen Magiestrom des dunkelhaarigen Iluminars.

»Das«, sagte Nives nachdrücklich, »ist nur ein winziger Teil der Kraft, die ich einzusetzen vermag. Sie ist die hübsche Oberfläche, wenn ihr so wollt. Doch auch die müsst ihr kontrollieren können. Tut ihr das nicht, richtet sie sich irgendwann gegen euch. Eure Magie ist wie ein Teil eurer Seele, sie ist mit euch verbunden und ähnlich wie mit einem Kind müsst ihr sie maßregeln und gleichzeitig geduldig sein. Aber vor allem müsst ihr sie akzeptieren, ganz gleich, wie sie sich gestaltet.«

Die Eiskristalle verbanden sich zu einer schimmernden Blüte, ehe sie in einem funkelnden Regen auseinanderstoben und sich auflösten. Der Gesandte Talvis musterte uns prüfend, dann ergriff er meinen linken Arm und Rias rechte Hand.

»Magie ist etwas sehr Intimes, vergleichbar mit einem flüchtigen Kuss oder einer gehauchten Liebeserklärung. Und die Kraft, die zwei Wesen miteinander verbindet, ist selten und besonders kostbar. Aber sie ist auch tückischer als andere Kräfte, da beide Seiten sich gleichsam darauf einlassen und dem anderen vertrauen müssen. Ihr seid dran.«

Nives trat zurück und ihre Fingerspitzen fuhren wärmend über das Sternenbild auf meiner Haut. Das Licht schlang sich augenblicklich um die Schatten und die Energie pulsierte zwischen uns, während sich unsere Blicke trafen. Sie breitete sich in seichten Wellen um uns herum aus, kroch die Arme empor und floss heiß durch meine Adern, bis sie auf der linken Seite meiner Brust angekommen war. Ria lächelte und das weiße Strahlen umgab sie wie ein Kreis aus gefallenen Sternen. Sie trat einen Schritt auf mich zu und die Wärme, die mir entgegenschlug, entzündete ein Feuer und ließ mich in Flammen aufgehen. Und da geschah es: Die Schatten bäumten sich auf, schwollen an, wurden so dunkel, dass sie die Helligkeit verschlangen. Angst legte sich auf Rias Gesicht und ließ sie nach Luft schnappen. Ich biss die Zähne zusammen und versuchte, das Inferno in meinem Inneren zu besänftigen, doch die Schwärze strömte aus mir heraus und brach über unsere schwach leuchtende Verbindung herein wie ein Orkan.

»Nox, hör auf! Es tut weh, bitte.«

Tränen liefen ihre Wangen hinab und sie sank vor mir auf die Knie. Das Reißen und Heulen in meiner Brust war so gewaltig, dass mir schwindelte.

»Nikas, lass dich fallen. Du musst es zulassen.«

Nives' Stimme war drängend und so weit entfernt, dass ich sie kaum verstand. Rias grüne Augen sahen mich flehend an.

»Bitte«, hauchte sie und ich schrie, verzweifelt und dunkel wie ein verletztes Tier, dann stürzte der Himmel über mir zusammen und ich fiel in ein bodenloses Nichts.

Ich fand mich auf einer Hochebene wieder. Die Landschaft war karg und ein reißender Wind wehte heulend zu mir herauf. Ich war allein. In der Ferne sah ich die schemenhaften Umrisse eines an Ketten hängenden, knorrigen Baumes. Seine Krone trug keine Blätter und die schwarzen Äste waren so sehr ineinander verschlungen, dass es aussah wie ein gigantisches Nest aus Dornen und Ranken. Ich lief darauf zu und bemerkte, dass in der Mitte des schwarzen Wipfels eine kreisrunde Aussparung saß, von der ein eigenartiges rotes Glühen auszugehen schien. Ein Schwarm Krähen umkreiste das seltsame Gebilde. Ihr Krächzen war das einzige dumpfe Geräusch.

Ein Brennen in meiner Brust ließ mich zusammenzucken. Schwarze Schatten umwölkten meine Gestalt und zeichneten verworrene Linien und Symbole auf meine Haut. In diesem Augenblick wurde mir bewusst, dass ich weder Stiefel noch ein Hemd trug und mein nackter Oberkörper mit unzähligen Schrammen bedeckt war, die sich hell gegen die dunklen Zeichnungen abhoben. In meiner Hand lag ein Schwert mit einer Klinge schwarz wie Obsidian. Ich konnte mich nicht daran erinnern, eine solche Waffe besessen zu haben. »So sehen wir uns wieder, kleiner Prinz.«

Die schmeichelnde Stimme drang mir durch Mark und Bein und als ich den Kopf hob, sah ich die geflügelte Dämonenfrau langsam auf mich zuschreiten. Ihre flammenden Iriden funkelten amüsiert und sie entblößte ihre nadelspitzen Zähne, als ein Lächeln ihre Lippen teilte.

»Wo bin ich? Das ist nicht der Dunkelwald und auch sonst kein Ort in Noom.«

Meine Kehle fühlte sich bei jedem Wort rau und wund an. Ein dämonisches Lachen hob in ihrer Brust an und sie warf den Kopf in den Nacken, während das silberweiße Haar bis zu ihren Hüften hinabfiel. Sie war mir jetzt so nah, dass ihre krallenbewehrten Finger kratzend über mein Kinn strichen.

»Oh, du unwissender kleiner Prinz. Das hier ist dein Reich, das Reich der Schatten und der Finsternis. Deine Magie hat hier ihren Ursprung und sie ist so mächtig, dass niemand dich aufhalten kann, solltest du sie je entfesseln.«

Ich schüttelte den Kopf und das Schwert fiel klirrend auf den toten Boden, als ich die Hände in meinen Haaren vergrub.

»Das ist eine Lüge, dieser Ort, meine Kräfte, du! Das ist nicht mein Schicksal«, stieß ich hervor. Die Dämonenklauen fuhren über die sich windenden Linien auf meiner Brust und ein Zittern durchlief ihren geflügelten Körper.

»Du gehörst hierher. Das Licht wird dich verderben, es wird dich aushöhlen und sie … sie wird dich schwächen. Sie weiß deine Macht nicht zu schätzen, sie wird dich in Ketten legen, doch das Monster in dir wird sich nicht zähmen lassen, kleiner Prinz. Du bist der wahre König der Nacht.«

Die Schatten richteten sich drohend auf und ich spürte, wie das Feuer in meinem Inneren erneut zum Leben erwachte.

»Ich werde dir helfen, ich werde sie töten, damit du deinen Platz einnehmen kannst als Herrscher der Dunkelheit«, säuselte die geflügelte Frau und die Magie brach vernichtend und alles verzehrend aus mir heraus. Das Knurren, das meiner Kehle entwich, hallte wie ein Echo aus der Hölle wider.

»Du wirst sie nicht anrühren.« Ein Schwarm Krähen flog krächzend in den wolkenverhangenen Himmel empor und die Schatten verschlangen die karge Landschaft und den dornenbewehrten Baum, ehe mir vollends die Sinne schwanden.

Ich spürte, wie etwas an meine Lippen gehalten wurde, dann rann warme scharfe Flüssigkeit meinen Rachen hinab und ich hustete.

»Sehr schön, du bist wieder wach.« Ich blinzelte und richtete mich stöhnend auf. Nives hielt einen dampfenden Becher in der Hand und musterte mich aufmerksam. Ein stechender Schmerz jagte durch meinen Körper und ich keuchte. Die Hand meines Freundes legte sich auf meine bebende Schulter.

»Es ist vorbei. Du hast es überstanden.«

Ich fuhr mir mit dem Handrücken über meinen Mund. »Was ist mit Ria?«

Der Gesandte Talvis half mir, aufzustehen, und deutete auf das windschiefe Haus. »Linnea kümmert sich um sie. Es … es wird schon wieder.«

Meine Brust krampfte sich zusammen. »Ist ihr etwas passiert? Ich habe sie verletzt, oder?«

Die Gedanken wirbelten in meinem Kopf hin und her und ich bekam keinen von ihnen zu fassen. Meine Atmung beschleunigte sich und jeder meiner Muskeln war zum Zerreißen gespannt.

»Nikas, hör mir zu. Das, was geschehen ist, habe ich nicht kommen sehen, sonst wäre ich früher eingeschritten. Anfangs haben sich eure Kräfte ausbalanciert, doch deine Magie ist dir entglitten und hat Rias Licht unter sich begraben. Erinnerst du dich, dass ich gesagt habe, dass die Magieströme ein Teil unserer Seele sind? Sie gehören zu uns und zu unserem Körper. Wenn sich die eine Kraft über die andere erhebt, ist es nicht selten, dass der Gegenspieler Schmerzen erleidet. Erst recht, wenn wie in eurem Fall eine Verbindung besteht.«

In meinen Ohren rauschte es und der Druck von Nives' Fingern wurde stärker.

»Sie wird sich erholen. Und du ebenfalls und dann versuchen wir es erneut.«

Wie in Trance wandte ich mich um und ging die Wendeltreppe hinauf, ohne mich noch einmal umzusehen.

Sechszehn

Ria

»Wenn du irgendetwas brauchst, bin ich sofort da.«

Ich lächelte zaghaft, als Linnea meine Hand drückte und zur Tür ging. Ich lag halb aufrecht in meinem Bett und fühlte mich so kraftlos, dass ich kaum imstande war, das Trinkgefäß auf dem kleinen Nachttisch anzuheben. Die Symbole auf meinen blassen Fingern leuchteten so schwach, dass sie kaum von der Haut zu unterscheiden waren. Ich schluckte.

»Was willst du hier? Hat Nives dir nicht gesagt, dass sie Ruhe braucht?«, fauchte die Gesandte Nyars und ich hob den Kopf. Im Türrahmen stand Nox. Das dunkle Haar fiel ihm wirr in die Stirn. Die Ränder unter seinen Augen ließen ihn müde und angespannt aussehen.

»Es ist okay, Lin«, murmelte ich und die blonde Iluminar warf ihm einen letzten warnenden Blick zu, ehe sie die Treppe hinab eilte.

»Darf ich reinkommen?«, fragte er rau. Ich nickte und zog die Decke ein wenig fester um meine Beine. Nox schloss die Tür und blieb unschlüssig am Fuß des Bettes stehen.

»Es … das, was vorhin passiert ist …« Er biss sich auf die Lippen und vermied es, mich anzusehen. Die Luft in meiner Lunge rasselte und Nox zuckte zusammen, als hätte er Schmerzen.

»Du brauchst dich nicht zu entschuldigen. Du hattest es nicht unter Kontrolle«, sagte ich leise. Er hob den Kopf und ich konnte den inneren Kampf deutlich sehen, den er mit sich ausfocht. Langsam rutschte ich ein Stück zur Seite und er trat zögernd auf mich zu, sank dann auf die Matratze und sein Duft nach gefallenem Regen und Zimt ließ mein Herz schneller schlagen.

»Ich wollte dich nicht in Gefahr bringen. Ich habe versucht, es zu kontrollieren … mich zu kontrollieren. Aber diese Dunkelheit … sie …«

Seine Stimme brach und ich griff nach seiner Hand, zog seine Finger eng in die meinen.

»Es ist vorbei. Wir werden daran arbeiten, dass es nie wieder passiert. Gemeinsam.«

Er sah mich an und das Leuchten kehrte in seine eisblauen Augen zurück. Ich lächelte und spürte, wie die Wärme durch meine Adern kribbelte und die Schatten und Schmerzen fortspülte.

»Ria.«

Er sagte nichts mehr, nur meinen Namen, und mein Herz tanzte. Nox beugte sich vor und ich spürte die Röte in meine Wangen schießen, als seine Fingerspitzen eine Haarsträhne behutsam hinter mein Ohr schoben.

»Diese Dunkelheit, von der du gesprochen hast …«, setzte ich an, um meinen hämmernden Puls zu beruhigen. Er schüttelte lediglich den Kopf und ließ seine Hand für einen Augenblick auf meinem glühenden Gesicht verweilen.

»Ich kann nicht darüber reden. Noch nicht«, murmelte er.

Und diesem Moment wurde es mir klar. Ich hatte so lange versucht, meine Emotionen zu unterdrücken, sie zu verdrängen und zu vergessen, dass ich es irgendwann selbst geglaubt hatte. Doch in dieser Sekunde, in der ich in seinem Blick zu versinken glaubte, gab es keinen Zweifel und ich konnte und wollte mein wild schlagendes Herz nicht mehr verleugnen. Ich empfand etwas für ihn. Und es waren so tiefe und vollkommene Gefühle, dass sie mir beinah den Atem verschlugen. Der Prinz des Nordes hatte etwas in mir entfacht, von dem ich nicht einmal gewusst hatte, dass es da gewesen war. Ich begehrte einen Mann, der nicht nur kein Mensch, sondern auch meine persönliche Dunkelheit war. Der Schatten zu meinem Licht. Es war ein Spiel mit dem Feuer und ich war dabei, mich nicht nur zu verbrennen, sondern lichterloh in Flammen aufzugehen. Nox hob irritiert die Augenbrauen, ließ ruckartig von mir ab und stand so plötzlich auf, dass ich zusammenzuckte.

»Ich sollte gehen. Du musst dich ausruhen.«

Sein Blick irrte ziellos im Zimmer umher, doch er kehrte nicht zu mir zurück.

»Nein, ich möchte, dass du bleibst.«

Ich hatte die Worte ausgesprochen, ehe ich mir über ihre Bedeutung im Klaren gewesen war, und mein rasender Puls klang wie das Rauschen eines mächtigen Wasserfalls in meinen Ohren. Ich rechnete nicht damit, doch Nox zog einen Sessel zu sich heran und setzte sich, vornüber gebeugt, zur linken Seite meines Bettes. Das fast schwarze Haar verdeckte beinah seine Augen, die angestrengt zu Boden blickten. Ich spürte die Müdigkeit bleiern in meine Knochen kriechen und kämpfte dagegen an. Es war irrsinnig, aber meine Sorge, dass Nox fort wäre, wenn ich einschlief und wiedererwachte, rumorte in meinem Inneren wie ein unruhiges Tier.

»Ria, ruh dich aus«, sagte er leise.

»Danke«, murmelte ich und der Schlaf hüllte mich ein, friedlich und still.

Ich spürte das weiche, saftige Gras unter meinen Füßen. Der Duft von Wildblumen kitzelte meine Nase und die Sonne stand wärmend und hell an einem wolkenlosen Sommerhimmel. Ich blickte an mir hinab. Ein weißes, knielanges Kleid bauschte sich in der leichten Brise. Die Symbole auf meinen Armen sahen aus, als wären sie mit feinem Sternenstaub betupft worden und schimmerten im Licht wie winzige Diamanten.

Ich hob den Kopf und sah Nox auf mich zu kommen. Er trug eine beinah königliche schwarz-goldene Uniform und auf seinem Scheitel saß eine schattenumwölkte Krone. Die dunklen Linien seines Tattoos zogen sich seinen gesamten Arm hinauf und flimmerten unruhig. Ich lächelte und er erwiderte mein Lächeln, griff nach meiner Hand und zog mich in eine wärmende Umarmung. Ich spürte seinen kräftigen Herzschlag an meinem Ohr. Seine Finger hoben mein Kinn und ich sah das Funkeln in seinen Augen.

»Nox, ich muss dir etwas sagen«, setzte ich an, doch er legte seinen Daumen auf meine Lippen und ich schwieg.

»Ria, du darfst das nicht tun. Ich werde dir wehtun … ich gehöre nicht an deine Seite.« Seine Stimme war dunkel und grollend und eine Gänsehaut überzog meinen Körper und ließ mich frösteln.

»Wie meinst du das?« Ich hatte die Frage kaum ausgesprochen, da verfinsterte sich der Himmel. Das Gras zu meinen Füßen verwandelte sich in eine karge Felsenwüste und ein Schwarm Krähen zog kreischend seine Kreise über unseren Köpfen. »Was geschieht hier?«

Mein Herz raste und er ließ von mir ab, während seine Iriden einen feurigen Schimmer annahmen. Schwarze Schatten türmten sich in seinem Rücken auf und formten sich zu kräftigen Schwingen, die die Luft zischend teilten. Ich war wie gelähmt, als die Erde zu beben begann und ich auf die Knie fiel. Der peitschende Wind riss an meinem Haar und das weiße Leuchten meiner Magie verblasste wie das flackernde Licht einer Kerze.

»Lauf weg, Ria.« Nox zuckte und ein Zittern durchlief seinen Körper. Dann warf er den Kopf in den Nacken und schrie, während die Dunkelheit ihn einhüllte und vor meinem Blick verbarg.

Ich rappelte mich auf und versuchte, gegen den Sturm und die Dunkelheit anzukämpfen. Das Brennen, das meine Haut überzog, schmerzte und wurde mit jedem Schritt unnachgiebiger.

»Nox! Bitte, du bist stärker als all das hier. Ich bin hier, ich werde immer hier sein!«, rief ich verzweifelt und das gequälte Brüllen wurde animalischer, düsterer. Ich

streckte meine Hand aus und griff in den Strudel aus wirbelnder Schwärze, spürte seine Finger und umschloss sie mit den meinen. Nox' Gestalt löste sich aus den Schatten und ich keuchte. Die schwarzen Linien überzogen seinen nackten Oberkörper und die Arme. Er trug keine Stiefel und in der einen Hand hielt er eine Klinge aus Obsidian. Die Flügel bewegten sich gleichmäßig auf und ab und er verharrte wenige Zentimeter über dem Boden. Das leuchtende Rot seiner Augen brannte wie ein Höllenfeuer und die rauchumwölkte Krone schimmerte noch immer auf seinem dunklen Haar.

»Du sollst fliehen, Prinzessin. Oder ich werde dich vernichten.«

Die Spitze des Schwertes deutete auf meine Brust, doch ich blieb, wo ich war, und legte all die Wärme und Zuneigung in den Druck meiner Finger. »Ich werde dich nicht verlassen.«

Er lachte, kalt und grausam, dann entzog er sich meinem Griff und stieß sich in Himmel hinauf. Seine Antwort schien als Echo zwischen den Felsklüften widerzuhallen. »Ich bin die Dunkelheit und du wirst vor mir knien oder sterben. Ganz wie du willst, Prinzessin.« Und die Krähen fielen aus den grauen Wolken und stürzten auf mich hinab.

»Nein …«, hauchte ich, während die Magie, die unser Band gespeist hatte, mein Herz in tausend Teile zerriss.

Ich erwachte schweißgebadet und tränenüberströmt. Meine Hände zitterten so sehr, dass ich es kaum schaffte die Decke zurückzuschlagen, ehe ich mit wackeligen Schritten in das kleine Badezimmer stolperte. Das kalte Wasser benetzte meine blassen Wangen und ich lehnte mich einen Augenblick lang an das in Holz gefasste Waschbecken. Es war viel mehr gewesen als nur ein Traum. Ich hatte jede Empfindung gespürt, gesehen, wie diese schwarzen Flügel … ich erschauerte. Seine Augen waren die eines Dämons gewesen, mordlustig und bösartig. Der König der Nacht.

Ich biss mir auf die Lippen und trat in das Schlafzimmer zurück. Nox saß noch immer auf dem Sessel, hatte den Kopf auf seine Hand gestützt und schlief. Ich setzte mich ihm gegenüber auf die Matratze und betrachte ihn. Seine Brust hob und senkte sich gleichmäßig, er wirkte um einiges jünger und beinah verletzlich. Instinktiv streckte ich meine Finger nach dem dunkel schimmernden Sternenbild aus und berührte die filigranen Linien. Die Wärme rauschte durch meine Adern und ich seufzte, als Nox die Augen aufschlug.

»Ist alles in Ordnung?« Seine Stimme klang rau und verschlafen.

Ich nickte. »Tut mir leid, dass ich dich geweckt habe. Diese Position sieht nicht gerade bequem aus.«

Ich ertappte mich bei dem Gedanken, wieviel schöner es wäre, nicht alleine zurück in das kalte Bett steigen zu müssen.

»Damit ist meine Schuld wohl beglichen«, antwortete er und ich lächelte.

»Sagen wir, es ist ein Anfang.«

Ich schob die Beine unter die Decke und spürte seinen Blick in meinem Nacken, als ich mich zum Fenster drehte und in den sternenbedeckten Himmel hinaufsah. Es war seltsam, wie deutlich die leuchtenden Himmelskörper in Elirion zu sehen waren, in Noom ganz besonders. Jenseits der Grenze waren die Nächte der Menschen dunkel und erfüllt von unheimlichen Geräuschen. Im Land der Iluminar hatten sie etwas Heimeliges, Magisches an sich. Wie das Gefühl, nach Hause zu kommen.

Wir trainierten schon den halben Tag und ich war unkonzentriert.

»Du musst auf dein Gleichgewicht achten. Wenn du deine Mitte nicht ausbalancierst, bietest du deinem Gegner ein leichtes Ziel.«

Linnea stieß mir den Übungsstock in den Magen und ich krümmte mich zusammen, ehe ich den Halt verlor und rücklings ins Wasser fiel. Stöhnend richtete ich mich auf. Die vergangene Nacht saß mir in den Knochen. Ich war immer wieder kurz eingeschlafen und plötzlich hochgeschreckt. Nox hatte von alledem nichts mitbekommen und ich war froh gewesen, mich niemandem erklären zu müssen. Ich schüttelte den Kopf und einige Wassertropfen regneten auf mich herab. Wenn ich jetzt an ihn dachte, konnte ich Linnea gleich unbewaffnet gegenübertreten.

Ich straffte die Schultern und setzte meine Füße vorsichtig auf den rutschigen Baumstamm, während die blonde Iluminar still vor sich hin schmunzelte. Sie wusste, wie sehr ich die Übungen mit den Nahkampfwaffen verabscheute. Mit dem Bogen war ich um einiges geschickter und traf inzwischen auch aus größerer Entfernung mein Ziel. Doch dieser rohen Gewalt, wenn man seinem Gegner Auge in Auge gegenüberstand, konnte ich nichts abgewinnen.

»Greif mich an und achte auf dein Gleichgewicht«, wies Linnea mich an. Ich hob den schwertähnlichen Stab und stieß ihn auf meine Freundin herab. Sie wich aus, beinah tänzelnd und binnen weniger Sekunden lag ich erneut im Bachlauf. Prustend wischte ich mir eine Haarsträhne aus der Stirn und Linnea reichte mir ihre Hand.

»Wir sollten eine Pause machen. Und dann erzählst du mir, was daran schuld ist, dass du so unkonzentriert bist, oder sollte ich besser sagen: *wer*?!«

Sie zwinkerte mir zu und wir gingen in die Senke hinab, in deren Mitte Sky und Nox so schnell umeinander wirbelten, dass lediglich das Blitzen ihrer Klingen ihren genauen Standort verrieten. Nives beobachtete die Kämpfenden aufmerksam. Ich sah zu Linnea hinüber und nun war ich es, die schmunzelte, als sie dem Gesandten aus Talvi einen glühenden Blick zuwarf und der dunkelhaarige Iluminar diesen ohne Umschweif erwiderte. Wir stiegen die Wendeltreppe zu der hölzernen Terrasse hinauf und ließen uns auf die gepolsterten Kissen der Schaukel nieder, die in den knorrigen Ästen der Bäume verankert war und in der leichten Brise hin und her schwang. Wir nippten an dem süßen Honigwein, der golden in den Trinkbechern auf dem hübsch geschwungenen Tischchen stand.

»Also, was ist da zwischen dir und Nives?«, fragte ich.

Linnea verschluckte sich und klopfte hustend auf ihre Brust. »Wie kommst du nur darauf, dass da irgendetwas ist? Wir sind Freunde, seit Jahren. Ich bin mit ihm, Sky und Nikas aufgewachsen. Der Titel des Ratsgesandten wird vererbt und unsere Väter hatten vor uns dieses Amt inne. Deswegen waren wir von jeher anders als die anderen Iluminar in unserem Alter. Wir sind alle in mächtige Familien hineingeboren worden und unsere Wege waren von dem Tag unserer Geburt vorherbestimmt. Diese unausstehlichen Flegel sind so etwas wie meine älteren Brüder.«

Sie runzelte die Stirn und ich drehte den Kelch in meinen Händen.

»Das heißt, die Gesandten des Rats dürfen keine Liebesbeziehungen eingehen?«

Linneas Wangen färbten sich rosa. »Natürlich, es ist sogar ausdrücklich erwünscht. Wie sonst kann das Erbe fortbestehen? Aber es ist nicht üblich, dass tiefere Beziehungen zwischen zwei Reichen gefestigt werden. Wäre ich in Talvi geboren oder Nives in Nyar …« Sie stockte und schüttelte langsam den Kopf. Die Traurigkeit in ihren Augen sagte mir alles, was ich wissen musste. Sie empfanden etwas füreinander, doch die Rolle, die sie auszufüllen hatten, stand ihrer Zuneigung im Weg. Ich schluckte und dachte an den Umstand, dass Nox und ich nicht nur aus verschiedenen Hoheitsgebieten Animas stammten, sondern ich menschlich war. Wie würde der Rat erst diese Tatsache bewerten?

»Falls er deine Gefühle überhaupt erwidern sollte«, flüsterte eine leise Stimme in meinem Kopf und versetzte meinem Herzen einen Stich.

Linnea lehnte sich an meine Schulter. »Und nun sag schon, was ist mit dir und Nikas? Und bitte keine leeren Ausflüchte, wir haben alle Augen im Kopf.« Sie kicherte und ich schloss mich ihr an. In manchen Augenblicken erinnerte mich die blonde Iluminar an Mira und daran, was ich zurückgelassen hatte, als ich den Schleier durchschritt.

»Ich empfinde etwas für ihn, vermutlich mehr, als mir guttun würde. Aber er ist …«

»Der Nordprinz?«, warf Linnea ein.

Ich verschränkte meine Finger ineinander. »Das ist es nicht. Ich bin nur ein Mensch. Warum sollte er sich für jemanden wie mich interessieren?«

Meine Freundin griff nach meinen Schultern und blickte mir tief in die Augen, ehe sie antwortete: »Ria, du hast ein großes Herz, du bist freundlich, mutig und verrückt, all das mit uns durchzustehen. Keine Iluminar wäre es mehr wert, geliebt zu werden! Und glaub mir, er weiß es. Tief in sich drin weiß er es längst.«

Ich fiel Linnea um den Hals. Das Gefühl, eine Heimat zu haben, verstärkte sich mit jedem Tag, den ich in Elirion verweilte. Als wüsste mein Herz bereits, wohin es gehörte.

Wir saßen vor dem knisternden Kamin. Das Abendessen lag bereits einige Stunden zurück und wir hatten ausgiebig über das morgige Training und unsere Situation in Bezug auf Valarian gesprochen. Die Müdigkeit hing bleischwer über unseren Köpfen und trotzdem ging niemand zu Bett.

Nives las wie so oft in einem ledergebundenen Buch, während Sky und Nox die Klingen der Waffen schärften und Linnea meine roten Haare zu einem aufwendigen Zopf flocht. Es war vollkommen still, vom Knacken der Holzscheite und der gesummten Melodie der blonden Iluminar einmal abgesehen. Und so hallte das zaghafte Klopfen wie ein Donnerschlag in dem gemütlichen Wohnzimmer wider und ließ uns augenblicklich erstarren.

Nox und der Gesandte aus Eilos griffen nach ihren Schwertern. Nives schob Linnea und mich eilig hinter sich.

»Ich öffne die Tür, gib mir Rückendeckung«, murmelte Nox und Sky nickte, ehe er das Schloss aufschnappen ließ und die Spitze seiner Waffe auf die Kehle der schwarzhaarigen Iluminar richtete, die im nächtlichen Regenschauer zitternd auf der Türschwelle stand.

»Tama?«

Nox trat einen Schritt zurück und schob das Schwert in seinen Gürtel.

»Was willst du hier? Hat Valarian dich geschickt?«, knurrte Sky.

Tama schüttelte den Kopf und sah den Halbbruder des Königs bittend an. »Nikas, ich kann nicht mehr zurück. Wenn er mich findet, tötet er mich. Bitte, lasst mich rein. Ich werde euch alles erklären.«

Ich schob mich an Nives vorbei und Tama musterte mich kühl. Ich erwiderte ihren Blick.

»Also mich interessiert es wirklich sehr, was die kleine Dienerin dieses Abschaums zu sagen hat.« Linnea trat an meine Seite.

Die Beraterin Valarians kniff die Lippen zusammen, während Nox und Sky die Tür freigaben. Tama ließ sich erleichtert in einen Sessel sinken. Ich nahm ihr gegenüber auf dem Sofa Platz, Linnea setzte sich neben mich. Der Gesandte Talvis trat, so nah es ihm möglich war, an sie heran, seine Fingerspitzen nur wenige Zentimeter von ihren Schultern entfernt. Sky lehnte sich indessen an den Kamin, die eine Hand noch immer auf dem Knauf seines Schwertes. Mein Herz machte einen Satz, als Nox sich auf der Lehne dicht neben mir niederließ und die Arme verschränkte.

»Wie ist es dir gelungen uns zu finden?«, fragte Nives und fixierte die dunkelhaarige Iluminar eindringlich.

»Wir sind ganz Ohr«, erteilte Sky unserem ungebetenen Gast das Wort.

Tamas Augen verharrten einige Sekunden auf mir, ehe sie zu Nox zurückkehrten und die Eifersucht sich in meiner Brust fest zusammenballte, als sie ihre Hand auf sein Knie legte.

»Das ist jetzt nebensächlich. Valarian ist außer sich vor Wut. Er hat die Hunter alle zurück nach Cerradura befohlen. Sie müssen sich einer Befragung unterziehen. Caleb hat er einsperren lassen, als er sich weigerte, zu kooperieren. Jeder einzelne deiner Männer hat die Wahl, sich auf seine Seite zu stellen oder erniedrigt und weggesperrt zu werden. Er will dich jagen lassen, Nikas, und wenn er dich findet, wird er dich so lange foltern, bis du einen langsamen Tod stirbst. Und sie«, Tama deutete mit dem Kinn in meine Richtung. »Sie will er zwingen, ihre erbärmliche Magie für das Dunkle einzusetzen und in dem Krieg, der folgen soll, gegen Ihresgleichen zu richten, um das Land der Menschen zu unterwerfen.«

»Das wird der Rat niemals zulassen!«, rief Linnea. Ich schnappte hörbar nach Luft.

Die dunkelhaarige Iluminar lachte kalt. »Anima hat vor Jahrzehnten aufgehört, sich in die Angelegenheiten Elirions und der vier Reiche einzumischen. Sie werden uns nicht helfen. Und wenn der König seine Armee erst einmal formiert hat, kann ihn nichts mehr aufhalten.«

Die Stille, die sich daraufhin ausbreitete, war erdrückend.

Dann räusperte sich Nox. »Und warum erzählst du uns das alles?«

Tamas Finger schoben sich auf seinen Oberschenkel und meine Nägel hinterließen halbmondförmige Abdrücke in meinen Handinnenflächen.

»Um dich zu warnen, Nikas. Du bist in Noom nicht länger sicher. Ihr alle nicht.«

Nives blickte uns der Reihe nach an. »Wir sollten uns darüber klarwerden, welche Schritte wir als nächstes unternehmen. Aber es ist spät und wir brauchen die Kraft für die nächsten Tage und Wochen. Ria, Nikas, ich sehe euch morgen früh nach Sonnenaufgang zum Training. Die Zeit drängt.«

Dann wandte er sich an die Beraterin Valarians.

»Ich traue dir nicht. Dass deine eigenen Gefühle der Grund sind, warum du Nikas gewarnt hast, ist nur allzu deutlich. Du bist kein gern gesehener Gast hier, aber ich bin bereit, dich zu dulden, sofern meine Freunde einverstanden sind. Ria ist eine von uns. Solltest du ihr schaden wollen, ganz gleich in welcher Art, werde ich dafür sorgen, dass du diese Entscheidung bereust.«

Ich sah, wie Linneas Finger über Nives Hand fuhren und sie lächelte, ehe sowohl sie als auch Sky zustimmend nickten. Nox' Blick suchten den meinen, dann wischte er Tamas Berührung fort und ließ seine Fingerspitzen an der Sofalehne hinabgleiten, bis sie meine Hand berührten und die hellen Symbole zu leuchten begannen. Tama holte zischend Luft und ihre Augen wurden schmal. Doch das Schmunzeln, das sich in Nox Mundwinkel stahl, ließ mich für einen kurzen Moment alles andere vergessen.

»Gute Nacht, Ria«, sagte er und die Wärme seiner Finger blieb auf meiner Haut zurück, als er sich erhob und dicht gefolgt von Sky das Zimmer verließ.

»Ruh dich aus. Wir brauchen morgen deine ganze Konzentration, in Ordnung?«, wandte sich Nives an mich und ich nickte.

Linnea drückte meine Hand behutsam lächelnd und folgte dann dem Ratsgesandten Talvis die gewundene Wendeltreppe hinauf. Die verbliebenen Holzscheite im Kamin knackten und winzige Funken lösten sich aus dem orange-roten Flammenmeer. Die Kälte, die durch den spärlich erleuchteten Raum glitt, ließ mich frösteln. Tamas Stimme war kaum mehr als ein Flüstern, doch ich verstand jedes Wort nur allzu deutlich: »Ganz egal, was sie sagen, du bist keine von uns und du wirst es auch nie sein. Du bist ein Mensch, Abschaum, ein Nichts und solltest du Nikas in Gefahr bringen, werde ich keine Sekunde zögern, dich zu töten.«

Ohne ein weiteres Wort zu verlieren, trat ich auf die unterste Treppenstufe zu, besann mich aber eines Besseren, hob das Kinn und antwortete kalt: »Und solltest du uns betrügen, werde ich keine Sekunde zögern, dich zu töten. Und was Nox angeht: Fass ihn nicht an, sonst verlierst du wohlmöglich einen Finger.«

Ich hörte sie nach Luft schnappen, eilte die Stufen hinauf und versuchte, den trommelnden Takt in meiner Brust zu ignorieren. Ganz gleich, auf wessen Seite Tama letztlich stand, ich hatte sie mir soeben zum Feind gemacht.

Siebzehn

Nox

»Kaum lasse ich dich aus den Augen, schon übersteigt deine Magie sämtliche Grenzen und diese undurchsichtige Speichelleckerin taucht mitten in der Nacht auf. Was ist nur aus der Ruhe und unserem geordneten Leben geworden?«

Frost grummelte und fuhr sich mit ihrer Pfote über das linke Ohr, dabei folgte mir ihr Blick unablässig. Ich grinste, als ich mir das dunkle Hemd überstreifte und die Knöpfe schloss. Meine Gefährtin legte den Kopf schräg.

»Ich verstehe natürlich all die weibliche Aufmerksamkeit deinetwegen, Nox.«

Ein tiefes Lachen entwich meiner Brust und ich tätschelte Frost an der Stelle zwischen ihren Hörnern. »Du solltest dir selbst zuhören. Es klingt beinah nach einer Spur Eifersucht.«

Ihre Schnauze stieß warm gegen meine Finger. »Nicht doch, mein Lieber. Im Gegensatz zu deinen Verehrerinnen kenne ich dich, seit du ein kleiner Junge warst, besser als jeder andere. Ich Glückspilz.«

Ich griff nach meinen Stiefeln und ging vor meiner Begleiterin auf die Knie. Es sah beinah so aus, als würde sie lächeln, und ein tiefes Schnurren ließ ihren saphirblauen Körper erzittern.

»Ich werde noch eitel. Also, wo bist du gewesen?«

Dann erhob ich mich und trat auf die Kommode zu, auf der meine Dolche neben dem Schwert, welches Sky mir überlassen hatte, ausgebreitet lagen. Ich konnte mich nicht an den Umstand gewöhnen, keine Waffe bei mir zu tragen. Meine Magie war ein Strudel aus Dunkelheit und einer allesverzehrenden Kraft und mich auf sie zu verlassen, schien mir zum jetzigen Zeitpunkt unmöglich. Kurz flammte ein Bild der vorletzten Nacht vor meinem inneren Auge auf: Ria hatte zerbrechlich und verloren ausgesehen in ihrem Bett und der Umstand, dass ich geblieben war, nagte noch immer an mir. Ich konnte all das nicht einordnen und wusste nicht, ob ich bereit war, mich diesen Dingen zu stellen. Mich mir selbst zu stellen. Langsam schüttelte ich den Kopf und drängte die Erinnerungen zurück. Schob sie weit von mir.

»Ich hatte gehörige Schwierigkeiten, aus Cerradura herauszukommen. Nachdem ihr verschwunden seid, sind die Wachen aufgetaucht und einige deiner Männer. Ich wollte zumindest Cura und Caleb von dem Ausmaß der Katastrophe unterrichten, aber ich habe sie nicht finden können.«

Ich ballte die Hände zu Fäusten und starrte auf meine weißen Fingerknöchel.

»Da ich wusste, wie wichtig dir die beiden sind, habe ich mich in den Dunkelwald zurückgezogen und dort ausgeharrt. Cura hat es geschafft, sich davonzuschleichen, und mir die Nachricht überbracht, dass Valarian alle Hunter von der Grenze zurückgezogen hat. Sie mussten sich seinen Fragen stellen und wenn sie sich weigerten, dann …«

»Hat er sie gefoltert und eingesperrt. Tama hat uns bei ihrer Ankunft gestern dasselbe erzählt. Konntest du mit Caleb sprechen? Wie geht es ihm und den anderen Männern?«

Ich wandte mich zu ihr um und sie hielt meinem Blick stand, ehe sie leise antwortete: »Es sind einige vor ihm auf die Knie gefallen und haben dich verraten, Nox. Caleb schweigt trotz schrecklicher Qualen und Cura ist dank seiner bemerkenswerten Fähigkeiten vorerst in Sicherheit, bis Valarian es sich anders überlegt.«

Frost strich beruhigend um meine Beine.

»Du darfst sie nicht befreien, Nox. Wenn der König dich auch nur in der Nähe des Schlosses wähnt, wird er dich töten. Dieses Haus ist bereits zu riskant. Ihr solltet Noom verlassen, so schnell es geht.«

Ich schob die Dolche in meine Stiefel und eilte auf die Tür zu.

»Ich werde mich nicht vor ihm verstecken wie ein Feigling. Nives wartet auf mich.«

Dann lief ich die Stufen hinab, bevor meine Gefährtin etwas erwidern konnte.

Die Magie leuchtete gleißend weiß und tauchte die Rasenfläche der Senke und alles um uns herum schimmerndes Sternenlicht. Nives beobachtete Ria aufmerksam. Sie hatte die Hände übereinandergelegt, mit den Handflächen in Richtung Himmel, ihre Lippen fest zusammengepresst, und sie stand so kerzengerade, als hätte man sie an einen Stab gefesselt. Ihre ganze Konzentration galt der pulsierenden Helligkeit, die sich ihre Arme hinaufwand. Ich verschränkte die Arme vor der Brust und runzelte die Stirn.

»Sehr gut, deine Aufmerksamkeit darf sich auf nichts anderes richten außer auf deinen Magiestrom. Du musst ihm Raum geben und ihn gleichzeitig beherrschen. Versuche, ihn in eine Richtung zu lenken, ihm eine Form zu geben.«

Winzige Funken sprühten kreisförmig um Rias Gestalt, ehe sich in ihnen Sterne und Sternenbilder erkennen ließen. Sie hatte die Augen geschlossen und der Wind fuhr durch ihr rotes Haar, wirbelte es in einem Regen aus gefallenem Licht hin und her. Dann führte sie die Arme an ihre Brust und der Funkenschauer löste sich ein letztes Mal, noch heller von ihrer Haut. Einige Tropfen fielen aus meinen Haaren und rannen meinen Körper hinab, während sie eine schimmernde Spur aus Wärme mit sich zogen. Ich spürte, wie die Schatten durch meine Adern krochen, sich mit meinem Blutkreislauf mischten und drohend auf meinen Brustkorb senkten. Ich versuchte, das Gefühl von Helligkeit und Hitze festzuhalten, doch die Dunkelheit wusch es in einer einzigen fließenden Bewegung fort. Erstickte es unter Kälte und Zorn. Mein Herz raste und ich keuchte, als ein stechender Schmerz zwischen meinen Schulterblättern aufflammte.

»Nikas, atme! Es ist alles gut, du kannst es kontrollieren. Versuch es.«

Nives war in wenigen Schritten bei mir und legte die Hände auf meine Schultern. Schweiß trat auf meine Stirn und rann meine Schläfen hinab. Ich stieß ein kehliges Husten aus und sank auf die Knie, während das reißende Gefühl auf meinem Rücken mir beinah den Verstand raubte.

»Nox, ich bin hier. Vertrau mir. Ich bin hier.« Ihre Worte drangen gedämpft an meine Ohren, in denen das Blut rauschte wie ein tosender Wasserfall. Ihre Finger glitten über das Tattoo auf meinem Unterarm. Es brannte, glühend und alles verzehrend.

»Lauf weg!«, knurrte ich und sah ihr in die Augen. Zweifel und eine Spur Angst spiegelten sich darin wider.

Nives griff nach Rias Handgelenk. »Er muss es allein schaffen.«

Doch sie schüttelte den Kopf, kniete vor mir nieder und legte die Fingerspitzen ihrer anderen Hand auf meine Brust. Knapp über die Stelle, an der mein Herz saß. »Es ist unsere Verbindung, die das mit ihm anrichtet. Ich muss ihm helfen.«

Ihre Stimme war fest und eindringlich. Der Gesandte Talvis nickte knapp und wich langsam zurück. Der schattengleiche Magiestrom umwaberte meine Gestalt und hüllte uns in einen Nebel aus Finsternis.

»Ich will dir nicht wehtun … du solltest …« Meine Kehle war so eng, dass ich kaum atmen konnte.

Ria verstärkte den Druck ihrer Hände. »Das wirst du nicht. Du bist stärker als das hier, Nox.«

Ein Lächeln huschte über ihre Lippen. Ich stöhnte, beugte mich nach vorn und krallte meine Finger in das weiche Gras. Mein Kopf hämmerte und als ich ihn hob, sah ich auf Ria hinab, die zwischen meinen aufgestützten Fäusten kniete. Als würde ich mich von mir selbst lösen, spürte ich, wie meine Magie die Oberhand gewann und alle Helligkeit in mein Unterbewusstsein verbannte. Als wäre mein Geist tief eingeschlossen worden in einen Körper, der mir mehr und mehr zu entgleiten schien.

»Du begehst einen Fehler, Prinzessin«, drang eine Stimme dunkel und tief aus meinem Mund. Es war nicht meine eigene. Sie gehörte zu den Schatten, in die Welt, die mit meinem Schicksal verknüpft war, die Welt, die ich so dringend auslöschen wollte. Meine Hand schloss sich um Rias Kinn und ich spürte das Rauschen von Dunkelheit und Macht wie ein eiskalter Strom durch meine Venen schießen.

»Erinnerst du dich? Bei unserer letzten Begegnung habe ich dir gesagt, wenn du nicht vor mir knien willst, solltest du davonlaufen. Und nun?«

Ich leckte mir mit der Zunge über die Lippen, während die dunklen Nebelschwaden immer dichter wurden. Sie sah mich an und mein Innerstes kämpfte, schlug gegen die schwarzen Mauern meiner Seele, doch die Magie loderte drohend auf und erstickte meine Bemühungen im Keim.

»Ich werde nicht vor dir davonlaufen, Nox.«

Ein Lachen, grausam und kalt, entwich meiner Kehle, doch sie zuckte nicht zusammen, sondern verharrte regungslos in meinem Griff.

»Du sprichst nicht länger mit Nox. Ich bin der König der Nacht und ich warne dich ein letztes Mal, Prinzessin: Beuge dich vor mir oder lauf.«

Die Schwingen zwischen meinen Schulterblättern teilten rauschend die Luft und ich erhob mich, während ich Ria mit mir zog. Ihr rotes Haar fiel ihr über den Rücken hinab und loderte in all der Dunkelheit wie ein Funken Hoffnung. Ein Schauer lief über meine Haut, als ihre Finger meine Wangen entlang strichen und die Magie taumelte, flackerte.

»Nein, du allein entscheidest dein Schicksal, Nox. Und das hier ist nicht deine Bestimmung. Das hier bist nicht du.«

Sie war mir so nah, dass ich ihren Atem spüren konnte, ihre grünen Augen ließen meinen Blick nicht los. Der Laut, den ich ausstieß, klang wie das Donnergrollen des Höllenschlunds. Die Kraft der dunklen Magie flutete durch meinen Körper und schien die Flügel geradezu zu elektrisieren. Beinah wohltuend rollten die Schatten erneut über mich hinweg und drängten meine Seele so weit zurück, dass ich sie kaum mehr wahrnahm. Rias Hände begannen zu zittern, als ich mich kraftvoll vom Boden abstieß und in die dichten Baumkronen hinaufflog. Den einen Arm hatte ich eng um ihre Taille gelegt und sie barg den Kopf an meiner Brust, als wir uns höher in den wolkenverhangenen Himmel schraubten.

»Nox, bitte komm zu dir. Du wirst uns beide verletzen.«

Ihre Stimme war durchtränkt von Angst und ein teuflischer Ausdruck umspielte meine Mundwinkel, als würde es durch ihre Worte erst an Energie gewinnen.

»Keine Sorgen, Prinzessin, zu Schaden kommst nur du«, knurrte ich.

Die Senke lag nun weit unter uns und das Blau des Horizonts war einem Bleigrau gewichen. Schatten sickerten durch den Wald und ließen die Bäume wie schwarze Skelette erscheinen. Es war absolut windstill, aber die Luft knisterte und trug den Geruch von Feuer und Weihrauch mit sich. Das Knacken von splitterndem Holz war das einzige Geräusch in der allzu lauten Stille.

Ich sah an mir hinab: Die schwarzen Symbole rankten sich über meine Haut und pulsierten wie hunderte kleine Herzschläge. Meine Finger erspürten die kühle Klinge aus Obsidian und umfassten sie energischer. Mein Oberkörper war ebenso nackt wie meine Füße und die Linien aus Schatten krochen wie Schlangen über meine Brust und zu meinem Bauch hinunter. Ria keuchte und ich fühlte das aufgeregte Trommeln ihres Herzens wie das eines Tiers, welches in der Falle saß.

»Angst, Prinzessin? Er wird nicht kommen, um dich zu retten«, gurrte ich und legte das Schwert flach an ihren Oberarm. Sie fuhr zusammen und ihre Augen füllten sich mit Tränen.

»Nein, ich weiß das du stärker bist. Nox, du wirst mir nichts tun.«

Es war kaum mehr als ein Hauch. Und ihre Wangen waren so blass wie die Knochen eines Toten. Ich ließ die Waffe über ihre rechte Körperhälfte streichen wie eine eiskalte Liebkosung aus Dunkelheit und Stahl.

»Sag den Namen dieses Schwächlings nicht in der Gegenwart des Königs der Nacht. Dieser Bengel ist eine Hülle, eine Hülle für all die Verzweiflung, all den Schmerz und die Finsternis. Und du hast wirklich geglaubt, er würde an deiner Seite sein? Dass er dich etwa … *lieben* könnte?«

Ich lachte und warf den Kopf in den Nacken, während Rias Körper erbebte. Ich schob die Klinge auf meinen Rücken, wo sie zwischen den kraftvoll schlagenden Flügeln verharrte. Meine Fingernägel waren so schwarz wie die Schatten, die den Dunkelwald gänzlich zu verschlucken drohten, und sie liefen spitz zu wie kleine Pfeile. Kratzend fuhren sie über die Schläfen der Menschenfrau und hinterließen ein dünnes Rinnsal roten Blutes. Ich fing einen der Tropfen auf und leckte beinah genüsslich mit der Zungenspitze über meine Fingerkuppe. Ria presste die Lippen zusammen und schluckte. Ich legte den Kopf schräg und sah sie abwartend an wie ein Wolf seine Beute.

»Ich weiß, dass er kämpft. Er kämpft gegen dich, gegen dieses Monster, mit dem er nichts gemein hat! Und er wird es schaffen, weil ich hier bin, weil ich das Licht bin. Sein Licht«, erwiderte sie und ihr Blick wirkte trotzig.

Ich entblößte meine rasiermesserscharfen Zähne und grub die Hand tiefer in die dünne Lederrüstung, die sie trug, bis meine Nägel ihre Haut ritzten. Sie verzog das Gesicht vor Schmerz. Einen kurzen Augenblick dachte ich darüber nach, sie einfach fallen zu lassen, dabei zu zusehen, wie ihr kleiner, schwächlicher Körper auf dem Boden aufschlug und zerbrach.

Ria schob ihre Handfläche über meine Brust und ihre Finger verharrten genau über der Stelle, an der mein Herz hätte schlagen müssen. Sie strahlten eine solche Hitze aus, dass ich vor Wut mit den Zähnen knirschte, und der Magiestrom bäumte sich auf, gewaltig und zornerfüllt. Baumkronen zerbarsten wie Streichhölzer, schlugen auf die schwarze Erde und gingen der Reihe nach in Flammen auf. Ein Feuerring zog sich um das so winzig wirkende wandernde Baumhaus und die Funken stoben gen Himmel, wie unzählige Glühwürmchen. Sie holte keuchend Luft.

»Nein! Bitte hör auf. Sky ist da unten, Nives, Linnea, deine Freunde. Bitte!«

Unaufhörlich rannen die Tränen ihre rußbefleckten Wangen hinab. Der Druck ihrer Hand war sanft wie das Kitzeln einer Feder. Ich griff nach ihrem blassen Handrücken und hob ihn an meinen Mund.

»Erinnerst du dich? An das Gefühl von seinen Lippen auf deiner Haut? Wie gerne wärst du ihm nah gewesen, oder, Prinzessin? So viel näher, als er es jemals ertragen könnte. Als er dich jemals ertragen könnte.«

Meine Zähne sanken in ihr weiches Fleisch während Ria schrie und ihr Blut aus meinem Mundwinkel tropfte. Die Schwingen bäumten sich auf und schlugen den Wind nährend zu den züngelnden Flammen hinab.

»Vergiss ihn, Prinzessin. Er ist verloren, genauso wie du es bist.«

»Nox … nein.«

Es war kaum mehr als ein Hauch. Und ich lachte, dröhnend und dunkel. Das Feuer griff auf die hölzerne Terrasse über und leckte bereits an der Fassade. Ich sah ein letztes Mal in ihre Augen, dann stieß ich sie von mir. Für eine Sekunde schien sie in der Luft zu schweben und ihr Blick suchte den meinen, dann verlor sie den Halt und fiel. Lautlos.

Plötzlich begann das Licht aus den Symbolen auf ihren Armen geradewegs heraus zu brechen. Es hüllte sie ein wie eine Kugel und verlangsamte ihren Sturz. Wie ein fallender Stern raste sie dem Waldboden entgegen und kurz bevor sie aufschlug, riss etwas an meiner Seele. Ich stöhnte und griff mir an die Brust, die brannte, als wäre sie mit offenen Wunden übersät. Meine Sicht verschwamm und das Atmen fiel mir schwer. Das reißende Gefühl zwischen meinen Schulterblättern setzte ein und ich brüllte, aus Angst, vor Wut, und die Magie sackte in sich zusammen wie ein Kartenhaus, mit dem der Wind gespielt hatte. Ich drehte mich um mich selbst, als die Schatten zurück unter meine Haut krochen wie ein immer wiederkehrendes tödliches Virus. Ich schloss die Augen, nur um sie kurz darauf erschrocken wieder aufzureißen.

»Ria …«, flüsterte ich und die Dunkelheit schlug über mir zusammen und riss mich in einen Abgrund aus Schmerz und Vergessen.

Das knisternde Geräusch von Flammen drang an meine Ohren und ich öffnete flackernd die bleischweren Augenlider. Meine Brust hob und senkte sich schwerfällig, als trüge sie ein mächtiges Gewicht. Der Geschmack von Blut klebte an meinem Gaumen, ob es mein eigenes war, konnte ich nicht sagen.

Langsam setzte ich mich auf. Mir schwindelte und ich griff mir an die Stirn, die ebenso schweißnass war wie der Rest meines Körpers. Ruß zog sich in schwarzen Striemen über meine Haut und mischte sich mit tiefen Kratzern und blauen Flecken. Ich hustete und spuckte einen Schwall hellroten Speichels auf die verbrannte Erde.

Mühsam kam ich auf die Füße, spürte jeden winzigen Zweig und jeden Kiesel zwischen meinen Zehen. Erst in diesem Augenblick wurde mir bewusst, dass ich keine Stiefel trug und somit gänzlich unbewaffnet war. Ein sengender Schmerz strömte von meinen Schulterblättern über meinen Rücken und verteilte sich in den Armen und Beinen. Ich keuchte, griff haltsuchend nach dem morschen Stamm einer Tanne und stand endlose Sekunden vornübergebeugt da, während die qualvoll brennenden Wellen über mich hinweg spülten und schwarze Schatten am Rand meines Sichtfeldes auftauchten.

Nur langsam erlangte ich die Kontrolle über meine Sinne zurück und setzte vorsichtig einen Schritt vor den anderen. Die Luft war schwer und stach in meiner Kehle, die so wund und ausgetrocknet war, dass mir das

Schlucken schwerfiel. Es roch nach verkohltem Holz und schwelenden Feuern. Der Wald war überzogen von einer grauen Decke, die jegliches Grün verschluckt hatte. Die Stille drang zu laut an meine Ohren und ließ eine Gänsehaut über meine Arme kriechen.

Orientierungslos stolperte ich über gefallene Baumstämme, vorbei an verbrannten Büschen und über verdorrtes Gras. Die Erschöpfung drohte, mich bei jeder noch so kleinen Bewegung zu übermannen, und der Sauerstoff wurde aus meiner Lunge gepresst, bis ich winzige schwarze Flecke vor meinen Augen tanzen sah.

Ich kam an den kleinen Bachlauf und tauchte die geschundenen Hände in das kühle Wasser. Meine Wangen waren unter all dem Ruß blass, an meiner Nase klebte getrocknetes Blut und ich hatte mir das Kinn aufgeschlagen. Das jedenfalls verriet mir mein verzerrtes Spiegelbild. Ich blinzelte und meinte, in der von kleinen Wellen gekräuselten Oberfläche ein Paar grüner Augen erkennen zu können. Ein stechendes Gefühl fuhr in meine Brust und ließ mich ächzend auf die Knie sinken, während eine leise Stimme in meinen Gedanken echote: *Nox, bitte. Bitte hör auf.*

»Ria«, murmelte ich, die grünen Iriden verblassten und an ihre Stelle traten meine eigenen.

Ein leises Rauschen erfüllte die Lichtung und ich hob den Kopf. Unweit von der Stelle entfernt, an der ich mich befand, schwebte ein blaues Seelenlicht zwischen den skelettartigen Überresten einer Baumgruppe.

Schwankend erhob ich mich und folgte dem tänzelnden, leise klingelnden Geschöpf tiefer in den Dunkelwald hinein. Es hielt immer eine Armlänge Abstand und verharrte wippend in der Luft, wenn ich erneut Atem schöpfen musste oder über die gefallenen, knackenden Stämme stieg.

Als ich bereits dachte, dass meine Beine mich keinen Meter mehr tragen würden, öffnete sich unmittelbar vor mir die Senke, in deren Mitte das wandelnde Haus lag. Ich schluckte und betrat die kaum wiederzuerkennende Szenerie. Das Dach war eingestürzt und die hölzerne Terrasse den Flammen zum Opfer gefallen. Dünne Rauchfäden stiegen aus den zerborstenen Fenstern und das spärliche Licht, welches durch die schwarzen Wolken drang, warf dunkle Schatten wie ein unheilvolles Omen über die zerstörte Fassade.

Ich stieg die marode Wendeltreppe hinauf und betrat das Innere des bis vor wenigen Stunden gemütlichen Rückzugortes, an dem unzählige Erinnerungen hafteten wie nun der Ruß an den Dielen und Wänden. Glassplitter schnitten in meine Haut, als ich den Wohnraum durchquerte und die Stufen zum obersten Stockwerk erklomm. Auch hier war nichts mehr intakt und meine Finger bebten, als ich die Tür zu meinem Schlafzimmer aufschob. Die Möbel waren vollkommen zerstört und die bodenlangen Vorhänge hingen in Fetzen. Vorsichtig strich ich über das mit Brandlöchern überzogene Bett und biss die Zähne zusammen, als eine Welle von Emotionen mich zu überwältigen drohte. Ich sank mit dem Rücken an der staubgrauen Wand hinab und stützte den Kopf in die verrußten Hände. Schmerz und Trauer schüttelten mich und ein unterdrücktes Schluchzen stieg heiser aus meiner Kehle.

Was hatte ich getan? Wie sehr war diese dunkle Magie, die meine Seele quälte, außer Kontrolle, um dieses Ausmaß an Verwüstung in kürzester Zeit anrichten zu können? Ich hatte meine Freunde verletzt, doch am meisten war ich eine Gefahr für Ria und mich selbst. Mein Daumen rieb über das filigrane Sternenbild auf meinem linken Unterarm.

Die Hitze, die plötzlich in mir aufflammte, ließ mich zusammenzucken. Und für den Bruchteil einer Sekunde sah ich ein schemenhaftes Bild vor meinem inneren Auge auftauchen: Eine gleißend weiße Gestalt beugte sich über eine Frau mit rotem Haar, das wie ein Heiligschein ihren Kopf umwölkte. Sie lag völlig leblos auf dem moosbedeckten Boden und ihre Kleider waren an einigen Stellen zerrissen, die Symbole auf ihren Armen schimmerten schwach.

Die Szenerie löste sich flackernd auf, während ein stetiges Pulsieren das Tattoo erfüllte. Der Wunsch, ihr zu helfen, all die Schmerzen, die ich ihr zugefügt hatte, ungeschehen machen zu können, war überwältigend und dennoch verharrte ich an Ort und Stelle und schlug meine Faust auf den splitterübersäten Boden. Ein wohltuendes Brennen fuhr durch meine verletzte Hand und drängte all die anderen Gefühle in die Tiefen zurück, aus denen sie nie hätten hervorscheinen dürfen.

Ich schloss die Augen und ließ die Dunkelheit ihre kalten Finger nach mir ausstrecken. Und als ich in einen dämmrigen Halbschlaf glitt, verstummten jegliche Geräusche. Mein Kopf war befreit von Gedanken und so schwer, dass ich ihn an der Wand abstützen musste. Leise flüsternd stahl sich eine Stimme in mein Unterbewusstsein, doch mein Verlangen, sie zu ignorieren, war nahezu übermächtig.

»Nox, hörst du mich? Wag es ja nicht, in meiner Gegenwart zu sterben, du Sturkopf. Nox!«

Ich legte die Stirn in Falten und seufzte. Hände drückten sich auf meine Schultern und Stiefelsohlen kratzten über den maroden Holzboden.

»Verdammt nochmal, Nox. Komm schon, mach die Augen auf.«

Die Worte kitzelten die letzten Kraftreserven aus mir heraus und ich gehorchte. Sky kniete vor mir. Seine Arme und sein Gesicht waren ebenfalls rußgeschwärzt, eine Platzwunde zog sich über die rechte Seite seiner Stirn. Der Glanz in seinen himmelblauen Iriden zeugte von einer so tiefen Traurigkeit, dass sich mir der Magen umdrehte. Asche färbte sein blondes Haar grau und ließ ihn im Dämmerlicht blass und müde aussehen.

»Sky, was tust du hier?«, fragte ich rau. Mein bester Freund schüttelte den Kopf und zog mich in eine wortlose Umarmung. Seine Hände bebten, als er mich losließ und aufmerksam musterte.

»Ich wusste, dass ich dich hier finden würde. Wo ist Ria? Wir dachten, sie wäre bei dir.«

Ich presste die Lippen zusammen und versuchte, dem Druck in meiner Brust keine Aufmerksamkeit zu schenken.

»Was ist passiert? Nives hat lediglich erzählt, dass deine Magie außer Kontrolle geraten ist und Ria sich geweigert hat, dich allein zu lassen.«

Seine Finger rieben unruhig übereinander und er ließ mich keine Sekunde aus den Augen.

Ich senkte den Blick. »Ich … ich habe versucht, dagegen anzukämpfen, aber ich hatte keine Chance. Diese verdammten Flügel … wir waren so hoch über den Baumkronen. Sie hat versucht, mich zu beruhigen, aber ich habe nur Hass gespürt und Wut … ich wollte sie töten.«

Ein Beben schüttelte meinen Körper und ich stieß die bisher unverletzte Hand energisch mitten in die Scherben und hölzernen Splitter hinein. Dünne Rinnsale roten Blutes rannen über meine Fingerknöchel. Sky schloss seine Hand um meine Faust, während der Schmerz glühend explodierte.

»Du warst nicht du selbst. Diese Seite, dieser Teil von dir, macht dich nicht aus, das hat er nie. Er gehört zu dir, aber du entscheidest, wie viel Platz er einnimmt.«

Ich sah ihm ins Gesicht, doch da war keine Angst, keine Trauer, nur Fürsorge und Verständnis.

»Sag das nicht. Ich habe euch alle in Gefahr gebracht und ich werde es wieder tun. Sie hat mich angefleht, aufzuhören, sie hat geweint und ich habe sie fallengelassen.«

Sky zuckte zusammen und ich sah, wie sich seine Atmung beschleunigte. Mühsam erhob ich mich und stützte mich an der Wand ab, bevor meine Beine versagen konnten. Ich konnte es nicht ertragen, diese Zuversicht, das Gefühl von Nähe. In meinem Kopf drehte sich alles und ich fror. Der Blutverlust, die Schatten, mein Sturz, alles forderte allmählich seinen Preis. Mein Freund griff nach meinem Arm und legte ihn sich über die Schulter.

»Wir müssen hier raus. Das Haus kann jeden Augenblick zusammenstürzen.«

Ich wollte mich wehren, scheiterte und ließ mich von Sky langsam die Treppe hinab und auf die Lichtung hinausführen. Wir drehten uns nicht um, sondern betraten einen schmalen Pfad, der sich zwischen den verbrannten Bäumen hindurch wandte und uns im Schutz der Dämmerung verschluckte.

»Nives wird dich wieder zusammenflicken und dann suchen wir Ria. Ich bin sicher, ihr geht es gut. Als das Feuer ausbrach, hatten wir Sorge, dass der Wald von Huntern nur so wimmeln würde, aber da hat sich die Speichelleckerin des Königs tatsächlich mal als nützlich erwiesen. Wusstest du, dass sie ihren Magiestrom für Täuschungen einsetzen kann? Frost wollte sich natürlich trotzdem vergewissern und streift durch das Unterholz, um uns vor möglichen Gefahren zu warnen.«

Ich wurde langsamer und der blonde Iluminar verlagerte sein Gewicht, ehe er mich prüfend ansah.

»Es ist nicht mehr weit, schaffst du das?«

Energisch biss ich die Zähne zusammen und nickte. In diesem Moment schlug der Schwindel über mir zusammen und stöhnend gaben meine Knie nach. Verschwommen nahm ich wahr, wie Sky meine Körpermitte umfasste und etwas sagte, das ich nicht verstand. Das Rauschen in meinen Ohren hob an und ich fühlte mich, als zöge mich etwas unter Wasser. Die Luft wurde mir aus der Lunge gepresst, dann wurde meine Welt schwarz.

Achtzehn

Ria

Es war hell und warm und ich meinte, in der Ferne das Rauschen von Wellen hören zu können. Meine Finger strichen über weichen Stoff, der überall meinen Körper berührte. Langsam drehte ich den Kopf. Sonnenlicht fiel durch die schmalen, bodentiefen Fenster. Das Blau des Himmels verschmolz mit dem endlosen Ozean und weiße, möwenähnliche Vögel teilten die leichte Brise mit kräftigen Flügelschlägen.

Vorsichtig setzte ich mich auf und sah an mir hinab. Ich trug ein weißes Nachthemd mit einem spitzengesäumten Ausschnitt und von meinen Händen bis hinauf zu meinen Ellbogen schlangen sich Bandagen, die einen Duft nach Kräutern und Wildblumen verströmten. Ich bewegte die Finger und spürte ein Kribbeln und Brennen durch meine Arme schießen. Ich schlug die Decke zurück und setzte meine Füße auf den kühlen, mit Gold verzierten Steinboden.

Wo war ich? Und was war mit Sky und den anderen geschehen? Ein Bild flackerte blass vor meinem inneren Auge auf: An den Bäumen leckten Flammen, schwarze Wolken schoben sich drohend über das Firmament. Ich keuchte, als die Symbole unter den Verbänden zu pulsieren begannen. Kalte, leere Augen und ein dunkles Lachen jagten mir einen Schauer über den Körper. Flügel … groß, kräftig und von der Farbe wie Onyx, die rauschend seine Gestalt umrahmten wie Schatten, die sich an seinen Rücken schmiegten. Und diese Stimme, die geradewegs aus der Hölle zu stammen schien. Ich war gefallen, er hatte mich von sich gestoßen … meine Brust wurde eng und ich sank auf die weiche Matratze des Bettes zurück.

Es war nichts von ihm übriggeblieben. Die Magie hatte ihn gefangen genommen und unter sich begraben. Der König der Nacht, so hatte er sich genannt. Er war ein Dämon, mächtig und voller Zorn. Ich hatte ihm nichts entgegensetzen können, war zwischen seinen zu Klauen verformten Händen wehrlos gewesen. Er hatte gewusst, wie es um mein Herz stand, hatte gewusst, wie tief meine Gefühle für Nox reichten und sie gegen mich verwendet.

»Du bist wach, wie erfreulich.«

Ich hob den Kopf. Ein schlanker, groß gewachsener Iluminar betrat den Raum. Er trug eine lange cremefarbene Robe und eine runde Brille auf der Spitze seiner leicht gekrümmten Nase. Er goss den Inhalt eines Fläschchens in den Trinkkelch auf dem verzierten Nachttisch zu meiner Rechten und reichte ihn mir auffordernd.

»Es beschleunigt die Wundheilung und stärkt deine Magie. Sie ist doch arg in Mitleidenschaft gezogen worden«, sagte er und lächelte.

Ich leerte die schimmernde Flüssigkeit in einem Zug und sah ihn abwartend an. Er neigte den Kopf und seine grauen Augen funkelten verschmitzt.

»Wo bin ich? Und wer seid Ihr?«, fragte ich.

Der Iluminar trat an eines der Fenster und öffnete es. Wärmende Luft, die nach Salz und exotischen Blüten roch, strömte in das mit Deckenornamenten verzierte Zimmer.

»Mein Name ist Leodin, ich gehöre zu den Ältesten des Rates. Und du, meine Liebe, befindest dich in …«

»Anima«, platzte es aus mir heraus.

Leodin lachte und schob seine Brille zurecht. »Nun, offenbar weißt du bereits alles. Erstaunlich.«

»Wie bin ich hierhergekommen? Und warum bin ich hier? Wo sind meine Freunde? Geht es ihnen gut?«

Ich sprach so schnell, dass die Worte übereinander stolperten und mein Gegenüber mich schmunzelnd betrachtete.

»Du hast viele Fragen, das verstehe ich gut Dennoch solltest du dich ausruhen. Deine Kräfte müssen erst wieder vollständig hergestellt sein, bevor du alles Weitere erfährst.«

Leodin trat auf die Tür zu, wandte sich jedoch noch einmal um und seine grauen Augen fixierten mich.

»Ich bin überzeugt, dass es den Gesandten Eilos', Talvis und Nyars gut geht. Sorge dich nicht.«

Er betrat bereits den Flur, als ich murmelte: »Was ist mit Nox?«

Seine Antwort war kaum mehr als ein Flüstern und die Sorge in seinen Worten bohrte sich wie ein giftiger Stachel in mein Herz.

»Seine Schatten reichen tiefer, als wir befürchtet haben.«

Dann war ich allein und das Glucksen der Wellen war das einzige Geräusch in der vollkommenen Stille.

Die ersten Sonnenstrahlen schoben sich über den nachtblauen Horizont und tauchten den Raum in einen goldenen Schimmer. Ich hatte kaum geschlafen. Meine Gedanken kreisten unablässig um die Ereignisse in Noom. Ich hatte das Essen, welches mir am Abend zuvor gebracht worden war, nicht angerührt, wenngleich es einen herrlichen Geruch verströmte. Leodin hatte mich kein weiteres Mal aufgesucht und der Versuch, auf eigene Faust die Umgebung zu erkunden, war kläglich gescheitert, da ich weder angemessene Kleidung besaß noch stark genug war, um mich länger auf den Beinen halten zu können.

Ungeduldig wartete ich auf die rundliche Iluminar, welche mir zuvor bereits das Abendessen gebracht hatte. Sie erschien nur kurze Zeit später, stellte eine Schale mit Obst und Gebäck auf den runden Tisch nahe der Fensterfront und half mir, aufzustehen. Anders als in Noom oder Eilos gab es weder ein geschlossenes Badezimmer noch eine Badewanne, sondern lediglich eine Art Wasserfall, der sich in ein rundes Becken ergoss. Die Iluminar reichte mir einen weichen Schwamm und ein nach Rosen duftendes Seifenfläschchen und breitete meine Kleider aus, während das warme Wasser meine Haut benetzte. Sie versorgte meine kleinen Wunden und Kratzer und umwickelte meine Unterarme sorgsam mit frischen Verbänden. Ich erhaschte lediglich einen kurzen Blick auf die hellen Symbole, die kaum zu erkennen waren, und seufzte.

Leodin hatte gesagt, dass meine Magie mehr als nur ein wenig geschwächt worden war, und das zarte Schimmern deutete nur allzu deutlich daraufhin, dass er recht hatte. Vorsichtig berührte ich die Bandagen und das zaghafte Zupfen an meinem Herzen ließ mich für einen Moment die Augen schließen. Die Verbindung war noch immer da, dünn und kaum zu spüren, und doch strich die wohlige Wärme über meine Haut wie ein Versprechen. Ich würde einen Weg finden, zurückzukehren, und dann würden wir die Dunkelheit bekämpfen. Gemeinsam.

Den gesamten Morgen über erkundete ich die Gänge und kleinen, verwinkelten Innenhöfe Animas und wunderte mich über die Stille. Vögel mit schillerndem Federkleid und Schmetterlinge in allen erdenklichen Farben waren meine einzigen Begleiter. In einem der kleinen Blumengärten, in denen es betörend duftete, führte eine gewundene Treppe auf eine halbrunde Plattform hinab, an deren Ende steile Klippen ins Meer ragten. Der Wind bauschte die schäumenden Wogen auf und ließ sie an den Felsen brechen. Winzige Wassertropfen regneten auf mich herab und ich schmeckte Salz auf meinen Lippen. In der Ferne konnte ich einen dünnen Nebelschleier erkennen, der sich wie ein Band um diesen ungewöhnlichen Ort legte, als würde er ein Geheimnis hüten.

»Unheimlich oder mystisch?«, vernahm ich eine Stimme zu meiner Linken.

Ich drehte mich um und schaute in das Gesicht eines Iluminar, der kaum älter zu sein schien als ich. Er hatte kurzes haselnussbraunes Haar, markante Gesichtszüge und die goldschimmernden Stecker in seinen Ohren hatten dieselbe Farbe wie seine Augen. Um seinen Hals hing an einem Lederband ein seltsam geformter Anhänger. Er trug eine dunkle Hose, ein beiges, geschnürtes Hemd und eine ebenso dunkle Lederjacke. Seine Stiefel waren derb, das Leder an einigen Stellen aufgeraut und verdreckt. Das schiefe Grinsen in seinem Gesicht erinnerte mich an Sky. Er passte so wenig nach Anima wie der Ratsgesandte Eilos'.

»Was meinst du?«, fragte ich, während er mich prüfend musterte und seine Hände in die Hosentaschen schob.

»Das ist die Frage, die sich die meisten Besucher der Seelenstadt stellen. Ist es unheimlich oder mystisch? Ich persönlich finde es ziemlich langweilig. Diese graue Suppe ist immer da, zu jeder Tages- und Nachtzeit. Wenn du mich fragst, behindert sie lediglich die schöne Aussicht.«

Ich schüttelte lachend den Kopf und er sah mich schmunzelnd an.

»Ich sehe, wir verstehen uns. Und bevor ich meine guten Manieren völlig vergesse: Ich bin Liev.«

Ich schob mir eine Haarsträhne hinter mein Ohr und Liev wirkte nicht im Mindesten verwundert, dass sie nicht spitz zuliefen wie die seinen.

»Ria. Gehörst du zum Rat?«, wollte ich wissen.

Er lehnte sich gegen das steinerne Geländer und drehte den Anhänger der Kette zwischen seinen Fingern. »Nein, deswegen trage ich dieses Schmuckstück hier. Würde ich zu diesen altehrwürdigen Weisen gehören, hätte ich das Symbol Animas als hübsches Tattoo irgendwo auf meinem Körper. Aber bevor du fragst und ich mich vielleicht dazu überreden lasse, dir den Beweis zu erbringen: Ich habe keines der besonderen Zeichen auf meiner Haut.«

Ich runzelte die Stirn und über unseren Köpfen zog kreischend ein Schwarm Wasservögel seine Kreise. Noch wusste ich nicht genug über die Reiche, die Bewohner Elirions und die Magie, die ihnen innewohnte, aber ich meinte, mich daran zu erinnern, dass jeder Iluminar ein Tattoo trug. Im Fall von Sky waren es sogar zwei, da er in Noom geboren worden war, aber die Rolle des Ratsgesandten in Eilos ausfüllte.

»›Ungewöhnlich‹ ist das Wort, das du suchst«, grinste Liev und ich fühlte mich ertappt.

»Ihr Menschen habt zwar nicht viel Ahnung von unserer Welt, aber diese Zugehörigkeits-Geschichte dürfte ziemlich geläufig sein. Tja, Ausnahmen bestätigen die Regel und wenn ich ehrlich bin, gebe ich nicht viel auf die Norm. Sie ist … langweilig.«

Er zwinkerte und stützte seine Arme auf eine der quadratischen Säulen, die alle paar Schritte das Geländer teilten. Ich sah auf das Meer hinaus. Diese Situation war so ungewöhnlich, dass ich blinzelte, um sicherzugehen, dass ich mich nicht in einem Fiebertraum unruhig in dem Bett oben im Marmorzimmer hin und her wälzte. Vielleicht bestand eine Chance, dass Liev mir half, zurück nach Noom zu gelangen. Ich musste es versuchen, denn mit jeder Stunde, die verstrich, wurde mein Herz schwerer und die Gedanken quälender. Der Wunsch, zu wissen, wie es meinen Freunden ging, wie es Nox ging, war überwältigend. Ich räusperte mich.

»Weißt du, wie man auf dem schnellsten Weg nach Noom kommt?«

Er runzelte die Stirn und fuhr sich mit der Hand durch sein braunes Haar.

»Du willst zurück in das Nordreich des irren Königs? Wenn es dir nur um den Nervenkitzel geht, weiß ich einige Dinge, die du stattdessen tun könntest und die du überlebst.«

Eine Wolke schob sich vor die wärmende Sonne und eine Gänsehaut kroch über meine Arme, auf die Liev nun deutete.

»Ich meine, diese Verbände trägst du sicher nicht aus modischen Gründen. Also entweder leidest du gern oder …« Er legte den Kopf leicht schräg und zog die Augenbrauen zusammen.

»Oder was?«, gab ich schnippisch zurück.

Ein Schmunzeln teilte seine Lippen. »Oder du bist verliebt.«

Ich spürte, wie die Schamesröte in meine Wangen schoss, während Liev laut auflachte.

»Oh, ich habe wohl ins Schwarze getroffen, Glückstreffer. Ist er es wert? Ich meine, als wir dich fanden, warst du allein und …«

Irritiert schüttelte ich den Kopf. »Als ihr mich gefunden habt? Wen meinst du damit? Und warum habt ihr überhaupt nach mir gesucht?«

Er kaute nervös auf seiner Unterlippe. »Du weißt es nicht?«

Ich holte Luft und wollte bereits zu einer Antwort ansetzen, als eine Stimme uns zusammenfahren ließ.

»Nein, sie weiß es nicht. Und es ist nicht deine Aufgabe, es ihr zu sagen.«

Wir wirbelten gleichzeitig herum. Auf der untersten Treppenstufe stand Leodin, die Arme vor der Brust verschränkt. Der Wind bauschte seine weite Robe auf, als er eilig auf uns zu schritt.

»Es wird Zeit, die anderen Ratsmitglieder erwarten uns bereits.«

Er schob mich sanft vor sich her, während Liev uns in einigem Abstand folgte.

Wenige Minuten später betraten wir einen mit Buntglasbögen verzierten, kreisrunden Raum. Unzählige kelchförmige Säulen schraubten sich zur Decke hinauf und ließen diese kuppelartig erscheinen. Es gab keinen Versammlungstisch, wie ich ihn aus Eilos kannte, lediglich einige an Knospen erinnernde Sessel mit weichen Kissen und verschnörkelten Holzfüßen. Auf drei von ihnen saßen die Räte Animas. Es waren alles Männer, jedoch unterschiedlichen Alters und Aussehens. Sie erhoben sich, als wir nähertraten, und verbeugten sich beinah ehrfürchtig. Zu meiner Verwunderung musste ich feststellen, dass die Verbeugung mir galt und nicht Leodin.

»Es ist uns eine Ehre. Wir haben Euch erwartet.«

Die Stimme des mittleren Iluminars war leise und raschelte wie die dünnen Pergamentseiten eines Buches. Leodin führte mich zu einem der Sitzmöbel und Liev nahm an meiner Seite Platz, was ihm einige verächtliche Blicke seitens des Rates einbrachte.

»Wie könnt Ihr mich erwartet haben? Ich dachte nicht, dass Ihr überhaupt von meiner Existenz wisst, ich bin ein Mensch.«

Die Ratsmitglieder schnappten nach Luft und Leodin schüttelte den Kopf, ehe er zu einer Antwort ansetzte: »Riana, wir wissen von dir seit deiner Geburt und so lange schon haben wir ein wachsames Auge auf dich. Du magst einen menschlichen Vater haben, aber deine Mutter war eine Iluminar.«

Ein Schauer rann meinen Rücken hinab und ich presste meine Hände so fest in meinen Schoß, dass der Stoff unter meinen Fingern zerknitterte. Ich spürte Lievs goldene Augen auf mir ruhen und sah immer wieder zwischen Leodin und den anderen Männern Animas hin und her.

Der Mann mit der knisternden Stimme ergriff das Wort. »Lumen war nicht irgendeine Iluminar, ihre Kräfte gingen weit über die normalen Magieadern hinaus. Sie hat das Gleichgewicht zwischen der Menschenwelt und Elirion bewahrt, bis zu dem schicksalshaften Tag deiner Geburt.« Trauer legte sich in den Blick des Ratsmitglieds.

Meine Gedanken überschlugen sich und mein Herz raste.

»Was ist geschehen?«, flüsterte ich und meine Kehle schnürte sich eng zusammen, als Leodin seufzte.

»In derselben Nacht wurde ein Iluminar geboren, der aus einer ebenso zweifelhaften Verbindung entstanden war wie der deiner Eltern. Doch während deine Seele rein und hell war, rissen die Schatten die zweite Seele an sich und vergifteten sie. Lumen überlebte die Geburt nicht und auch die Mutter des Schattenkindes starb wenige Jahre, nachdem ihr Sohn das Licht der Welt erblickt hatte. Wir waren der Meinung, dass deine Mutter ihre Gabe an dich weitergegeben hatte, doch es schien so, als hätte die Dunkelheit ebenso einen Preis eingefordert, um das Licht daran zu hindern, seinen rechtmäßigen Platz einzunehmen. Aus Sorge, dass dir etwas zustoßen und das empfindliche Gleichgewicht zwischen den Welten für immer zerstört werden könnte, ließen wir deinen Vater mit dir zurück in die Menschenwelt kehren. Dank deiner tief in dir schlummernden Kräfte gelang es euch, Katara zu durchschreiten. Es war niemandem sonst möglich, die Grenze war unüberwindbar. Und wir wussten, dass so für deine Sicherheit gesorgt war. Dein Vater sollte deine Gabe, so gut es ging, verbergen, während wir es uns zur Aufgabe machten, die aufkeimende Finsternis zu beobachten. Es würde jetzt zu weit führen, dir mehr zu erklären. Es ist ohnehin schon verwirrend genug.«

Ich zitterte am ganzen Körper und jeder Muskel fühlte sich taub und bleischwer an. Ich nahm meine Umgebung lediglich durch einen dichten Schleier wahr und hörte meine eigenen Worte wie aus weiter Entfernung.

»Wer ist das andere Kind? Das Kind, dessen sich die Schatten bemächtigt haben?«

Leodins graue Augen musterten mich lange und seine Antwort war so leise, dass ich sie kaum verstand.

»Der Prinz des Nordens. Der Halbbruder des Königs von Noom.«

Ich biss mir auf die Lippen und erhob mich. Ohne auf den Rat oder Liev zu achten, wandte ich mich der Tür zu und begann zu laufen. Der kühle Luftstrom peitschte mir ins Gesicht und meine Tränen machten mich blind. Das Schluchzen ließ meine Brust beben und ich rannte die Stufen zu der Plattform hinab, auf der ich bis vor wenigen Minuten gestanden und die Schönheit des Ozeans bewundert hatte, der sich nun aufgewühlt an den Felsen brach. Ich riss die Verbände herunter und sah auf die schwach leuchtenden Symbole hinab, sank auf die Knie und schlang die Arme um meinen Körper.

»Das kann alles nicht wahr sein …«, hauchte ich, während eine eisige Leere mein Herz erfüllte.

Ich kehrte nicht in den Saal zurück, sondern verharrte beinah reglos auf der Brüstung über dem Meer und ließ die wirbelnden Luftströme an meinen Kleidern und meinem Haar zerren. Meine Fingerspitzen färbten sich blau, doch ich spürte die aufziehende Kälte kaum.

Meine Mutter war eine Iluminar gewesen. Das war das Geheimnis, welches mein Vater so verzweifelt sein Leben lang gehütet hatte. Die Gabe, von der er gesprochen hatte, ohne mir zu erklären, worum es sich dabei handelte, war das Vermächtnis von Lumen. Ein Vermächtnis, so groß und mächtig, dass es möglicherweise imstande war, die Schatten zurückzudrängen und das ins Wanken geratene Gleichgewicht erneut in Einklang zu bringen.

Die Kreise und Linien auf meiner Haut pulsierten im Takt meines eigenen Herzschlags. Ich lehnte den Kopf an die massive Steinsäule in meinem Rücken und sah in den von der Dämmerung gezeichneten Himmel empor. Winzige Sterne funkelten auf dem dunkler werdenden Horizont und mein Herz schmerzte bei dem Gedanken an das Nordreich. Ich war dem Rat dankbar für die Pflege meiner Wunden und für den kleinen Teil einer Geschichte, die mehr Fragen als Antworten aufwarf, dennoch konnte und wollte ich keine Minute länger in Anima bleiben. Die Sorge um meine Freunde und das brennende Verlangen, ihn wiederzusehen, mich zu vergewissern, dass die Verbindung zwischen unserer Magie, zwischen uns, noch immer da war nach allem, was geschehen war, nagte an mir und machte mich rastlos.

»Dieser Ort hat es dir angetan, womit wir etwas gemeinsam hätten. Und wenn du mir jetzt noch sagst, dass diese alten Weisen nichts als Ärger machen, steigst du auf meiner Sympathieskala ganz gewaltig.«

Liev sank neben mir auf das breite Geländer und seine goldenen Augen betrachteten mich eingehend. Ich zog die Knie unter mein Kinn und schwieg. Er stützte sich auf seinem rechten angewinkelten Bein ab und ließ seinen Blick über den Ozean schweifen.

»Du bist vermutlich nicht gerade in Plauderlaune, aber falls du Fragen haben solltest, werde ich versuchen, sie dir zu beantworten.« Er räusperte sich. »Und wenn du auch weiterhin nach Noom zurück möchtest, kann ich dir helfen.«

Ich hob den Kopf und sah ihn erstaunt an.

»Jaja, ich weiß, es ist gegen die Regeln und wenn Leodin davon erfährt, rammt er mich vermutlich ungespitzt in den Boden. Aber ich finde, sie haben kein Recht, dich gegen deinen Willen hierzubehalten. Es gibt allerdings eine Bedingung.«

Ich nickte und ein Lächeln huschte über seine Lippen. »Ich will deinen Auserwählten kennenlernen, den Schattenjungen. Und dann werde ich ihm beibringen, dass man auf dich besser aufpassen sollte.«

Liev zwinkerte mir zu und reichte mir seine Hand. Ich ergriff sie und ließ mich von ihm auf die Füße ziehen. Ich wusste nicht, woran es lag, dass mein Vertrauen diesem direkten und charmanten Iluminar unbeirrt zuflog, aber ich glaubte zu ahnen, dass unsere gemeinsame Reise gerade erst ihren Anfang fand.

Ich hatte keine Zeit verloren und war in das Gästezimmer zurückgeeilt, um aus dem langen, schweren Kleid in meine schmalen dunklen Hosen und das weiche Oberteil zu schlüpfen und den ledernen Brustschutz, der Ähnlichkeit mit einer geschnürten Korsage hatte, umzuschnallen. Liev wartete am Fuße der Treppe, die sich schneckenähnlich in die Tiefe schraubte und vermutlich zu den Kellergewölben Animas führte. Er trug eine degenähnliche Waffe an seinem Gürtel und ein geknotetes Tuch hielt ihm die fransigen braunen Haarsträhnen aus der Stirn und erinnerte mich ein wenig an die Seeräuber aus den unzähligen Abenteuergeschichten, die ich während meiner Zeit in der Buchhandlung gelesen hatte. Ich grinste und er verschränkte die Arme vor der Brust, ehe er allzu offensichtlich meine Gestalt musterte.

»Sieh einer an. Du bist gar keine Lady, eher eine Kämpferin. Sehr gut, die feinen Damen müssen immer hoffen, dass ihr Prinz zur Rettung eilt, und es gibt weit weniger Prinzen als wehrlose Damen. Was die Sache noch erschwert.«

Liev stieg die Stufen hinab und ich folgte ihm. Im Fackelschein betraten wir ein hohes, kuppelartiges Gewölbe, in dem unsere Schritte unangenehm laut von den Wänden widerhallten. Er blickte mich über seine Schulter hinweg an und schmunzelte.

»Wirklich unbegreiflich, wie dieser Schattenjunge dich aus den Augen lassen konnte.«

Ich schüttelte lachend den Kopf und schloss zu ihm auf. »Man könnte fast meinen, du flirtest mit mir.«

Liev verzog nachdenklich das Gesicht, ehe er seinen Arm um meine Schultern legte. »Dein dunkler Prinz sollte sich besser in Acht nehmen. Ich habe eine Frau noch nie so häufig zum Lachen gebracht, also wer weiß, vielleicht flirtest du ja auch mit mir.«

Ich wollte gerade etwas erwidern, als ein leises Kratzen wie von Krallen an meine Ohren drang. Liev trat auf einen der Torbögen zu und stieß das Eisengitter, mit dem es verschlossen gewesen war, zur Seite.

»Ria, das ist Gwyns. Unsere schnellste Möglichkeit, nach Noom zu reisen.«

Mir stockte der Atem. Ein Wesen, das ich lediglich aus Legenden und Geschichten kannte, erhob sich majestätisch im schummerigen Halbdunkel der Katakomben Animas. Es hatte den Körper eines Löwen und den Kopf eines Adlers. Seine mächtigen grauschwarzen Schwingen durchmaßen mühelos die Hälfte des Raumes und die Federn knisterten leise bei jeder Bewegung.

»Ein Greif?!«, hauchte ich und meine Finger begannen nervös zu zittern. Liev tätschelte Gwyns den Hals und die schwarzen Augen des Tieres schlossen sich für wenige Sekunden, als würde es die Berührung genießen.

»Das wohl großartigste Reittier Elirions, wenn du mich fragst. Und dieser Bursche ist nicht nur unglaublich schnell, sondern auch zahm wie ein Quebbels, vorausgesetzt ich bin in der Nähe.«

Ich schluckte und trat langsam einen Schritt auf den Greif zu, der mich nicht aus den Augen ließ. Was ein Quebbels war, wusste ich nicht, doch ich bezweifelte, dass dieser Vergleich auch nur im Geringsten der Wahrheit entsprach. Liev griff nach meiner Hand und führte sie behutsam auf den Schnabel des Adlerkopfes zu.

»Du solltest allzu schnelle Bewegungen vermeiden. Auch wenn Gwyns handzahm ist, sind Greife von Natur aus sehr schreckhaft. Man muss geduldig mit ihnen sein.«

Mein Puls beschleunigte sich, als meine Fingerspitzen die dünnen Hornplatten berührten und ein leichtes Zucken durch den Körper des Tieres wallte. Liev schob mich vor sich und griff nach meinen Hüften.

»In Ordnung, genug mit den Förmlichkeiten, rauf mit dir. Halte dich an den unteren Halsfedern fest und press deine Beine, so eng du kannst, an seine Flanken, Sättel sind nämlich nur für die Alten und weniger Mutigen.«

Ein unterdrückter Aufschrei entwich meiner Kehle, als der Iluminar mich hochhob, als wöge ich selbst kaum mehr als eine Feder, und ich Sekunden später den warmen Rücken des Greifs unter mir spürte. Liev legte seine Arme um meine Taille und verhakte seine Finger ebenfalls mit den Federn, die in einem Kranz beinah Mähnen ähnlich von Gwyns Hals abstanden.

»Dann zeigen wir dir mal das Meer von oben.«

Er schnalzte mit der Zunge und gemächlich setzten wir uns in Bewegung. Auf einem kleinen Steinplateau, das sich in den sternenübersäten Nachthimmel öffnete, schlug der Greif kräftig mit den Flügeln und stieß sich vom Boden ab. Rauschend teilten die Schwingen den kühlen Wind. Mein Herz setzte einen Schlag aus und mir schwindelte, als ich Anima weit unter uns immer kleiner werden sah, während die wogenden Wellen im Licht des Mondes geheimnisvoll schimmerten.

»Bringen wir dich nach Hause«, sagte Liev dicht an meinem Ohr und ich lächelte.

Neunzehn

Nox

Ich spürte ein zartes Kribbeln und schlug die Augen auf. Frost hatte sich auf Höhe meiner Brust zusammengerollt und schien zu schlafen.

Vorsichtig setzte ich mich auf. Meine Verletzungen waren dank Nives' heilender Magie beinah gänzlich verschwunden. Lediglich ein paar dünne Kratzer und Narben waren zurückgeblieben. Den Unterschlupf, der aus kräftigen Ästen, Blättern und Moos bestand, hatte Linnea durch die Magieströme Nyars entstehen lassen. Er diente uns als Rückzugsort und sorgte dafür, dass wir nicht unter freiem Himmel schliefen.

Ich war nach meinem erneuten Zusammenbruch so geschwächt, dass ich kaum mitbekam, wie die Stunden und schließlich Tage verstrichen. Während Nives die meiste Zeit über in meiner Nähe blieb, durchstreiften Sky und die blonde Iluminar das Unterholz. Frost begleitete sie und jedes Mal kehrten sie mit sorgenvollen Mienen zurück. Wir sprachen nicht über ihre erfolglose Suche, wenngleich ich wusste, dass sie nach Ria Ausschau hielten.

Ich konnte nicht sagen, ob mich bei ihrem Anblick Erleichterung oder Schmerz erfüllte. Sie verfolgte mich, ganz gleich ob ich schlief oder wach war. Und ihr Sturz, gefolgt von einem flehenden Schrei, ließ mich beinah jede Nacht schweißgebadet aus dem Schlaf fahren.

Ich stützte den Kopf in die Hände, als der Gesandte Talvis sich neben mir auf dem weichen Waldboden niederließ. Der Verlust des wandelnden Hauses hatte besonders Sky und mich tief getroffen. Wir vermieden das Thema, so gut es ging, doch ich konnte die Trauer in den Augen meines besten Freundes nur allzu deutlich erkennen und sie fraß sich wie Säure in mein Herz.

»Ich weiß, dass es schwerfällt, aber wir sollten darüber sprechen, was passiert ist, bevor das Feuer ausbrach. Was ist mit dir geschehen Nikas? Mit Ria?« Nives sah mich auffordernd an.

Ich fixierte einen Punkt irgendwo zwischen den hohen Bäumen, ehe ich ihm antwortete: »Ich habe die Kontrolle verloren, aber dieses Mal war es anders, dunkler und mächtiger. Die Magie hat mich verschlungen, ich wusste, was geschehen würde, als die Flügel sich durch meinen Rücken gebohrt haben. Ich wusste, dass ich verloren hatte. Ria wollte nicht auf meine Warnung hören, ich habe sie von mir gestoßen, als wir bereits hoch über dem Wald waren. Sie ist gefallen und dieses Licht hat eine Kugel um sie herum gebildet, als wollten ihre Kräfte sie schützen. In diesem Augenblick haben die Schatten sich zurückgezogen und ich bin ebenfalls gestürzt. Ich weiß nicht, was mit ihr geschehen ist, wo sie jetzt ist. Diese Verbindung, von der du gesprochen hast, ist kaum noch zu spüren.«

Ich presste die Zähne zusammen und mein Blick verfinsterte sich. Der dunkelhaarige Iluminar legte seine Hand auf meine Schulter.

»Du machst dir Vorwürfe, doch ich bitte dich, damit aufzuhören. Unsere Kräfte, wie mächtig oder auch nicht sie sein mögen, sind immer eins: unberechenbar. Jeder Iluminar durchläuft ein hartes Training, um seine Magie kontrollieren zu können, ein Training, das du nie erhalten hast. Diese Dunkelheit ist seit deiner Geburt ein Teil von dir und Valarian hat sie unterdrückt und weggesperrt in der Hoffnung, dass du niemals lernen würdest, sie steuern und beherrschen zu können. Jetzt bahnt sie sich ihren Weg und der Grund dafür sind die Gefühle, die Ria in dir auslöst. Du musst dich ihrer bewusst werden, Nikas. Es gibt keine andere Möglichkeit, den Schatten Herr zu werden.«

Ich ballte die Hände zu Fäusten. Diese Emotionen, von denen Nives sprach, waren nicht meine Erlösung. Sie waren mein Untergang und wenn ich nachgab und mich ihnen stellte, würde ich riskieren, Ria zu verletzen und mich wohlmöglich selbst zu zerstören.

Ich erhob mich und eilte zwischen die Tannen, während der Gesandte des Winterreiches etwas rief, das ich nicht verstand. Nicht verstehen wollte. Das Unterholz verschluckte meine Schritte und ließ mich geräuschlos verschwinden wie ein kaum zu spürender Windhauch. Ich duckte mich unter tiefhängenden Zweigen hindurch und überquerte eine Lichtung, ehe ich in die Schatten der nächsten Baumgruppe eintauchte. Frost und ich waren so häufig im Dunkelwald auf Streifzügen gewesen, dass ich keine Sekunde überlegen musste, in welche Richtung ich ging oder aus welcher Richtung ich kam.

Meine Arme überzog eine Gänsehaut, als ich kaum drei Meter von mir entfernt die skelettartige Gestalt eines Dalladors bemerkte, der gebeugt an den knorrigen Eichenstämmen entlang schlich. Ein schiefes Grinsen legte sich auf meine Lippen und die Muskeln in meinem Körper spannten sich augenblicklich an. Die schmalen Schlitze, die er anstelle einer Nase besaß, schnüffelten erregt. Er hatte meine Witterung aufgenommen. Langsam zog ich einen meiner Dolche aus dem Stiefelschaft. Sky hatte sie in der Senke gefunden, bevor sie den Flammen zum Opfer gefallen waren. Ich spürte den kühlen Stahl zwischen meinen Händen und beobachtete meinen Gegner aufmerksam. Dalladore verströmten einen widerlichen Gestank nach Moder und Fäulnis und ihre mit Klauen bewehrten langen Finger waren ihre tödlichste Waffe. Sie maßen an die drei Meter und ihre graubraune Haut spannte sich über die spitzen Knochen, aus denen ihr Körper einzig und allein zu bestehen schien. Sie waren nicht wählerisch, was ihre Mahlzeiten anging, und Iluminar gehörten zu ihren bevorzugten Opfern. Die zitternden, fühlerähnlichen Antennen auf dem Kopf des Dalladors richteten sich kerzengerade auf und seine wässrigen schwarzen Augen erspähten mich.

»Komm schon«, knurrte ich und trat einen Schritt aus meiner Deckung. Binnen eines Wimpernschlags war das Wesen auf eine Armlänge herangekommen und ein tiefes Zischen entwich seinem blassen Schlund. Ich stach die Klinge des Dolches auf Höhe des Brustkorbes zwischen die Rippen des Monsters und ein lautes Knacken erklang, als der Stahl Knochen zermalmte. Wütend schlugen die Klauenhände nach meinem Oberkörper. Ich duckte mich, rollte zur Seite und kam in der Hocke seitlich auf Kniehöhe meines Gegners zum Stehen. Meine Waffe bohrte sich in eines seiner Beine und der Dallador brüllte. Seine Krallen streiften meine Wange, als ich mich aufrichtete und zurückschnellte, um Abstand zwischen mich und das Geschöpf zu bringen.

»Hast du etwa geglaubt, ich würde dich mit Samthandschuhen anfassen?«

Ein raues Lachen entwich meiner Kehle. Mein Puls hämmerte in meinen Ohren und Schweißtropfen rannen von meiner Stirn. Selten fühlte ich mich so lebendig wie in den Momenten, in denen ich mich Auge in Auge mit einem Gegner wiederfand. Das Monster stürmte auf mich zu und hieb ziellos auf mich ein. Ich parierte jeden Schlag, ohne zu Zögern und das Geräusch von Klauen auf Metall hallte kreischend durch den Wald. Mein Fuß schob sich vor und riss den Dallador aus seinem Stand. Er fiel zischend auf den Rücken und ich reagierte im Bruchteil einer Sekunde. Der Dolch versank bis zum Heft in seine Brust. Ein letztes Aufbäumen und mein Widersacher regte sich nicht mehr. Schwer atmend legte ich den Kopf in den Nacken und wischte mir mit dem Handrücken über die Stirn. Ich wollte mich gerade umwenden, als eine laute Stimme die Stille zerriss: »Achtung, Schattenjunge!«

Über meine Schulter hinweg sah ich einen mir unbekannten Iluminar mit gezückter Klinge auf mich zu eilen. Und in diesem Augenblick stürzten zwei weitere skelettartige Geschöpfe aus dem dichten Unterholz.

»Verdammt«, stieß ich zwischen zusammen gebissenen Zähnen hervor und umfasste meine Waffe fester.

»Du links, ich rechts«, rief der Fremde und grinste. Ich nickte knapp und widmete mich dem Wesen, das rasend vor Zorn um seinen gefallenen Gefährten auf mich zustürzte, und schlitzte mit einer einzigen fließenden Bewegung dessen knochigen Arm auf. Dunkles Blut besudelte meine Hand und winzige Tropfen spritzten auf meine Wangen. Ich ignorierte sie, wirbelte um meine eigene Achse und setzte mit einem gezielten Tritt auf die Kehle meines Gegners diesen kurzzeitig außer Gefecht.

Ich warf einen kurzen Blick zu dem fremden Iluminar, dessen Kampftechnik lange nicht so ausgefeilt war wie die meine. Dennoch wusste er sich mehr als gut zu verteidigen. Dann zog ich meinen Dolch quer über den hässlichen Körper des Dallador, der sich kreischend fallen ließ und mich unter sich begrub. Angewidert drückte ich meine Hände auf den Torso des Monsters und versuchte, mich zu befreien, doch ich hatte das enorme Gewicht des Knochenwesens unterschätzt. Mein Atem beschleunigte sich und Schweißtropfen brannten in meinen Augen. Ich blinzelte und bemühte mich, meinen rasenden Puls unter Kontrolle zu bringen. In diesem Moment spürte ich den starken Griff zweier Hände, die mich an den Schultern aus dem Gefängnis aus Haut und Knochen hervorzogen. Keuchend kam ich auf die Beine schob die Klinge sorgsam in meinen Stiefel zurück.

»Danke«, murmelte ich und musterte den Fremden eingehend. Sein braunes Haar klebte ihm ebenso feucht an der Stirn wie das meine. Das Gold seiner Augen schimmerte siegestrunken. Er war kaum kleiner als ich und seine Kleidung war nicht mit der von Noom vergleichbar. Um den Hals trug er eine Kette mit dem Symbol Animas. Er wischte sich mit dem Ärmel über das Gesicht.

»Du bist gut. Ich dachte nicht, dass die Hunter so talentiert mit ihren Waffen umgehen können, aber das gerade war wirklich beeindruckend. Naja, bis auf die Todesumarmung. Zugegeben, das solltest du dir das nächste Mal besser sparen.«

Ich schob mich an ihm vorbei. Wer immer dieser Kerl war, ich hatte kein Interesse daran, ihn auch nur eine Minute länger in meiner Nähe zu erdulden.

»Das ist die falsche Richtung, Schattenjunge. Ich bin sicher, Ria würde es mir übelnehmen, wenn ich ohne dich zurückkäme.«

Ich verharrte mitten in der Bewegung und das Blut rauschte in meinen Ohren.

»Was meinst du damit?« Meine Stimme klang so heiser und rau, dass sie sich beinah wund in meiner Kehle anfühlte.

Ein Schmunzeln stahl sich auf seine Züge. »Sie wollte nach Noom und ich konnte sie nicht allein gehen lassen. Du weißt schon, es wäre unverantwortlich, jemanden zurückzulassen, den man beschützen sollte, nicht wahr? Außerdem musste ich mir selbst ein Bild von dir machen. Also, kommst du? Oder läufst du lieber davon?«

Ich knirschte mit den Zähnen. Wie sie uns hatten finden können, beunruhigte mich jedoch nicht so sehr, wie es in Anbetracht der Situation vernünftig gewesen wäre.

»Gehen wir.«

Ria … sie war zurück. Ich fühlte mich beobachtet, während wir schweigend durch das dichte Unterholz den Rückweg antraten. Der Fremde hatte von ihr gesprochen, als stünden sie einander nah, näher, als es innerhalb weniger Tage der Fall sein konnte. Meine Finger ballten sich zu Fäusten. Er wollte es sich zu seiner Aufgabe machen, sie zu beschützen? Ich schnaubte verächtlich.

»Brennt dir was unter den Nägeln, Schattenjunge? Nur zu, ich kann damit umgehen.«

Ich funkelte ihn düster an, doch das schiefe Grinsen hing unbeeindruckt auf seinen Lippen.

»Was soll dieser Name? Wenn du mich schon ansprichst, dann wenigstens richtig. Ich heiße Nikas.«

Er schob die Hände in die Hosentaschen und duckte sich unter einem Tannenzweig hindurch. »So? Sie nennt dich Nox, wenn ich mich nicht irre, oder ist das eine Art Kosename? Aber da du mir nun verraten hast, wie du heißt, werde ich mich wohl vorstellen müssen. Ich bin Liev und ich muss gestehen, dass ich Rias Geschmack rein äußerlich zwar nachvollziehen kann, aber was deine Manieren und deinen düsteren Blick betrifft, habe ich doch meine Zweifel.«

Ich setzte über einen schmalen Bachlauf hinweg. Sie hatte ihm von mir erzählt. Der Grund war mir mehr als schleierhaft, ebenso wie die Anspielung auf ihren Geschmack und der unterschwellige Hinweis auf ihre Gefühle mir gegenüber.

»Du bist nicht gerade gesprächig, oder? Gehört das zu diesem dunklen, mysteriösen Charakter und wenn ja, muss ich dann befürchten, einen deiner Dolche zu spüren zu bekommen?«

Seine goldenen Augen leuchteten verschmitzt und ich blieb ihm die Antwort schuldig. Wir ließen das dichte Blattwerk hinter uns und als wir die nächste Baumreihe passierten sah ich sie. Linnea drückte Ria so fest an sich, dass sie lachend nach Luft schnappte, während Sky und Nives lächelnd die Szenerie beobachteten. Frost saß unter einer Tanne, hatte den Kopf leicht schräg gelegt und fixierte wachsam einen Greif, der unweit unseres Lagers unruhig auf- und ablief. Diese mächtigen Reittiere gab es lediglich in Anima und sie waren ähnlich stark wie die Vark und ließen sich nur schwer zähmen.

Der Fremde stieß mir seinen Ellbogen in die Rippen und flüsterte: »Na los, großer Krieger, du hast ihr gefehlt.«

Eine Woge von Hitze flutete durch meine Körper und das dumpfen Pochen meines Pulses ließ mich irritiert die Stirn runzeln. In diesem Moment wandte sie sich um und ihre Augen fanden die meinen. Die blonde Iluminar ließ von ihr ab und Ria trat langsam auf mich zu. Ihr rotes Haar wehte in der leichten Brise und glühte, als sich die Strahlen des dämmrigen Lichtes, das durch die Bäume fiel, in ihm verfing. Kaum zwei Schritte von mir entfernt blieb sie stehen und ein winziges Lächeln huschte über ihre geröteten Wangen.

»Wie geht es dir?«, fragte sie leise.

Ich fuhr mir mit der Hand durchs Haar und versuchte, in ihrem Gesicht eine Spur von Wut oder Angst auszumachen. Nach allem, was geschehen war, hätte ich jedes dieser Gefühle verstanden. Doch Rias Blick war sorgenvoll und warm. Wie konnte sie mich so ansehen? Sie war meinetwegen schwer verletzt worden, hatte sich völlig allein in Anima zurechtfinden müssen und war von Linnea und den anderen getrennt worden und trotzdem lächelte sie, als würde all das nicht zählen.

»Wir geben euch einen Moment. Und Schattenjunge: Lass sie nicht aus den Augen, verstanden?«

Liev ging an mir vorbei und legte Ria eine Hand auf die Schulter. Sie erwiderte sein Schmunzeln und mein Herz krampfte sich für die Zeit eines Wimpernschlags zusammen. Dann waren wir allein und nur das Flüstern des Waldes unterbrach die Stille.

»Er hat dir geholfen, in Anima?!«, fragte ich und sie nickte, nur um noch ein wenig mehr zu erglühen.

»Liev und Gwyns haben mich nach Noom zurückgebracht. Er war für mich da. Ich bin fast verrückt geworden vor Sorge um euch … um dich.«

Ria senkte den Blick und schob ihre Finger ineinander. Ich räusperte mich und versuchte, das wärmende Gefühl, das plötzlich von mir Besitz ergriff, zu verdrängen. Die dunklen Bilder tauchten zitternd vor meinem inneren Auge auf und ich trat instinktiv einen Schritt zurück. Ich hatte sie töten wollen … sie war in meiner Gegenwart nicht sicher und würde es vermutlich nie sein.

Sie sah mich an und ihre Augen weiteten sich erschrocken. »Was ist passiert? Woher kommt das Blut?«

Ich rieb mir mit dem Handrücken über die Stirn, doch Ria schüttelte den Kopf und fuhr mit ihren Fingerspitzen über meine Schläfe und die Kontur meines Kiefers. Ich spürte das plötzliche Anspannen meiner Muskeln, als sie mir so nah war, dass lediglich der Wind zwischen uns Platz gefunden hätte. Ihr Atem strich über meinen Hals und mein Kinn und ich hielt die Luft an. Warum konnte ich nicht zurückweichen? Warum ließ ich sie gewähren, wenn ich wusste, dass es zu nichts führte? Ein leichtes Kribbeln blieb auf meiner Haut zurück, als sie ihre Hand sinken ließ.

»Du solltest Angst haben, meine Gegenwart meiden«, murmelte ich.

»Nein, das ist nicht das, was du willst, Nox. Und ich werde dir diesen Gefallen nicht tun«, erwiderte sie.

Ich griff nach ihren Handgelenken und hielt sie auf Augenhöhe. Die hellen Symbole schimmerten kraftvoll und die Dunkelheit schob sich über mein Tattoo und umschlossen meine Unterarme binnen Sekunden. Ich biss mir auf die Lippen, als die Kälte sich gegen die Wärme aufzulehnen begann.

»Siehst du nicht, was passiert, wenn du mir nah kommst? Willst du wieder und wieder verletzt werden?« Meine Stimme klang rau und ich musste meinen ganzen Willen aufbringen, um die schwelende Magie in Zaum zu halten, während sich der Druck meiner Finger verstärkte und das Licht sich um die Dunkelheit schlang wie eine Liebkosung.

Ria ließ ihre Arme sinken. Die meinen folgten, bis sie auf Höhe meiner Brust ankamen. Behutsam legten sich ihre Fingerkuppen auf den dunklen Stoff meines Hemdes und die Helligkeit ihres Magiestroms hüllte meinen Oberkörper ein, während die Schatten sich drohend aufrichteten.

»Ich werde dir nicht fernbleiben, weil es das ist, was mich verletzt, Nox«, sagte sie leise und schob ihre linke Hand auf meine Wange. Ich rang nach Luft, während ein mächtiger Schwindel von mir Besitz ergriff. Ich durfte nicht nachgeben, durfte mich nicht verlieren.

»Ich kann dich nicht beschützen, nicht so wie *er* es könnte.«

Ihre grünen Augen schienen in meinem Blick zu versinken.

»Das musst du nicht. Ich habe keine Angst. Und du wirst sehen, dass es nichts gibt, vor dem du davonlaufen musst. Bitte, lauf nicht mehr davon«, flüsterte sie und etwas tief in mir zerbrach, still und ungesehen.

Das Lagerfeuer war heruntergebrannt, die Nacht sank über den Dunkelwald und kroch zwischen die Äste und das rauschende Blattwerk. Das gleichmäßige Atmen meiner Freunde war neben dem Flüstern des Waldes das einzige Geräusch, welches die Stille durchbrach. Ich sah in den sternenbedeckten Himmel hinauf und versuchte, die unruhigen Gedanken zu ignorieren, die seit dem Gespräch mit Ria meinen Geist fluteten. Ich lief nicht davon, mein Leben lang hatte ich mich allem gestellt. Ganz gleich wie tief ich daraufhin gefallen war, ich hatte es zu meiner Stärke gemacht und mein schwaches Herz zum Schweigen gebracht. Es hinter einer Mauer aus Kälte und Härte verborgen. Doch durch diese massive Mauer zogen sich nun Risse, hell schimmernde Adern glühenden Lichts. Ich seufzte und schloss die Augen.

»Wir müssen uns unterhalten.« Linnea hatte die Arme vor der Brust verschränkt und die Lippen zusammengepresst.

Irritiert nickte ich und folgte ihr, als sie einige Schritte zwischen die Tannen trat, um die anderen nicht aufzuwecken. Ihre Iriden funkelten.

»Ich glaube einfach nicht, dass du das tust, Nikas. Nicht nach allem, was sie deinetwegen durchgemacht hat.«

Ich hob die Augenbrauen und schwieg.

»Wir alle wissen um deine Magie und niemand von uns hat je damit gerechnet, dass sie eines Tages ausbrechen würde. Doch das ist sie und wir müssen lernen, mit dieser Situation umzugehen. Du am allermeisten. Aber diese Verbindung, die zwischen Ria und dir besteht, ist nicht nur ungewöhnlich und selten, sondern sie bindet euch zwangsläufig aneinander. Sie ist euer Schicksal, vor dem du nicht davonlaufen kannst und du kannst es erst recht nicht einfach an jemand anderen übertragen! Bei den Sternen, Nikas, dein Stolz wird dir nochmal das Genick brechen.«

Sie fuhr sich durch die blonden Locken und schüttelte energisch den Kopf.

»Ich werde nicht riskieren, dass meine fehlende Kontrolle sie umbringt. Das ist kein Stolz, sondern Rücksichtnahme. Genau das, was ihr immer wieder von mir verlangt habt«, erwiderte ich.

Linnea grinste schief und stieß mir ihren Zeigefinger auf die Brust. »Oh nein, Nordprinz. Die einzige Rücksicht, die du nimmst, ist die um deinetwillen. Du hast Angst. Angst, dass Ria mehr in dir auslösen könnte, als nur einen Beschützerinstinkt. Du fürchtest dich davor, dein Herz zu öffnen und es dann zu verlieren. Und so wie du sie ansiehst, bist du auf dem besten Wege dorthin.«

Ich lachte kalt und die Gesandte Nyars zuckte zusammen. »Warum bildet ihr euch ein, zu wissen, was in mir vorgeht? Nicht ein Wort davon ist wahr und das wird es auch nie sein. Wenn ihr einen Ritter in goldener Rüstung sucht, wendet euch an Liev.«

Linnea umfasste energisch meine Arme und brachte all ihre Kraft auf, um mich zu schütteln. »Du bist ein Idiot, Nikas. Es ist eine Sache, deine eigenen Gefühle zu verleugnen, aber sie hat sich für dich entschieden und das wird sie immer wieder tun. Obwohl du ihre wahrscheinlich größte Gefahr bist und ihr Herz mit jeder Zurückweisung ein wenig mehr brechen wird. Sie wird um dich kämpfen, bis die Sterne vom Himmel fallen, und wenn du nicht bereit bist, dein Schicksal anzunehmen und dich zu öffnen, wird sie verlieren. Dich, uns und vor allem sich selbst. Wenn es soweit ist, werde ich dich fragen, ob du das ertragen kannst. Und deine Antwort wird ›Nein‹ lauten.«

Sie schluckte und blinzelte die aufsteigenden Tränen fort, ehe sie an mir vorbei trat.

»Ich habe zu viel zu verlieren«, murmelte ich.

Linnea lächelte schwach und ihre Antwort war kaum mehr als ein Flüstern. »Wenn du es nicht versuchst, hast du bereits verloren.«

Dann war ich allein, während eine einzelne Sternschnuppe am dunkelblauen Firmament verglühte.

Die nächsten zwei Tage vergingen ereignislos und es wurde kühler. Im Norden schob sich eine dunkle Regenfront drohend über die Bergspitzen. Frost hatte sich am Morgen auf den Weg nach Cerradura gemacht, um in Erfahrung zu bringen, wie es um meine Männer und Valarians Pläne stand. Während Linnea und Nives abwechselnd mit Ria trainierten, kümmerte Sky sich um die wenigen noch verbliebenen Waffen. Tama ließ sich neben mir nieder und legte einige Holzscheite auf die schwach knisternde Feuerstelle.

»Du bist schon die ganze Zeit über so schweigsam, Nikas. Stimmt etwas nicht?«

Ich rieb mit der Handfläche über meine Stiefel und brachte etwas Abstand zwischen uns. Ihre Finger strichen über mein Knie, als Liev schmunzelnd auf uns zutrat.

»Du bist ein richtiger Herzensbrecher, was, Schattenjunge?« Seine Augen funkelten verschmitzt und ich erhob mich, während Tamas Hand zu Boden glitt.

»Aber es ist nicht fair, mit gleich zwei Frauen zu spielen, findest du nicht? Ich persönlich habe nichts dagegen, Rias starke Schulter zu sein. Du musst es nur sagen.«

Er war ganz nah an mich herangetreten und hatte so leise gesprochen, dass lediglich ich seine Worte verstand. Ich umfasste den Griff meines Dolches und deutete mit der Spitze auf Lievs Brust.

»Habe ich dich verärgert? Sind da etwa doch Gefühle für sie, von denen du noch nichts weißt? Ich bin neugierig, Schattenjunge … wie sehen diese Empfindungen wohl aus?«

Er zog seinen Degen und das Geräusch von Stahl auf Stahl hallte zwischen den Bäumen wider.

»Halt den Mund«, knurrte ich drohend. Aus dem Augenwinkel nahm ich wahr, wie Linnea und Nives auf uns zugeeilt kamen, doch Ria war schneller und schob sich zwischen uns, ehe die Waffen sich ein zweites Mal kreuzen konnten.

»Hört auf, sofort. Was ist denn in euch gefahren?« Sie blickte erschrocken zwischen dem breit grinsenden Iluminar und mir hin und her.

»Ich wollte ihm eine Lektion erteilen. Er hat noch jede Menge zu lernen«, antwortete Liev und ich spürte, wie sich die Muskeln in meinem Körper verkrampften.

»Du glaubst, nur weil du sie zurückgebracht hast, dir alles erlauben zu können. Rede nicht von Dingen, von denen du keine Ahnung hast. Und vielleicht ist es dir noch nicht aufgefallen, aber sie hatte kein Interesse daran, bei dir zu bleiben. Sie wollte zurück nach Noom, in meine Heimat.«

Ein finsteres Lächeln stahl sich in meine Mundwinkel. Ich sah zu Ria hinunter, in ihr erhitztes Gesicht.

»Nox …«, hauchte sie.

Ich fühlte ein dunkles Kribbeln unter meiner Haut, als die Schatten sich zu regen begannen. Liev trat einen Schritt auf mich zu und umschloss mit seinen Fingern die Stelle, an der die dunklen Rauchschwaden bereits durch die Oberfläche meines Tattoos drangen. Seine goldenen Iriden fixierten mich eindringlich. Ich nahm ein Pochen wahr, als säße mein Herzschlag plötzlich in meinem Unterarm und würde pulsierende Wellen durch meinen Körper senden. Es war wie das langsame Verglühen einer Kerzenflamme. Das Gesicht meines Gegenübers wurde blass und Schweiß trat auf seine gerunzelte Stirn, als kostete ihn die Berührung mit meiner Magie eine Menge Kraft. Die Dunkelheit zog sich zurück und das schmerzhafte Ziehen auf meinem Rücken versiegte. Liev seufzte und ließ von mir ab.

»Fühlst du dich besser?«

Seine Mundwinkel hoben sich schwach. »Wir sollten Ria nicht in Verlegenheit bringen, oder?«

Er wandte sich ab und schob seinen Degen zurück in den Gürtel. Ich sah ihm nach, als er auf den nervös tänzelnden Greif zu ging und sich auf dessen Rücken schwang. Binnen weniger Sekunden war er zwischen den Baumkronen verschwunden und der Wind, der durch die kräftigen Flügelschläge des Reittieres versursacht worden war, erfüllte flüsternd die Lichtung.

»Was, bei den Sternen, war das?«, murmelte Linnea und trat an Rias Seite.

Nives Blick ruhte auf mir und er schüttelte leicht den Kopf, ehe er antwortete: »Er verschweigt uns etwas. Und ich weiß nicht, was mich mehr beunruhigt. Die Tatsache, dass Nikas' Kraftstrom so unerwartet unter Kontrolle gebracht wurde, oder dass unser mysteriöser Fremder offenbar keinerlei Magie sein Eigen nennen kann.«

Wir wandten uns gleichzeitig zu dem Gesandten Talvis um.

»Das ist unmöglich«, sagte die blonde Iluminar und ich schob den Dolch an seinen angestammten Platz zurück. Ria griff nach meinem Handgelenk und die Wärme ihrer Finger kroch über meine Haut.

»Er trägt das Symbol Animas um seinen Hals. Würde er von dort stammen und somit den Ältesten angehören, trüge er es als Tattoo auf seinem Körper. Er hätte bei der Berührung mit den Schatten, die Nikas' Magie nach außen spiegeln, seine eigenen Kräfte freisetzen müssen. Das ist nicht geschehen«, erwiderte Nives und Linnea sah ihre Freundin mit großen Augen an, während sich Rias Griff verstärkte.

»Was hat er zu dir gesagt, aus welchem Reich Elirions er stammt?«

Ich ließ den ernsten Blick des Ratsgesandten Talvis nicht los, als Ria leise antwortete: »Er hat es mir nicht gesagt. Ich weiß nur, dass Liev keinerlei Tätowierungen trägt.«

Die Gesandte Nyars stieß den Ellbogen in ihre Seite und grinste verschmitzt. »So nah seid ihr euch also gekommen, ja?!«

Die Wut, die sich bohrend wie ein Stachel in mein Herz hineinfraß, ließ mich mit den Zähnen knirschen.

Ria schüttelte den Kopf. »Mein Gott, Lin. Hör auf damit. Da ist nichts zwischen uns.«

Linneas glockenhelles Lachen durchteilte die Stille. »Ich verstehe. Du hast eine Schwäche für hoffnungslose Fälle.« Sie nickte mir zu.

»Ich weiß nicht, was du meinst«, murmelte Ria, ehe die blonde Iluminar sie fortzog.

Ich blickte ihnen nach, dann wandte ich mich an Nives. »Ist so etwas überhaupt schon einmal vorgekommen? Dass ein Iluminar ohne magische Fähigkeiten geboren wird?«

Mein Freund verschränkte die Arme vor der Brust und sah nachdenklich in den wolkenverhangenen Himmel hinauf. »Soweit ich weiß, gab es diesen Umstand erst ein einziges Mal, vor vielen Jahren. Und der Grund …« Nives verstummte. In der Ferne begann es zu donnern und einzelne Regentropfen fielen aus den dunklen Gewitterwolken wie schwarze Tränen aus dem immer dunkler werdenden Firmament.

»Was war der Grund?«, fragte ich, als ein Blitz das Blätterdach des Dunkelwaldes erhellte.

»Nox! Frost ist zurück«, erklang Skys Stimme in meinem Rücken und der sorgenvolle Ausdruck in seinen Augen sandte eine Gänsehaut über meine Arme. Wir folgten ihm zum Unterschlupf, in den sich die drei Frauen bereits zum Schutz gegen das aufziehende Unwetter zurückgezogen hatten. Meine Begleiterin lag eingerollt an der Seite von Ria, die ihr behutsam über das durchnässte, saphirblaue Fell strich, und zitterte am ganzen Körper. Ich sank auf die Knie und schob meine Hände unter ihre von Blut verkrustete Schnauze. Frost öffnete die Augen und ein tiefes Seufzen entwich ihrer Kehle.

»Was ist passiert?«, wollte ich wissen, während der Regen sintflutartig vom Himmel zu fallen begann und den moosbedeckten Waldboden in kürzester Zeit in mit Schlamm durchzogene Bäche verwandelte. Sie schmiegte ihren Kopf an meine Handflächen und mein Puls raste. Ich hätte niemals zulassen dürfen, dass sie allein nach Cerradura zurückkehrte.

»Ich habe sie gesehen, Nox«, flüsterte sie und ich bettete sie in meinen Schoß.

»Wen? Was meinst du?«, entgegnete ich und die Stille in dem hölzernen Unterschlupf war so drückend, dass ich instinktiv den Atem anhielt.

»Die Hunter … Valarian hat seine Armee um sich geschart …es wird Krieg geben …«

Sie sprach nun so leise, dass ich mein Ohr ganz nah an ihr Maul heranlehnen musste.

»Sie … können Magie wirken.«

»Das ist unmöglich. Die Hunter sind Soldaten, ihre Kräfte sind ihnen genommen worden«, stieß Sky hervor, doch Frost schüttelte langsam den Kopf.

»Valarian hat sie ihnen zurückgegeben … sie sind bereit.«

Meine Finger verkrampften sich und ein Rauschen hob sich in meinem Kopf an, während Nives eine Hand auf meine Schulter legte.

»Wir müssen aufbrechen. Wenn es stimmt, was deine Gefährtin sagt, sind wir hier nicht länger sicher.«

Ich biss die Zähne zusammen und ließ Frost nicht aus den Augen.

»Nox … du musst gehen. Vertrau auf das Licht … und beherrsche deine Dunkelheit …«

Der Gesandte Talvis kniete neben mir nieder und nahm den pelzigen Körper vorsichtig in seine Arme.

»Keine Sorge, ich kümmere mich um sie.«

Ich nickte stumm, weil ich meiner Stimme nicht traute. Valarian bereitete sich auf einen Krieg vor und er hatte die einzige Armee Elirions auf seiner Seite. Die Leere in meinem Inneren schien mich zu überwältigen. Uns blieb keine Zeit und wenn es Ria und mir nicht bald gelingen würde, unsere Magie zu kontrollieren, stellten wir die größte Gefahr für uns selbst dar. Das Schicksal hatte seine Wahl getroffen. Die Entscheidung lag nicht mehr in meiner Hand. Die Kälte streckte ihre klammen Finger aus und umschloss mein Herz, um mich ein weiteres Mal daran zu erinnern, wem es eigentlich gehörte.

Zwanzig

Ria

Niemand sprach, während Linnea und Nives sich zurückzogen, um die kleine Füchsin zu versorgen, deren großflächige Wunden auf einen Kampf hindeuteten. Wie sie es zu uns zurückgeschafft hatte, war mir ein Rätsel. Nox erhob sich ruckartig. Sein Gesicht war leichenblass und der Ausdruck in seinen Augen wirkte leer und stumpf. Er griff nach meiner Hand und zog mich auf die Füße. Sky wollte ihn aufhalten, doch er schob seinen Freund unwirsch zur Seite und ging mit mir auf den Eingang des Unterschlupfes zu.

»Wo willst du hin? Es gießt in Strömen. Wenn du den Kopf frei kriegen musst, in Ordnung, aber lass Ria hier.« Der Gesandte aus Eilos sah Nox mit hochgezogenen Augenbrauen an. Ein tiefes Knurren entwich seiner Kehle und der blonde Iluminar zuckte kaum merklich zusammen. Ich lächelte schwach.

»Wir sind gleich zurück.«

Dann traten wir in das Unwetter hinaus. Der Regen durchnässte meine Kleidung, rann kalt meine Wangen hinab und tropfte von meiner Nasenspitze. Unter einer großen Tanne blieben wir stehen und Nox fuhr sich durch sein nasses Haar. Ich sagte kein Wort, sondern beobachtete ihn lediglich, wie er unruhig auf- und ablief. Einmal mehr fragte ich mich, was es war, das mich magisch anzog. Das mich jegliche Vernunft und Vorsicht vergessen ließ und mich mit blindem Vertrauen flutete wie eine gigantische Welle. Warum übte seine Gegenwart einen so unwiderstehlichen Sog auf mich aus, dem ich nicht entfliehen konnte?

»Wir werden nach Anima gehen. Der Rat kann uns sagen, was wir tun können, um Valarian aufzuhalten. Und er kann uns helfen, unsere Magie zu kontrollieren. Dort bist du sicher.«

Er sah mich dabei nicht an und seine Stiefel hinterließen tiefe Abdrücke in dem durchweichten Waldboden.

»Es geht nicht um mich. Es geht um uns alle und wenn Valarian einen Krieg anzettelt, geht es auch um Noom und ganz Elirion. Ich werde mich nicht verstecken. Ich weiß, dass ich nur zur Hälfte eine Iluminar bin, aber ich habe diese Kräfte und ich werde sie nutzen, um euch zu helfen«, sagte ich bestimmt.

Nox wandte sich zu mir um und stand Sekunden später so dicht vor mir, dass ich seinen warmen Atem auf meinem Gesicht spüren konnte und sich der knorrige Stamm des Baumes in meinen Rücken drückte.

»Warum?« In seine blauen Augen trat ein dunkler Schimmer. Ich versuchte, das Pochen meines Herzens zu ignorieren.

»Warum was?«, gab ich zurück. Er stützte seine linke Hand nur wenige Zentimeter über meinem Kopf auf und seine Nähe ließ mich schwindeln.

»Warum hast du noch immer keine Angst? Wieso lässt du meine Nähe zu?«

Mein Blick blieb an dem Schwung seiner Lippen hängen und setzte mein Innerstes in Brand. »Das ist nicht deine eigentliche Frage, Nox.« Meine Stimme klang belegt und ein flüchtiges Grinsen huschte in seinen Mundwinkel, ehe er die andere Handfläche auf Höhe meiner linken Schulter auf den feuchten Stamm legte. Seine Armmuskeln spannten sich an und die nassen Haarsträhnen fielen ihm in die Stirn. Er sah so unglaublich attraktiv aus, dass der Puls in meinen Ohren zu hämmern begann und eine Gänsehaut über meinen Körper kroch, die ein elektrisierendes Kribbeln hinterließ. Er schwieg und blickte mich unverwandt an. Ich wusste nicht, was ich tun konnte, um diesen drängenden Emotionen Einhalt zu gebieten und streckte instinktiv die Hand aus. Mein Zeigefinger fuhr die Kontur seines Kiefers entlang.

»Dann sag mir, was ich eigentlich fragen will«, murmelte er, während er sich ein Stück weiter in meine Richtung lehnte.

Ich schluckte. »Warum ich etwas für dich empfinde, das willst du eigentlich wissen«, antwortete ich und legte meinen Daumen auf seinen Mundwinkel. Nox drehte seinen Kopf nur um wenige Zentimeter, doch das reichte aus, um seine Lippen über meine Fingerkuppe gleiten zu lassen. Es war kaum mehr als ein Hauch, aber das Gefühl ließ jede Zelle meines Körpers erbeben. Die Umgebung geriet in einen dunstartigen Strudel aus hellen und dunklen Flecken. Und für einen kurzen Moment hielt die Welt den Atem an … ehe sie ihn ruckartig wieder ausstieß.

»Konntet ihr euch keinen trockeneren Ort aussuchen, um euch gegenseitig so unendlich tief in die Augen zu starren?«

Wir fuhren zusammen und Nox wandte sich um. Liev duckte sich unter einem der tiefhängenden Äste hindurch und schüttelte das Regenwasser von seinen Schultern. Schmunzelnd sah er von einem zum anderen.

»Oder habe ich euch bei etwas ganz anderem unterbrochen?«

Da meinen Beinen nicht zu trauen war, rührte ich mich nicht von der Stelle, während Nox einen Schritt zurücktrat und zu Boden sah. Mein Herz machte einen Satz, als mir seine erhitzten Wangen auffielen, die offenbar nicht von der kühlen Luft stammten.

»Wo bist du gewesen?«, fragte ich, während der Iluminar mit den goldenen Augen mir seine Jacke über die Schultern legte.

»Ich wollte ihm die Chance geben, dich ein wenig für sich zu haben.« Er zwinkerte mir zu und ich schmunzelte, als Nox die Zähne zusammenbiss und Liev finster musterte.

»Ich habe auf meinem Ausflug einen Abstecher nach Cerradura gemacht. Und obwohl ich auf einer Insel aufgewachsen bin, weiß ich, wie die Vorbereitungen für einen Krieg aussehen. Ihr solltet schleunigst eure Zelte abbrechen. Eilos liegt so weit im Süden …«

Doch der dunkelhaarige Iluminar unterbrach ihn: »Nein, wir werden nicht davonlaufen. Diese Genugtuung bieten wir Valarian nicht. Wir müssen nach Anima und den Rat um Hilfe bitten.«

Liev schüttelte lachend den Kopf, während Nox die Arme vor der Brust verschränkte.

»Ich versteh schon, Schattenjunge. Deine Magie ist mächtig. So viel weiß ich inzwischen und du möchtest vor Ria als Held dastehen, auch das leuchtet mir ein. Aber wenn ihr hierbleibt, werden euch diese Soldaten finden und foltern, wenn sie euch nicht gleich töten. Und was Anima angeht … der Rat ist neutral. Er schlägt sich seit Jahrzehnten auf keine Seite mehr und selbst wenn du ein ganzes Stück charmanter wärst, als du es tatsächlich bist, hättet ihr keine Chance, ihn von euren Plänen zu überzeugen.«

Ich wickelte das Leder der Jacke enger um mich, was ein leises Räuspern von Nox nach sich zog.

»Ich werde mit ihnen sprechen. Leodin wird uns helfen können und im Zweifel gewinnen wir etwas mehr Zeit, um uns vorzubereiten.«

Liev legte seine Hände auf meine Schultern und sah mich mit hochgezogenen Brauen an. »Ria, du musst niemandem etwas beweisen. Du bist klug, stark und unglaublich mutig.«

»Du hast dickköpfig vergessen«, wandte Nox ein und wir lachten. Laut und aus tiefstem Herzen, als wäre dies nicht eine ausweglose Situation, als würde ein Krieg nicht unmittelbar bevorstehen und als läge das Schicksal von ganz Elirion nicht in den Händen eines Prinzen mit mächtigen, dunklen Kräften und einer Frau, deren menschliche Seite ihre Magie noch immer tief in sich verborgen hielt.

Wir brachen auf. Das Unwetter hatte nachgelassen und der Regen war in ein leichtes Tröpfeln übergegangen. Wir waren zu der Übereinkunft gelangt, dass es klüger war, uns zumindest vorerst nicht zu trennen, wenngleich Nives und Linnea ihre Reiche nicht im Unklaren lassen konnten, was im Norden Elirions vor sich ging. Liev schlug sich selbst als Bote vor, aber Sky gab zu bedenken, dass er vermutlich der Einzige war, der uns auf schnellstem Wege nach Anima führen konnte.

»Der Rat kann die Nachrichten nach Talvi und Nyar übermitteln, mehr solltet ihr ohnehin nicht erwarten«, murmelte Liev, was Nox mit einem Stirnrunzeln quittierte. Tama trat an seine Seite und schenkte ihm einen glühenden Blick.

»Keine Sorge, Nikas. Solange ich hier bin, werden die Hunter uns nicht aufspüren können und du bist in Sicherheit.«

Lievs goldene Iriden funkelten. »Sieh an, der Prinz hat sogar einen Leibwächter. Ich wäre ja beeindruckt, wenn ich nicht wüsste, dass der König ein paar Tausend davon vorweisen kann.«

Linnea hakte sich bei mir unter und wedelte ungeduldig mit der Hand. »Wollt ihr Wurzeln schlagen? Es dämmert bereits und in Noom reist man am besten bei Sternenlicht.«

Dankbar lächelte ich ihr zu und sie stieß im Vorbeigehen der Beraterin des Königs unsanft die Schulter in den Rücken. Liev zwinkerte Nox zu und eilte uns nach, während der Waldboden unsere Schritte verschluckte. Frost hatte sich erholt, dank Nives Pflege, weigerte sich jedoch, getragen zu werden und huschte in einigem Abstand hinter uns her.

»Wo ist Gwyns?«, fragte ich, als wir über einen Bachlauf hinwegsetzten.

»Ich habe ihn nach Anima zurückgeschickt. Es wäre zu auffällig gewesen, wenn er uns begleitet hätte. Abgesehen davon hätte er nur zwei von uns tragen können. Die anderen hätte schwimmen müssen.« Liev warf einen Blick über die Schulter und fügte hinzu: »Das Schwimmen würde dich vermutlich nicht stören, wenn man bedenkt, dass zu viel Kleidung im Wasser schwerer macht.«

Ich biss mir auf die Lippen, als meine allzu lebhaften Gedanken einen wohligen Schauer über meinen Rücken schickten. Linnea beugte sich vor und das Rosa ihrer Wangen ließ mich erahnen, dass auch ihre Fantasie auf Abwege geraten war.

»Für deine Vorstellungen braucht man einen Waffenschein. Vielleicht verrätst du uns erst einmal, wohin wir eigentlich gehen? Anima liegt westlich von Noom und wenn mich mein Orientierungssinn nicht täuscht, sind wir entweder vom Weg abgekommen oder wir laufen absichtlich Richtung Süden.«

Der braunhaarige Iluminar legte einen Arm um mich und stupste meiner Freundin auf die Nasenspitze. Ich unterdrückte nur mit Mühe ein Kichern, als ich Linneas verwunderten Gesichtsausdruck sah.

»Herzchen, meine Vorstellungen sind so schmutzig, dass ein Waffenschein nicht ausreichen würde. Wenn ich mir allerdings eure glasigen Augen so ansehe, steht ihr mir vermutlich in nichts nach. Und deine Orientierung ist goldrichtig. Da wir ja leider kein Bad nehmen werden, schlagen wir einen Weg nach Anima ein, der seit Jahrzehnten nicht benutzt wurde und somit dem amtierenden König des Nordens nicht bekannt sein dürfte.«

Als die Bäume des Dunkelwaldes sich lichteten, öffnete sich vor uns ein Felsmassiv, dass sich dunkel und scharfkantig vor dem aufziehenden Nachthimmel emporhob. Der Wind fuhr rauschend durch das dichte Blätterdach und ich fror bei dem Anblick des schwarzen Steins, der jegliches Licht zu verschlucken schien.

»Hinter diesem Gebirgszug beginnt die Grenze zu Nyar«, flüsterte Linnea und ich hörte die Sehnsucht in jedem ihrem Worte. Behutsam drückte ich ihren Arm und sie lächelte.

»Wenn das alles vorbei ist, möchte ich das Reich sehen, in dem du lebst«, sagte ich so leise, dass nur sie mich verstand, und ihre moosgrünen Augen leuchteten.

Ich wusste nicht, was ich mir vorgestellt hatte, aber einen einfacher, von der Zeit gezeichneter Torbogen, dessen Sockel fest mit dem Felsen verwachsen war, sicherlich nicht. Wir traten hindurch, ohne auf Widerstand zu stoßen oder uns plötzlich mit Bann ähnlicher Magie konfrontiert zu sehen. Ich sah zu Nox. Der Abschied von seiner Heimat musste ihm schwerfallen, auch wenn es nichts gab, was er zurzeit hätte ausrichten können. Doch er wandte sich nicht einmal um, sondern schloss zu uns auf und vergrößerte den Abstand zwischen Tama und sich. Alles lag in einem schummerigen Halbdunkel und der Boden zu unseren Füßen war übersät von Geröll und knorrigen Wurzeln. Nives reichte Linnea seine Hand und sie ergriff diese, ohne zu zögern.

»Ich möchte keine Verletzungen durch Unachtsamkeit oder Stolpern riskieren«, sagte er leise und ich schmunzelte, als meine Freundin eifrig nickte.

»Natürlich nicht, ich danke dir.«

Während Sky einen Teil seiner Kraft darauf verwendete, eine winzige, flimmernde Sonne zu erzeugen, die Zentimeter über seiner Handfläche schwebend verharrte, erklang Lievs Stimme nah an meinem Ohr.

»Ein wahrer Gentleman und natürlich ganz ohne Hintergedanken. Die Blüte des ewigen Sommers und der Herr über Eis und Schnee, klingt nach einer unmöglichen Liebesgeschichte, wenn du mich fragst.«

Ich seufzte leise. Linnea hatte mir von der Beziehung zu Nives erzählt und davon, dass eine Verbindung zwischen den Reichen Elirions nicht gestattet war. Diese zarten Gesten und scheuen Blicke würden vermutlich die einzige Nähe sein, die sich die beiden zugestanden. Augenblicklich schweiften meine Gedanken zu Nox. Ich war keine Ratsgesandte, aber ich hatte menschliches Blut und wo meine Magie Helligkeit und Licht mit sich brachte, strahlte die seine Dunkelheit und Schatten aus. Ich stolperte, woraufhin ein Arm sich um meine Taille legte und meinen Sturz abfing.

»Vorsicht«, lachte Sky und ich sah Liev die Achseln zucken und Nox düsteren Blick, ehe ich mich dem blonden Iluminar zu wandte.

»Entschuldige, dabei hat Nives es gerade noch gesagt.« Ich wollte meinen Weg fortsetzen, als Skys Finger sich um mein Handgelenk legten und mich zurückhielten.

»Warte einen Moment.« Die anderen waren bereits einige Schritte voraus, ehe er erneut zu sprechen anhob. »Ria, du weißt, was Nox mir bedeutet. Wir sind zusammen aufgewachsen, er ist wie ein Bruder für mich, aber genau das ist der Grund, warum ich dich jetzt darum bitte, Abstand von ihm zu halten. Nach dem, was mit dem wandelnden Haus geschehen ist, was mit dir geschehen ist, solltest du dich zurückziehen. Liev ist nicht der Einzige, dem aufgefallen ist, dass deine Gefühle längst die Oberhand gewonnen haben, aber dadurch blendest du jegliche Vorsicht und alles Misstrauen aus. Er hat dich verletzt, Ria. Und keiner von uns weiß, ob er es nicht wieder tut. Seine Kräfte sind nicht vergleichbar mit den Magieströmen Elirions. Sie sind tiefer und unberechenbar. Gegen sie sind wir alle machtlos, jeder Einzelne von uns. Wir möchten dich nicht in Gefahr bringen. Du bist ein Teil dieser ungewöhnlichen kleinen Truppe, ein wesentlicher Teil.«

Er sah mich an und in seinem Blick lag so viel Sorge, dass ich auf ihn zu trat und ihn in meine Arme schloss. Er erwiderte meine Umarmung und legte sein Kinn auf meinen Scheitel.

»Danke, Sky, für alles. Ich habe das erste Mal in meinem Leben das Gefühl, dazuzugehören, und ich würde für jeden von euch durchs Feuer gehen, wenn es notwendig wäre.« Ich spürte, dass er lächelte.

»Dann wirst du Abstand halten?«, fragte er und nun war ich es, die lächelte.

»Nein«, flüsterte ich, »das Licht ist einfach zu lieben, die Dunkelheit ist es nicht.«

Der Gang wurde schmaler und ein modriger Geruch erfüllte die Luft. In der Ferne schien etwas über die Steine zu scharren und zu kratzen.

»Bist du sicher, dass diese Tunnel unbewohnt sind?«, murmelte Nives, während sich Lievs Finger um den Griff seines Degens legten.

»Das habe ich nicht gesagt. Der König weiß von diesem unterirdischen Labyrinth nichts, was nicht bedeuten muss, dass es verlassen ist.«

Sky fluchte und das Licht auf seiner Handfläche erlosch. Es war stockdunkel und ich hatte Mühe, mich zu orientieren. Lediglich das stetige Ein- und Ausatmen verriet unseren Aufenthaltsort. Ich spürte ein flaues Gefühl in meinem Magen und versuchte, jeden noch so kleinen Ton wahrzunehmen, doch mein rasender Puls schob sich wie ein Störgeräusch dazwischen. Unwillkürlich fuhr ich zusammen, als sich zu meiner Rechten etwas bewegte und eine Hand gegen die meine stieß.

»Sshht, rühr dich nicht von der Stelle«, raunte Nox und sein Atem strich warm über mein Ohr. Eine Gänsehaut kribbelte meinen Arm empor und ich verfluchte meine körperliche Reaktion innerlich. Das war der absolut falsche Zeitpunkt, um erneutes Herzklopfen zu bekommen, ich musste mich konzentrieren. Sein Daumen fuhr flüchtig über meinen Handrücken, ehe ich zu erkennen glaubte, wie er, Liev und Sky geduckt der Biegung des Ganges folgten.

»Ria?« Linneas Stimme war kaum mehr als ein Hauch und Sekunden später verschränkten sich unsere Finger ineinander.

»Wir sollten ihnen folgen«, flüsterte ich und ein Rascheln kaum zwei Schritte entfernt ließ uns erahnen, dass Nives sich bereits in Bewegung gesetzt hatte.

»Du weißt, was dir blüht, sollte Nikas etwas zustoßen«, zischte Tama und schob sich an mir vorbei. Ich biss die Zähne zusammen und meine Stiefel rutschten immer wieder auf den feuchten Steinen aus, sodass wir nicht allzu schnell vorankamen.

Plötzlich öffnete sich der Tunnel und gab den Blick auf ein Plateau frei, das von dicken Wurzeln in der Schwebe gehalten wurde. Das schummerige Halbdunkel war einem diffusen, grünlichen Licht gewichen, das aus den Fasern des Holzes herauszuleuchten schien. Es fiel in eine Richtung abschüssig in die Tiefe, ächzte und seufzte, als bestünde es nicht nur aus totem Gestein, sondern als beherbergte es ein gigantisches Lebewesen, tief vergraben in den grotesken Felsformationen. Nox, Liev und Sky standen am Rand des Plateaus und sahen zu uns hinab.

»Wir sollten zu ihnen hinaufklettern. Von dort oben haben wir einen besseren Überblick und können mögliche Gefahren früh genug erkennen«, sagte Nives, während sich winzige Eiskristalle in seinen Handflächen formten und eine Leiter bildeten, die bis zur Mitte der Wurzel reichte. Ich griff nach den kühlen Sprossen und zog mich hinauf. Das dunkle Holz des Wurzelwerks war spröde und feucht und meine Finger krallten sich mit aller Kraft hinein, um Halt zu finden. Meine Füße verfingen sich in den graubraunen Ranken, die sich um das Geflecht wickelten wie Schlangen um ihre Beute. Ich hatte es beinah geschafft, als ich den Fehler beging und hinabsah. Der Boden schien in immer weitere Ferne zu rücken und ein plötzlicher Schwindel erfasste mich. Meine Muskeln verkrampfte sich und ich schloss die Augen.

»Ria, gib mir deine Hand. Na los, geträumt wird später.«

Lievs Stimme klang wie durch Watte gepresst und ich war nicht in der Lage, zu reagieren. Mein Atem ging stoßweise und Schweißtropfen rannen meine Schläfen hinab. Ich hatte nie Angst vor Höhen gehabt, war als Kind auf jeden Baum geklettert und hatte Stunde um Stunde auf dem windschiefen Dach unseres Hauses gesessen, bis mein Vater vor Sorge beinah einen Herzanfall erlitten hatte. Doch nun packte mich die Angst und hielt mich fest in ihren Klauen.

Die Bilder, die meine Gedanken fluteten, ließen mich erschrocken nach Luft schnappen: Nox' Flügel … die Flügel des Königs der Nacht … dieser Moment, in dem er mich in einer einzigen fließenden Bewegung von sich stieß und ich fiel. Halt suchend und voller Furcht, während die Tränen über meine Wangen rannen. Ich schluchzte und spürte ein Zittern durch meinen Körper strömen, das mich beben ließ.

»Er hat dich verletzt und wir wissen nicht, ob er es wieder tun wird.« Skys Worte echoten in meinem Kopf, während meine Finger allmählich taub wurden. Warum hatte Nox das getan? Warum hatte er nicht gekämpft, so wie ich gekämpft hatte? Er hatte sich den Schatten gebeugt, sie hatten ihn verschlungen und ich war machtlos gewesen. Wie hatte ich nur glauben können, dass ich diejenige war, die ihn retten konnte? Ich war ein Mensch, ein verdammter Mensch!

In diesem Augenblick spürte ich die Magie heiß durch meine Adern pulsieren. Rein und klar begann das Licht sich seinen Weg zu bahnen, erfüllte jeden Winkel meiner Seele und machte mich leicht. Es nahm die Sorgen und die Wut mit sich, hinterließ Wärme und das Gefühl von Geborgenheit. Ich öffnete die Augen. Meine Haut leuchtete und die Symbole auf meinen Unterarmen schienen sich zu bewegen und neu zu formen. Ich atmete tief ein und aus, dann löste ich meine Finger aus den Ranken und breitete die Arme aus. Ein kurzes Zucken durchlief meinen Körper, als die Luft um mich herum zu flimmern begann und sich dann um mich schmiegte wie eine wärmende Decke. Eine dünne Schicht aus winzigen, glitzernden und schimmernden Partikeln zeichnete meine Gestalt nach und schien dafür zu sorgen, dass ich schwebte. Und plötzlich fühlte ich mich frei und so furchtlos wie noch nie zuvor in meinem Leben. Ich blickte hinab auf das Plateau. Sah Liev noch immer am Rand knien, nun jedoch schaute er zu mir herauf, ebenso wie Sky und Nox.

Nox … Seine Augen funkelten, die dünnen, schwarzen Rauchfäden schlangen sich um sein Tattoo und krochen unter sein Hemd. Ich sah, wie zwischen seinen Schultern die kaum sichtbaren Schatten seiner Flügel zu wabern begannen und lächelte. Das Licht zu lieben war leicht, doch es war eine Herausforderung, die Dunkelheit zu lieben, die Schatten und die Finsternis. Und in diesem Moment wusste ich, dass ich bereit war, diese Herausforderung anzunehmen.

Wir entschieden, uns ein wenig auszuruhen und die erhöhte Lage des Felsplateaus war für diese Zwecke mehr als günstig. Meine Freunde waren sofort bei mir gewesen, als ich wieder festen Boden unter meinen Füßen spürte. Selbst Tama hatte sich neugierig zu uns gesellt. Lediglich Liev und Nox wahrten einen gewissen Abstand, wenngleich ich Nox' Blick unentwegt auf mir spürte.

»Du hast sie kontrolliert, Ria, jede einzelne Bewegung deiner Magie. Das war großartig.« Ein Hauch von Stolz schwang in Nives' Stimme mit, als er mich behutsam in die Arme schloss.

Ich lächelte. »Ich habe genau das getan, was du mir die ganze Zeit über geraten hast. Ich habe mich auf sie eingelassen.«

Der Gesandte Talvis nickte und trat einen Schritt zurück, um Linnea Platz zu machen, die mir um den Hals fiel und uns beide beinah zu Boden warf.

»Ich bin so unglaublich stolz auf dich! Es ist nicht einfach, seine Kräfte zu kontrollieren, und du hast nicht viel Zeit gehabt. Einfach großartig.«

Dann senkte sie die Stimme und flüsterte so leise, dass nur ich sie verstand: »Und nebenbei bemerkt: Es war wunderschön. Du sahst aus wie ein Engel. Ich habe noch nie einen vergleichbaren Magiestrom gesehen.«

Mein Herz quoll über vor Glück. Linnea ließ mit Hilfe ihrer Energie einen Teppich aus Moos und weichen Gräsern entstehen, sodass der kühle Steinboden zu einem bequemen Lager wurde. Ich setzte mich neben Liev und zog die Knie unter mein Kinn, während der Iluminar mich verschmitzt angrinste.

»Du hast gar nichts gesagt.« Gespielt beleidigt schob ich schmollend die Unterlippe vor.

Liev lachte leise, lehnte sich zurück und stützte sich dabei auf seine Hände. »Ich dachte nicht, dass du etwas Bestimmtes von *mir* hören möchtest. Schließlich habe ich keine dunkle, geheimnisvolle Ausstrahlung und wenn mein Blick schmachtend wirkte, dann entschuldige vielmals, dein Schattenjunge hat einen schlechten Einfluss auf mich.«

Ich stieß ihm meinen Ellbogen in die Seite. »Niemand sieht mich so an«, erwiderte ich, doch Liev schüttelte den Kopf und schnalzte mit der Zunge.

»Tztztz, Magie macht meines Wissens nicht blind, also haben wir hier einen besonders schweren Fall von mangelndem Selbstbewusstsein. Das müssen wir ändern.«

Er reichte mir seine Hand und zog mich auf die Beine. Auf der Seite des Plateaus, die sich nach unten neigte, lagen einige zerklüftete Felsen, als wären sie aus den steinernen Wänden darüber gebrochen und anschließend wahllos verteilt worden. Wir gingen um sie herum und Liev achtete darauf, dass ich weit genug entfernt von der steilabfallenden Klippe stand, ehe er sich zu mir umdrehte, die Arme vor der Brust verschränkt und das Gesicht so ernst, dass ich unwillkürlich lachen musste.

»Ria«, sagte er eindringlich.

Ich verkniff mir ein Schmunzeln und drückte den Rücken durch. »Ja?«

Er legte den Kopf schräg und schien zu überlegen. Seine goldenen Iriden wanderten an meiner Gestalt hinauf und wieder hinab und ich trat verlegen von einem Fuß auf den anderen.

»Ich weiß nicht, wo ich anfangen soll.«

Er hielt inne und ich verschränkte meine Finger ineinander. Ich hatte keine Ahnung, was er vorhatte, und dieser Umstand machte mich zusehends nervös.

»Sag mir, was du an dir selbst schön findest, ganz egal was.«

Ich schluckte und spürte die Wärme in meine Wangen schießen. Es gab nichts, nicht wirklich. Ich mochte meine Augen und die kleinen Grübchen, wenn ich lachte, doch mit Schönheit hatte das meiner Meinung nach nichts zu tun.

Als ich Liev das sagte, hob er die Augenbrauen und trat einen Schritt auf mich zu. Seine Finger legten sich unter mein Kinn, ehe er sagte: »Das hatte ich befürchtet. Du siehst einfach nicht, wie wundervoll du bist, innerlich und äußerlich. Deswegen kannst du auch nicht erkennen, dass dein Auserwählter seine Augen kaum mehr von dir lassen kann. Hat dir noch nie ein Mann gesagt, wie schön du bist?«

Meine Kehle wurde trocken und ich schüttelte langsam den Kopf. Liev zog mich in eine Umarmung und ich lehnte die Stirn an seine Brust. Seine Worte lösten etwas in mir aus und brachen eine Schale auf, die ich fest in mir verschlossen hatte, aus Angst, verletzt zu werden.

»Dann wird es wirklich Zeit. Und jetzt, wo ich es dir gesagt habe, kannst du anfangen es anzunehmen und stolz darauf zu sein. Ich fürchte, dein Schattenjunge wird noch eine Weile brauchen, bis er soweit ist. Aber bis dahin übernehme ich das gerne für ihn.«

Ich lächelte und seine Hand fuhr behutsam über mein Haar.

»Danke«, murmelte ich und schlang meine Arme ein wenig fester um ihn.

»Gern geschehen, Kleines.«

Liev hatte sich nicht still und leise in mein Herz geschlichen, er hatte es lachend und im Sturm erobert und ich war ihm unendlich dankbar dafür.

Einundzwanzig

Nox

Es war still, zu still. Ich saß mit dem Rücken an einen Felsen gelehnt und beobachtete meine schlafenden Freunde. Sky hatte darauf bestanden, mir Gesellschaft zu leisten, aber bereits nach wenigen Minuten waren auch ihm die Augen zugefallen. Ria und Liev waren kurz zuvor zu unserem Lager zurückgekehrt und der Iluminar hatte mir beinah verschwörerisch zugezwinkert. Ich verschränkte die Arme vor der Brust und musterte ihn kühl. Ria wirkte verändert, als würde ihre Magie von innen heraus strahlen. Ich hatte die Schatten gespürt, als ihre Kräfte erwacht waren. Sie bewegten sich noch immer zischend und brodelnd unter meine Haut wie dunkle Schlange auf der Suche nach Nahrung. Ein unwiderstehlicher Sog hatte in meinem Innersten Gestalt angenommen. Ein Sog, der mich zu ihr trieb. Nur unter größter Aufbietung meines Willens konnte ich die Flügel daran hindern, hervorzubrechen und mich in die Luft zu katapultieren. Und ich glaubte, erkannt zu haben, dass Ria es wusste. Sie wusste um das Brennen in meinen Adern, um das kaum zu kontrollierende Verlangen, der Magie nachzugeben und sich fallen zu lassen. Ich seufzte und fuhr mir mit der Hand durchs Haar. Wie lange konnte ich all meine Emotionen noch unterdrücken, sie leugnen, bevor sie mir offensichtlicher entgegensprangen und mich innerlich zerrissen? Nives hatte mir mehr als einmal deutlich gemacht, dass ich meine Kräfte nie würde beherrschen können, wenn ich mir nicht eingestand, dass Ria etwas in mir auslöste.

Ich ballte meine Hand zur Faust und drückte die Nägel so fest in mein Fleisch, dass ein stechender Schmerz meinen Arm hinauf jagte und ich die Zähne zusammenbeißen musste, um nicht laut aufzustöhnen. Unwirsch erhob ich mich und trat leise auf meine Freunde zu. Ria lag an Linneas Seite und ihr rotes Haar hatte sich wie ein Fächer um ihr schmales Gesicht gebreitet. Sie atmete ruhig und gleichmäßig. Ich ging neben ihr in die Knie und betrachtete sie einen Augenblick lang. Ihre Lippen waren leicht geöffnet und eine Haarsträhne lag quer über ihrer linken Wange. Ohne einen weiteren Gedanken zu verschwenden, strich ich sie zur Seite. Die Wärme der Berührung strahlte von ihrer Haut auf die meine und setzte meine Fingerspitzen in Brand.

Mein Puls beschleunigte sich, als Ria die Augen aufschlug und ein Lächeln über ihr Gesicht huschte. Ich wollte meine Hand zurückziehen, doch sie griff danach und setzte sich langsam auf. Dabei war sie mir so nah, dass ich ihren Atem spüren konnte.

»Ich wollte dich nicht wecken«, flüsterte ich. Das Funkeln in ihren grünen Iriden ließ mein Herz stolpern. *»Bring Abstand zwischen euch, jetzt sofort!«,* rief die Stimme in meinem Kopf. Doch ich verharrte auf der Stelle, unfähig, mich auch nur einen Zentimeter zu bewegen. Ich biss mir auf die Lippe und meine Faust grub sich in den weichen moosbedeckten Boden.

»Nox?«

»Ja?«, erwiderte ich rau.

Sie sah mich unverwandt an. »Was bedeutet für dich ›schön‹?« Verlegen hielt sie meinem Blick stand.

»Ich …« In diesem Moment zerriss ein Schrei die Luft, so markerschütternd und schrill, dass ein Schauer meinen Rücken hinablief. Binnen Sekunden waren die anderen wach und Liev schob sich mit gezogenem Degen an Rias andere Seite. Ich wollte nach meinem Dolch greifen, doch ihre Finger umschlossen die meinen. Der Iluminar stieß einen leisen Pfiff aus.

»Vielleicht habe ich mich geirrt, Schattenjunge, und du bist schon weiter, als ich dachte.«

Ria stieß mit ihrer Schulter gegen die seine. Instinktiv verstärkte ich den Druck meiner Hand.

»Was war das für ein Geräusch?«, fragte Sky und ging neben mir in die Knie.

»Es klang wie ein verwundetes Tier«, murmelte ich, während meine Augen fieberhaft die Umgebung absuchten. Das grünliche Leuchten, das die gigantischen Wurzeln erfüllte, flackerte wie das Licht einer erlöschenden Kerze.

»Irgendetwas stimmt hier ganz und gar nicht.« Liev umfasste den Griff seiner Waffe etwas fester.

»Was du nicht sagst«, knurrte ich, als ein zweiter Schrei die Stille teilte und Ria zusammenzuckte. Nives hatte sich vor Linnea geschoben und ich spürte Tamas Anwesenheit in meinem Rücken.

»Wir sitzen hier mitten auf dem Präsentierteller. Lasst uns von diesem Plateau verschwinden, ehe es brenzlig wird.«

Sky nickte mir zu und wir setzten uns langsam rückwärts in Bewegung. Ich spürte ihre schmale Hand in der meinen und wusste, dass, egal was geschah, ich sie dieses Mal nicht loslassen würde. Kaum hatte Tama als Letzte das untere Ende der Wurzel erreicht, riss mit einem lauten Ächzen die Verbindung zwischen Holz und Stein. Die Hochfläche, auf der wir uns eben noch befunden hatten, geriet in Schieflage und begann, sich gefährlich zu neigen. Dickflüssig und zischend tropfte die grüne Flüssigkeit, die das Wurzelgeflecht erleuchtet hatte, vor unsere Füße und brannte faustgroße Löcher in den Felsen. Nives beugte sich vor und ließ einen Zweig vorsichtig in die brodelnde Pfütze fallen. Dieser löste sich auf, bevor er vollständig hatte eintauchen können.

»Was ist das für ein Zeug? Säure?« Sky verzog angewidert das Gesicht.

Der Gesandte Talvis runzelte die Stirn. »Ich habe dergleichen noch nirgendwo gesehen, geschweige denn davon gehört. Wir müssen sehr wachsam sein. Es gab offenbar einen Grund, warum Valarian nicht nach diesen Tunneln gesucht hat.«

Linnea legte ihre Hand auf seinen Arm und Nives ergriff sie, ohne zu zögern.

»Gut, dann halten wir wohl besser Händchen und sorgen dafür, dass wir eng zusammenbleiben«, sagte Liev, ließ seinen Blick zwischen Rias und meinen immer noch verschränkten Fingern und meinen Augen hin und her wandern. Nickte dann und murmelte, als er sich an mir vorbeischob: »Ich vertrau dir, Schattenjunge, lass sie dieses Mal nicht im Stich.«

»Keine Sorge«, erwiderte ich und zog mit einer schnellen Bewegung den Dolch aus meinem Stiefelschaft.

Ria lockerte ihren Griff und sah mich unsicher an. »Wenn ich loslassen soll, musst du es nur sagen.«

Ich erwiderte ihren Blick, schüttelte dann den Kopf und folgte Sky und Liev die bereits vorauseilten.

»Bist du sicher?«, fragte sie, als sie an meiner Seite über den mit Geröll übersäten Boden lief. Ich schwieg. Sie brauchte keinen Ritter, keinen Helden. Sie brauchte ein Monster, einen Schatten zu ihrem Licht. Ein dunkles Grinsen stahl sich in meine Mundwinkel. Ich war bereit, genau das zu sein.

Der Gang war schmaler als der vorherige, aber er lag ebenso in einem schummerigen Dämmerlicht, das es den Augen schwer machte, sich zu orientieren. Die Luft war stickig und meine Atmung ging flach, als würde der Sauerstoff mit Gewalt aus meiner Lunge gepresst. Als das Ende des Tunnels in Sicht kam, blieb Liev plötzlich stehen und sank langsam in die Hocke. Sky, der unmittelbar vor mir lief, tat es ihm gleich.

»Wir sind nicht allein«, murmelte mein bester Freund leise. Ich blinzelte angestrengt gegen das vergleichsweise helle Licht, das durch die gedrungene, kaum fünf Schritte entfernte Öffnung fiel. Ria schnappte nach Luft und der Druck ihrer warmen Finger war beinah schmerzhaft. In dem Gewölbe, das vor uns lag, standen sich zwei Geschöpfe von monströser Größe gegenüber. Sie erinnerten auf den ersten Blick an gigantische Fledermäuse doch ihre Beine waren kräftig und muskulös, ebenso wie die Arme, die in klauenbewehrten, schmalgliedrigen Klauen endeten. Ihre ledernen Schwingen wirkten doppelt so groß wie sie selbst und waren an den oberen Enden mit spitzzulaufenden, stachelartigen Hörnern gespickt. Ihre Haut schien zunächst schwarz zu sein, doch als sich eines der Wesen zur Seite drehte, erkannte ich, dass man geradewegs in ihr Innerstes sehen konnte.

»Großartig. Wie kommen wir an denen vorbei, ohne allzu viel Aufsehen zu erregen?«, fragte Sky.

Liev schüttelte den Kopf. »Ich fürchte überhaupt nicht. Entweder wir kehren um und suchen uns einen anderen Weg oder …«

Ich fasste meinen Entschluss innerhalb weniger Sekunden. Ließ meinen Daumen noch einmal über Rias Handrücken kreisen, ehe ich sie losließ, an Liev vorbei sprang und die offene Fläche betrat.

»Oder wir sorgen für mächtig Wirbel«, hörte ich den Iluminar mit den goldenen Augen sagen, während Sky fluchend aus der Deckung stolperte und mit gezücktem Schwert neben mir zum Stehen kam.

»Nox, was bei den Sternen hast du dir dabei gedacht?«

Ich griff nach dem zweiten meiner Dolche und ließ sie zwischen meinen Finger rotieren. Ich wandte mich zu meinem Freund um. »Nur, dass du noch einrostest, wenn wir das Training jeden Tag ausfallen lassen.«

Sky nickte mir zu und ich wusste, dass er verstand. Ich fixierte die Geschöpfe, die uns inzwischen erspäht hatten und ihre kräftigen Flügel spannten, um gleich darauf mit ihnen die Luft zu teilen. Als Liev hinzutrat bildeten wir ein Dreieck und warteten, halb geduckt mit gezogenen Waffen. Das unheimliche Kreischen der Kreaturen klang schrill in meinen Ohren und ich biss die Zähne zusammen. Sie umkreisten uns und verringerten dabei stetig den Abstand zu unseren Köpfen.

»Sie spielen mit uns. Wir sind für sie nicht mehr als eine leckere Vorspeise«, murmelte Sky und verlagerte das Gewicht von einem auf den anderen Fuß. In diesem Moment stieß die eine Fledermaus hinab, schloss ihre Klauen um die eiserne Schwertklinge und riss sie dem blonden Iluminar aus den Händen. Erschrocken stolperte er zurück und sah auf seinen Unterarm hinab, über den sich ein dünner Streifen roten Blutes zog. Mir blieb kaum Zeit, zu reagieren, als das zweite Wesen auf Liev zu stürzte, ihn ebenfalls entwaffnete und er es nur knapp schaffte, den Krallen zu entgehen, indem er sich seitlich abrollte.

»Zieht euch zurück! Sofort!«, rief Nives und ich spürte einen kalten Luftzug, als er in unsere Mitte trat und Eiskristalle wie blaue Blitze aus seinen Händen züngelten.

»Linnea, versorg Skys Wunde und greift nicht ein, egal was geschieht!«

Die blonde Iluminar war binnen eines Wimpernschlags an der Seite meines besten Freundes und zog ihn in die Deckung zurück. Ein eisiger Wirbelsturm braute sich zu Nives' Füßen zusammen und die Geschöpfe flogen zeternd höher hinauf, um dem Hagel aus gefrorenem Wasser zu entgehen. Ich wusste um die Kräfte meines Freundes, doch hatte ich sie noch nie in vollem Ausmaß zu Gesicht bekommen. Der Wind fuhr unter mein Hemd und zerzauste mein Haar. Ich riss den Arm vor meine Augen, als winzige, vereiste Splitter durch die Atmosphäre peitschten und einen stechenden Schmerz überall dort hinterließen, wo sie auf meiner Haut auftrafen.

Liev griff nach meiner Schulter. »Na los, Schattenjunge, hören wir auf den Herrn des Winters.«

Widerstrebend folgte ich ihm zu Ria und den anderen zurück, die halb in der Öffnung des Tunnels kauerten, aus dem wir getreten waren. Um Skys Wunde wickelte sich eine Reihe fleischiger, grüner Blätter, die einen Geruch nach Erde und Minze verströmten. Die Gesandte Nyars besaß keine Heilkräfte im eigentlichen Sinne, doch ihre mit der Natur verbundenen Magieströme ließen eine Linderung zu, sofern die Verletzung nicht allzu tief reichte.

»Das war mehr als leichtsinnig. Denkt ihr Männer denn nie nach, bevor ihr handelt?«, fauchte sie und schob die blonden Locken hinter ihre Ohren.

Liev rieb seine Handflächen aneinander und zwinkerte ihr zu. »Doch, das tun wir, außer im Kampf und in der Liebe, der Ausgleich für eure Sorgen.«

Linnea schnaubte, verdrehte die Augen und erhob sich. »Ich werde Nives helfen und ihr rührt euch nicht von der Stelle. Falls doch, sorge ich höchstpersönlich dafür, dass ihr es bereut«

Sie funkelte uns wütend an und rannte in den Schneesturm hinein, der ihre Gestalt wenig später nur noch schemenhaft erkennen ließ.

»Niedlich, dass sie glaubt, uns drohen zu können«, grinste Sky und sah mich auffordernd an. Ich zögerte und fing Rias Blick auf. Lächelnd griff sie nach meinen Fingern und zeichnete mit ihrem Daumen Kreise auf meinen Handrücken, wie ich es zuvor bei ihr getan hatte.

»Denk nicht nach, Nox«, sagte sie und ein heißes Kribbeln breitete sich in meinem Körper aus.

»Keine Sorge, ich achte auf sie«, schmunzelte Liev und ich folgte Sky in die eisige, wirbelnde Kälte. Die Kreaturen setzten zur Landung an, als Linnea eine armdicke Ranke aus dem Boden sprießen ließ, die sich in Sekundenschnelle um die Beine der einen Fledermaus wickelte. Flügelschlagend kämpfte sie mit ihren Fesseln.

»Ich übernehme das«, erklang Skys Stimme in meinem Rücken und ich sah, wie eine rotglühende Kugel aus purer Sonnenenergie über seiner Handfläche zu pulsieren begann.

»Das ist für gerade eben, du Mistvieh!« Der Magieball explodierte in einem hellen Funkenregen und versengte einen Teil der schwarz durchscheinenden Haut des Wesens, das einen ohrenbetäubenden Schrei ausstieß. Was die zweite Kreatur rasend vor Zorn auf den Plan rief.

»Nikas, ich lenke sie ab. Du musst dafür sorgen, dass sie ihren letzten Atemzug tut«, rief Nives und Eiszapfen bohrten sich wie die Gitterstäbe einer Gefängniszelle durch den Stein und ließen die Fledermaus irritiert innehalten. Ich atmete tief ein und aus, wandte mich nach rechts und rannte auf die frostige Barriere zu. Trieb die Spitze meiner Dolche in den gläsernen Panzer der Stalagmiten und zog mich an ihnen hoch.

»Versuch auf seinen Hals zu zielen. Die Haut dort scheint besonders nachgiebig zu sein.«

Eine kleine Plattform, gerade so groß, dass ich meine Füße daraufsetzen konnte, erschien in der Luft, unmittelbar vor dem gedrungenen Nacken des Geschöpfes. Schnell schob ich die Waffen zurück in die Stiefel, ging in die Knie und sprang. Schlitternd kam ich auf der Eisscholle zum Stehen, riss den Griff des Dolches aus seiner Halterung und noch ehe die Fledermaus mir ihren massigen Kopf zuwenden konnten, bohrte sich das Metall in die ledrigen Falten ihres Genicks. Sie bäumte sich auf und ich musste mich entscheiden, entweder meinen Dolch freizugeben oder mich auf ihrem Rücken festzuklammern.

»Nikas, wenn sie versuchen sollte zu fliehen, lässt du los. Linneas Magie wird dich auffangen, hast du verstanden?«, brüllte Nives über das klagende Geschrei meines verwundeten Gegners hinweg.

Ich biss die Zähne zusammen und meine feuchten Handflächen rutschten immer wieder gefährlich weit über den Griff meiner Waffe. Ich musste den zweiten Dolch erreichen, sofort! Ich ließ die linke Hand los und schob sie in den Stiefelschaft. In diesem Moment schlugen die Schwingen des Monsters hektisch auf und ab und ich hatte Mühe, mein Gleichgewicht zu halten. Ein Eissplitter bohrte sich in das rechte Auge des Tieres und es warf den Kopf in den Nacken, während die zweite Klinge endlich ihr Ziel fand und warmes Blut meine Arme hinabrann.

»Ich bin so weit. Lass los, Nikas!«, erklang Linneas Stimme weit unter mir. Ich stieß ein tiefes Knurren aus und riss ruckartig die Dolche aus dem Fleisch der Kreatur. Wenige Sekunden lang fiel ich rückwärts dem Boden entgegen, ehe ein massives Geflecht aus Ranken und Zweigen meinen Sturz abbremste. Holzstücke bohrten sich in meine Arme und zerkratzten meine Stirn. Ich wähnte mich bereits in Sicherheit, als die spitzen Krallen der Fledermaus das filigrane Gehäuse um mich herum entzweirissen. Ich hörte Linnea panisch aufschreien und Nives und Sky etwas rufen, das ich nicht verstand. Die Triebe begannen, sich neu zu formen und bildeten eine kokonartige Hülle, während ich mich aufrappelte und versuchte, einen möglichst stabilen Stand zu finden, ehe die Klauen ein zweites Mal Rinde und Äste verbogen, um zu mir durchzudringen. Spitze Reißzähne schnappten nach meiner Schulter und ich konnte gerade so weit ausweichen, dass der heiße Atem des geflügelten Monsters mich lediglich streifte. Fieberhaft blickte ich mich um. Das Geflecht schwebte zu hoch über der Erde, als dass ein Sprung mich gerettet hätte. Vermutlich würde ich mir alle Knochen brechen, doch eine andere Chance gab es nicht. Ich kletterte auf den zerklüfteten Rand des Holzgebildes, schloss die Augen und lehnte mich nach vorn. Die Luft rauschte laut in meinen Ohren und ich versuchte, sämtliche Muskeln anzuspannen, um den unvermeidbaren Aufprall zu überstehen.

»NOX!« Ihre Stimme sandte einen Stromstoß durch meinen Körper und ich sah das Licht ihrer Magie sie umgeben wie eine schimmernde Wolke funkelnder Sterne, aus deren Mitte sich schemenhafte Flügel bildeten. Ich lächelte und in diesem Augenblick hoben ihre Füße vom Boden ab. Wie ein gleißendes Bündel purer Helligkeit flog sie mir entgegen und schloss ihre Arme um mich. Sobald ihre Magie mich berührte, schoben sich die Schatten über meine Haut und das reißende Gefühl auf meinem Rücken ließ die Schwingen aus Dunkelheit im Sekundenbruchteil die Luft zerteilen.

»Was tust du denn? Warum bist du nicht bei Liev, in Sicherheit?«, stieß ich atemlos hervor.

Ria hob den Kopf. »Weil ich nicht nachgedacht habe«, sagte sie, als ich ihre Umarmung erwiderte. Ich presste meine Kiefer zusammen, während der Magiestrom durch meine Adern rauschte und mein Herz stolpern ließ.

»Vertraust du mir?« Meine Hände verkrampften sich spürbar und drückten in den Stoff ihres Pullovers.

Ria nickte und ich zog sie enger an mich, ehe wir im Sturzflug nach unten fielen. Meine Flügel schlossen sich um unsere Körper und hüllten uns einen Käfig aus Dunkelheit. Wir schlitterten über das steinerne Geröll und wirbelten Staub und Eis auf. Ria hatte ihren Kopf an meine Brust gelehnt und ich versuchte, sie, so gut es ging, zu schützen. Ein stechender Schmerz jagte meine Wirbelsäule hinauf und ich stöhnte. Ich schmeckte Blut und hustete. Langsam hob sie den Blick und ich ließ meine Arme sinken, die sich plötzlich bleischwer anfühlten. Behutsam glitt sie von mir hinunter, während sich ihre Augen mit Tränen füllten. Ich wandte mich zur Seite und spuckte einen Schwall Blut auf das graue Gestein.

»Du bist verletzt … deine Flügel …«

Ihre Stimme wurde mit jedem Wort leiser. Ich fuhr mir mit dem Handrücken über die Lippen.

»Ich habe versprochen, dich nie mehr fallen zu lassen«, sagte ich rau und wischte eine Träne fort, die ihre Wange hinabrann.

Ein erneuter Hustenanfall schüttelte mich. Sie lächelte und ihre Fingerspitzen berührten die schwarzen Federn meiner Schwingen, die halb unter Staub und Schutt vergraben waren. Eine glühende Welle schlug urplötzlich über mir zusammen und ließ mich schwindeln. Meine Atmung beschleunigte sich und ein kehliger Laut drang aus meinem Mund. Die Gefühle, die mich in Brand setzten, waren so animalisch, dass ich erschrocken zusammenzuckte. Ria zog ihre Hand zurück und das Glühen ihrer Augen ließ mich vermuten, dass sie etwas Ähnliches gespürt haben musste.

Ein markerschütterndes Kreischen holte uns zurück in die Wirklichkeit. Die Kreatur landete nur wenige Schritte entfernt und ihre Krallen scharrten über den felsigen Untergrund. Ich versuchte, aufzustehen, doch die Spitze meines linken Flügels hatte sich unter einem Stein verkeilt und hinderte mich daran.

»Wirklich? Du hast noch nicht genug?«, zischte Ria und das Licht formte sich in ihren Händen zu etwas, das entfernt an Pfeil und Bogen erinnerte. Sie spannte die Sehne und die Magie bohrte sich funkensprühend in die Brust der Fledermaus und riss sie in Fetzen.

Dann nährten sich Schritte. Sky und Liev tauchten im Dunst aus Blut, Magie und Staub auf. Und während der Iluminar mit den goldenen Augen Ria in eine Umarmung schloss, befreite mein Freund die Schwinge aus dem Geröll und half mir auf die Beine.

»Wie geht es dir? Ist … ist alles in Ordnung?« Sein Blick huschte über die schwarzen Umrisse auf meinem Rücken.

Zähneknirschend griff ich mir an die linke Schulter, während das reißende Gefühl die Flügel verschwinden ließ und die Schatten sich endgültig zurückzogen. »Es sind nur ein paar Kratzer. Was ist mit Nives und Linnea?«

»Nur ein paar Kratzer«, sagte der Gesandte Talvis, als er auf mich zutrat und die Wunde an meiner Schulter inspizierte.

»Das muss schnellstmöglich versorgt werden. Wir sollten uns einen Platz suchen, an dem wir ausruhen können.«

Ich sah zu Ria hinüber, die sich lachend aus Lievs Armen befreite. Sky musterte mich aufmerksam, dann raunte er mir zu: »Wenn ich du wäre, würde mich das nicht kalt lassen.«

»Wieso nicht?«, knurrte ich, wandte mich ab und ging auf die Überreste des Wesens zu, die den Boden mit dunklem Blut und klebrigen Eingeweiden bedeckten.

Es war mir gleichgültig, auch wenn mein Freund etwas anderes behauptete. Liev konnte der Held sein, er schien diesen Part bereits bestens auszufüllen. Die Rolle des Monsters hingegen … Ein qualvolles Ziehen stach in meine Brust und die Dunkelheit floss schwarz und zäh in jeden Winkel meiner Seele. Die Wahl des Schicksals schien gefallen und ein dunkles Lächeln stahl sich auf meine Lippen. Die Finsternis war ein Teil von mir, Valarian hatte mich zu einer Waffe gemacht und eine Waffe brachte keinen Frieden.

Ich ging in die Knie und betrachtete die grün schimmernde Flüssigkeit, die sich mit dem Lebenssaft der toten Fledermaus mischte. Wie hatten diese Tiere in den unterirdischen Höhlen überleben können? Sie mussten sich von etwas ernähren, es war also nur eine Frage der Zeit, bis wir auf etwas stoßen würden, was sich als Beutetier eignete. Ich schob die Spitze meines Stiefels näher an das Gemisch aus roten und grünen Schlieren heran und beobachtete irritiert, wie das leicht zähflüssige Fluid um meinen Schuh herum floss und ihn nicht zischend auflöste, geschweige denn überhaupt berührte. Ich überlegte einen kurzen Moment lang, dann ließ ich meinen Zeigefinger nur Millimeter über der Pfütze innehalten. Augenblicklich legten sich die Schatten wie ein Handschuh aus schwarzem Rauch um meine Hand und ermöglichten mir, die Fingerkuppe gänzlich einzutauchen, ohne dass ich auch nur das Geringste spürte.

»Was bei Sternen ist das?«, flüsterte ich und die Dunkelheit knisterte und raunte, als wollte sie mir antworten.

Ich ließ Nives die Wunde an meiner Schulter notdürftig versorgen, ehe wir das Gewölbe hinter uns ließen und einen Tunnel zu unserer Linken wählten, der abschüssig in die Tiefe führte und dessen Wände von einem feuchten Film überzogen waren. Die Luft roch salzig und wir mussten auf unsere Füße achten, denen es in dem erneuten Dämmerlicht schwerfiel, sicheren Boden zu ertasten. Die Steine waren mit Schlick überzogen und so glatt, dass es ratsam war, sich mit den Händen an den Wänden abzustützen, die so nah beieinanderlagen, dass man nur die Arme ausstrecken brauchte.

»Nikas.«

Ich spürte Tamas Atem in meinem Nacken, bevor sich ihre Finger in mein Hemd gruben und sie sich an meinen Rücken drückte.

»Ich mache mir Sorgen. Woher wissen wir, dass wir diesem Liev trauen können und er uns nicht in einen Hinterhalt führt? Und diese ganze Sache mit Anima scheint mir sehr vage zu sein. Sollte der Rat uns nicht helfen, war alles umsonst, und Valarian hatte genügend Zeit, sich einen Plan zurechtzulegen. Unsere Chancen stehen zurzeit schon nicht besonders gut, aber wenn wir warten, werden sie vielleicht unmöglich werden.«

Ich hielt mitten in der Bewegung inne und ließ meine Freunde sich einige Schritte entfernen, ehe ich mich umwandte und die Beraterin des Königs durchdringend musterte. Tama war meinem Halbbruder immer treu ergeben gewesen, dass sie sich nun gegen ihn stellte, ließ mich stutzig werden. Sie lehnte sich vor und ihre Hände fassten nach den meinen, als sie aus dem Gleichgewicht geriet und stolperte.

»Warum bist du hier?«, fragte ich kühl und entzog mich ihrem Griff. Sie presste die Lippen zusammen und selbst in dem diffusen Halbdunkel sah ich, wie ihre Wangen sich röteten.

»Deinetwegen, Nikas. Ich war unzählige Male kurz davor, Cerradura zu verlassen, doch ich konnte es nicht, weil ich wusste, dass du dort sein würdest. Ich hatte Angst, dich mit ihm allein zu lassen. Er ist so voller

Zorn und Hass auf dich und ich habe bei jedem neuen Auftrag befürchtet, dass ich dich nicht lebend wiedersehen würde. Und dann hast du diese Menschenfrau nach Noom gebracht. Ich wusste von Anfang an, wer oder besser *was* sie war. Aber ich habe geschwiegen, weil ich dich sonst in Gefahr gebracht hätte. Und jetzt muss ich dabei zu sehen, wie du alles für sie riskierst! Für einen Menschen!«

Sie schüttelte den Kopf und ich sah die Tränen in ihren Augen glitzern, die sie nur mit Mühe zurückhalten konnte. »Ich weiß, dass du nicht so für mich empfindest wie ich für dich. Wie ich es von der ersten Minute an getan habe und vermutlich immer tun werde. Du bist meine Schwachstelle, Nikas, und Valarian hat das immer gewusst. Er hat mich Dinge tun lassen … schreckliche Dinge, weil er wusste, dass ich bereit war, alles zu unternehmen, um dich zu schützen. Und *sie*.«

Ihre Hände ballten sich zu Fäusten und der Hass in ihrer Stimme schlug mir brennend heiß entgegen.

»*Sie* bringt dich jedes Mal in Gefahr, wenn sie in deiner Nähe ist. Sie lässt dich leichtsinnig werden. Du bist ein Hunter, Nikas! Deine Entscheidungen waren immer kalkuliert und durchdacht, doch mit ihr triffst du sie aus dem Bauch heraus. Du versuchst, jemand anders zu sein, jemand, den sie lieben könnte.«

»Das reicht!« Meine Hand schoss vor und schloss sich um Tamas Kehle. Der Zorn ließ die Magie in meinen Adern pulsieren und ich biss die Zähne zusammen, als der Drang, ihr jegliche Luft zum Atmen zu nehmen, übermächtig wurde. »Wage es nie wieder, so mit mir zu sprechen, hast du verstanden? Und wenn du Ria zu nahe kommst, wirst du es bereuen.«

Meine Stimme grollte tief wie Donner und ich spürte die Schatten durch meinen Körper vibrieren, als würde die Erde beben. Die Beraterin des Königs keuchte und ich zog meine Finger zurück, während sie an der feuchten Wand hinab rutschte. Ich wandte mich um und die Wut ließ helle Blitze vor meinen Augen tanzen.

»Wenn du erst jemand anders werden musst, um ihre Gefühle zu entfachen, dann hat sie dich nicht verdient, Nikas«, flüsterte Tama. Ich senkte den Kopf und setzte über einen Felsen hinweg, bevor meine Kräfte sich vollständig materialisieren konnten und ich keinerlei Kontrolle mehr über sie hätte.

Wir hatten jegliches Zeitgefühl verloren, als sich vor uns ein Gewölbe öffnete, in dessen Mitte das Wasser eines unterirdischen Sees silbern schimmerte. Die Möglichkeit einer Rast und die Aussicht auf etwas zu essen ließ uns ein Lager auf einem leicht erhöhten Felsvorsprung errichten. Sky und Liev stiegen den leicht abfallenden Hang hinab, um das Gewässer nach Fischen zu durchkämmen. Linnea errichtete mit Rias Hilfe einige Schlafplätze aus Zweigen und Moos, während Tama zwischen den Felsen verschwand, um die Gegend auszukundschaften.

Ich lehnte mich an eine steinerne Wand, als die Gedanken durch meinen Kopf zu wirbeln begannen und meinen Blick wie von selbst in Rias Richtung lenkten. Die Dinge, die die schwarzhaarige Iluminar mir eröffnet hatte, waren mir nicht völlig unbekannt gewesen. Doch die Tatsache, dass sie so offen über ihre Gefühle sprach, machte mich nachdenklich. Ihre Unterstellung, dass ich zu jemandem werden wollte, der es in Rias Augen wert war, geliebt zu werden, brannte wie Gift in meiner Seele. Und das Verlangen, diese nagenden Emotionen aus meinem Innersten heraus zu reißen wie ein unliebsames Geschwür, wurde beinah übermächtig. Meine Fingerknöchel rieben über den kalten Stein, bis die winzigen Risse in der Haut ein eigenartig wohltuendes Ziehen ausstrahlten und ich die kleinen dunkelroten Blutstropfen über meinen Handrücken rinnen sah. Ria trat einen Schritt auf mich zu und ich musterte sie kühl.

»Du musst damit aufhören«, sagte sie leise mit einem Blick auf die zahlreichen Schnitte auf meinen Händen.

»Nein, du musst aufhören.« Die Irritation in ihren Augen amüsierte mich.

»Hör auf damit, etwas in mir sehen zu wollen, was ich nicht bin und nie sein werde. In dieser Geschichte bin ich nicht der Held. Ich bin das Monster und ich habe versucht, dich vor mir selbst zu schützen. Diese Gefühle, die ich jedes Mal sehe, wenn dein Blick mich streift … stell sie ab. Sie führen zu nichts.«

Der verletzte Ausdruck in ihrem blassen Gesicht riss mein Herz entzwei, doch ich verschränkte die Arme vor der Brust und meine Stimme war dunkel und kalt wie Eis: »Ich lasse nicht zu, dass du zu meiner Schwachstelle wirst. Das wirklich Gefährliche an mir ist, dass ich niemanden brauche, und ich habe nicht vor, das zu ändern.«

»Nox …«, ihre Stimme brach.

Ich legte meine Finger unter ihr Kinn und hob es an. Ihre grünen Iriden suchten in den meinen nach der Lüge in meinen Worten. Ich hatte die Wahrheit zu tief in mir verborgen, als dass sie hätte an die Oberfläche treten können. Ein dunkles Grinsen umspielte meine Mundwinkel, als ich meine Lippen ganz nah an die ihren heranbrachte. Das drängende

Bedürfnis, sie in meine Arme zu ziehen und ihrem offensichtlichen Wunsch eines Kusses nachzugeben, ließ mich schwindeln. Doch stattdessen wanderte mein Blick ein letztes Mal über ihren leicht geöffneten Mund, dann trat ich an ihr vorbei und hörte, wie sie zitternd Luft holte. Ich schloss die Augen und ließ die Schatten mein Herz an sich reißen. Die Dunkelheit konnte nicht besiegt werden, jedenfalls nicht ohne das Monster zu zerstören.

Zweiundzwanzig

Ria

Meine Kehle war wie zugeschnürt und ich spürte das Zittern meiner Knie in meinem ganzen Körper nachhallen. Ich sah ihm nicht nach, hielt ihn nicht auf, obwohl mein Herz schrie. Ich wusste nicht, was geschehen war, dass er sich erneut zurückzog. Meine Gefühle waren das Problem? Ich schnaubte. Es waren seine Emotionen, die so widersprüchlich und gewaltig in ihm tobten, dass er nicht anders konnte, als jedes Mal wieder davonzulaufen. Ich wirbelte herum und stürmte auf Liev zu, der mit Sky den schmalen Pfad vom See hinaufkam. In ihren Händen trugen sie mehrere Fische von unterschiedlicher Größe. Ich griff nach dem Nächstbesten.

»Du weißt schon, dass wir diese hoffentlich leckeren Exemplare erst ausnehmen müssen, bevor du sie essen kannst?!«

Ich löste das kleine Messer von seinem Gürtel und lächelte grimmig. »Dann fangen wir besser an, ich verhungere.«

Liev lachte und ich schob jegliche Gedanken an Nox beiseite, als die Klinge den Bauch des Tieres teilte. Doch mein Herz brannte lichterloh.

Du kannst nicht davonlaufen. Ich werde dich finden und dann werde ich dafür sorgen, dass du leidest. Ich werde dir alles nehmen und du wirst mich anflehen, dich sterben zu lassen. Doch zuerst wird er sterben … ich werde meinen Bruder töten und Noom mit seinem Blut tränken und du wirst mir dabei zusehen, Riana. Elirion wird brennen und ich werde aus der Asche steigen und diese Welt zu neuer Größe verhelfen. Wir werden die Menschen auslöschen, so wie sie es damals mit uns tun wollten, aus Habgier und Neid. Ich werde dieses Volk, dein Volk, vergiften und wenn all das geschehen ist, werde ich dein kleines Herz brechen. Ich werde es in tausend Teile zerschmettern und er wird dich nicht retten. Die Hölle kann niemals den Himmel beschützen und der Himmel wird fallen …

Schweißgebadet fuhr ich aus dem Schlaf und meine Augen suchten fieberhaft die Dunkelheit nach ihm ab. Valarians Stimme hallte durch meine Gedanken und ich fror, als hätte sein Geist jegliche Wärme fortgerissen. Das Pochen hinter meinen Schläfen war so schmerzhaft, dass ich mich erhob und stolpernd den Weg zum See einschlug. Ich tauchte meine Hände in das kühle Wasser und benetzte mein Gesicht.

»Du musst lernen, deinen Geist zu verschließen«, vernahm ich eine bekannte Stimme in meinem Rücken und wirbelte erschrocken herum. Aus dem Schatten eines Felsens trat Leodin und das Rascheln seines Gewandes klang unnatürlich laut in der vollkommenen Stille.

»Und bevor du weitere Fragen stellst, sollten wir deine Freunde wecken. Ich habe euch bereits erwartet, wenngleich nicht so bald.«

Seine grauen Augen funkelten verschmitzt.

»Bitte, nach dir.«

Kaum waren wir oben angelangt, als Liev bereits auf mich zu eilte.

»Ria, ich fürchte, wir müssen einige Regeln aufstellen, was das Herumwandern allein bei Nacht angeht.«

Doch das Grinsen auf seinen Lippen gefror, als Leodin mit erhobenen Augenbrauen an meine Seite trat.

»So? Das wird warten müssen, schätze ich. Und zuvor sollte ich dich an die Regeln erinnern, die in Anima gelten und die du alle Hals über Kopf gebrochen hast, um unsere liebe Ria zurück nach Noom zu bringen, dorthin, wo sie in größter Gefahr ist.«

Liev kratzte sich verlegen im Nacken und schwieg, während das Mitglied des Rates ihn finster musterte. Die anderen waren von unserem Gespräch geweckt worden und traten zu uns. Die Gesandten Eilos', Talvis und Nyars deuteten eine leichte Verbeugung an, die Leodin seinerseits erwiderte, während Tama sich neben Nox schob und wie zufällig seinen Arm berührte, ehe ihr abfälliger Blick den meinen fand. Ich lächelte süffisant und konzentrierte mich auf Nives, der sich soeben an den ältesten Iluminar wandte. »Woher wusstet Ihr, dass wir diese Tunnel nach Anima nehmen würden?«

Leodin faltete die Hände vor der Brust und sah dabei so sehr wie ein Gelehrter aus, dass ich nicht anders konnte, als mich von Lievs Schmunzeln anstecken zu lassen.

»Es war der einzige Weg, der eine einigermaßen schnelle und sichere Reise versprach. Wir sollten unsere Unterhaltung jedoch an einem anderen Ort fortsetzen, meint ihr nicht auch?«

Wir brachen auf und zu meinem Leidwesen ließ Leodin Liev nicht aus den Augen, während Nives und Linnea ihn in ein angeregtes Gespräch verwickelten und Sky ihnen nickend beipflichtete. Ich ließ mich einige Schritte zurückfallen und kurz darauf trat die Beraterin des Königs an meine Seite.

»Ich habe mit Nikas gesprochen und es scheint so, als wäre er endlich zur Vernunft gekommen«, sagte sie leise und ich lächelte kalt. Ihretwegen hatte Nox also seine Gefühle erneut verleugnet und der Distanz zwischen uns noch mehr Raum gegeben.

»Ein Mann wie er braucht eine starke Frau und kein Menschenmädchen, das ihm nichts zu bieten hat außer einer kümmerlich ausgeprägten Magie.«

Ich biss mir auf die Lippen und schloss meine Finger blitzschnell um ihr Handgelenk. Meine Nägel gruben sich in ihre Haut, als ich meine Stimme zu einem drohenden Flüstern hinabsenkte: »Ich hatte dich gewarnt. Solltest du ihm zu nah kommen, werde ich dich umbringen. Mir scheint, du hast mich nicht verstanden, also wiederhole ich mich gerne noch einmal: Wenn du Nox von mir fernhältst oder dich ihm körperlich näherst, wird meine kümmerliche Magie dich in Fetzen reißen, wie sie es bereits mit der Fledermaus getan hat. Habe ich mich klar genug ausgedrückt?«

Sie zuckte zusammen. Ich verstärkte den Druck meiner Hand ein weiteres Mal, ehe ich sie von mir stieß und an ihr vorbeitrat. Alles verzehrend loderte der Zorn in meiner Brust und ich wusste, dass ich jedes meiner Worte genauso gemeint hatte.

Die Sonne schob sich rotglühend über den Horizont, als wir die Stufen einer Treppe hinaufstiegen, die grob in den Felsen gehauen war und an deren Ende sich ein breiter Streifen hellen Sandstrands öffnete. Möwen zogen kreischend über unseren Köpfen ihre Kreise und die Wellen des Ozeans brachen sich rauschend an den Klippen der verlassenen Bucht. Wir blinzelten und hoben die Arme gegen die Helligkeit nach dem schummerigen Dämmerlicht des unterirdischen Labyrinths. Ich wäre gerne einen Augenblick länger in der Nähe des Meeres geblieben, hätte meine Zehen in dem warmen Sand vergraben und mich ganz und gar auf den beruhigenden Klang des Wassers eingelassen. Leodin führte uns jedoch weiter hinauf und wenig später betraten wir die lichtdurchfluteten Gänge Animas.

Leises Vogelgezwitscher drang an meine Ohren. Es schien tatsächlich so, als hätte der Rat uns erwartet, denn wir wurden in verschiedene Gemächer geleitet, die alle entlang eines Flures lagen, an dessen Ende sich eine imposante Dachterrasse öffnete. Leodin gab uns Zeit, unsere Kleider zu tauschen und ein Bad zu nehmen, ehe wir uns zur Mittagsstunde im Ratssaal einfinden sollten. Ich schloss die Zimmertür und sah an mir hinab. Erde und Staub klebten überall an mir, ebenso wie getrocknetes Blut, und ich roch entsetzlich.

Vor dem Spiegel im Badezimmer betrachtete ich mich eingehend: Kratzer bedeckten meine Arme und Schläfen und ich hatte blaue Flecken an sämtlichen Stellen meines Körpers. Meine Haare waren in den Längen verknotet und von schwarzem Ruß bedeckt, sodass das sonst kräftige Rot nur schwach schimmerte. Seufzend trat ich unter den prasselnden Regen des Wasserfalls und schloss die Augen, während das wärmende Nass an mir hinabrann und alles fortwusch, bis auf die Erinnerungen der letzten Tage.

Ich lehnte an der Brüstung der weitläufigen Terrasse und ließ die Sonnenstrahlen über mein Gesicht streichen, während der laue Wind sich in meinen Haaren verfing. Ich hatte eine Weile gebraucht, um ganz hinten im Kleiderschrank ein Paar Hosen und ein leichtes Oberteil zu finden, verborgen von all den Kleidern und Röcken. Warum die meisten Frauen, ob menschlich oder Iluminar, es vorzogen, sich dauerhaft lediglich eingeschränkt bewegen zu können, war mir ein Rätsel.

»Na sieh einer an, da steckt ja etwas sehr Ansehnliches unter der meterdicken Schicht aus Schmutz und Dreck.«

Ich schmunzelte, als ich Lievs Stimme vernahm. Das Licht spiegelte sich in seinen Augen und ließ sie funkeln. Er hatte die Ärmel seines Baumwollhemdes aufgekrempelt und seine dunklen Lederstiefel nachlässig geschnürt. Das Amulett Animas hing noch immer um seinen Hals und verschwand unter dem hochgeschlagenen Kragen des Hemdes.

»Danke, gleichfalls«, gab ich zurück.

Er stützte die Arme auf die steinerne Umrandung und blickte auf das glitzernde Meer hinaus. »Du weißt, dass ich dich nie in Gefahr bringen wollte, oder? Ich hätte dich nicht nach Noom zurückgebracht, wenn ich es als zu riskant erachtet hätte.«

Ich schob mir eine Haarsträhne hinter mein Ohr. »Ich weiß. Und bin dir sehr dankbar, vor allem dafür, dass du geblieben bist.«

Liev lächelte. »Nicht doch, Ria, sonst wird dein Schattenjunge noch eifersüchtig.«

Ich schluckte, sah auf meine Fingerspitze hinab und spürte seinen Blick prüfend auf mir ruhen.

»Was hat er getan?«, fragte er leise. Manchmal war dieses Gefühl ungewohnt und vertraut zugleich, wenn er so genau wusste, was in mir vorging, woran ich gerade dachte oder was ich lieber unausgesprochen ließ.

»Tama hat ihm eingeredet, dass er sich zurückziehen soll. Nach dieser Sache in der Höhle mit meiner Magie und dem Kampf dachte ich, dass er etwas weniger distanziert war. Aber dann hat er vergangene Nacht diese Dinge gesagt und ich weiß nicht, ob ich wütend oder enttäuscht bin. Vielleicht beides.«

Ich verstummte. Liev legte einen Arm um meine Schulter und ich lehnte meinen Kopf gegen den seinen. Warum konnte es nicht leicht sein? So leicht, wie die Gespräche mit Liev waren?

»Weil die Liebe ein ewiger Kampf ist, Kleines«, murmelte er, als hätte er meine Gedanken erraten. Ich sah ihn an und zum ersten Mal konnte ich etwas in seinen goldenen Iriden erkennen, dass dort völlig fremd wirkte: Traurigkeit … als wüsste er ganz genau, wovon er sprach.

»Woher …«, setzte ich an, doch der Klang von Schritten ließ mich innehalten.

Wir wandten uns um, als Nox dicht gefolgt von Tama die Terrasse betrat. Mein Herz krampfte sich zusammen. Zeitgleich strömte ein Kribbeln durch meine Adern und ließ meine Gedanken auf Abwege geraten. Er trug wie immer schwarz und über seinem enganliegenden Oberteil ein offenes Hemd mit aufgesetzten Taschen. Seine dunkle Hose steckte in den Stiefeln, von deren Schnürsenkeln er keinen Gebrauch gemacht hatte, sodass die Dolche, die er immer bei sich trug, jetzt an seinem Gürtel hingen. Der Wind zerzauste sein schwarzes Haar und als seine Augen mich kühl musterten, presste ich die Lippen zusammen, um den Laut, der in meiner Kehle steckte, zu unterdrücken.

»Haben wir euch bei irgendetwas unterbrochen?«, fragte die dunkelhaarige Iluminar lächelnd und wies auf Lievs Arm, der noch immer um meine Schultern lag. Nox hob die Augenbrauen und ich sah deutlich, wie sich sein Kiefer verkrampfte. Wenn es ihn doch nicht kalt ließ, wer sich in meiner Nähe aufhielt, warum tat er sich so schwer, diesen Platz selbst einzunehmen?

Instinktiv griff ich nach der Hand meines Freundes, schob mich ein Stück näher an ihn heran und er reagierte augenblicklich: »Bei nichts, was nicht für aller Augen bestimmt wäre, nein.«

Ein Grinsen breitete sich in seinen Mundwinkeln aus und ich dankte ihm im Stillen erneut.

»Was ist los, Schattenjunge? Bekommt dir die Seeluft nicht?«

Nox verschränkte die Arme vor der Brust und knurrte: »Das ist es nicht, was mir Übelkeit bereitet.«

Mein Puls raste, als er mit wenigen Schritten das steinerne Plateau durchmaß und unmittelbar vor uns stehen blieb. Ich drückte den Rücken durch und hob den Kopf. Seine blauen Iriden fanden die meinen und ohne meinen Blick loszulassen, griff er nach Lievs Arm und schob ihn von meinen Schultern.

»Das ist es«, sagte er kalt, wandte sich um und verschwand in den Schatten des Ganges, der zu unseren Zimmern führte. Mein Herz hämmerte gegen meine Rippen, auch noch minutenlang, nachdem Nox verschwunden war. Tama schnaubte verächtlich.

»Gut so, stoß ihn nur von dir weg. Ich werde da sein, um ihn aufzufangen.« Und sie eilte davon, während das Rauschen der Wellen sich in meinen Ohren brach wie Donner.

Die Mittagssonne schien durch die Buntglasfenster des Ratssaals und zeichnete unzählige Regenbögen auf den Boden aus Marmor. Wir hatten in den knospenähnlichen Sesseln Platz genommen, die nun von kleinen verschnörkelten Tischen getrennt wurden, auf denen Gläser und Karaffen mit einer wohlriechenden, weiß schimmernden Flüssigkeit standen. Liev saß zu meiner Linken, Linnea zu meiner Rechten. Sie schenkte mir ein aufmunterndes Lächeln, das ich erwiderte. Ihre blonden Locken hatte sie in einem Zopf zusammengebunden und eine dunkelgrüne Wildlederhose umschmeichelte ihre schlanken Beine. Ihre beige Bluse wurde von einer mit Goldfäden durchzogenen Korsage gehalten und wenn sie in einem Kleid zauberhaft aussah, wirkte sie nun wunderschön. Ich bemerkte, wie Nives' Blick immer wieder über ihre Gestalt huschte und seine Finger vielleicht eine Spur zu energisch um die hölzernen Armlehnen griffen.

Ich beugte mich zu Linnea hinüber und flüsterte: »Nives kann kaum die Augen von dir abwenden.«

Ihre Wangen nahmen einen Hauch rosa an und sie drückte meine Hand. Ich wusste, wie glücklich sie diese winzigen Gesten machten, und sah zu Nox, der mir gegenüber Platz genommen hatte. Als er meinen Blick bemerkte, hob er den Kopf. Seine Augen schimmerten dunkel und sandten eine Gänsehaut meine Arme hinab. Diese plötzliche körperliche Anziehung, die er auf mich ausübte, ließ mich schwindeln und ich war froh, dass ich bereits saß.

»Alles in Ordnung?«, murmelte Liev und ich nickte lediglich. Was hatte sich seit dem Moment in der Höhle verändert, als er mich mit seinen Flügeln geschützt und meine Finger behutsam deren schwarze Federn berührt hatten? Ich erinnerte mich an den Laut, der seiner Kehle entwichen war. Er hatte etwas Raues, Animalisches an sich gehabt, als würde er die Berührung … genießen.

Meine Handflächen wurden feucht und ich versuchte, mich fieberhaft auf etwas anderes zu konzentrieren, doch sein stechender Blick setzte mich innerlich in Brand und ich ballte meine Hände zu Fäusten, um das Zittern meiner Finger zu unterdrücken. Helle Funken meiner Magie krochen über meinen linken Handrücken Ich versuchte, mich unter Kontrolle zu bringen. Lievs Hand schob sich wie selbstverständlich über meine Fingerknöchel und erstickte das Leuchten des Kraftstroms binnen von Sekunden. Irritiert bemerkte ich, dass er seine Kiefermuskeln zusammenpresste und winzige Schweißtropfen seine Schläfe hinabrannen. Etwas Ähnliches hatte er bereits im Wald mit Nox Schatten getan und auch dort schien die Anstrengung ihn geschwächt zu haben. Ich hakte meinen Daumen in den seinen und ein winziges Lächeln huschte über sein blasses Gesicht. Liev mochte keine Magie in sich tragen, aber er besaß eine Fähigkeit, die offenbar ebenso mächtig war und die er um jeden Preis zu verstecken versuchte.

Leodin räusperte sich und aller Aufmerksamkeit richtete sich auf ihn, als er zu sprechen anhob: »Willkommen in Anima. Wir haben euch bereits erwartet. Die Nachrichten, die uns aus Noom erreichen, sind erschütternd. Valarians Gier nach Macht scheint unstillbar zu sein. Ihr seid genau zur richtigen Zeit eingetroffen, denn wir müssen uns vorbereiten, wenn wir den Krieg, der sich bereits am Horizont abzeichnet, überstehen und gewinnen wollen.«

»Wir können nicht gewinnen. Die Hunter sind die größte Armee, die wir in Elirion haben, und sie stehen zu ihrem König«, warf Sky ein.

Die anderen nickten. Leodins Blick ruhte auf mir, ehe er sich an den Gesandten Eilos wandte: »Da magst du recht haben. Aber manchmal kommt es nicht auf die Größe eines Heeres an, sondern auf seine Fähigkeiten.«

»Die Hunter haben ihre Magie zurückerhalten. Sie sind uns also nicht nur mit Waffengewalt überlegen«, sagte Linnea und der grauäugige Iluminar neigte leicht den Kopf, als Nives ihr beipflichtete: »Selbst wenn ihre Kräfte noch nicht gänzlich hergestellt sind, so müssen wir uns darüber bewusst sein, dass weder in Talvi noch in Nyar oder Eilos genügend Krieger zur Verfügung stehen, um Valarian etwas entgegensetzen zu können.«

Diese klaren Worte ließen mich frösteln. Ich hatte mir nie Gedanken darübergemacht, dass wir nicht die Mittel hatten, um den König des Nordens aufzuhalten. Und in diesem Moment wurde nur allzu deutlich, dass meine Freunde, wenngleich sie kaum älter zu sein schienen als ich, in erster Linie eins waren: Ratsgesandte und Vertreter ihrer Reiche. Sie wussten, wovon sie sprachen, ihr politisches und kriegerisches Wissen baute nicht auf Geschichten und Legenden auf wie das meine. Sie besaßen Erfahrung, waren selbst im Umgang mit Waffen ausgebildet worden und hatten über Jahre hinweg gelernt, ihre Magie zu kontrollieren und einzusetzen. Ich befand mich etwa drei Monate jenseits der Grenze und hatte weder den perfekten Umgang mit meinem Bogen noch meine Kräfte gemeistert. Ich würde in einem Kampf jedem von ihnen nichts weiter als eine Last sein.

Lievs Finger strichen behutsam über die meinen und er schüttelte kaum merklich den Kopf. Ich runzelte die Stirn. Woher konnte er wissen, dass ich in Selbstmitleid versank?

Der Iluminar mit der knisternden Stimme, die an altes Papier erinnerte, lächelte. »Nun, ihr vergesst, dass wir bereits über zwei der mächtigsten Krieger in unseren Reihen verfügen. So mächtig wie das Licht und die Dunkelheit selbst.«

Die Stille senkte sich bleischwer über den Saal und ich sah, wie meine Freunde sich kerzengerade aufrichteten.

Nox stütze seine Arme auf die Oberschenkel, hielt den Blick gesenkt und sagte rau: »Nein.«

Linnea holte zischend Luft, doch Leodin kam ihr zuvor. »Ich muss zugeben, dass ich sehr gespannt war, Eure Bekanntschaft zu machen, Prinz Nikas. Doch Ihr verwirrt mich. Müsste es nicht Euer oberstes Ziel sein, die Herrschaft Eures Bruders zu beenden und Noom in ein Zeitalter des Friedens zu führen?«

Nox lächelte kalt und seine blauen Augen bohrten sich in Leodins graue.

»Ihr solltet Euch nicht anmaßen, irgendetwas über mich zu wissen. Und selbst wenn ihr glaubt, dass es lediglich Rias und meine Magie bräuchte, um diese Schlacht zu schlagen, muss ich euch enttäuschen. Meine Dunkelheit würde sie vernichten, sie würde eure Welt in Flammen aufgehen lassen und ich würde dabei zusehen, wie ihr brennt.«

Mir stockte der Atem und das Sonnenlicht, das bis vor wenigen Sekunden durch die hohen Fenster gefallen war, wurde von Wolken verdunkelt, bis es gänzlich schwand. Leodin musterte Nox prüfend und die Muskeln in meinem Körper spannten sich an, als ich sah, wie sich die Schatten über dem Sternenbild auf seinem Unterarm bildeten.

»Es erfordert einen starken Willen, die Finsternis, die Eure Seele heimsucht, zu bannen. Ihr müsst Euch Euren schlimmsten Ängsten und

Schwächen stellen und selbst dann ist der Ausgang dieses Unterfangens völlig ungewiss. Solltet Ihr es jedoch nicht einmal versuchen, sind wir alle verloren. Denn in einem Punkt habt Ihr recht: Wenn Ihr Euch dafür entscheidet, den Schatten nachzugeben, werdet Ihr unser Untergang sein.«

Mein Puls raste und Nox' Blick fand den meinen, ehe er sich langsam erhob.

»Baut Eure Hoffnungen nicht auf etwas auf, das sie Euch in einem Atemzug nehmen kann.«

Seine Schritte hallten durch den Saal, als er auf die Tür zuging.

»Nox!«, rief Sky, doch Leodin schüttelte den Kopf.

»Lass ihn gehen. Der härteste Kampf ist nicht der unseres Geistes, sondern der unseres Herzens.«

Ich spürte, wie Lievs Finger sich lockerten.

»Geh«, murmelte er und ich eilte durch den Raum, ehe mich jemand aufhalten konnte. Kaum hatte ich die Halle hinter mir gelassen, begann ich zu laufen. Ich wandte mich nach rechts und erblickte Nox auf den unteren Treppenstufen, die in einen der kleinen Gärten führte.

»Warte!« Meine Stimme hallte von den steinernen Wänden wider, doch er zuckte nicht einmal zusammen, sondern setzte seinen Weg unbeirrt fort. Meine Stiefel trommelten auf den Boden und ich griff nach seiner Schulter. Das Eisblau seiner Augen verfinsterte sich und meine Hand krallte sich in den Stoff seines Hemdes, in dem irrsinnigen Glauben, dass ich ihn so daran hindern konnte, mich einfach stehen zu lassen.

»Hör auf, davonzulaufen!«, stieß ich atemlos hervor. Ich trat einen Schritt vor und er setzte einen zurück.

»Warum hältst du dich nicht fern von mir?«, knurrte er. Ein weiterer Schritt, vor und zurück.

»Du bist wütend.«

»Ja, macht dir das Angst?« Ein dunkler Ausdruck schob sich in seine Augen.

»Nein, denn unter all dem Zorn versteckt sich nur dein Leid.«

»Nein, unter all dem Zorn ist nichts als Leere. Ein gähnender schwarzer Abgrund, so dunkel, dass selbst die Hölle sich fürchten würde.«

Die Blätter der Bäume rauschten und über den Himmel jagten schwarze Wolken, während der Wind auffrischte. Mein Blick huschte zu dem finster umwölkten Tattoo, während das warme Kribbeln meiner Magie meinen Körper flutete.

»Sieht ganz so aus, als würde dein Held dir dieses Mal nicht beistehen. Was ist das nur zwischen euch?« Er legte den Kopf leicht schräg und stieß mit dem Rücken gegen den Stamm einer Weide, deren Äste tief hinab zur Erde reichten.

Ich stand nun so nah vor ihm, dass ich seinen Atem auf meinem Gesicht spüren konnte und drückte meine Hände auf seine Brust. Ein raues Lachen entfuhr seiner Kehle und vibrierte in meinen Fingerspitzen.

»Du bist eifersüchtig.«

»Nein, Ria, ich bin neugierig. Findest du es nicht merkwürdig, dass ihr euch kaum kennt und er immer dann auftaucht, wenn du in Schwierigkeiten bist? Dass er dir körperlich so nah kommt, wie es nur *ein* Mann tun sollte? Er deine Empfindungen deuten kann und darauf reagiert, ehe du sie wirklich erfasst hast?«

Ich schwieg. Was sollten diese Fragen? War die Freundschaft, die Liev und mich verband, so ungewöhnlich und absurd, dass man hinter jeder Ecke eine Gefahr lauern sah? Gab es nicht diese besondere Verbundenheit, bei der man glaubte, sich bereits eine Ewigkeit zu kennen und einander blind vertrauen zu können? Meine Gedanken schweiften zu Mira und dem Moment, als wir uns kennenlernten, damals, als ich zeichnend unter einem Baum gesessen und sie sich aus Neugier neben mir niedergelassen hatte. Wir hatten über eine Stunde so zusammen verbracht, ohne miteinander zu sprechen. Dann waren wir gemeinsam nach Hause gegangen und Mira hatte gesagt, dass ich jetzt ihre Freundin sei und sie mich von nun an jeden Tag besuchen würde. Natürlich waren wir erst zehn Jahre alt gewesen, aber dennoch hatte es eine Verbindung gegeben, die mit Worten nicht zu beschreiben war.

»Es geht mich nichts an, aber du solltest vorsichtiger sein. Iluminar haben nicht viel mit den Menschen gemeinsam. Die meisten von uns könnten dich manipulieren, ohne dass du es bemerkst.«

Nox griff nach meinen Handgelenken und zog sie von seiner Brust. Ich sah in seine Augen und glaubte, in dem schiefen Grinsen den verletzten Ausdruck erkennen zu können, den er bisher so tief in sich verborgen hatte. Dann schob er sich an mir vorbei und stieg die Stufen hinauf. Und der Wind roch nach gefallenem Regen und einem Hauch Zimt.

Die Abenddämmerung zog über den Horizont und tauchte alles in einen warmen Schimmer. Ich saß am geöffneten Fenster meines Zimmers und beobachtete den Strandabschnitt, an dem sich leise flüsternd die Wellen brachen. Der Versuch, nicht nachzudenken, war kläglich gescheitert und ich fuhr unruhig mit dem Zeigefinger über die hellen Symbole auf meiner Haut. Ich musste lernen, wie man kämpfte. Nicht nur auf dem Schlachtfeld, sondern auch, um mein Herz zu schützen. Meine Entscheidungen wurden nur allzu häufig von meinen Gefühlen beeinflusst. Das war menschlich, doch die magische Seite in mir lehnte sich spürbar dagegen auf und ich musste ihr nachgeben, wenn ich all das, was noch vor uns lag, überstehen wollte. Ich trat auf die Kommode zu, zog ein Paar Handschuhe aus der obersten Schublade, das alles bedeckte bis auf die Fingerspitzen, und streifte es über. Dann band ich meine Haare zu einem strengen Zopf zusammen, tauschte die Bluse gegen ein Baumwollhemd und trat auf den Flur hinaus. Ich klopfte an die Tür am Ende des Ganges und kurze Zeit später öffnete mir der Gesandte aus Eilos.

»Ria, ist alles in Ordnung?«, fragte er und wollte mich hereinbitten, doch ich schüttelte den Kopf.

»Bring mir bei, wie man mit einem Schwert kämpft«, sagte ich und Sky sah mich irritiert an.

»Bist du dir sicher? Linnea meinte, deine Bogentechnik wäre ausgezeichnet.«

Ich nickte grimmig und verschränkte die Arme vor der Brust. »Erinnerst du dich, dass du gesagt hast, ich müsse mindestens eine Nahkampfwaffe beherrschen? Du bist der beste Schwertkämpfer und ich will vom Besten lernen.«

Der blonde Iluminar schmunzelte, griff nach seiner Waffe und warf sie mir zu. »Gut, dass Nox das nicht gehört hat. Komm, aber glaube ja nicht, dass ich dich mit Samthandschuhen anfassen werde.«

Ich grinste und fing das Schwert auf. »Genau deswegen bin ich zu dir gekommen.«

Wir stiegen die Außentreppe hinab und meine Stiefel versanken im weichen Sand, während ich Sky bis zu einem Felsen folgte, auf dem er seine Jacke abstreifte und den Gürtel, in dem seine Klinge gesteckt hatte, ablegte. Ich schob die Ärmel meines Hemdes bis zu den Ellbogen hinauf und umfasste den schweren eisernen Griff mit beiden Händen.

»Warum der Strand und nicht die Terrasse mit der hübschen Aussicht? Ganz einfach, weil der Untergrund wichtig ist. Während du einen Pfeil von überall abschießen kannst, ist ein Schwert zu führen, wenn du nicht auf glattem Stein stehst, eine wackelige Angelegenheit«, erklärte er und hob die Waffe. »Hast du hier einen sicheren Stand, ist der Rest ein Kinderspiel.«

Ich konzentrierte mich und drückte meine Füße tief in den nachgiebigen Boden. Skys Schwert fuhr auf mich nieder und ich riss das meine in einer schnellen, unkontrollierten Bewegung nach oben, um seinen Schlag zu parieren. Es klirrte und ich kniff instinktiv die Augen zusammen.

Der blonde Iluminar lachte. »Das solltest du lieber nicht tun.«

Als ich aufsah, deutete die Spitze seiner Klinge auf meine Kehle. Ich schluckte.

»Niemals wegsehen, niemals deinem Gegner deine Angst zeigen. Wenn du verletzt wirst und noch bei Bewusstsein bist, kämpf weiter. Wer sich ergibt, wird getötet und es wäre schade um deinen hübschen Kopf.« Er zwinkerte mir zu. Ich richtete mich kerzengerade auf und atmete tief ein und aus.

»Bereit?«, fragte Sky. Ich spannte sämtliche Muskeln in meinem Körper an und nickte.

»Ich will nicht, dass du zu meiner Schwachstelle wirst«, erklang Nox' Stimme in meinem Kopf und ich schwang das Schwert krachend hinab, während Sky meinen Schlag abfing.

»Sehr gut, lass die Kraft aus deiner Körpermitte kommen und denk an deine Füße.«

Wieder und wieder erklang das metallische Knirschen von Stahl auf Stahl. Schweiß rann über meine Stirn und ich presste die Zähne zusammen, als der Schmerz des Aufpralls meine Arme hinaufschoss.

»Meine Dunkelheit würde sie vernichten … sie würde eure Welt in Flammen aufgehen lassen.«

Die Schatten in seinen blauen Augen entfachten einen unbändigen Zorn in meinem Inneren und das Blut, das durch meine Adern wallte, verwandelte sich in loderndes Feuer. Glühend legte sich meine Magie über die Waffe in meinen Händen und ließ sie aufblitzen, ehe sie mit der Klinge zu verschmelzen schien und ich in zwei weiteren Zügen Sky rückwärts zu Boden stieß und schwer atmend die Spitze des Schwertes auf seine Brust senkte. Die Augen meines Gegenübers wurden groß. Ich rammte das Heft in den Sand, sank auf die Knie und mein Schweiß mischte sich mit den Tränen, die brennend meine Wangen hinabliefen. Ich spürte die warme Hand meines Freundes auf meinem Scheitel und biss mir auf die Lippen.

»Ria, rede mit mir«, sagte er leise und ich hob den Kopf.

»Ich möchte all das nicht mehr fühlen. Ich will ihn nicht mehr ansehen und mir ausmalen, wie es wäre, an seiner Seite zu sein. Er verletzt mich jedes Mal, wenn er sich zurückzieht, und trotzdem treibt es mich immer wieder in seine Nähe. Was ist nur los mit mir?«

Sky lächelte traurig. »Du liebst ihn und Liebe ist unser größter Dämon, die Schwachstelle, die uns völlig zerstören kann. Nox weiß um diese Schwachstelle. Ihm ist alles genommen worden, Ria, und er kann es nicht ertragen, noch einmal alles zu verlieren. Das ist der Grund, warum er niemanden an sich heranlässt. Der Grund, warum er glaubt, dass er die Dunkelheit verdient hat, dass er sie ertragen muss.«

Ich wischte die Tränen fort. Sky streckte die Hand aus und half mir auf.

»Egal, was das Schicksal für euch bereithält, es sind eure Entscheidungen, die euch leiten, und manchmal ist das Licht nicht die Antwort auf die Finsternis.«

Als ich kurze Zeit später in den weichen Kissen meines Bettes lag, drehte ich mich zur Seite und blickte in den Nachthimmel hinauf. Vielleicht war das Licht nicht die Antwort, aber niemand konnte das Funkeln der Sterne sehen, ohne sich zuvor der Dunkelheit gewiss zu sein.

Dreiundzwanzig

Nox

Das Mondlicht flutete die Gänge Animas mit seinem silbrigen Schein und meine Schritte waren nahezu lautlos. Der Rat verheimlichte etwas und ich machte nicht den Fehler, irgendjemandem blind zu vertrauen.

Als ich um die nächste Ecke bog, bemerkte ich zwei Gestalten, die im trüben Fackelschein kaum zu erkennen waren. Ich schob mich hinter eine der massiven Säulen, die die kuppelartigen Dächer stützten, und lauschte angestrengt. Die knisternde Stimme des ältesten Ratsmitglieds drang an meine Ohren, so leise, dass der Wind sie beinah fortriss.

»Wir hätten diese Information nicht preisgeben dürfen. Es war riskant und sollte sich der Nordprinz gegen uns stellen, wird sich Lumens Tochter ebenfalls zurückziehen.«

Ich legte meine Finger auf die Griffe meiner Dolche, um jegliches Geräusch zu vermeiden, als eine zweite Stimme antwortete: »Es ist notwendig, dass das Licht und die Dunkelheit einander meiden. Sie dürfen sich nicht zu nah kommen, andernfalls gefährden wir die Sicherheit unserer Mission.«

Der Alte seufzte. »Sie ist ihm bereits völlig verfallen. Die menschliche Seite in ihr lässt sich nicht leugnen. Wir müssen verhindern, dass seine Gefühle sich in dieselbe Richtung entwickeln.«

Ein leises Lachen entfuhr der Kehle der Person, die gänzlich in den Schatten verschwand. »Er ist der Nordprinz. Die Dunkelheit hat dafür gesorgt, dass sein Herz erkaltet. Ganz gleich, wie sehr sich unser Menschenmädchen auch bemüht, er wird niemals etwas für sie empfinden. Und das ist unsere Chance. Ein Monster lässt sich nur durch ein weiteres bezwingen.«

Ich spürte, wie mein Puls sich beschleunigte, als sich die Schritte der beiden Männer entfernten. Ich trat um die Säule herum und fand den Gang leer und verlassen vor. Unruhig fuhr ich mir durchs Haar und biss mir auf die Lippen. Dieser Unbekannte hatte nicht zum Rat gehört und offenbar gab es eine Mission, von der weder die anderen Ratsmitglieder noch wir etwas wussten. Einen Plan, um Rias Kräfte lenken zu können, sie in eine Waffe zu verwandeln, damit sie mich töten konnte und das Licht ein für alle Mal über die Finsternis siegte.

»Was tust du hier?«

Ich wirbelte mit gezückten Dolchen herum und fand mich Liev gegenüber, dessen Augen sich erschrocken weiteten. Mit erhobenen Händen trat er einen Schritt zurück.

»Schleich dich nie wieder an, sonst steckt meine Klinge das nächste Mal in deiner Brust«, knurrte ich.

Er grinste. »Charmant, wirklich. Aber ich wüsste gerne den Grund für deinen nächtlichen Spaziergang.«

»Nicht hier«, gab ich zurück und schob mich an ihm vorbei. Er folgte mir und schloss leise die Tür zu meinem Zimmer, dann sah er sich prüfend um.

»Ich hätte nicht vermutet, dass du so ordentlich bist. Hast du in dem Bett überhaupt gelegen?«

Ich funkelte ihn finster an und entzündete die Holzscheite im Kamin. Dann ließ ich mich auf einem der beiden Sessel nieder, während Liev mir gegenüber Platz nahm.

»Was weißt du von dem Plan, Rias Magie in eine tödliche Waffe zu verwandeln und sie gegen mich einzusetzen?«

Die goldenen Augen meines Gegenübers verengten sich zu Schlitzen. »Ist das ein Scherz? Wenn ja, dann hast du keine Ahnung, wie man einen Witz erzählt, Schattenjunge.«

Ich verschränkte die Arme vor der Brust. »Sehe ich aus, als würde ich scherzen? Ich habe gerade den Rat und einen Unbekannten belauscht. Es gibt eine Mission, über die wir nichts wissen, aber da du in Anima aufgewachsen und mehr als plötzlich an Rias Seite aufgetaucht bist, liegt die Vermutung nah, dass du etwas darüber weißt. Wenn dem so ist spuck es aus, bevor ich ungemütlich werde.«

Die Schatten schoben sich drohend über meine Unterarme und ich konnte die Sorge in Lievs blassem Gesicht nur allzu deutlich erkennen.

»Glaubst du wirklich, dass ich euch hierhergebracht hätte, wenn ich von so einem Plan wüsste? Ihr wärt alle in Gefahr. Ria wäre in Gefahr. Dass du mit diesem Umstand mehr als nachlässig umgehst, ist mir klar. Aber mir liegt etwas an ihr.«

Ich lächelte und ließ den Dolch zwischen meinen Fingern rotieren. »In Ordnung, was genau liegt dir an ihr? Erzähl mir davon. Du selbst hast keine Magie, aber Kräfte, die du gut zu verstecken weißt.«

Seine Hände rieben nervös über seine Oberschenkel. Ich beugte mich vor und tränkte die Klinge meiner Waffe mit der Finsternis meines Magiestroms. Liev schwieg.

»Gut, dann sag ich dir, was ich glaube, zu wissen. Du bist nicht zufällig in Rias Leben gestolpert, ganz im Gegenteil. Leodin hat dich beauftragt, sie nach Noom zurück zu bringen und mir dabei auf den Zahn zu fühlen. Du solltest herausfinden, wie stark meine Kräfte wirklich sind. Jedes Mal, wenn sie oder ich uns nicht unter Kontrolle haben, nimmst du dir ein winziges Stück unserer Magie und schwächst uns somit nach und nach. Ich weiß nicht, wie du das anstellst, aber da du selbst auf keinen Magiestrom zugreifen kannst, erleidest du Schmerzen, wenn du mit ihm in Berührung kommst. Und manchmal sind sie so stark, dass du nur mit Mühe bei Bewusstsein bleiben kannst, weswegen du diesen kleinen Ausflug auf deinem Greif unternommen hast.«

Ich lehnte mich zurück und betrachtete Liev mit einem dunklen Grinsen auf meinen Lippen. Sollte auch nur ein Bruchteil meiner Vermutungen der Wahrheit entsprechen, würde ich dafür sorgen, dass diese Augen das Licht der aufgehenden Sonne nicht mehr erblickten. Ich würde ihm meinen Dolch in sein Herz stoßen, noch ehe er wusste, wie ihm geschah. Das Knacken der Holzscheite war für einen Augenblick das einzige Geräusch und ich war beinah versucht, meine Drohung zu wiederholen, als Liev fragte: »Was weiß Ria über deine Vermutungen?«

Ich beobachtete die kleinste Regung meines Gegenübers, studierte die Mimik in seinem Gesicht, nur um sicherzugehen, dass jede Lüge seine letzte sein würde. »Nichts. Ich habe sie lediglich in die richtige Richtung gelenkt. Aber ihr blindes Vertrauen in dich scheint unerschütterlich zu sein. Ihre menschliche Seite wird ihr irgendwann das Genick brechen.«

Ich sah, wie sich seine Hände zu Fäusten ballten, und das wütende Funkeln in seinen Iriden belustigte mich.

»Mir kann sie wenigstens vertrauen. Du hingegen bist so sprunghaft, Schattenjunge, dass es einem schwindelig werden kann. Und was deine Hirngespinste angeht: Ich habe sie zurück nach Noom gebracht, weil sie sich um euch gesorgt hat, um dich besonders. Ja, auch ein schwacher menschlicher Charakterzug. Ihre Gefühle für dich sind so tief, dass ich wissen wollte, wer du bist, und sieh an, du hast sie nicht verdient. Wie ich es mir gedacht habe.«

Ich stieß einen tiefen, kehligen Laut aus, doch Liev wirkte nicht verängstigt, im Gegenteil: Er lachte.

»Was genau macht dich daran wütend, Schattenjunge? Ist es, weil ich recht habe? Du bist so gefangen in deinem Selbsthass, dass du es nicht schaffst, sie an dich heranzulassen. Der König hat dich gebrochen und nun schlägst du jede Hilfe aus, weil du glaubst, all das verdient zu haben.

Und wer weiß, vielleicht stimmt das sogar. Was deine Unterstellung angeht, eine trifft tatsächlich zu: Ich habe in Leodins Auftrag gehandelt, aber nicht, um dich auszuspionieren oder euch zu schwächen, im Gegenteil.«

Der Feuerschein zeichnete scharfe Kanten in seine sonst so weichen Gesichtszüge, während die Dunkelheit kalt meine Adern flutete und das reißende Gefühl auf meinem Rücken so stark wurde, dass ich die Kiefer aufeinanderpresste, um nicht laut aufzustöhnen.

»Es gab vor Jahrzehnten einen Iluminar, der ebenso wie ich ohne Tattoo geboren wurde und somit keiner Magie mächtig war. Er trug jedoch eine andere Kraft in sich. Der Rat nennt sie *Hela*, die Heilung. Was du gesehen hast, als ich deinen Magiestrom berührt habe, ist diese Kraft. Und ja, sie schwächt mich mit jedem Mal, bei dem ich mich dazu hinreißen lasse, sie anzuwenden. Mein Körper wird von der Magie vergiftet und doch ist es meine Aufgabe, Ria und dich zu beschützen.«

Ich runzelte irritiert die Stirn und seufzte, als sich Lievs Finger blitzschnell um meinen Unterarm schlossen. Die Schatten fauchten und zogen sich langsam zurück. Der brennende Schmerz zwischen meinen Schultern verklang und Schweißperlen rannen die Stirn meines Gegenübers hinab, während die Blässe auf seinen Wangen noch heller schimmerte. Ich erhob mich und stieß ihn von mir. Schwer atmend ließ er sich in den Sessel zurücksinken.

»Ich habe dich nicht darum gebeten.«

»Nein, und das würdest du auch nie. Dein Stolz steht dir im Weg, wie sooft. Aber ohne mich würden eure Kräfte euch in kürzester Zeit verzehren. Es gibt in ganz Elirion keine Magie, die mit der euren vergleichbar ist. Damals ist der Iluminar, der *Hela* in sich trug, ebenfalls aufgetaucht, als Licht und Schatten sich gegenüberstanden. Unser Schicksal ist das gleiche, so wie Rias und dein Weg vorherbestimmt ist.«

Liev hustete und fuhr sich mit dem Handrücken über die Stirn.

»Wenn du lügst …«, knurrte ich.

Er drückte sich schwerfällig aus dem Polster und ging langsam auf die Tür zu. »Ich habe dir alles gesagt, was du wissen musst, und ich bitte dich, dieses Geheimnis vor Ria zu bewahren. Ich vertraue dir, Schattenjunge, lass es mich nicht bereuen.«

Er betrat den dunklen Gang.

»Du weißt also, was dich erwartet, was uns erwartet?«, fragte ich. Er wandte sich nicht um und seine Antwort war kaum mehr als ein Flüstern: »Keine Sorge, Schattenjunge, wenn einer sein Leben verliert, bin ich es.«

Die Tür fiel ins Schloss und die Stille schmerzte in meinen Ohren, als hätten Lievs Worte ihre Vollkommenheit ein für alle Mal zerstört.

Meine Muskeln brannten, als sich die ersten Sonnenstrahlen über den dunklen Horizont schoben. Ich trainierte bereits seit Stunden und allmählich überkam mich eine bleierne Müdigkeit, die mich daran erinnerte, dass ich die vergangene Nacht nicht geschlafen hatte und meinen Körper an den Rand des Erschöpfungszustandes drängte.

Ich wollte grade die Dolche zurück in meine Stiefel schieben, als ich keuchend auf die Knie sank und meine Hände gegen die Schläfen presste. *Hallo, kleiner Prinz, hast du mich vermisst?* Wie ein vergifteter Stachel bohrte sich die Stimme in meine Gedanken und ich schloss die Augen, als die Erde sich zu drehen begann. Ein heiseres Lachen flutete über mich hinweg und der Drang, meinen Kopf unter Wasser zu drücken, um das Brennen auszulöschen, war übermächtig. *Wie ich sehe, hältst du noch immer deine Magie zurück. Was hindert dich daran, sich ihr anzuvertrauen, kleiner Prinz? Lass los und gemeinsam können wir Großes vollbringen.*

»Nein …« Stöhnend kippte ich nach vorn und legte meine Stirn auf den kühlen Stein, ehe ein zerstörerischer Schmerz meine Brust teilte. *Du hast sie von dir weggestoßen, du hast ihr kleines Herz zerbrochen und jetzt wird sie dir nicht mehr im Wege stehen. Ergib dich der Dunkelheit, werde zu dem Monster, das du bist.* Ich spürte, wie die Schatten mich einhüllten, und das reißende Gefühl auf meinem Rücken katapultierte mich aus der Wirklichkeit, hinein in einen Strudel so schwarz wie die Hölle selbst. Ein Schrei löste sich aus meiner Kehle und meine Finger kratzten über den Boden, als säßen spitze Krallen an ihren Enden. Ich fühlte, wie Hände nach meinen Schultern griffen, und nahm gedämpft die Stimme meines besten Freundes wahr.

»Nox, ich bin hier. Es ist alles gut, du kannst es kontrollieren. Das bist nicht du, hörst du!«

Ich riss die Augen auf und sah in Skys angsterfülltes Gesicht. Meine Flügel peitschten die Luft zu einem Orkan auf, der sich wirbelnd zu meinen Füßen bildete. Ich grub die Finger in das Hemd meines Gegenübers und riss ihn hoch. Völlig mühelos hielt ich ihn an meinem ausgestreckten Arm nur Zentimeter über dem Boden.

»Nox, ich bin es«, krächzte er. Ich lächelte dunkel und fuhr mir mit der Zunge über die Lippen.

»Ihr werdet damit aufhören, euch mir in den Weg zu stellen, oder ich werde eure kümmerliche Existenz auslöschen, so wie ich es nach und nach mit der seinen tue. Euer Nordprinz wird bald nicht mehr sein als eine Hülle für die Schatten und die Dunkelheit.«

Über Skys Handrücken erschien eine kleine, sonnenförmige Kugel. Ein Grollen erschütterte die Erde. »Du wagst es, mich herauszufordern?«

Die Magie verglühte augenblicklich und ich schleuderte den Iluminar zu Boden, während dunkle Rauchschwaden sich um seine Kehle legten.

»Schattenjunge, Schluss mit den Spielchen.«

Ich wirbelte herum und sah Liev und Ria auf die Dachterrasse eilen. Ein grimmiges Grinsen umspielte Lievs Mundwinkel. Doch mein Blick richtete sich auf ihre grünen Augen, in denen ein Funken Wut zu lodern begann. Ich schlug mit den Flügeln und ein kräftiger Windstoß zwang den Iluminar in die Knie, während Ria sich mit dem Rücken gegen die steinerne Wand presste. Die Schatten schoben sich über Lievs Brust, als er zwischen zusammengebissenen Zähnen hervorpresste: »Ria, komm ihm nicht zu nah. Er ist nicht er selbst.«

Ich brauchte lediglich einen Wimpernschlag, um ihr genau gegenüberzustehen. Sie hob den Kopf und die Magie ließ ihre Iriden leuchten wie gefallene Sterne.

»Willst du mich nicht anflehen, sie zu verschonen? Dich zu verschonen?«, gurrte ich, doch sie lächelte nur kalt.

»Nein, dieses Mal wirst du derjenige sein, der flehen wird.« Sie trat vor und griff nach meinem rechten Flügel. Ein elektrisierender Schauer rann meinen Rücken hinab.

»Was tust du da?«, stieß ich hervor. Atemlos bemerkte ich, dass ihre Hand ein Messer auf Höhe meiner Hüfte beinah sanft durch den Stoff meines Hemds drückte. Die kühle Klinge stach in meine Haut und Ria schob sich so nah an mich heran, dass ich ihren Herzschlag auf meiner Brust spüren konnte.

»Du hast seine Seele vergiftet, ihn ruiniert und ich werde dich ruinieren, König der Nacht. Ein Monster gegen ein Monster.«

Ihre Fingerspitzen fuhren sanft über die schwarzen Federn und das heiße Kribbeln explodierte in meinem Inneren, während die Magie sich drohend aufrichtete, um es im Keim zu ersticken. Ein heiseres Lachen kam über meine Lippen.

»Sieh an, der Himmel hat Feuer gefangen. Und was gedenkst du nun zu tun? Diese animalischen Gefühle in ihm zu wecken, ohne dir über die

Konsequenzen bewusst zu sein, ist mutig, aber völlig aussichtslos. Die Kontrolle über seinen Körper habe ich.«

Die Spitze der Waffe ritzte über die angespannten Muskeln, als Ria den Kopf schräg legte und leise hauchte: »Nicht mehr lange.«

Die Hand verließ die Außenseite meiner Schwingen und wanderte meinen Nacken hinauf, ehe sie sich in meine Haare grub. Ria erhob sich auf die Zehenspitzen und ihre Lippen berührten meinen Hals, keuchend lehnte ich mich ihr entgegen. Die Finsternis pulsierte durch meine Adern wie eine allesverzehrende Welle.

»DU …«, donnerte ich und meine klauenartigen Finger schlossen sich um ihre Kehle. Dann durchstieß das Messer meine Hüfte und ein glühender Schmerz leuchtete weiß vor meinem inneren Auge auf.

»Unterschätze mich nie wieder, *Hoheit*«, zischte sie und der Hohn in ihren grünen Augen war das letzte, was ich sah, ehe meine Welt schwarz wurde.

Mein Körper fühlte sich bleischwer an, als ich die Augen aufschlug. Ich fand mich in einem blütenweißen Bett wieder und die Vorhänge vor den bodentiefen Fenstern bauschten sich in der kühlen Brise, die vom Meer heraufwehte. Die Sonne versank bereits am Horizont und ich rieb mir über die Stirn, ehe ich mich stöhnend aufsetzte. Ich musste den gesamten Tag verschlafen haben. Ein schmerzhaftes Ziehen auf meiner linken Körperseite ließ mich zusammenzucken. Ich schlug die Decke zurück und blickte irritiert auf einen von roten Flecken durchzogenen Verband hinab, der sich um meine Hüfte schlang. Vorsichtig betasteten meine Finger die Mullbinden. Was war geschehen? Ich hatte keinerlei Erinnerung an die vergangenen Stunden. Eine eigenartige Leere füllte meinen Kopf und ich spürte ein dumpfes Pochen hinter meinen Schläfen, als hätte ich mir gehörig den Schädel angeschlagen.

»Du bist wach, endlich. Wie fühlst du dich?« Tama betrat das Zimmer und stellte eine Wasserkaraffe auf die Kommode, ehe sie eilig auf mich zustürzte.

»Es ging mir schon besser. Wie lange liege ich schon hier? Und woher stammt diese Wunde?« Meine Stimme kratzte rau in meiner Kehle.

Die dunkelhaarige Iluminar ließ sich auf das Ende der Matratze sinken und hob fragend die Augenbrauen. »Den ganzen Tag. Du kannst dich wirklich nicht daran erinnern, was passiert ist?!«

Ich schüttelte langsam den Kopf und presste die Zähne aufeinander, als ein glühendes Stechen meine Rippen hinaufjagte.

»Nikas, du …«, setzte sie zu einer Erklärung an, doch eine andere Stimme unterbrach sie jäh.

»Eine unglückliche Trainingsstunde. Wenn Ihr ausruht, solltet Ihr Euch bald besser fühlen.« Leodin schob die runden Brillengläser ein Stück die Nase hinauf und warf Tama einen durchdringenden Blick zu. »Wenn ich dich bitten dürfte, uns allein zu lassen. Ich muss die Verbände erneuern.«

Die Beraterin des Königs erhob sich widerwillig und Leodin griff nach dem blutbesudelten Baumwolltuch.

»Es wird ein wenig brennen, aber keine Sorge, die Verletzung ist nicht allzu tief.«

Ich sog scharf die Luft ein, als der Iluminar einige Tropfen einer bläulich schimmernden Tinktur auf die offene Wunde träufelte. Seine kühlen Finger wuschen das getrocknete Blut und die austretende Wundflüssigkeit sorgfältig ab, ehe er mir einen frischen Verband anlegte. Dann musterten seine grauen Augen mich prüfend.

»Wie fühlt Ihr Euch? Ist irgendetwas … anders als zuvor?«

Ich lehnte mich an das Kopfende des Bettes und meine Brust hob und senkte sich so rasch, als wäre ich gerannt. »Ich weiß nicht, was Ihr mit *anders* meint. Und wieso kann ich mich nicht daran erinnern, wie ich zu diesem Messerstich gekommen bin?!«

Leodin reichte mir einen mit Wasser gefüllten Kelch, den ich gierig an meine Lippen hob und in wenigen Zügen leerte.

»Warum meint Ihr, dass es ein Messer gewesen ist?«, wollte er beinah beiläufig wissen.

»Ich habe in meiner Vergangenheit des Öfteren die Bekanntschaft von Klingen auf meiner Haut gemacht. Oder woher, glaubt Ihr, stammen die Narben?«

Ich zog die Decke ein Stück zur Seite und entblößte meinen Oberkörper, über den sich zahllose, feine weiße Linien zogen. Mein Gegenüber runzelte die Stirn.

»Ich nehme an, dass nicht alle aus einem Kampf heraus entstanden sind?«

Ein schiefes Grinsen huschte über mein Gesicht. »Nein, sie sind Mahnmale für den Ungehorsam gegenüber dem König. Manchmal auch nur für eine andere Meinung oder ein falsches Wort.«

Leodin suchte meinen Blick. »Wenn Ihr mich fragt, sind sie die Trophäen eines großen Herzens.«

Ich lachte rau und betrachtete das dämmrige Blau des Abendhimmels.

»Nives hat mir von Eurem Magietraining berichtet. Es war nicht von Erfolg gekrönt.«

Ich spürte seinen Blick in meinem Nacken, doch ich wandte mich nicht zu ihm um, als ich antwortete: »Das ist eine gigantische Untertreibung. Ich habe keinen Einfluss auf die Dunkelheit, sie beeinflusst mich. Sie kontrolliert mich und ich kann mir nicht vertrauen, wenn meine Kräfte auf die ihren treffen. Ich habe sie verletzt und ich werde es wieder tun.«

Meine Brust schnürte sich zusammen, sodass ich kaum mehr atmen konnte.

»Ria hat gelernt, ihr Innerstes zu akzeptieren. Sie sträubt sich nicht gegen die Stimme ihres Herzens. Das ist der Grund, warum sie ihre Magie zu kontrollieren vermag, und das könnt Ihr ebenso. Ein Monster ist nur ein solches, wenn es nicht lernt, die Dämonen in seinem Inneren zu dulden. Ganz gleich wie dunkel eine Seele ist, sie wäre niemals lebensfähig ohne das Licht. Ihr seid so darauf bedacht, Euer Volk zu schützen, Eure Freunde zu schützen, dass Ihr dabei vergesst, Euch selbst diesen Schutz zu gewähren.«

Ich schloss die Augen und versuchte das hämmernde Klopfen meines Pulses zu ignorieren. Was bezweckte das Ratsmitglied mit seinen Worten? Das Rascheln seiner Robe drang an meine Ohren und ich spürte seine Hand auf meiner Schulter, ehe er sich zum Gehen wandte, nur um dann noch einmal innezuhalten.

»Hoffnung entsteht stets in der Dunkelheit. Vergesst das nie. Und nun ruht Euch aus. Ihr werdet Eure Kräfte dringend brauchen, ganz gleich wie Ihr Euch entscheidet.«

Leise fiel die Tür ins Schloss und die Sterne nahmen ihren Platz am dunklen Firmament ein, während die Nacht heraufzog.

Meine Stirn schlug gegen die Mauer aus kühlem Granit und der pochende Schmerz ließ mich zusammenzucken. Seine Hand holte zu einem weiteren Schlag aus und ich riss wimmernd die Arme über meinen Kopf. »Du wirst es ertragen, Nikas. So wie ich den Schmerz erdulde, den ich deinetwegen erleiden muss.«

Seine Stimme war so dunkel und voller Kälte, dass ich fröstelte. Zitternd ließ ich meine Hände sinken. Sie wirkten so winzig gegen die seinen und waren übersät mit Schrammen und Kratzern wie mein restlicher kleiner Körper.

»Ich habe das nicht gewollt«, flüsterte ich, ehe eine weitere Platzwunde meine Schläfe vor Pein explodieren ließ.

Er ging vor mir auf die Knie und riss mein Kinn in die Höhe. Seine Augen, die beinah die Farbe von Onyx besaßen, funkelten vor Zorn. »Du bist ein Monster, Nikas, und niemand kann ein Monster lieben.«

Tränen brannten in meinen Augenwinkeln und ich presste die Lippen zusammen, um das Schluchzen zu unterdrücken, das in meiner Kehle saß.

»Wenn ich könnte, würde ich dein Leben gegen das ihre eintauschen«, sagte er grimmig und erhob sich.

Ich schlang die Arme um meine Beine und barg das geschundene Gesicht dazwischen. Erst als die schweren Schritte verklungen waren, begann ich zu weinen.

Ich erwachte frierend und sah, dass sich die Decke lediglich noch um meine Füße wickelte. Langsam schwang ich die Beine aus dem Bett und fuhr mir mit der Zunge über die Lippen, als ich einen salzigen Geschmack wahrnahm. Meine Finger fuhren zitternd über meine feuchten Wangen. Tränen … ich stürzte ins Badezimmer und schöpfte mir Wasser ins Gesicht, bis meine Hände taub wurden vor Kälte.

Es war ein Traum gewesen, ein Fetzen aus meiner Erinnerung. Schwer atmend lehnte ich mich gegen die Wand, doch die Bilder ließen sich nicht verdrängen. Ich zerrte mir mein Hemd über den Kopf und eilte barfuß den Flur entlang. Schemenhaft erinnerte ich mich daran, in welchem Saal wir unsere Mahlzeiten eingenommen hatten, wandte mich nach links und stieg die mondlichtbeschienene Treppe hinab. Die schwere Eichenholztür schwang lautlos nach innen und ich betrat im flackernden Kerzenschein den Raum, in dessen Mitte eine lange Tafel einen Großteil des Platzes einnahm. Auf einem Servierwagen schimmerten verschiedene Karaffen, die gefüllt waren mit den unterschiedlichsten Flüssigkeiten. Ich füllte ein Glas und leerte es in einem Zug, während der scharfe Alkohol meine Kehle hinabrann. Ich überlegte einen kurzen Augenblick, nahm dann die bauchige Kristallflasche und trat in die kühle Nachtluft hinaus. Da die Wunde an meiner Hüfte keine Trainingseinheiten zuließ, musste ich einen anderen Weg finden, meine Gedanken zum Schweigen zu bringen.

Die Äste der Laubbäume bogen sich leicht im Wind und Schmetterlinge flogen durch die intensiv duftenden Blumenbeete. Bald befand sich nur noch ein bernsteinfarbener Bodensatz in dem Glasbehältnis und das Blut rauschte durch meine Adern, während der Alkohol mich schwindeln ließ. Ich hatte nie besonders viel dafür übriggehabt, wenn meine Männer sich nach einer erfolgreichen Mission sinnlos betranken, schlechte Witze und noch schlechtere Geschichten erzählten. Die Sinne wirkten benebelt und man machte sich verwundbar, da die Gedanken so berauscht waren, dass sie nur allzu leicht auf Abwege gerieten.

Ich erhob mich und blinzelte, als der Boden leicht zu schwanken begann und ich mich an der Mauer abstützen musste. Ich wusste nicht, wohin mich meine Füße trugen, bis ich an eine Tür klopfte.

»Nox, was tust du hier?«, fragte sie und mein Blick wanderte über ihre schmale Gestalt. Sie trug ein dunkles, wadenlanges Nachthemd aus einem fließenden Stoff und ihre roten Haare fielen in leichten Wellen über ihre hellen Schultern. Sie trat einen Schritt auf mich zu und griff nach meinem Arm, als ich stolperte.

»Hast du getrunken?«

Ihre Stimme klang so erstaunt, dass ich rau auflachte. »Es ging nicht anders, ich konnte nicht schlafen.«

Sie zog mich in ihr Zimmer und bugsierte mich zum Bett. »Und dann ist Alkohol die Lösung?«

Skeptisch hob sie die Augenbrauen und reichte mir einen Kelch Wasser.

»Ich wollte trainieren, aber diese Wunde tut verflucht weh.«

Sie zuckte kaum merklich zusammen und drückte mich in die Kissen. Der Geruch von Rosen umfing mich. »Du solltest dich ausruhen und nicht mitten in der Nacht mit Waffen hantieren.«

Sie schob sich eine Haarsträhne hinter ihr Ohr.

»Das ist das Einzige, was hilft … was schon immer geholfen hat«, murmelte ich und folgte ihr mit meinem Blick, als sie sich neben mir niederließ und die Decke vorsichtig über meine Hüfte legte.

»Was versuchst du durch diese Schmerzen zu betäuben, Nox?«

Ich sah die Traurigkeit in ihren grünen Iriden und lächelte, als ihre Finger die meinen berührten.

»Alles«, sagte ich leise, dann übermannte mich der Schlaf und schloss mich in eine wärmende Umarmung aus Dunkelheit und Stille.

Vierundzwanzig

Ria

Ich verharrte einen Augenblick an Nox' Seite und lauschte seinen ruhigen, gleichmäßigen Atemzügen. Das dunkle Haar fiel ihm in die leicht gerunzelte Stirn und sein Kopf glitt zur Seite, ein wenig tiefer in die Kissen. Vorsichtig zog ich meine Finger zurück und erhob mich. Widersprüchliche Gefühle stritten in meiner Brust. Der Wunsch, ihn von seinen Dämonen zu befreien, ihm all die Schmerzen und Sorgen zu nehmen, doch gleichzeitig auch meine eigenen Verletzungen zu heilen und mein Herz ein wenig mehr zu schützen. Besonders in den Momenten, in denen seine Kälte und die Distanziertheit mir entgegenschlugen wie eine eisige Welle. Ich hätte niemals gedacht, dass ich so viel Zerrissenheit würde fühlen können, doch nun stand ich hier und liebte ausgerechnet den Mann, der für all das verantwortlich war. Seufzend griff ich nach meinem Morgenmantel und schlich auf den Gang hinaus. Wenige Sekunden später klopfte ich an Linneas Tür. Sie öffnete mir augenblicklich und trug noch immer ihre normalen Kleider. Ein Blick auf ihr ordentlich gemachtes Bett bestätigte meine Vermutung, dass sie keineswegs geschlafen hatte.

»Es tut mir leid, aber kann ich dich sprechen?«, fragte ich zerknirscht.

»Natürlich, Ria, immer.«

Sie griff nach meiner Hand und errötete, als ich erstaunt Nives bemerkte, der sich eilig aus den moosgrünen Sofapolstern erhob.

»Ich lasse euch allein. Gute Nacht, Ria«, murmelte er und durchmaß in wenigen Schritten das Zimmer.

Linnea wies auf einen Sessel und während ich Platz nahm, trat sie auf den Gesandten Talvis zu, ließ die Tür jedoch angelehnt, sodass ich ihre leisen Stimmen hören konnte.

»Es tut mir leid, Nives. Ich hoffe, unser Prinz des ewigen Eises ist nicht schuld an ihren schlaflosen Nächten«, flüsterte meine Freundin.

Ich lehnte mich vor und konnte durch den schmalen Spalt erkennen, wie der dunkelhaarige Iluminar eine blonde Locke hinter ihr Ohr schob. Ich presste mir die Hand auf den Mund, um keinen Laut von mir zugeben, als Nives ihre Wange berührte und ebenso leise antwortete: »Sei nicht zu streng mit ihm. Niemand von uns kann sich vorstellen, was

Nikas erleiden musste. Wir sollten ihm Zeit geben, zu vertrauen. Gegen den tiefsten Wunsch unseres Herzens sind wir ohnehin alle machtlos.«

Dann wandte er sich um und Linnea schloss leise die Tür. Ihre Augen leuchteten und ich zog sie in eine Umarmung, die sie seufzend erwiderte.

»Lin, er hat dir gerade seine Gefühle gestanden«, sagte ich und konnte mir ein Schmunzeln nicht verkneifen.

Meine Freundin biss sich auf die Lippen und zog ihre Beine unter ihr Kinn. »Das hat er, oder? Ich weiß nicht, ob ich vor Glück tanzen oder seine Worte schnellstmöglich vergessen sollte.«

Ich lehnte meinen Kopf an ihre Schulter. »Auch wenn es vielleicht unvernünftig ist, weil eure Zukunft andere Wege für euch bereithält: Tanz und wenn du für ihn dasselbe empfindest, lass es ihn wissen!«

Sie zog mich lächelnd auf die Füße und wirbelte mit mir im Kreis herum, bis uns beiden schwindelig wurde, wir lachend auf ihr Bett sanken und nach Luft schnappten. All ihr Glück und ihre Energie kribbelten warm über meine Haut und ich drehte mich auf die Seite, um sie anzusehen, den glühenden Funken in ihren moorgrünen Augen für immer in mein Herz zu schließen.

»Ria, warum bist du so spät noch wach?«, fragte sie ernst und der Kloß in meinem Hals ließ mich schlucken.

»Vielleicht sollte ich dir das ein anderes Mal erzählen. Möchtest du nicht lieber Nives …«

Doch Linnea unterbrach mich. »Nein, das kann warten. Dich bedrückt etwas und du bist meine Freundin. Wenn ich dir helfen kann, tue ich das jederzeit.«

Sie verschränkte ihre Finger mit den meinen und meine Gedanken überschlugen sich. Ich blickte zu dem mit Blumen verzierten Baldachin hinauf und versuchte das aufgeregte Trommeln in meiner Brust zu ignorieren.

»Nox ist vorhin zu mir gekommen. Er hatte getrunken, also habe ich dafür gesorgt, dass er sich hinlegt und ausruht. Meine Wunde scheint ihm Schmerzen zu bereiten, ebenso wie etwas anderes, das er versucht hat, in Alkohol zu ertränken. Ich weiß, dass er seine Blessuren durch Training oder wieder andere Verletzungen zu unterdrücken versucht, aber ich hatte keine Ahnung, wie sehr er leidet. Was ist geschehen? Was hat er erlebt, das all das rechtfertigen würde?«

Wir setzten uns auf und ich schlang die Arme um meinen Körper, als die plötzliche Kälte mir eine Gänsehaut über den Rücken schickte. Linnea sah mich durchdringend an.

»Ich würde dir gerne alles sagen, was du wissen möchtest. Aber das ist Nikas' Aufgabe und sollte er jemals seinen Sturkopf bezwingen, wirst du es von ihm erfahren wollen. Ria, ich weiß, dass du dich zu ihm hingezogen fühlst, und glaub mir, du bist nicht die Erste und vermutlich auch nicht die Einzige, aber in deinem Fall ist die Verbindung eurer Magieströme ein entscheidender Punkt. Würde dieses Band nicht bestehen, hättest du längst Abstand von ihm genommen, nach allem, was zwischen euch vorgefallen ist. Er hat nie jemanden nah genug an sich herangelassen, um sein Herz zu öffnen. Selbst Sky kennt nicht all die Geheimnisse aus seiner Vergangenheit. Was ich damit sagen möchte, ist, dass du ihn nicht retten kannst und dass du es nicht zu deiner Aufgabe machen sollst. All das, was ihm widerfahren ist, hat seine Seele angegriffen und ist schuld an dieser Dunkelheit in seinem Inneren, aber wenn du ihm weiterhin so nah kommst, werden die Schatten auch dich vergiften. In einem anderen Leben, zu einer anderen Zeit könnten sich eure Wege noch einmal kreuzen und euer Schicksal wäre vielleicht ein anderes.«

Langsam erhob ich mich und spürte ein Zittern durch meinen Leib rinnen. »Meine Gefühle sind also nur die Konsequenz aus der Verbundenheit unserer Kräfte?«, fragte ich, ohne mich umzuwenden.

»Ich nehme es an, ja. Ria …«

Ich schüttelte den Kopf und Linnea verstummte. Ohne ein weiteres Wort trat ich auf den dunklen Gang hinaus und die Nacht verschluckte meine Schritte.

Ich schob den beigen Pullover in den Bund meiner schwarzen, ledernen Hose und band meine Haare zu einem Zopf zusammen. Als ich aufsah, bemerkte ich Nox' musternden Blick. Er lehnte an dem unteren Bettpfosten, barfuß und das dunkle Haar vom Schlaf zerzaust. Ich konnte mich nicht daran erinnern, dass er Stiefel getragen hatte oder ein Oberteil unter dem weit aufgeknöpften Hemd.

»Hast du dich ausruhen können?«, fragte ich beiläufig, schob mich an ihm vorbei und griff nach den Handschuhen auf meinem Nachtisch.

»Wo hast du geschlafen?«, wollte er wissen und als ich mich umdrehte, stand er so plötzlich vor mir, dass ich erschrocken zusammenfuhr.

»Herrgott, was soll denn das? Keine Sorge, du hattest das Bett für dich«, murmelte ich und deutete auf das schmale Sofa unterhalb der Fensterfront. Nox lachte und seine eisblauen Iriden fanden die meinen.

»Wer hat gesagt, dass ich besorgt bin?«, entgegneter er rau. Das Blut rauschte in meinen Ohren und sandte ein warmes Kribbeln meine Arme hinab. Ich schluckte und wollte an ihm vorbeitreten, als sich seine Finger um mein Handgelenk legten.

»Was ist passiert? Woher stammt diese Wunde?«

Ich bemühte mich, das lodernde Brennen an der Stelle, an der seine Haut meine berührte, zu ignorieren.

»Ein Trainingsunfall. Leodin meint, dass du dich schnell erholen müsstest. Der Schnitt ist nicht sehr tief.«

Nox hob mein Kinn an und ich hatte keine Wahl, als ihm in die Augen zu sehen, während mein Herz sich schmerzhaft zusammenzog. *»Würde dieses Band nicht bestehen, hättest du längst Abstand von ihm genommen, nach allem, was zwischen euch vorgefallen ist.«* Linneas Stimme erklang in meinem Kopf und ich trat instinktiv einen Schritt zurück.

»Ria, ich möchte die Wahrheit wissen. Ich trainiere, seit ich fünf Jahre alt bin, eine Schnittverletzung hat noch nie dazugehört.«

Das Feuer pulsierte durch meine Adern und mein Blick wurde hart, als ich antwortete: »Sie stammt von mir.«

Er runzelte nachdenklich die Stirn und ich befreite mich aus seinem Griff. *Verschließ dein Herz, lass ihn nicht an dich heran. Es ist besser so.* Dieser Gedanke bohrte sich wie ein Splitter in meine Seele und ich spürte das zaghafte Flattern meiner Magie, doch ich drängte sie grob zurück. Nein, das Schicksal hatte uns nur aus einem Grund zusammengeführt: Damit unsere Kräfte den Krieg, der Elirion bevorstand, beendeten. Wenn ich weiterhin zuließ, dass mein Herz meine Entscheidungen kontrollierte, würde es brechen, es würde in Tausende Teile zerspringen. Nox' Finger verharrte nur Zentimeter von meiner Schulter entfernt, dann schüttelte er den Kopf.

»Das glaube ich dir nicht. Erzähl mir noch eine Lüge, vielleicht überzeugst du mich dann.«

Die Worte lagen bereits auf meinen Lippen und mein Herz setzte für einen Schlag aus, als ich mich abwandte: »Ich liebe dich.«

Mit zitternden Fingern zog ich die Tür ins Schloss, eilte die Treppe hinab und begann zu laufen. Erst als das Rauschen der Wellen sich an den Felsen brach und ich den Sand unter meinen Stiefeln spürte, schlug ich die Hand vor den Mund und schluchzte, während die Tränen unaufhaltsam meine Wangen hinabfielen. Winzige Lichtkugeln tanzten über meine Arme und ich sank auf den feuchten Sand. Es fühlte sich so falsch an, als hätte nicht ich selbst diese Entscheidung getroffen.

Ein merkwürdiges Prickeln erregte in diesem Augenblick meine Aufmerksamkeit. Es kroch von meinen Fingerspitzen über meinen Oberkörper und ließ mich um Atem ringen. Der Boden schien zu vibrieren und zwischen meinen Händen setzten sich die Sandkörner spiralförmig in Bewegung. Ich blinzelte und blickte auf das Meer hinaus, während die Ausläufer des Wassers sich in knisternden Frost verwandelten, ehe sie das Ufer berühren konnten.

»Was geschieht hier?«, murmelte ich, als die Luft aufgepeitscht wurde von unzähligen kleinen Sandstürmen. Sie griffen in mein Haar und die Kälte kroch bis zu meinen Stiefelspitzen, als hätte ich sie gerufen. Ich erhob mich und ging langsam rückwärts, während meine Magie zu flackern begann, als würde es sie Mühe kosten, gegen die Naturgewalten zu bestehen.

»Sie spürt deine Zweifel, deine Angst. Magieströme sind sehr empfindlich und der deine ist es ganz besonders.«

Ich wirbelte herum. Nahe der Felsen stand eine Kapuzengestalt, das Gesicht tief in den Schatten der dunklen Kutte verborgen. Ich schlang die Arme um meinen Körper und trat einen Schritt auf den Fremden zu.

»Es ist besser, wenn du nicht näherkommst. Ich möchte dich lediglich warnen, Riana.«

Die Symbole auf meiner Haut leuchteten auf und tauchten die Szenerie in ein helles, beinah gleißendes Licht. »Woher kennt Ihr meinen Namen? Wer seid Ihr?«

Der Wind riss an dem Stoff der Robe, doch die schwere Kapuze blieb, wo sie war, sodass ich nichts erkennen konnte außer einem Paar schmaler, blasser Finger, die die langen Ärmel nicht gänzlich verdeckten.

»Das spielt keine Rolle. Ich gehöre nicht zum Rat und meine Interessen unterscheiden sich wesentlich von denen der Weisen.«

Ich kniff die Augen zusammen. »Was wollt Ihr dann von mir?«

Die Wolken türmten sich dunkel und bedrohlich am Horizont und der Wind peitschte den Ozean zu schäumenden Strudeln auf.

»Es geht um den Mann, den die Dunkelheit auserwählt hat. Du darfst unter keinen Umständen sein Leben über das deine stellen. Du bist die Tochter Lumens, der letzten Wächterin. Du trägst das Licht in dir und dieses Licht darf nicht in die Hände derer fallen, die es vernichten wollen.«

Ich spürte, wie der Takt meines Herzens sich beschleunigte. »Nox ist keine Gefahr für mich oder für Elirion. Valarian ist derjenige, der einen Krieg heraufbeschwört. Und wir können ihm nur gemeinsam entgegentreten.«

Ein leises Lachen drang aus den Tiefen der Kapuze. »Du irrst dich. Der Nordprinz ist nicht nur deine größte Schwachstelle, sondern auch dein schlimmster Feind. Halte Abstand und vertraue auf keines seiner Versprechen. Die Dunkelheit sucht das Licht nur aus einem einzigen Grund: um es zu zerstören.«

In der Ferne ertönte ein tiefes Donnergrollen und Regentropfen benetzten mein Gesicht. Der Fremde wandte sich um und binnen eines Wimpernschlags war er verschwunden. Ich verharrte völlig regungslos auf der Stelle, während der Regen meine Kleider durchnässte und eine Gänsehaut meinen Rücken hinabrinnen ließ. Ich fuhr zusammen, als sich plötzlich eine Hand auf meine Schulter legte.

»Du läufst weg? Ist es nicht das, was du an mir so sehr verabscheust?«

Seine Augen musterten mich. Die Nässe verfing sich in seinem dunklen Haar und perlte von seinem Kinn hinab. Ich wand mich aus seinem Griff und trat an ihm vorbei. Kalte Tropfen schlugen mir entgegen und ich konnte kaum zehn Meter weit sehen, als ein Blitz den schwarzen Himmel teilte. Er holte mich ein und schob sich genau vor mich.

»Geh mir aus dem Weg. Warum bist du überhaupt hier?« Der Zorn trieb mir die Tränen in die Augen und ich war dankbar dafür, dass sie in dem Unwetter unsichtbar meine Wangen hinabrannen.

»Ist es wegen letzter Nacht? Ich hätte in diesem Zustand nicht zu dir kommen sollen.«

Ich lachte auf, doch es klang so freudlos, dass Nox kaum merklich zusammenzuckte.

»Oh ja, das hättest du wirklich nicht tun sollen. Aber nein, das ist es nicht. Ich habe dich in Schutz genommen, vor Lin und den anderen. Doch jetzt nicht mehr. Ich ertrage es nicht, keine weitere Sekunde.«

Ich ballte die Hände zu Fäusten und sah ihn an. Er runzelte die Stirn und ein seltsamer Ausdruck trat in seine blauen Iriden.

»Was kannst du nicht ertragen?«, fragte er und ich spürte das Zittern sich meiner Stimme bemächtigen, ohne dass ich die Kontrolle darüber erlangen konnte.

»Dieses verdammte Schicksal, das uns aneinander kettet. Deine Ablehnung und dass du mich jedes Mal wieder von dir stößt. Diese Kälte, deine Gegenwart, Nox, ich ertrage sie nicht!«

Ein schmerzhaftes Stechen durchzog mein Herz, während die Gischt tosend die Felsen bedeckte und der Regen sich in Sturzbächen seinen Weg aus den Wolken brach. Die Schatten krochen dunkel über seine Gestalt und ein finsteres Flackern schob sich in seinen Blick.

»Du gibst auf?«, fragte er rau. Ich biss mir auf die Lippen und nickte. Der Sturm riss an uns, die Dunkelheit schluckte jedes Stück Helligkeit und erstickte es im Keim.

»Gut.«

Seine Stimme war so kalt und hart, dass ich kaum zu atmen wagte. Die Flügel auf seinem Rücken lösten sich aus den schwarzen Rauchschwaden und teilten rauschend die Luft.

»Nox …«, flüsterte ich, doch er wandte sich um und verschwand kurz darauf in den brodelnden Gewitterwolken. Schluchzend verharrte ich in dem Strudel aus Finsternis und Kälte und spürte, wie etwas in mir zerbrach.

In meinem Zimmer angekommen wickelte ich mich in eine Decke und setzte mich an die von Blitzen hell erleuchtete Fensterfront. Unruhig türmten sich die Wellen meterhoch auf und brachen krachend über den Strand herein. Ich schluckte und zog den Stoff enger um meine zitternden Schultern. Der Geruch von gefallenem Regen und Zimt hüllte mich ein und ich schloss die Augen. Ein leises Klopfen an der Tür ließ mich herumfahren.

»Ria, kann ich reinkommen?« Lievs Stimme klang gedämpft durch das dunkle Holz.

Ich schwieg und hörte wenig später seine Schritte auf dem blanken Marmor.

»Wo bist du gewesen?«, fragte er besorgt und seine Arme legten sich schützend um mich, ehe er den Baumwollstoff von meinen Schultern nahm und mich auf das Badezimmer zu schob.

»Du musst dich dringend aufwärmen. Ich warte hier.« Widerstandslos trat ich unter den plätschernden Wasserfall, doch die Wärme des Wassers drang nicht durch meine Haut und ich fühlte eine innerliche Leere, wie ich sie seit dem Tod meines Vaters nicht mehr empfunden hatte. Wie in Trance streifte ich mir eine dunkle Hose und einen dick gewebten Pullover über. Meine Augen waren rot gerändert und verquollen und meine Hände bebten, als ich die nassen Haare zu einem Zopf zusammenband. Ich zog die Ärmel des Oberteils über meine Fingerspitzen und verließ das Bad.

Liev hatte die Kerzenleuchter angezündet und im Kamin flackerte ein Feuer. Er trat auf mich zu und reichte mir einen dampfenden Becher. Der Geruch nach Honig und Kräutern kitzelte in meiner Nase. Wir setzten uns auf das Sofa, auf dem ich die Nacht zuvor geschlafen hatte, und ich zog die Beine unter meinen Körper. Eine Müdigkeit ergriff urplötzlich von mir Besitz und ein drückender Kopfschmerz pulsierte hinter meinen Schläfen.

»Was ist passiert, Kleines? Linnea hat erzählt, dass du letzte Nacht bei ihr gewesen bist. Der Schattenjunge war betrunken und ist dann bei dir aufgetaucht? Was wollte er? Tiefsinnige Gespräche führen?«

Ich nippte vorsichtig an der heißen Flüssigkeit. »Ich weiß es nicht. Wir haben nicht viel gesprochen.«

Liev hob eine Augenbraue. »Nein? Gibt es vielleicht etwas, was du mir erzählen möchtest? Habt ihr …«

Ich verschluckte mich und schüttelte eilig den Kopf. Doch die Hitze stahl sich in meine Wangen, ehe ich sie daran hindern konnte. »Ich habe ihm gesagt, dass die Wunde von mir stammt.«

Liev sog scharf die Luft ein und ich drehte den Kelch zwischen meinen Händen.

»Er hat mir nicht geglaubt. Ich wollte mich zurückziehen, doch dann habe ich gesagt, dass ich ihn liebe.«

Das Knacken der Holzscheite klang zu laut in der plötzlich herrschenden Stille. Ich spürte den Blick seiner goldenen Augen in meinem Nacken und sah auf meine Finger hinab.

»Er ist mir an den Strand gefolgt und wollte wissen, warum ich vor ihm davonlaufe. Ich habe zugegeben, dass ich all das nicht mehr ertrage. Dass ich aufgebe.«

Die Tränen fielen lautlos zu Boden und meine Brust wurde so eng, dass ich glaubte, ersticken zu müssen.

»Oh Gott, Liev, es tut so weh … Warum tut es so weh?« Ich lehnte mich an seine Schulter und seine Arme schlossen sich um mich, verbargen mich vor der Dunkelheit und der Kälte, die sich nicht nur in das Zimmer, sondern auch in mein Herz gestohlen hatte.

Ich erwachte ruckartig und mit einem starken Schwindelgefühl. Die Zunge klebte an meinem Gaumen und ich setzte mich vorsichtig auf. Das Gewitter hatte sich verzogen, aber die schwarzen Wolken hingen noch immer über dem von Regen durchtränkten Horizont. Es war schummerig, da die Kerzen verloschen und das Kaminfeuer heruntergebrannt war. Liev runzelte im Schlaf die Stirn.

Ich erhob mich langsam, um ihn nicht aufzuwecken, und trat an das von Tropfen überzogene Fenster. Wir hatten die halbe Nacht miteinander gesprochen, ehe ich vor Erschöpfung eingeschlafen war. Der letzte

Satz meines Freundes klang noch immer in mir nach: »Manchmal ist es nötig, dass zwei Herzen sich trennen, nur um sich darüber bewusst zu werden, wie sehr sie zueinander gehören.«

Ich blickte in den Himmel hinauf und ertappte mich dabei, wie ich nach einem Paar schwarzer Flügel Ausschau hielt. Vielleicht hatte Liev recht oder vielleicht war dies der Augenblick, um sich einzugestehen, dass das Schicksal uns zwar zusammengeführt hatte, aber unsere Wege niemals dieselbe Richtung einschlagen würde. Zwei verschiedene Welten, getrennt durch eine undurchdringliche Barriere. Ich hätte es sehen müssen, doch ich konnte all das nicht vergessen, vielleicht würde es mir nie gelingen.

»Gut, ihr seid da. Wir sollten umgehend anfangen.« Leodin schloss die Tür zur Bibliothek und wies uns an, Platz zunehmen. Sky, Nives und Linnea saßen bereits in einer Sofaecke, die nur schwach erleuchtet wurde, da die Sonne sich beharrlich hinter den Wolken verbarg und der Wind immer wieder neue Regengüsse gegen die bodentiefen Fenster prasseln ließ. Allen drei stand die Sorge ins Gesicht geschrieben, als ich mit Liev auf sie zutrat.

»Wie geht es dir?«, flüsterte Linnea leise.

Ich lächelte matt. »Ich muss einfach eine Nacht durchschlafen, das wird schon wieder.«

Doch das bohrende Gefühl in meiner Brust strafte mich Lügen.

Leodin räusperte sich. »Ich habe Nachrichten aus Noom erhalten, die uns zur Eile drängen. Der König lässt die Grenzen zu Talvi und Nyar bewachen, es kommt niemand ungesehen in das Nordreich hinein oder hinaus. Des Weiteren hat er einen Trupp in das tote Gebiet gesandt und ich kann nur vermuten, was der Anlass dafür sein könnte.«

»Er ersucht die Finsternis um Hilfe.«

Wir wandten uns um. Aus einem der Gänge zwischen den deckenhohen Regalen trat ein blonder Iluminar, dessen Tunika zerschlissen und beschmutzt um seinen schmalen Körper lag.

»Cura«, stieß ich hervor und der Heiler lächelte. Sky erhob sich und die beiden Männer umarmten einander.

»Wie bist du aus Cerradura herausgekommen?«, wollte der Gesandte aus Eilos wissen.

»Mit Hilfe eines ganz besonderen Gefährten.« Ich sah zu Liev, als Cura ihm dankend zu nickte. Er musste Gwyns zu ihm geschickt haben. Leodin erhob das Wort und seine Stimme klang eindringlich.

»Wir dürfen keine Zeit mehr verlieren. Der Krieg steht unmittelbar bevor und wir müssen unverzüglich mit den Vorbereitungen beginnen. Nyar und Talvi sind bereits durch meine Boten unterrichtet worden, ebenso Eilos. Dennoch scheint es unumgänglich zu sein, dass ich die Ratsgesandten der Reiche bitten muss, an ihre Höfe zurückzukehren, um ihr Volk persönlich über die drohenden Gefahren aufzuklären. Ich werde währenddessen Riana lehren, ihre Kräfte zu beherrschen und zu nutzen.«

Mein Herz raste. Die Vorstellung, ohne meine Freunde in Anima zurückbleiben zu müssen, ließ mich frösteln.

Linnea schob ihre Hand in die meine. »Wir werden nicht lange fort sein, das verspreche ich dir.«

Ich nickte, wenngleich sich mein Magen schmerzhaft zusammenzog.

»Wir brechen noch heute auf«, sagte Nives und ich sah, wie Sky den Rücken durchdrückte, ehe er ihm beipflichtete.

»Der Rat wird für eure Sicherheit sorgen. Liev unterrichte Talbot und Menowin über unsere Pläne und bereite die Greifen vor. Dann begleitest du Riana in die Katakomben, ich werde dort auf sie warten.«

Wir verließen die Bibliothek, doch Cura legte seine Finger auf meine Schulter, ehe ich den anderen folgen konnte, und hielt mich zurück. Als die Schritte verklungen waren, blickte ich ihn abwartend an.

»Bitte entschuldige, aber ich muss mit dir sprechen. Es geht um Noom und um Nikas.« Ich führte den blonden Iluminar die Treppe hinauf und öffnete die Tür zu meinem Zimmer. Cura trat ein und wir setzten uns einander gegenüber vor den wärmenden Kamin.

»Ich hatte angenommen, ihn in deiner Nähe anzutreffen.«

Seine Augen musterten mich eindringlich. Ich schluckte und spürte ein unsagbar schweres Gewicht auf meiner Brust lasten.

»Nein, es ist … kompliziert«, murmelte ich.

Der Heiler hob interessiert die Augenbrauen. »Nun, es ist sicherlich nicht einfach, ein solches Schicksal zu meistern, noch dazu mit einem beinah Fremden. Dennoch schien es mir so, dass eure Verbindung tiefer reichte, als es durch eure Kräfte den Anschein hatte. Irre ich mich?«

»Vermutlich nicht, was mich angeht.« Ich verknotete meine Finger ineinander und hob den Kopf, als ich Cura leise auflachen hörte.

»Oh, glaube mir, Ria, was Nikas angeht ebenso wenig. Er hat eine schwierige Art, das zu zeigen, da stimme ich dir zu. Dennoch würde er, ohne zu zögern, sein Leben gegen das deine eintauschen. Er hat sich verändert, seit du in Elirion bist.«

Seine grünen Iriden fingen meinen Blick auf und ein Lächeln umspielte seine Mundwinkel. Die Röte schoss in meine Wangen und ich spürte das Kribbeln meiner Magie in jedem Winkel meines Körpers. Hatte ich doch geglaubt, dass es mir gelungen war, mein Herz zu verschließen und ihn gehen zu lassen, bewiesen mir dieser Augenblick und Curas Worte genau das Gegenteil.

»Aber ich bin hier, um dich zu warnen. Ich war lang genug in Valarians Diensten, um zu wissen, dass er niemals all seine Machenschaften gänzlich preisgeben würde. Der Krieg, der sich in Noom zusammenbraut, ist erst der Anfang. Die Mächte jenseits des toten Gebiets, jenseits Nihils sind so viel dunkler und mächtiger als alles, was der König den Reichen entgegensetzen könnte. Und diese Finsternis hat dem Plan Valarians lediglich aus einem Grund zugestimmt: Sie will das Licht zerstören und die Kontrolle über Nikas' Magie erlangen.«

Die Flammen des Kamins züngelten hoch, das Holz brach knackend und Funken sprühend in sich zusammen.

»Ria, ohne dich werden die Schatten leichtes Spiel haben. Eine Seele wird nicht dunkel geboren, sie wird vergiftet, nach und nach, bis sie irgendwann nicht mehr imstande ist, sich dagegen aufzulehnen, bis es leichter ist, die Finsternis zu akzeptieren, als gegen sie anzukämpfen.«

Die Symbole auf meinen Armen begannen zu glühen und die Wärme schob sich schützend über meine kühle Haut. »Ich kann nichts dagegen tun. Es tut mir leid. Er lässt mich nicht an sich heran, er wird es nie und ich ertrage den Schmerz nicht, den er jedes Mal in mir auslöst.«

Ich ballte die Hände zu Fäusten und der Regen trommelte gegen das dünne Glas der Fenster. Der Heiler erhob sich langsam und trat einen Schritt auf mich zu, ehe er seine Handflächen behutsam auf meine Schultern legte.

»Vielleicht hat er ebenso viel Angst vor der Dunkelheit wie du. Vielleicht versucht er, seine Gefühle zu schützen, so wie du jetzt versuchst, die deinen zu schützen. Wir vergessen, dass, ganz gleich, was wir sagen oder tun, unsere Augen mehr von uns preisgeben, als wir ahnen. Und seine Augen haben mir alles über dich verraten, was ich wissen musste, um dich darum zu bitten, zu kämpfen. Nicht für Elirion oder Noom, sondern um euretwillen. Für die Magie, die euch verbindet, nicht für eure Kräfte.«

Dann wandte er sich um und verließ den Raum, doch seine Worte hallten nach, als wollten sie mich daran erinnern, wie sehr ich mich geirrt hatte.

Fünfundzwanzig

Nox

Der Sand fühlte sich rau zwischen meinen Zehen an, während der Wind den Regen unbarmherzig auf meine Flügel niederprasseln ließ. Sie hatten sich schützend um mich gelegt und waren, obwohl die Schatten nur noch schwach in meinen Adern pulsierten, nicht verschwunden.

»Ich ertrage deine Gegenwart nicht, Nox.« Ihre Stimme echote wieder und wieder durch meine Gedanken und presste mir die Luft aus der Lunge, bis ich keuchte. Ich hatte Nähe nie ertragen können, hatte mir stets bewusstgemacht, dass ich dadurch der Einzige war, der mir Leid zufügen konnte. Doch nun schien mein Herz in Flammen zu stehen und diese Schmerzen, die sich durch mein Innerstes brannten, hatte ich noch nie empfinden müssen. Sie ließen mich schwindeln und drängten mich immer näher an den bodenlosen Abgrund, an dessen Rand ich schon mein halbes Leben lang stand. Ich grub meine Finger in das nasse Haar. Warum sah sie mich so an, wie es sonst niemand tat? Was glaubte sie, zu sehen, was ich selbst nicht wahrnahm? Nein, ich durfte diese Emotionen nicht zulassen. Ich würde sie verlieren, wie ich alles verloren hatte, was mir etwas bedeutet hatte.

»Nikas?«

Ich wandte mich um. »Cura?«

Meine Stimme kratzte und während der Heiler langsam durch das Unwetter auf mich zukam, konnte ich sehen, wie sehr er unter Valarian gelitten hatte. Sein Körper war so schmal, dass die Tunika ihn umwehte wie eine unförmige Decke. Die Wangen waren blass und seine Augen von tiefen Schatten gezeichnet. Prüfend betrachtete er meine mit schwarzen Federn bedeckten Schwingen.

»Imposant. Ich sehe, deine Kräfte sind nicht mehr gänzlich unkontrollierbar?!«

Er schlug die Faust gegen seine Brust und neigte leicht den Kopf. Ich folgte seiner Geste.

»Ich bin noch weit davon entfernt, mich beherrschen zu können.«

Wie zur Bestätigung drehte der Wind und wühlte das Meer auf, sodass Cura seinen Arm vor das Gesicht hob, um die brodelnde Gischt abzuwehren.

»Nun, ich fürchte, dazu bedarf es mehr als nur den reinen Willen. Magie ist tief mit unseren Emotionen verbunden. Ohne die Akzeptanz auf deiner innersten Ebene wird deine Kraft weiterhin aus dir herausbrechen, wenn du am verwundbarsten bist.«

»Ich ertrage es nicht, keine weitere Sekunde.«

Die Wellen türmten sich meterhoch auf und schlugen tosend gegen die Felsen, als ihre Stimme durch meine Gedanken zuckte wie ein glühender Blitz.

»Ich werde ihr nie wieder zu nah kommen.«

Der Wind riss an Curas Kleidern, während sich die Flügel erneut enger um mich legten.

»Nein, Nikas, das schürt die Schatten, weil es nicht deinen wahren Gefühlen entspricht. Siehst du nicht, welche Auswirkungen dein Entschluss bereits hat?«, rief er und ging in die Knie, als die Luft zu heulen begann wie ein wildes Tier. Ich spürte das reißende Gefühl zwischen meinen Schulterblättern und die Finsternis durch meinen Blutkreislauf zirkulieren, ehe sie in meinem Kopf explodierte und mir Tränen in die Augen trieb.

»Sie hat mich aufgegeben«, entgegnete ich und der Schwindel riss mich beinah von den Füßen.

»Das hat sie nicht und das wird sie niemals. Wach auf!«

Liev stand plötzlich an Curas Seite und Zorn leuchtete in seinen goldenen Iriden auf. Er trat vor und legte seine Hände auf meine Schultern. Der Regen ließ augenblicklich nach, ebenso wie der Wind, und der Ozean zog sich zurück. Ein grimmiges Lächeln schob sich in Lievs Mundwinkel.

»Hör auf, deine Fähigkeit einzusetzen«, knurrte ich.

»Erst, wenn du dir diesen Unsinn aus deinem Sturkopf herausgeschlagen hast. Sie liebt dich, Schattenjunge, bist du wirklich so blind?«

Wärme flutete über mich hinweg und löste die Schatten auf, einen nach dem anderen. Ich packte seine Unterarme und sah ihm in die Augen. »Nenn mich nie wieder Schattenjunge, verstanden?«

Ein heiseres Lachen drang aus Lievs Kehle. »In Ordnung …«

Er blickte mich abwartend an und ich trat an ihm vorbei. »Nox«, murmelte ich, als winzige Sonnenstrahlen zögernd durch die schwarzen Wolken brachen.

Wir brachten Cura zu seinem Zimmer, um dafür zu sorgen, dass er sich ausruhte.

»Die anderen reisen noch heute ab, vermutlich im Schutz der Dämmerung«, sagte Liev, als ich neben ihm die Treppe hinabstieg.

»Ich werde mit ihnen gehen.«

Doch der braunhaarige Iluminar schüttelte den Kopf. »Nein, wir brauchen dich hier und du bist in Anima sicher. Naja, zumindest vorerst. Es sei denn, du stellst irgendetwas Dummes an, dann wische ich dir dein geheimnisvolles Lächeln ein für alle Mal aus dem Gesicht.«

Irritiert zog ich die Augenbrauen zusammen und folgte ihm eine schmale Wendeltreppe hinab.

»Wohin gehen wir?«, fragte ich ungeduldig.

»Vertrau mir, Scha… Nox.«

Das breite Grinsen auf seinen Lippen ließ mich seufzend die Hände in den Hosentaschen vergraben, ehe wir einen schummerig beleuchteten Gang betraten. Das Klirren von Metall auf Stein sorgte dafür, dass sich jeder Muskel in meinem Körper augenblicklich anspannte. Ich beschleunigte meine Schritte, zog im Laufen meine Dolche und dann öffnete sich genau vor uns ein kuppelartiges Gewölbe, in dessen Mitte eine runde Plattform thronte. Eine Buntglasaussparung in der Decke ließ Tageslicht herein. Ich erkannte Ria auf dem leicht erhöhten Plateau. Sie hielt mit beiden Händen den Griff eines Schwertes umklammert und ihr gegenüber stand Leodin, jedoch unbewaffnet.

»Du darfst deinen Fokus nicht verlieren, niemals, hörst du?«, wies das Ratsmitglied sie an, während kugelförmige, blauschimmernde Blasen ihre Gestalt umkreisten und in kaum wahrnehmbaren Bewegungen zischend auf sie niedergingen. Sie riss die Waffe nach oben und azurfarbene Splitter regneten herab, als die Klinge die Kugel teilte.

»Entspann dich, Leodin weiß, was er tut.« Liev klopfte mir auf den Rücken und lehnte sich an eine der deckenhohen Säulen.

»Nicht nachlassen. Schnelligkeit ist ebenso wichtig wie Präzision.«

Ein plötzlicher Windstoß fuhr durch das Gewölbe, hob mein Hemd und zerzauste mein Haar. Ria wirbelte herum und ihre Augen wurden groß, als sie mich erblickte.

»Nox …«, flüsterte sie.

In ihrem Rücken formierte sich ein blaues Wesen, doch sie nahm es nicht wahr. Ein kaum merkliches Schmunzeln erschien auf Leodins Gesicht, ehe die pulsierende Gestalt sich in Bewegung setzte. Ich umfasste die Griffe meiner Dolche ein wenig fester und sprang. Meine Stiefel knirschten über den Steinboden, als ich schlitternd vor ihr zum Stehen kam.

»Nicht ablenken lassen«, knurrte ich und sie nickte mit zusammengepressten Lippen.

»Du rechts, ich links. Jetzt!«, rief ich und ihre Schulter streifte meinen Arm, als wir gleichzeitig zum Angriff übergingen. Scherben zerbarsten um uns herum und für jedes kugelgroße Stück, das wir dem Gegner nahmen, formierten sich neue. Schweiß rann meine Stirn hinab und ich warf einen kurzen Blick in Rias Richtung. Ihre Atmung hatte sich deutlich beschleunigt und ihre Hände zitterten, das Gewicht des Schwertes hatte sie offenbar unterschätzt. Eine Salve von leuchtenden Geschossen hämmerte gegen die stählerne Schneide und sie keuchte. Die Wucht des Aufpralls drückte Ria an den Rand der Plattform, erschrocken blickte sie über ihre Schulter.

»Halte dagegen«, sagte ich, wehrte eine Kugel ab und trat hinter sie. Während die Dolche in meinen Stiefeln verschwanden, griff ich nach ihrer Waffe. Das Wesen schob sie gegen meine Brust und ich biss die Zähne zusammen, als ich die Klinge tief in den blauen Wogen versenkte und die Magie glühend um uns herum explodierte. Das Metall brannte sich heiß in meine Handflächen. Ich ließ das Schwert ruckartig los, verlor das Gleichgewicht und stürzte über den Rand des Plateaus. Meine Arme schlossen sich um Rias Taille und innerhalb von Sekunden bohrten sich die Flügel zwischen meinen Schulterblättern hindurch, legten sich schützend um uns und dämpften den Fall. Ein schmerzhafter Stich jagte meine Wirbelsäule hinauf und ich schnappte nach Luft. Vorsichtig drehte Ria sich herum und stützte ihre Hände neben meinem Kopf auf. Das rote Haar fiel wie ein Vorhang um ihre erhitzten Wangen.

»Was tust du hier?«, fragte sie leise.

»Aufpassen, dass du bei deinem Training nicht geköpft wirst«, grummelte ich. Ihr Atem strich über mein Gesicht und sie war mir so nah, dass ich das sternenförmige Feuermal auf ihrer rechten Schläfe deutlich erkennen konnte, ebenso wie das bernsteinfarbene Funkeln das kreisförmig um ihre Pupillen herumlag.

»Ich hätte das sehr wohl auch alleine geschafft«, murmelte sie und ich grinste spöttisch.

»Danach sah es aber nicht aus.«

Sie schlug ihre Faust entrüstet gegen meine Brust und ich hustete. »Wirklich? Das gerade hat mir vermutlich mehr wehgetan als dir, Nordprinz.«

Ein feuriger Ausdruck trat in ihre Augen. Ich legte meine Hände auf ihre Hüfte und hob sie von mir herunter. Dann setzte ich mich auf und klopfte mir den Staub von meinem Hemd. Ria schob sich eine Haarsträhne hinter ihr Ohr.

»Danke.«

Ich spürte das reißende Gefühl auf meinem Rücken, als die Schwingen sich zurückzogen.

»Ich wüsste nicht, wofür«, entgegnete ich und die Wärme flutete über mich hinweg, als ihre Fingerspitzen über das Sternenbild auf meinem Unterarm glitten.

»Doch, das weißt du, Nox.«

Sie wandte sich um und ein zweideutiges Lächeln umspielte ihre Mundwinkel. Ich schob die Hände in meine Hosentaschen, trat ganz nah an ihr vorbei und flüsterte: »Das war nicht sehr überzeugend.«

Ich sah, wie sich die Gänsehaut auf ihren Armen ausbreitete und fragte mich, warum mein Innerstes so sehr aus dem Gleichgewicht geriet, wenn ich in ihrer Nähe war.

»Nun, es freut mich, dass Ihr unserem Training beiwohnt, Nikas. Und es zeigt einmal mehr, wie deutlich die Verbindung zwischen Licht und Schatten zu sehen ist. Dieser instinktive Drang, sich gegenseitig zu beschützen, ist nur ein kleiner Teil der Bindung, durch die eure Magieader geschaffen wurde.«

Der Klang von Leodins Stimme riss mich aus meinen Gedanken. Ich verschränkte die Arme vor der Brust.

»Das zeigt nur, wie unerfahren sie ist und dass sie sich leicht ablenken lässt.«

Das Ratsmitglied schmunzelte. »Möglich, oder es zeugt von Rianas Vertrauen in Euch.«

Ich blinzelte. Diese Tatsache schien so unmöglich zu sein wie die Erkenntnis, dass die Wärme, die ich in ihrer Anwesenheit spürte, etwas mit tieferen Emotionen zu tun haben könnte. Meine Finger glitten zu den Dolchen in meinen Stiefeln und Leodin runzelte erstaunt die Stirn.

»Solltet Ihr recht haben, spricht nichts dagegen, dass ich sie im Nahkampf ausbilde.«

Der Iluminar zögerte und ein Seitenblick auf Ria genügte, um auch in ihren Augen eine gewisse Skepsis erkennen zu können. Ich ließ die Klingen in meinen Händen rotieren und beobachtete sie aufmerksam. Das Gerede über eine Verbindung und unser gemeinsames Schicksal ließ die Schatten unter meiner Haut kriechen und die Wut sich wie ein fester Knoten in meinem Magen zusammenschnüren.

Sie hob den Kopf. »Beginnen wir heute Abend. Und Nox: Unterschätze mich nicht.«

Sie nickte Leodin freundlich zu, drehte sich auf dem Absatz um und verließ das Gewölbe. Liev lachte.

»Achtung, Schattenjunge, nicht dass du deine felsenfesten Prinzipien noch über Bord wirfst.«

Ich funkelte ihn düster an, doch etwas hatte soeben den Takt meines Herzschlags unwillkürlich beeinflusst und eine leise Stimme flüsterte mir zu, dass Liev wohlmöglich recht hatte. Es schien fast so, als ließen sich diese brennenden Gefühle nicht so leicht unterdrücken, und ich wusste nicht, ob es ausschließlich Sorge war, die ich dabei empfand.

Die Sonne schob sich langsam über den Horizont, wir standen am Strand und Nives drückte meine Schulter.

»Wir werden bald zurück sein. Achte gut auf dich, Nikas, auf euch.«

Sein Blick glitt für wenige Sekunden zu Ria hinüber.

»Ich habe seit unserer Ankunft ein seltsames Gefühl. Sollte sich das bewahrheiten, kontaktiere mich umgehend.«

Der Gesandte Talvis schob einen kühlen Gegenstand in meine linke Hand und schloss meine Faust darüber. Ich nickte.

»Gute Reise und lasst euch nicht allzu viel Zeit.«

Der dunkelhaarige Iluminar lächelte und ging dann auf Liev zu, der mit drei Greifen in einiger Entfernung wartete.

»Du hast dich verändert, Nox.«

Die Stimme meines besten Freundes ließ mich schlucken. Die Verbände um seinen Körper waren entfernt worden, lediglich einige Schrammen auf seinem sonst so fröhlichen Gesicht kündeten noch immer von den Verletzungen, die ich ihm auf der Dachterrasse zugefügt hatte, als die Dunkelheit wieder einmal wie eine schwarze Welle über mich hinweg gespült war.

»Du wirst stärker und irgendwann wirst du es kontrollieren können.«

Ich schob die Hände in meine Hosentaschen und schwieg. Sky zog mich in eine Umarmung und flüsterte so leise, dass ich Mühe hatte, ihn zu verstehen: »Ich werde immer an deiner Seite sein.«

Das Brennen in meinen Augenwinkel ließ mich nach Luft schnappen.

»Sky, ich …«, setzte ich an, doch in diesem Moment erklang Lievs Stimme und der blonde Iluminar gab mich frei.

»Ihr müsst aufbrechen, die Greifen werden unruhig bei so viel Rührseligkeit.«

»Merk dir, was du sagen wolltest. Melindungi anda, die Sterne schützen dich.«

Er hob die Hand und eilte zu Linnea und Nives. Mit kräftigen Flügelschlägen erhoben sie die Reittiere wenig später in die Lüfte und waren kurz darauf zwischen den rot gefärbten Wolken verschwunden.

»Melindungi anda«, murmelte ich. Ich hatte diesen Wunsch nicht mehr gehört, seit Sky nach Eilos gegangen war. Er stammte aus Noom und wurde unter Gefährten, Familien oder auch Geliebten ausgetauscht, wenn man sich für ungewisse Zeit trennte, um den Daheimgebliebenen Glück zu wünschen und ihnen zu versichern, dass man durch das Licht der Sterne stets bei ihnen war. Langsam öffnete ich meine linke Faust und sah hinab auf einen silbernen Ring mit einem viereckigen Lapislazuli, in dessen Mitte ein kronenförmiges Symbol eingearbeitet war. Ich schob ihn auf den Ringfinger und stellte überrascht fest, dass sich das kühle Material perfekt anschmiegte, als hätte Nives ihn extra für mich fertigen lassen.

»Wollen wir anfangen?«

Ria hielt den Griff ihres Schwertes so energisch umfasst, dass ihre Fingerknöchel weiß wurden. Der Schein der untergehenden Sonne brach sich in ihrem Haar und ließ es lodern wie Feuer. Liev trat an mir vorbei.

»Konzentrier dich, Nox. Nicht den Fokus verlieren, richtig?«

Er zwinkerte mir zu und verschwand dann den gewundenen Pfad hinauf. Ich streifte mein Hemd ab und zog meine Dolche.

»Sky hat mit dir geübt, genau hier. Dann sollte dir das Gefühl eines nachgiebigen Untergrunds vertraut sein.«

Sie nickte und binnen eines Wimpernschlags stand ich vor ihr. Eine Klinge an ihrer Kehle, die andere auf Höhe ihrer Hüfte. Entsetzt sah sie mich an. Ich grinste: »Ich bin nicht der Gesandte aus Eilos. Ich werde dich weder vorwarnen noch Rücksicht auf deine Fähigkeiten nehmen. Während meiner Ausbildung habe ich lediglich einen Grundsatz gelernt: Wenn du nicht bereit bist, zu kämpfen, dann stirb.«

Ich spürte das Zittern, das durch ihren Körper lief.

»Gut, dann werde ich dasselbe tun«, erwiderte Ria und die Spitze eines Messers drückte beinah sanft zwischen meine Schulterblätter. Ihre Augen funkelten und sie legte den Kopf leicht schräg. »Ich sagte doch, dass du mich nicht unterschätzen sollst.«

Ich ließ die Dolche sinken. Wann hatte sie gelernt, so schnell zu reagieren? Sie wirkte äußerlich noch immer zart und zurückhaltend, doch in ihrem Inneren loderte ein Feuer, das nicht recht zu ihrem Erscheinungsbild passen wollte. Und in diesem Augenblick wurde mir klar, was Liev gemeint hatte: Die plötzliche Faszination, die von ihr ausging, ließ mich unkonzentriert werden. Ich biss die Zähne zusammen und brachte Abstand zwischen uns. Sie hob ihr Schwert und Stahl traf auf Stahl. Es kostete sie ihre ganze Kraft, doch sie parierte nahezu jeden Schlag. Die Sonne versank im Meer und ein kühler Wind strich über meine vom Schweiß feuchten Arme. Ria setzte zum Angriff an, doch ich wich aus und der Schwerthieb teilte lediglich die Luft. Ich wirbelte herum und zog ihren rechten Fuß mit Schwung zurück, sodass sie das Gleichgewicht verlor und fiel, während meine linke Hand sie entwaffnete und ich mit der Rechten den Dolch nur Zentimeter von ihrem glühenden Gesicht entfernt in den Sand bohrte. »Gibst du auf?«

Meine Atmung ging stoßweise. Ria rappelte sich auf, legte ihre Finger auf die meinen und umfasste den Griff des Dolches. Sie warf sich nach vorn, ich spürte, wie meine Balance ins Wanken geriet und wenige Sekunden später saß sie auf meiner Brust, fixierte meinen Kopf mit ihrem Messer und der Klinge meiner eigenen Waffe.

»Nein, das werde ich nicht«, stieß sie keuchend hervor und unzählige Sandkörner fielen aus ihrem Haar. Ich stützte meine Unterarme auf und sie verlagerte ihr Gewicht auf meine Hüfte. Ihre Muskeln spannten sich merklich an, als meine Fingerspitze den Splitter einer Muschel aus einer ihrer roten Strähnen löste.

»Gut«, sagte ich rau. Die Wärme flutete durch meine Adern und ließ mich irritiert die Stirn runzeln. Was waren das für Emotionen, die mich in ihrer Gegenwart so unkontrolliert handeln ließen? Und warum fiel es mir so schwer, einen klaren Gedanken zu fassen, wenn sie meinen Blick erwiderte?

»Du solltest mich aufstehen lassen«, murmelte ich.

Ria schien wie aus einer Trance zu erwachen und ihre Hände lösten sich von meiner Brust, als sie sich eilig erhob. »Entschuldige.«

Ich klopfte den Sand von meiner Kleidung. »Nein, ich muss mich entschuldigen. Du hast klar und deutlich gesagt, wie wenig du meine Nähe ertragen kannst.«

Ihre Hand umschloss die meine und ich hob die Augenbrauen.

»Nox, ich …«

Der Klang von Stimmen, die immer näher kamen, ließ mich aufhorchen. Ich legte einen Finger an die Lippen und zog Ria hinter einen der Felsen, die entlang des Strandes zerklüftet aus dem Meer aufragten. Das kalte Salzwasser durchtränkte meine Stiefel, ich ging in die Knie und schob mich ein Stück nach vorn, um den Strandabschnitt besser einsehen zu können. Ihre Hände berührten meine Schultern und ihr Atem strich über meinen Nacken, während ich versuchte, die Gänsehaut zu ignorieren, die meinen Rücken hinabrann. *»Konzentriere dich!«*, ermahnte mich die Stimme in meinem Kopf.

»Ich habe von Anfang an gewusst, dass Leodin den Plan vereiteln würde. Und sein Ziehsöhnchen ist mir ebenso ein Dorn im Auge. Sein *Hela* ist stark und wenn es uns nicht gelingt, den Nordprinzen zu schwächen, bevor dieser selbsternannte König in die Schlacht zieht, haben wir bereits verloren, ganz gleich, zu welchen Gunsten sich der Krieg entscheiden wird.«

Das älteste Ratsmitglied Animas klang aufgebracht.

»Ich habe diesen Fremden schon einmal gesehen, er hat mit mir gesprochen. Aber was hat Talbot mit ihm zu schaffen?«, murmelte Ria nah an meinem Ohr. Meine Miene verdüsterte sich, als ich mich an das Gespräch der beiden Männer in den schummerigen Gängen vor wenigen Nächten erinnerte: Ria sollte eine Waffe werden, eine Waffe, die die Dunkelheit ein für alle Mal bezwang. Und nun hatte die Kapuzengestalt bereits Kontakt zu ihr aufgenommen. War das der Grund gewesen, warum sie sich zurückgezogen hatte? Meine Fingernägel bohrten sich schmerzhaft in die weichen Handinnenflächen und ich presste energisch die Kiefer aufeinander.

»Ruhig Blut, alter Mann. Das sind Unannehmlichkeiten, denen wir schnell Herr werden können. Dass die Ratsgesandten zurück in ihre Reiche gekehrt sind, verschafft uns einen entscheidenden Vorteil. Schließlich kann man nicht an allen Fronten gleichzeitig kämpfen. Leodin hat bereits dafür gesorgt, dass ihr Training gemeinsam stattfindet. Und es wäre doch zu schade, wenn sich jemand im Eifer des Gefechts verletzen würde, nicht wahr?«

Ein heiseres Lachen drang aus den Tiefen der Kapuze und Talbot richtete sich kerzengerade auf.

»Was hast du vor?«, flüsterte er.

»Lass mich nur machen. Sorge du dafür, dass sich weder dein Ratsbruder noch der kleine, goldäugige Bengel im entscheidenden Moment einmischen können. Elirion wird fallen und wenn es soweit ist, leiten uns das Licht und Lumens Tochter in ein neues Zeitalter.«

Ria schlug sich die Hand vor den Mund und gab einen erstickten Laut von sich. Der Fremde wirbelte herum und ich schob sie ein Stück tiefer in die Schatten des Felsens zurück. Das leise Platschen unserer Schritte übertönten die rauschenden Wellen.

»Hast du das gehört?« Die Stimme des alten Iluminar bebte vor Angst.

»Schweig«, fuhr die Kapuzengestalt ihn an.

Rias Finger gruben sich in mein Hemd und sie verbarg ihr Gesicht an meiner Schulter. So gut es ging, tastete ich mich an dem feuchten Stein entlang, bis meine Hände in eine merkwürdige Vertiefung griffen und ein Prickeln durch meinen Arm jagte. Das Felsmassiv schien nachzugeben und ich drückte mit aller Kraft gegen einen schmalen Spalt, der sich gerade soweit öffnete, dass wir uns hindurchzwängen konnten. Vollkommene Dunkelheit umfing uns und die Öffnung schloss sich binnen von Sekunden. Wir waren im Inneren des Felsens gefangen.

Der Puls hämmerte in meinen Ohren und machte es mir unmöglich, irgendein anderes Geräusch wahrzunehmen. Ich schloss für einen Moment die Augen, als ein helles Licht unmittelbar vor mir aufflackerte. Es sah aus wie eine kleine Sonne und erinnerte mich an Skys Magie, jedoch hatte es eine rein weiße Farbe und schimmerte wie Sternenlicht.

»Du kannst auf den Magiestrom von Eilos zugreifen?«, fragte ich, als die kleine Kugel zwischen uns schwebend innehielt. Ria lächelte, wirkte aber ebenso überrascht wie ich.

»Offenbar gleicht sich die Lichtmagie in ihren Grundzügen. Wo sind wir hier?«

Sie trat an mir vorbei und folgte dem schmalen Weg tiefer in die Finsternis hinein. Abschüssig verlief er in engen Schlangenlinien immer weiter hinab, bis wir durch einen zerfallenen Torbogen der Enge entkamen und uns in der Mitte eines von Schutt und Geröll bedeckten Saals wiederfanden.

»Ist das ein Thron?«, flüsterte Ria und ich folgte ihrem Blick. Am anderen Ende des gigantischen Raumes führten zwei Treppen zu einem Plateau hinauf und dort stand ein aus schwarzem Granit gemeißelter Königsstuhl, um dessen Rücken und Armlehnen sich silberne Ranken wickelten. »Ich dachte, es gab nie einen König in Elirion, bevor Valarian sich selbst dazu ernannt hat?«

Ich hörte ihre Worte, antwortete jedoch nicht, da mich etwas wie magisch anzuziehen schien. Langsam setzte ich mich in Bewegung.

»Nox?«

Ihre Stimme klang unendlich weit entfernt und meine Augen richteten sich auf den blauen Stein, der in der Aussparung über dem Plateau in die Wand gemeißelt war. Ein starkes Pulsieren erfüllte den Ringfinger meiner linken Hand und ging auf den Lapislazuli über, der augenblicklich aufzubrechen schien und seine Strahlen durch den gesamten Thronsaal schickte. Die plötzliche Helligkeit blendete mich und ich blinzelte, als unendlich viele Stimme zu einem Flüstern anhoben, das wie ein Echo von den steinernen Wänden widerhallte.

»*Er ist es … er trägt den Ring … Oddyn erfüllt seine Seele … Nox … König des Sternenlichts.*«

Ich sah auf den Ring hinab. Das blaue Leuchten hüllte mich gänzlich ein und ich ging auf die Knie, als ein stechender Schmerz meine Brust durchbohrte wie ein Pfeil.

»NOX!«, hörte ich Ria verzweifelt rufen. Ich wollte mich zu ihr umwenden, doch stattdessen verschwamm meine Sicht und das Flüstern und Raunen wurde lauter: »*König des Sternenlichts* …« Ich keuchte, dann nahm mir das Licht die Luft zum Atmen. Ich fiel in ein Meer aus stechendem Weiß und erfüllt von unbekannten Stimmen.

Die Wärme kribbelte durch meinen Körper und füllte ihn aus, von den Zehen bis hinauf zu meinem Scheitel. Doch sie war anders als die, die mich sonst in Rias Nähe überkam. Ich konnte die schwarzen Schatten in meinen Adern spüren, wie sie versuchten, die Helligkeit zu verschlucken und ihr nicht den Hauch einer Chance zu geben.

»Ich habe auf dich gewartet.«

Die Worte rauschten in meine Gedanken, glasklar und so hell, dass ich mir die Hand auf die Brust presste, um das rasende Gefühl meines Herzens zu unterdrücken. Langsam öffnete ich die Augen. Ich befand mich noch immer in dem unterirdischen Thronsaal, doch jetzt wirkte er majestätisch, nirgends ein Zeichen von Verfall oder Zerstörung. Helles Sonnenlicht brach durch die hohen Fenster und fiel auf eine Gestalt, die nur wenige Meter entfernt stand. Es schien beinah so, als würde ihr Körper aus reinem Lichterglanz bestehen, und weiß schimmernde Flügel teilten hinter ihr die Luft.

»Wer bist du und wo bin ich?«

Ich rappelte mich auf und mir schwindelte, als das reißende Gefühl zwischen meinen Schulterblättern aufflammte. Nur Sekunden später brachen die schwarzen Schwingen hervor, legten sich schützend um mich und versuchten so, die Strahlen der Lichterflut von mir fernzuhalten. Die Gestalt lächelte und ich konnte deutlich das Gesicht einer Frau erkennen, als der Glanz ihrer grünen Augen mich zusammenzucken ließ. Ria! Ich blickte mich suchend um, doch wir waren allein.

»Meiner Tochter geht es gut, sorge dich nicht.«
Ein Schauer rann meinen Rücken hinab … Tochter?
»Mein Name ist Lumen, letzte Wächterin Elirions. Und du bist der, den sie Oddyn nennen, König des Sternenlichts. Dein Schicksal ist vorherbestimmt, seit du vor fünfundzwanzig Jahren das Licht der Welt erblickt hast. Die Savi haben dich auserwählt, um das Land der Iluminar und der Menschen in ein neues Zeitalter zu führen. Doch deine Kräfte sind noch nicht erwacht, die Schatten haben deine Seele beschmutzt und hindern dich daran, deinen Platz einzunehmen.«
Ich schluckte. Was war das für eine aberwitzige Geschichte? Ich musste einen Weg zurückfinden oder vermutlich lediglich aufwachen, doch der glühende Stein an meinem linken Ringfinger hielt mich an Ort und Stelle.
»Wie ich sehe, hat der Herr des Winters ihn dir bereits übergeben: Righrean, der Stein der Könige. Dennoch liegt ein beschwerlicher Weg vor dir, Nox, Sohn der Nacht. Meine Tochter wurde dazu auserwählt, dich zu führen und der Dunkelheit zu entsagen, um den Thron von Elirion zu besteigen, wenn die Zeit gekommen ist. Ihre Gabe ist das Gegenstück zu der deinen und vereint meine Kräfte und die der Gefallenen zu einem Ganzen.«
Das Brennen unter meiner Haut wurde mit jeder Minute stärker und ich biss die Zähne zusammen, während meine Atmung sich beschleunigte und ich mich kaum mehr auf den Beinen halten konnte.
»Dieses Schicksal, von dem du sprichst, werde ich nicht erfüllen und ich werde Ria kein weiteres Mal in Gefahr bringen«, knurrte ich und die Gestalt lächelte erneut.
»Ich sehe, deine Gefühle für sie sind bereits erwacht. Doch ich muss dich warnen, König des Sternenlichts: Hast du erst einmal den Thron bestiegen und die Dunkelheit besiegt, werden die Kräfte meiner Tochter schwinden und das Licht wird Ria mit sich nehmen. Lasse also nicht zu, dass dein Herz über deine wahre Bestimmung entscheidet.«
Langsam und kalt strömte die Finsternis über meinen Körper und kroch in jede Zelle meines Wesens. Die Flügel peitschten durch die Luft und meine Stimme verwandelte sich in ein tiefes Grollen.
»Ich werde sie nicht sterben lassen und sollte ihr irgendjemand etwas antun, werde ich ihn in Stücke reißen. Wenn dieser Thron ihr Leben kostet, werde ich ihn niemals besteigen.«
Ein Wirbel aus Helligkeit hüllte mich ein und mein Gegenüber schien mehr und mehr zu verblassen.

»Es ist ihr Schicksal und wenn der Tag gekommen ist, wird sie es erfüllen.«

Ein Schauer aus purem Licht ließ die Konturen des Raumes verschwimmen und ehe ich etwas erwidern konnte, stockte mir der Atem und meine Flügel verbargen meine Gestalt, als ich stöhnend zusammenbrach. Und dieses Mal war es bodenlose Schwärze, die mich empfing.

Das leise Rauschen der Wellen drang an meine Ohren und der feuchte Sand zwischen meinen Fingern fühlte sich beruhigend kühl an. Ich drehte langsam meinen Kopf zur Seite. Ria lag nur wenige Zentimeter von mir entfernt auf dem Bauch, das Gesicht mir zugewandt, die Augen geschlossen und ihre Hand bis zu der meinen ausgestreckt. Ich zögerte einen Augenblick, ehe ich meine Fingerspitzen auf die ihren zu schob. Das seltsame blaue Leuchten des Rings erregte meine Aufmerksamkeit und die Begegnung in dem verfallenen Thronsaal jagte wie ein Blitz durch meine Gedanken. Ich runzelte die Stirn, als Ria hustend zur Besinnung kam.

»Nox, geht es dir gut?«, fragte sie und verschränkte ihre Finger mit den meinen. Mehr als ein Nicken brachte ich nicht zustande und wir verharrten auf dem Strandabschnitt, unter dem mit Sternen übersäten Himmel, während Schatten und Licht sich miteinander verflochten und die mir vertraute Wärme pulsierend über meine Haut kroch. Wie ein Versprechen.

Sechsundzwanzig

Ria

»Es gibt mehrere Möglichkeiten, deine Kräfte zu rufen. Die Einfachste ist an deine Emotionen gekoppelt. Besonders an die ausdrucksstarken. Doch Gefühle sind unberechenbar, sie kommen und gehen. In einem Kampf sind sie also alles andere als nützlich, deswegen musst du lernen, die zweite Möglichkeit zu beherrschen.«

Leodin sah mich durchdringend an und augenblicklich sammelte sich zu seinen Füßen ein kleiner Wirbelsturm, der stetig seine Größe veränderte.

»Jeder Magiestrom reagiert auf einen bestimmten Ruf und lässt sich dann von dem auserwählten Iluminar lenken. In deinem Fall zieht die Magie ihre Energie aus allen Strömen Elirions, was es unwesentlich schwerer macht. Schwerer, aber nicht unmöglich.«

Ich nickte und richtete mich kerzengerade auf. Es waren einige Tage vergangen, seit Nox und ich den verfallenen Thronsaal entdeckt hatten. Wir hatten mit niemandem darüber gesprochen, was mich jedes Mal innerlich seufzen ließ, wenn ich mit Liev in der Bibliothek zusammensaß, um tiefer in die Geschichte Elirions einzutauchen. Doch auch Nox wahrte ein Geheimnis und schwieg beharrlich über seinen plötzlichen Zusammenbruch und die Bedeutung des Rings an seiner linken Hand. Lediglich die Tatsache, dass er durch das Nahkampf-Training des Öfteren in meiner Nähe war ließ mein Herz ungewollt höherschlagen. Meine Versuche, die Gefühle zu unterdrücken, die jedes Mal von mir Besitz ergriffen, wenn sich unsere Blicke trafen, scheiterten kläglich. Und ich wachte beinah jede Nacht schweißgebadet auf, weil Alpträume mich heimsuchten, in denen schwarze Flügel und ein kaltes Lachen die Hauptrolle spielten. Was allerdings meine Tagträume anging, errötete ich selbst bei dem Gedanken daran und stürzte mich dann noch intensiver als zuvor in jegliche Art von körperlicher Ertüchtigung. Linnea schickte mir regelmäßig kleine Briefe, die von einem winzigen Eidechsenwesen mit Libellenflügeln überbracht wurden.

»Ein Whimsical. Sie sind in Nyar sehr beliebt, um Botschaften von einem Ort zum anderen zu transportieren. Und dieser hier ist nicht nur besonders zutraulich, sondern auch enorm verfressen«, hatte Liev mit einem breiten Grinsen erklärt, als das kleine Tier gierig den süßen Nektar einer rötlichen Wildblume aufgesaugt hatte, ehe es mit meiner Antwort aufgebrochen war.

Ich schmunzelte und konnte mich gerade so in Sicherheit bringen, als Leodins blaue, magische Kugeln haarscharf an meinem Ohr vorbei sirrten.

»Die Konzentration ist unerlässlich, Riana, ohne sie wird es dir nicht gelingen, nach deiner Magie zu rufen.«

Seufzend nickte ich und schloss die Augen. Ich hatte nicht die geringste Ahnung, was ich tun musste, um meine Kräfte kontrollieren zu können.

»Manchmal hilft ein Wort oder die Erinnerung an einen Ort, um die Magieströme wachzurütteln«, sagte der Iluminar ruhig. Ich atmete tief ein und aus, ließ Bilder vor meinem inneren Auge erscheinen, verband sie mit Emotionen und Gerüchen. »Möglicherweise liegt die Lösung näher, als du denkst.«

Leodins Stimme rückte in weite Ferne, als ein Sternenhimmel meine Gedanken auszufüllen begann und der Duft nach gefallenem Regen und Zimt mich umgab. Hell und klar brach das Licht aus mir heraus, formte sich zu funkelnden Himmelskörpern und tanzte schimmernd über meine Fingerspitzen. Es errichtete eine Barriere zwischen meinem Körper und den attackierenden Blasen und ließ sie in tausend Teile zerspringen, sobald sie auf den mit Sternenlicht getränkten Wall trafen.

»Sehr gut. Doch deine Kräfte sind keine reine Schutzmagie, sie können mehr. Versuch, sie so zu steuern, dass sie gar nicht erst etwas deine Verteidigung angreifen lassen.«

Ich dachte an den Bogen, mit dem Linnea und ich im Dunkelwald geübt hatten. Stellte mir den Schwung seiner Sehne, das Gefühl der eingespannten Pfeile vor und die hellen Partikel meiner Magie knisterten, schoben sich ineinander und bildeten sich zu eben dieser Waffe.

»Flieg«, hauchte ich und das Geschoss aus purem Licht durchbrach die Barriere und löschte die blauen Kugeln eine nach der anderen aus. Leodin lächelte, doch ehe er einen Schritt auf mich zutreten konnte, stießen armdicke Ranken aus der Erde und fraßen sich durch meinen Magiestrom, der sich zischend aufzulösen begann. Erschrocken blickte ich mich um, doch außer Liev war niemand sonst in dem Gewölbe.

»Ria, Vorsicht!«, erklang die Stimme meines Freundes und ich wich gerade noch rechtzeitig aus, ehe das Gewirr aus Holz und Pflanzen mich zu Fall bringen konnte.

»Leodin, was soll das? Willst du sie ernsthaft verletzen?« Der braunhaarige Iluminar zog seinen Degen und hieb auf die merkwürdigen Stränge ein, die sich weiter und weiter aus einem Riss im Stein auf mich zu schoben.

»Über diese Magie verfüge ich nicht.«

Das Gesicht des Ratsmitglieds wurde immer blasser. Liev zerschnitt eine der kleineren Ranken, doch sie wuchs ungehindert binnen von Sekunden nach.

»Dann tu etwas dagegen, verdammt nochmal!«

Ich versuchte, das Licht erneut zu rufen, doch ein stechender Schmerz durchbohrte mein Herz und ließ mich um Atem ringen.

»Ria, was ist los?«

Ich presste beide Hände auf meine Brust und keuchte. Der fremde Magiestrom schien mir jegliche Energie zu rauben und ich konnte mich kaum noch auf den Beinen halten.

»Ich weiß es nicht, ich bekomme keine Luft«, stöhnte ich, während Liev versuchte, durch das knackende Gewirr aus übereinander wachsendem Gehölz das Plateau zu erreichen. Ich biss mir auf die Lippe. Mein Schwert lag oben in meinem Zimmer. Ich brachte es nicht mehr zu Leodins Training mit, da Nox jegliche Nahkampfübungen übernommen hatte und ich beweglicher war, wenn das Gewicht des Stahls nicht auf mir lastete. Jetzt wünschte ich es mir jedoch sehnlichst herbei, um mich wenigstens verteidigen zu können.

Plötzlich brach der grauäugige Iluminar zusammen, die Ranken schlangen sich um seinen Körper und fixierten ihn so am Boden. Ich wollte auf ihn zu eilen, doch der Stachel brannte sich glühend heiß in mein Innerstes und ich taumelte.

»Was soll das, alter Mann? Wir brauchen dich. Geschlafen wird später. Leodin!«

Lievs Worte hallten durch das Gewölbe und ich sah zu ihm hinab. Seine Stirn war schweißnass und sein Atem ging stoßweise. Der Griff seiner Waffe zitterte kaum merklich in seiner Hand und Angst flackerte in den goldenen Iriden auf.

»Liev … hol Nox … ich kann meine Kräfte nicht mehr rufen.«

Mein Freund nickte verbissen und ging langsam rückwärts auf den Torbogen zu, der zum Labyrinth aus Gängen führte, die Anima verzweigt unterhöhlten. Seine Schritte verklangen in der Ferne, während ein kratzendes Geräusch in meinem Kopf anhob und mich in die Knie zwang. Ein eisiges Rauschen folgte und schloss die Helligkeit unter einem Panzer aus Kälte ein, als das Brennen meine Haut überzog wie unzählige Insektenstiche. Tränen schossen mir in die Augen und ich blinzelte angestrengt, doch meine Sicht verschwamm mehr und mehr. Wie hatte es nur dazu kommen können? Wer beherrschte diese schreckliche Magie und vor allem: Warum setzte er sie gegen uns ein?

»Und es wäre doch zu schade, wenn sich jemand im Eifer des Gefechts verletzen würde, nicht wahr?« Die Stimme der Kapuzengestalt echote in meinen Gedanken. War es möglich, dass er seine Drohung wahrgemacht hatte? Ich ließ meinen Blick erneut durch den Raum schweifen, doch das hölzerne Geflecht war bereits so dicht, dass ich kaum etwas erkennen konnte. Der plötzliche Geruch nach gefallendem Regen und Zimt umhüllte mich und ich spürte seine Anwesenheit, noch ehe ich ihn sah.

»Nox«, murmelte ich, als sein Arm meine Taille umfasste und er mich auf die Füße zog.

»Kann man dich denn nicht wenigstens bei einem Training allein lassen?«

Ein Hauch von Sorge legte sich auf seine markanten Gesichtszüge. Seine Schatten schlangen sich um die Ranke, die mir am nächsten war, und sie kreischte wie ein verwundetes Tier, als die schwarzen Rauchschwaden das Holz barsten.

»Was sind das für Dinger?«

Irritiert hob er die Augenbrauen und ich sah, wie seine Flügel sich zu ihrer vollen Größe entfalteten.

»Sie sind plötzlich aufgetaucht, haben erst meine Magie und dann Leodin außer Gefecht gesetzt«, erwiderte ich und Nox presste grimmig die Kiefer aufeinander.

»Halt dich fest.«

Ich legte meine Arme um seine Hüfte und einen Wimpernschlag später stieß er sich vom Boden ab. Rauschend teilten die majestätischen Schwingen die Luft und wir verharrten nur wenige Meter unter der bunt verglasten Decke. Ich blickte hinab und stellte erschrocken fest, dass der Boden bereits völlig mit dem sich windenden und knackenden Gehölz bedeckt war. Es hatte sich wie eine Seuche rasend schnell ausgebreitet. Ich schluckte und meine Finger umfassten Nox' Hemd ein wenig fester. Seine Hand lag auf meiner Taille und ich spürte den warmen Druck seiner Fingerspitzen durch den dünnen Stoff meines Oberteils. Er sandte ein Prickeln über meinen Körper und ich merkte ganz deutlich, wie mein Herzschlag sich beschleunigte, ohne dass ich etwas dagegen unternehmen konnte. Das Sternenbild auf seinem Unterarm war umwölkt von Finsternis, die sich wie feiner Nebel auf die Ranken hinab senkte.

»Was spürst du?«, fragte er.

»Einen bohrenden Schmerz und eisige Kälte, als …«

»Hätte jemand deinen Magiestrom tief in dir eingeschlossen«, beendete Nox meinen Satz und Wut spiegelte sich in seinem Blick. »Ich weiß, wie sich das anfühlt.«

Er schloss für einen Moment die Augen und in dieser Sekunde riss mich etwas ruckartig nach unten. Nox legte blitzschnell seine Arme um mich und der Wind zerrte an seinen Flügeln, als er mit mir in die Tiefe gezogen wurde. Mein Puls rauschte in meinen Ohren und ich presste meine Handflächen gegen seine Brust.

»Was tust du denn da?«, schrie er durch den tosenden Luftwiderstand hindurch.

»Du musst mich loslassen, sonst verletzen wir uns beide.«

Doch seine Umarmung lockerte sich nicht, im Gegenteil. Ich kämpfte verbissen gegen den Druck seiner angespannten Muskeln an, aber er schüttelte den Kopf. »Ich habe dich einmal fallen gelassen, das wird mir kein zweites Mal passieren.«

Die Schwingen schlossen sich über mir und hüllten mich in wohlige Dunkelheit.

»Nox, bitte …«, murmelte ich und drückte meine Stirn gegen seinen Brustkorb. Ein blaues Leuchten schien in dem Ring an seiner linken Hand zu erwachen und verband sich mit den Schatten.

»*Melindungi anda*«, flüsterte eine Stimme und ich blinzelte, während unzählige Sterne in allen erdenklichen Blautönen um uns herum explodierten. Die Ranken gaben nach und etwas Weiches berührte meinen Rücken. Ich sah auf und mir stockte der Atem. Nox kniete über mir, seine Hände zu beiden Seiten meiner Schultern abgestützt, seine Knie rechts und links von meiner Hüfte. Er hielt den Kopf gesenkt und das dunkle Haar fiel ihm in die Stirn, um die sich ein schmaler silberner Schimmer gelegt hatte. Das Erstaunlichste jedoch waren seine Flügel. Die Spitze einer jeden Feder war mit Sternenstaub bedeckt und hatte die Farbe des Lapislazuli angenommen, der in der Mitte seines Rings saß. Ich streckt die Hand danach aus, doch kurz bevor ich sie berühren konnte schlossen sich Nox Finger um die meinen.

»Tu das nicht«, sagte er rau und in seine Augen trat ein dunkles Funkeln. In diesem Moment kroch die fremde Magie über seinen Rücken und drückte die Schwingen hinab, während er sich mit aller Kraft dagegen auflehnte. In dem hölzernen Gehäuse gefangen, legte sich die Enge wie ein Stein auf meine Brust. Nox' Arme bebten und er presste die Lippen zusammen, als seine Kräfte ihn verließen und er über mir zusammenbrach. Ruckartig zogen sich die Flügel zwischen seine Schulterblätter zurück, ehe das Gewächs sie beschädigen konnte. Panik überkam mich und ich versuchte, tief in mein Innerstes hineinzuhorchen, um nach dem Licht zu greifen, das sich schwach flackernd immer weiter entfernte. Die Wärme, die von Nox' Körper auf den meinen überging, sorgte dafür, dass ich keinen klaren Gedanken fassen konnte. Ich musste mich konzentrieren, doch als sein Atem über meinen Hals strich, übernahm mein Herz vollends die Kontrolle.

»Hast du Angst?«, fragte er ganz nah an meinem Ohr.

»Nein, wieso?«, entgegnete ich leise, während eine Gänsehaut meine Arme hinaufkroch. »Dein Herzschlag hat sich beschleunigt. Ein Zeichen von Angst, oder …«

Er runzelte irritiert die Stirn. Die Helligkeit brach durch die kalten Wände ihres Gefängnisses, strömte durch meine Adern und setzte mich innerlich in Brand. Nox kniff die Augen zusammen, als das Licht in einem Funkenregen aufging und das Gewölbe um uns herum in einem glühenden Inferno verschwand.

Ich hatte furchtbare Kopfschmerzen und fror, als befände ich mich inmitten eines Schneesturms.

»Es war leichtsinnig, sie gemeinsam trainieren zu lassen. Die Konsequenzen zeigen sich nun wohl nur allzu deutlich. Die Schatten haben bereits einen Großteil seiner Seele besetzt, sie wird sich nur wieder in Gefahr bringen. Schicken wir ihn nach Talvi. Dort ist er sicher und weit genug von ihr entfernt, um keinen Schaden mehr anrichten zu können.«

Mein Herz machte einen Satz und ich wollte meine Augen öffnen, doch die Lider waren so bleischwer, dass es mir nicht gelang. Ich hörte das leise Rascheln einer Robe, dann antwortete eine zweite Stimme: »Nein, es ist ihr gemeinsames Schicksal. Sollten wir sie nun voneinander trennen, wird Rianas Magie kein weiteres Mal erwachen und die Dunkelheit des Nordprinzen hat leichtes Spiel.«

»Es sollte den Rat eher beunruhigen, was für ein mächtiger Magiestrom so ungehindert in Anima eindringen konnte.« Curas Worte waren leise, aber nachdrücklich und Talbot schnaubte entrüstet.

»Das liegt fürwahr nicht in Eurem Aufgabenbereich, Heiler.«

Schritte durchquerten das Zimmer.

»Richtig, hoher Rat, aber in dem Euren. Sie braucht nun Ruhe, um schnellstmöglich zu genesen. Ich werde Euch sofort unterrichten, wenn sich die Dinge bessern.«

Eine Tür wurde geöffnet und wieder geschlossen, dann spürte ich, wie kühle Finger meine Schläfen berührten.

»Wie geht es ihr?«

Liev klang so besorgt, dass ich ihm am liebsten zugerufen hätte, dass alles in Ordnung war. Doch ich konnte mich nicht bewegen, geschweige denn sprechen, und so verharrte ich still an Ort und Stelle, während sich neben mir jemand niederließ und meine Hand schützend in die seine nahm.

Cura seufzte. »Die äußeren Verletzungen sind nicht dramatisch und sie beginnen bereits zu heilen. Doch sie ist seit Stunden nicht zu Bewusstsein gekommen und das bereitet mir Sorgen. Außerdem scheint ihre Körpertemperatur zu fallen und ich weiß nicht, was ich dagegen unternehmen kann.«

Der Druck der warmen Finger verstärkte sich.

»Ich werde weitere Decken holen. In der Bibliothek gibt es eine ganze Abteilung über Heilverfahren, sowohl magischer als auch nichtmagischer Art, da muss doch irgendetwas zu finden sein«, drängte Liev und ich spürte, wie er sich erhob.

»Ich werde die Bücher noch einmal durchgehen. Allerdings muss ich Leodin ebenfalls behandeln, sein Zustand ist kritisch«, sagte Cura und ich schnappte innerlich nach Luft. Was war dem Ratsmitglied zugestoßen, nachdem er zusammengebrochen war?

»In Ordnung. Ich kümmere mich solange um Ria, vielleicht hole ich mir ein wenig Verstärkung. Dem Schattenjungen geht es besser, oder?«

Das Schmunzeln in der Stimme meines Freundes hörte ich nur allzu deutlich.

»Ja, einige Schürfwunden und tiefere Kratzer, aber es scheint so, als hätte nicht nur ihre Magie, sondern auch der Ring ihn geschützt.«

Die Schritte der beiden Iluminar verhallten und Stille senkte sich über mich, während bleierne Müdigkeit mich tiefer in einen unruhigen Schlaf zog.

Der dunkle Granitboden fühlte sich kalt an unter meinen bloßen Füßen. Erstaunt sah ich mich um und erkannte den geheimnisvollen Thronsaal, der im Licht der aufgehenden Sonne erstrahlte.

»Ria.« Seine Stimme war sanft und er lächelte, als ich zu ihm aufblickte. Er trug wie gewöhnlich schwarz und über seiner rechten Schulter saß eine filigran gearbeitete Platte aus Metall. Ein Schwert aus Obsidian lehnte neben ihm an der Wand. Langsam trat ich auf ihn zu und stieg die Stufen zum Königsstuhl hinauf. Seine Augen folgten jeder meiner Bewegungen und mein Herz machte einen Satz, als er mir seine Hand entgegenstreckte.

»Ich sollte wohl eher in einen Knicks sinken, oder, Hoheit?«, sagte ich grinsend und er lachte. Es war ein tiefes, warmes Lachen und es ließ seine blauen Iriden funkeln.

»Nein. Und nenn mich nicht Hoheit«, erwiderte er, während sich unsere Finger ineinander verschränkten.

»Du musst dich daran gewöhnen … Nox.«

Beim Klang seines Namens biss er sich auf die Lippe und ich trat näher zu ihm heran, dann schob er seinen Zeigefinger unter mein Kinn und hob meinen Kopf. »Ich möchte, dass du mich Nox nennst, das ist gewissermaßen ein Befehl.«

Ich schluckte. »Ich muss gehen«, murmelte ich und spürte, wie das Licht um mich herum zu pulsieren begann. Er zog mich in eine Umarmung und sein Mund fuhr sanft über meinen Hals. Behutsam löste ich mich aus seinen Armen. »Nein, das lasse ich nicht zu. Ich will nicht von dir getrennt sein. Ria, ich …«

Ich legte meine Hand auf seine Wange und mein Daumen strich eine Träne fort. Er weinte … meinetwegen. »Ich liebe dich«, lächelte ich und die Magie ließ die Konturen vor meinen Augen verschwimmen, löste die Szenerie auf und meine Finger griffen ins Leere. Lediglich sein Duft blieb zurück und haftete an meiner Haut, wie eine lebendige Erinnerung.

Ich erwachte, als das Mondlicht durch die hohen Fenster fiel und über den steinernen Boden tanzte. Vorsichtig begann ich mich zu drehen und hielt instinktiv die Luft an, als ich in Nox' Augen blickte. Er lag auf der Seite, sein Arm ruhte auf meinem Bauch und ich spürte seine Körperwärme durch die dicken Daunendecken. Die Kälte hatte sich verflüchtigt und die Symbole auf meiner Haut schimmerten leicht, als würden sie nach meiner Magie tasten.

»Was tust du …«, setzte ich an, doch er schob seinen Zeigefinger auf meinen Mund und ließ mich verstummen.

»Er ist gerade erst eingeschlafen und wenn du ihn weckst, ist gleich ganz Anima auf den Beinen«, flüsterte Nox und nickte zum Sofa hinüber, auf dem Liev sich zusammengerollt hatte. Mein Herz setzte einen Schlag aus, als er den Druck um meine Körpermitte verstärkte und den freien Arm unter seinem Kopf verschränkte.

»Was ist passiert?«, wollte ich wissen und versuchte, die Nähe zu ihm, so gut es ging, zu ignorieren.

»Du warst bewusstlos, die letzten vierundzwanzig Stunden. Cura war der Meinung, dass Körperwärme den stetigen Temperaturfall des deinen abmildern könnte.«

Das Blut rauschte in meinen Ohren und ich verknotete unter der Decke meine Finger miteinander, um das unterschwellige Beben zu unterdrücken, das mich in Wellen erfasste.

Nox runzelte die Stirn. »Frierst du noch immer?«

Ich nickte, um die Wahrheit nicht preisgeben zu müssen. Er rückte ein Stück näher an mich heran und legte sein Kinn auf meinen Scheitel.

»Weitere Federbetten sind in meinem Zimmer, soll ich …«

»Nein«, unterbrach ich ihn hastig und lehnte meinen Kopf an seine Brust. Wenige Sekunden später hob er die Baumwollbezüge an und ließ sie über seine Hüfte fallen. »Warum tust du das?«, murmelte ich und schloss die Augen.

»Um dich zu wärmen«, antwortete er, doch seine Stimme hatte diesen rauen Unterton angenommen, der ein Kribbeln durch meine Adern jagte. Ich lächelte.

»Und wenn die Kälte weiter anhält?« Langsam legte ich meine Hand auf seinen Rücken und grub meine Finger in den Stoff seines Hemdes.

»Dann bleibe ich«, flüsterte er und sein Atem strich über mein Haar. Die Symbole auf meinen Armen glühten und meine Magie füllte mich wie flüssiges Licht gänzlich aus.

»Du weißt um meine Schatten, um meine Dunkelheit und trotzdem lässt du es zu, dass ich dich im Arm halte, wo du mir schutzlos ausgeliefert bist.«

Ich wollte von ihm abrücken, um ihm in die Augen sehen zu können, doch seine Umarmung ließ es nicht zu. Ich spürte seinen kräftigen Herzschlag, der ebenso wie der meine aus dem Takt geraten war.

»Ich bin dir nicht schutzlos ausgeliefert, da du selbst nicht weißt, wer du bist, oder es verleugnest, aus Angst vor dem Leben, das auf dich warten könnte.«

Er lachte leise und ich lauschte auf seine gleichmäßigen Atemzüge, während weiße Wolken über den Himmel zogen, der so vollkommen war, wie er es jenseits des Schleiers nie hatte sein können.

Staub lag auf den in Leder gebundenen Buchrücken und ich musste niesen, als eine kleine graue Wolke vor mir zu Boden rieselte. Ich hatte Liev und Nox nicht wecken wollen und war lautlos aus dem Zimmer geschlüpft. Meine Wangen brannten noch immer bei dem Gedanken daran, dass ich die vergangene Nacht in seinen Armen verbracht hatte. Er war mir so nah gewesen, wie er es sonst nie zugelassen hatte, und meine Fantasie hatte sich so detaillierte Szenarien ausgemalt, dass ich das Zittern meiner Knie kaum kontrollieren konnte. Und es gab noch andere Gefühle, weitaus körperlichere, die mich gänzlich überforderten. Mira und ich hatten in der Vergangenheit des Öfteren für Gleichaltrige geschwärmt und waren das ein oder andere Mal verliebt gewesen, aber nichts von alledem war vergleichbar mit den Emotionen, die Nox in mir auslöste.

Ich seufzte, als mein Blick auf ein von Altersflecken übersätes Buch fiel, welches in zweiter Reihe auf Augenhöhe im Regal zu meiner Linken stand. Ich zog es heraus und trat an einen der Schreibtische nahe der bodentiefen Fenster, durch die das Licht der Sonne träge sickerte. Behutsam fuhr ich mit dem Finger über den Einband, den kein Titel, sondern lediglich eine dunkle Krone zierte. Die Schrift war zwar gut erhalten, aber die Buchstaben mir so fremd, dass ich bereits aufgeben wollte, als mir ein in Silber geprägtes Wort auffiel, das mir nur allzu bekannt vorkam: Oddyn – Sternenlicht. Ich runzelte die Stirn.

»Warum seid Ihr hergekommen? Das Risiko, entdeckt zu werden, ist zu groß.«

Ich griff nach dem Schriftstück und duckte mich eilig hinter eine der massiven Bücherwände, als Talbots gedämpfte Stimme an meine Ohren drang.

»Du bist gescheitert, Ratsmitglied. Das Training sollte sie voneinander entfernen, stattdessen hat es sie näher zusammengebracht. Außerdem trägt der Nordprinz den Königsring. Sollte er bereit sein, das Schicksal zu erfüllen, welches ihm zugedacht ist …«

Ich presste die Lippen zusammen, während die Kapuzengestalt barsch unterbrochen wurde.

»Niemals! Er würde nicht ihr Leben riskieren, um seinen Platz auf Elirions längst vergessenem Thron einzunehmen.«

Ich duckte mich etwas tiefer in die Schatten.

»Wir werden sehen. Die Dunkelheit greift bereits um sich und die Überfälle auf Nyar und Talvi fordern erste Opfer. Nicht mehr lange und das Land versinkt in Krieg und Zerstörung.«

Die Schritte entfernten sich bereits, als Talbot noch einmal das Wort ergriff.

»Habt Ihr eine Nachricht aus dem Menschenreich erhalten? Wird sie ihrem Versprechen Euch gegenüber nachkommen?«

Ein leises Lachen erklang aus den Tiefen der Kapuze. »Sie wartet auf diesen Tag, seit sie Lumens Tochter das erste Mal begegnet ist. Hass lässt die Menschen schreckliche Dinge tun, ebenso wie die Liebe. Er entfacht ein Feuer, das alles niederbrennt, und sie steht bereits in Flammen.«

Das älteste Ratsmitglied holte hörbar Luft. »Das heißt, sie wird sie stürzen wollen?«

Meine Handflächen wurden feucht und ich spürte mein Herz wie eine Trommel gegen meinen Brustkorb schlagen.

»Ja, und nicht nur Riana, sondern ganz Elirion. Und wenn es so weit ist, wird das Kind des Lichts die Iluminar über ihr eigenes Volk stellen. Katara wird fallen und die Welt der Menschen nicht mehr existieren. Die Gefallenen werden sich erneut erheben und dieses Mal werden nicht einmal die Savi uns aufhalten können.«

Die Tür fiel knarrend ins Schloss und ich sank an dem hölzernen Regal hinab. Das Buch hatte ich noch immer fest an mich gepresst, als wäre es das, wovon mein Leben abhing.

»Du wanderst schon umher? Scheint so, als hätte Curas Idee Früchte getragen«, stellte Liev fest, nachdem ich kurze Zeit später den Speiseraum betrat. Nox saß ihm gegenüber, das dunkle Haar vom Schlaf zerzaust.

Zögernd nahm ich neben ihm Platz und schob das lederne Schriftstück meinem Freund zu. »Das habe ich in der Bibliothek gefunden. Ich kann jedoch die Sprache nicht entziffern.«

Liev beugte sich vor und runzelte die Stirn. »Seltsam, so etwas habe ich noch nie gesehen, es muss steinalt sein und dafür ist es bemerkenswert gut erhalten. Wir sollten es Leodin zeigen, sobald es ihm bessergeht.«

Er drehte das Buch in Nox' Richtung, der vorsichtig die Seiten umblätterte, als mein Blick auf seinen linken Ringfinger fiel.

»Das Symbol. Es ist identisch!«, stieß ich hervor und die beiden Iluminar sahen auf den blauen Stein hinab, der das Licht reflektierte.

»Was hat das zu bedeuten? Und woher stammt dieses Schmuckstück?«, fragte Liev und berührte die Fassung des Lapislazuli.

»Es war ein Geschenk von Nives, alles andere tut nichts zu Sache.« Eilig zog Nox seine Hand zurück und stand auf.

»Doch, das tut es. Es betrifft euch alle, die Legende des verlorenen Throns Elirions.«

Wir wirbelten herum und Eiskristalle tanzten über den steinernen Boden, als Frost langsam auf zu kam. Ich lächelte und sie legte den Kopf leicht schräg.

»Hallo Kleines.«

Nox Miene verfinsterte sich. »Wo bist du gewesen?«, knurrte er und seine Gefährtin lachte leise.

»Ich habe dich auch vermisst.«

Die Magie kribbelte über meine Haut, während eine unbekannte Stimme mein Innerstes erfüllte: »*König des Sternenlichts, melindungi anda.*«

Siebenundzwanzig

Nox

Es roch nach altem Holz und Salz und Ria rümpfte die Nase, als Liev entschuldigend mit den Schultern zuckte. »Wenn Talbot wirklich Teil einer Verschwörung ist, gibt es keinen Ort in Anima, an dem wir nicht belauscht werden könnten.«

»Außer in einem vermoderten Dachzimmer?«

Ich hob kritisch die Augenbrauen und Frost stieß ihre Schnauze energisch gegen meine Wade.

»Was hat es mit dieser Legende auf sich? Ich dachte, es hätte vor Valarian nie einen König in Elirion gegeben?«

Ria strich sich eine rote Haarsträhne hinter ihr Ohr und fing meinen Blick auf. Ich spürte Lievs Ellbogen in meinen Rippen, als er leise flüsterte: »Was sollen diese schmachtenden Blicke? Ist letzte Nacht etwas passiert, was über den Austausch reiner Körperwärme hinausging?«

Ich funkelte ihn grimmig an und verschränkte die Arme vor der Brust, ehe meine Gefährtin zu sprechen anhob.

»Das ist das, was der Rat die vier Reiche glauben lässt. In Wahrheit existierte vor Jahrzehnten ein Herrscher, der sich nicht selbst dazu ernannt hatte, sondern auserwählt worden war. Zu dieser Zeit hat es schon einmal einen Krieg zwischen Licht und Dunkelheit gegeben.«

»Der Mythos der Gefallenen«, murmelte Liev und Frost nickte.

»Die Gefallenen waren Iluminar mit besonderen Fähigkeiten, stärker und weiser als die anderen Mitglieder ihres Volkes, die geborenen Anführer. Von den Savi geschickt, um das Gleichgewicht Elirions aufrecht zu erhalten, doch sie fühlten sich zu Höherem bestimmt. Sie begannen Pläne zu schmieden, die den Rat Animas stürzen und die Welt ihnen untertan machen sollten. Von diesem Tag an nannte man sie Erori, die Fallenden. Und als die Schatten sich verdichteten, wurde eine Iluminar geboren, die das Licht in ihrer Seele trug.«

Eine Gänsehaut kroch über meine Haut und ich sah, wie Ria ihre Finger ineinander verknotete.

»Deine Mutter, Lumen, sollte als Wächterin der Magieströme, die unser Land durchzogen, die Finsternis bannen und die Balance wiederherstellen. Es war ihre Aufgabe, den Auserwählten, der Oddyn in sich trug, zu beschützen. Die dunklen Mächte hatten jedoch bereits Gefallen an ihm gefunden und versuchten, sein Herz zu vergiften. Ohne die Macht des Sternenlichts aber wäre Elirion in ewiger Dunkelheit versunken. Und so traf Lumen eine selbstlose Entscheidung: Sie übertrug ihre Kräfte auf ihr einziges Kind, in der Hoffnung, dass sie nie davon Gebrauch machen möge, und gab ihr Leben, um den König auf den rechten Weg zurück zu führen.«

Ich betrachtete den Ring an meiner Hand. Würde dieses Schicksal auch mich erwarten? Und warum erfüllte es sich nur, wenn Ria ihr Leben ließ? Ich ballte die Hände zu Fäusten. Nein, diese Geschichte würde sich kein weiteres Mal wiederholen.

»Mein Vater hat mir immer erzählt, sie sei bei meiner Geburt gestorben. Er hat gelogen.«

Sie hatte den Kopf gesenkt und ihre Stimme brach. In wenigen Schritte war Liev an ihrer Seite und schloss sie in die Arme. Der Stachel bohrte sich tief in mein Herz und ich spürte die Schatten sich in meinen Adern regen.

»Nox, ist alles in Ordnung?«, fragte Frost leise, als ich meine Zähne aufeinanderpresste und sich jeder Muskel in meinem Körper anspannte. Was war das für ein Gefühl, das mein Innerstes vergiftete und die Wut glühend heiß explodieren ließ? Zaghaft strich meine Gefährtin über unsere mentale Verbindung.

»Er wollte dich beschützen«, sagte ich rau und Ria hob den Blick. Tränen schimmerten auf ihren hellen Wangen und ohne weiter darüber nachzudenken, trat ich auf sie zu und wischte sie mit meinem Daumen fort.

»Aber nicht, indem er mich belügt. Die Wahrheit ist oft schmerzhaft, aber wenn man jemanden liebt, sollte man ehrlich sein.«

Liev zog sich zurück, doch ich verharrte auf der Stelle. Meine Finger noch immer auf ihrer Haut. Sie sah mich unverwandt an und ich schluckte.

»Ich habe sie gesehen … Lumen. In dem verfallenen Thronsaal. Sie hat mir gesagt, dass ich den Ring der Könige trage, weil ich der zukünftige Thronfolger Elirions bin. Und dass es deine Bestimmung wäre, mich zu beschützen. Sobald ich meinen rechtmäßigen Platz eingenommen hätte, würdest du sterben, wie sie es getan hatte.«

Ein Lächeln huschte über ihre Lippen, als sich in meinem Inneren tosend die schwarzen Wellen meiner Magie brachen.

»Nichts davon wird geschehen. Ich werde diesen Thron nicht besteigen. Ich weiß nicht, warum Nives mir den Stein überlassen hat, aber ich werde ihn zurück nach Talvi bringen. Er ist bei ihm ohnehin in besseren Händen.«

Das Funkeln des Lapislazuli tauchte den staubigen Holzboden in blaues Licht.

»Da hast du vermutlich recht. Du bist das absolute Gegenteil von einem König: sprunghaft, launisch und selbstzerstörerisch. Alles keine Eigenschaften, die ein Herrscher haben sollte. Der Herr des Winters jedoch …«

Liev zog nachdenklich die Stirn in Falten, während ich ihn wütend anfunkelte.

»Niemand hat dich nach deiner Meinung gefragt«, knurrte ich.

Der Iluminar legte den Kopf schräg und musterte mich aus zusammengekniffenen Augen. »Dein Aussehen ist allerdings kein Problem, ebenso wenig wie dieser finstere Gesichtsausdruck.«

Er trat auf mich zu, legte seine Hände auf meine Schultern, schmunzelte und wandte sich dann an Ria. »Was meinst du? Wirkt er königlich auf dich oder eher wie ein waffenschwingender Raufbold aus den Wäldern Nooms?«

Ich sog scharf die Luft ein, doch die Röte, die sich auf Rias Wangen stahl, sorgte dafür, dass die Wärme, die sich in meinem Körper ausbreitete, die aufkeimenden Schatten augenblicklich erstickte.

»Egal, ob Thronfolger oder Hunter, allein hat er keine Chance.«

Irritiert sah ich sie an und ein beinah schelmisches Funkeln trat in ihre Augen. Liev lachte und flüsterte: »Achtung, Nox, sie ist nicht mehr der zerbrechliche Mensch, dem du vor vier Monden begegnet bist. Solltest du dich jetzt dazu entschließen, dein kleines, dunkles Herz zu verlieren, ist diese Entscheidung vermutlich endgültig.«

Ich schob die Hände in meine Hosentaschen und schwieg. Als wir kurz darauf die schmalen Stufen wieder hinabstiegen und das Sonnenlicht auf dem steinernen Boden der Flure Animas tanzte, zog sich meine Brust so eng zusammen, dass ich Mühe hatte dieses Gefühl zu ignorieren, ebenso wie die murmelnde Stimme in meinem Kopf, die immer wieder denselben Satz raunte: *»Es ist schon zu spät, es gehört ihr längst.«* Und die Finsternis knisterte wie ein schwelendes Feuer unter meiner Haut.

»Nikas … Nikas!«

Ich fuhr aus dem Schlaf. Die Vorhänge bauschten sich in der milden Brise, die zum geöffneten Fenster hereinwehte, und außer dem stetigen Rauschen der Wellen drang kein Geräusch an meine Ohren. Ich schlug die Decke zurück und ging in das angrenzende Badezimmer. Dort schöpfte ich kaltes Wasser in mein Gesicht und betrachte mein Spiegelbild, das lediglich vom kühlen Mondlicht erhellt wurde. Meine dunklen Haare waren zerzaust und die Farbe meiner Wangen war nicht hell wie sonst, sondern schimmerte erhitzt. Ich blinzelte und bemerkte das trommelnde Pochen in meiner Brust, während sich eine Gänsehaut über meinen nackten Oberkörper ausbreitete. Einzelne Fetzen eines Traumes zuckten durch meine Gedanken und mein Puls beschleunigte sich, als mir bewusstwurde, dass Ria darin vorgekommen war. Ein weiterer Schwall kalten Wassers folgte und ich schloss die Augen. Es waren drei Tage vergangen seit dem Gespräch in der Dachkammer und meiner Offenbarung über die Begegnung mit Lumen. Drei Nächte, seit ich das Bett mit ihr geteilt hatte … Ich versuchte die Erinnerung an ihre schmale Gestalt in meinen Armen zu verdrängen. Das plötzliche Pulsieren des Rings an meiner linken Hand ließ mich zusammenzucken. Eiskristalle bildeten sich um den glühenden Stein und strichen über meinen Handrücken.

»Nikas!«

Die Stimme bohrte sich wie eine eisige Klinge in mein Innerstes.

»Nikas, hörst du mich?«

Meine Finger umfassten energisch den Rand des Waschbeckens und ich keuchte.

»Nives?«, stöhnte ich, als das Licht des Lapislazuli förmlich zu explodieren schien und den ganzen Raum in knisternde, blaue Kälte tauchte.

»Ja, ich musste dich sprechen. Bist du allein?«

Mein Atem bildete weiße Wolken und die Ränder des Spiegels waren unter dem aufkeimenden Frost blind geworden. Ich nickte, bis mir bewusstwurde, dass mein Freund mich zwar hören, aber nicht sehen konnte.

»Ja, ich bin allein. Warum schickst du keinen Boten?« Übelkeit stieg in meiner Kehle auf und kalter Schweiß rann meine Stirn hinab.

»Nein, die Dover sind längst nicht so unauffällig wie die faustgroßen Whimsicals. Sie könnten abgefangen werden. Ich hatte mit meiner Vermutung recht, dass der Rat uns etwas verschweigt. Nikas … ihr seid in Anima nicht länger sicher. Gerüchte … die Gefallenen … eine Armee …«

Nives letzte Worte waren undeutlicher und sehr viel leiser geworden, als würde die Verbindung zwischen uns brüchig werden wie splitterndes Eis. Ein Schwindel erfasste mich, ich taumelte und stieß mit der Schulter unsanft gegen den kalten Mauerstein. *»Liev und Ria … brecht auf… traut niemandem … Grenzen werden überwacht …«*

Langsam lösten sich die Eiskristalle auf und die Wärme kehrte zurück. Ich blickte auf meine Hand hinab. Der Ring funkelte beinah unschuldig, als ich zitternd zu Boden sank.

Der Horizont nahm einen helleren Blauton an, während ich die Dolche in meine Stiefel schob und die lederne Jacke überstreifte. Es hatte einige Zeit gedauert, bis ich mich von der magischen Verbindung, welche der Lapislazuli mit dem Winterreich hergestellt hatte, wieder erholt hatte. Ich zögerte einen Augenblick, wandte mich dann jedoch dem geöffneten Fenster zu und trat auf den schmalen Sims. Der Wind fuhr sanft über mein Gesicht und ich spürte das reißende Gefühl auf meinem Rücken, als die Schwingen sich dunkel zu beiden Seiten meines Körpers ausbreiteten. Ich stieß mich in die Luft und das vertraute Rauschen erfüllte meine Ohren wie eine altbekannte Melodie. Vorsichtig landete ich Sekunden später auf dem kleinen Balkon, der zu Rias Zimmer gehörte, und schob mich durch die flatternden Vorhänge in das schummerige Halbdunkel des Raumes. Sie hatte mir den Rücken zugedreht und ihr rotes Haar fiel in leichten Wellen über die weißen Kissen wie eine feurige Flut. Leise ging ich auf das Himmelbett zu. In diesem Moment fuhr sie herum und ich spürte die Klinge eines Messers an meiner Kehle, ehe ich etwas sagen konnte.

»Nox? Was tust du hier? Und wieso klopfst du nicht an, wenn …«

Meine schwarzen Flügel breiteten sich knisternd in der Dunkelheit aus und Rias Augen wurden groß.

»Du bist geflogen? Warum?«

Sie ließ die Waffe sinken und zog den dünnen Stoff ihres Nachthemds enger um sich. Ich räusperte mich und wandte den Blick ab.

»Wir müssen Anima, so schnell es geht, verlassen«, erwiderte ich, hörte das Öffnen und Schließen einer Kommodenschublade, dann das Rascheln von Stoff und runzelte irritiert die Stirn, als meine Gedanken allzu bildhaft wurden. Wenige Minuten später trat sie auf mich zu und sah mich eindringlich an.

»Warum brechen wir so überstürzt auf und wohin gehen wir?«

Ich fuhr mir mit der Hand durchs Haar. »Ich habe mit Nives gesprochen. Alles Weitere erkläre ich dir später. Holen wir Liev.«

Ich drehte mich um und ihre Finger schlossen sich um mein Handgelenk.

»Sollten wir nicht die Tür nehmen?«

Ein schiefes Grinsen zuckte in meinem Mundwinkel. »Vertraust du mir nicht?«

Ria hob trotzig das Kinn. »Schließe nicht von dir auf andere«, sagte sie und mein Puls beschleunigte sich, als ihre Arme sich um meine Taille schlangen und sie den Kopf in den Nacken legen musste, um mich anzusehen. Ich spürte ihren trommelnden Herzschlag, während ich die Umarmung verstärkte und sie ein wenig näher an meine Brust drückte.

»Dann solltest du daran arbeiten, dass man deine Nervosität nicht allzu offensichtlich spüren kann.«

Ihre Antwort ging im Peitschen des Windes unter, der zwischen meine Federn fuhr, um uns höher und höher in den von der Dämmerung durchzogenen Himmel zu tragen.

Liev schlief nicht, sondern saß auf dem Bett, den Degen auf seinem Schoß. Rias Finger gruben sich noch immer in meine Kleidung, obwohl wir bereits wieder festen Boden unter den Füßen hatten.

»Ihr findet also auch, dass Schlaf völlig überbewertet wird«, sagte er zwinkernd und schob die Klinge in seinen Gürtel, ehe er sich erhob.

»Gwyns wartet am Strand auf uns. Oder hattest du vor, sie den ganzen Weg zu tragen?«

Ria löste sich langsam von meiner Seite und stemmte energisch die Hände in die Hüften.

»Was wird hier eigentlich gespielt?«, zischte sie und sah abwechselnd zwischen dem schmunzelnden Iluminar und mir hin und her.

»Sagen wir einfach, du hast Glück, gleich zwei Männer mit bemerkenswerten Fähigkeiten als Begleiter zu haben.« Liev zwinkerte ihr zu und seine Handfläche fuhr beinah gedankenverloren über einen der hellen Mauersteine. Knirschend öffnete sich ein Durchgang, der wenige Sekunden zuvor noch völlig mit der Wand verschmolzen gewesen war.

»Ihr glaubt doch nicht wirklich, dass ich euch ohne irgendeine Erklärung folgen werde.«

Ria wich einige Schritte zurück und schüttelte den Kopf, während Liev ungeduldig von einem Fuß auf den anderen trat.

»Wir haben jetzt keine Zeit. Die detaillierten Ausführungen müssen warten.«

Sein Blick fixierte mich für einen Augenblick, ehe er hinzufügte: »Ich meine, er ist schließlich der König.«

Ein hohles Lachen ließ mich herumwirbeln und meine Finger schlossen sich reflexartig um die Griffe meiner Dolche. Aus den Schatten neben der Tür löste sich eine Kapuzengestalt und ich hörte das schabende Geräusch einer Waffe, die über den Granitboden gezogen wurde. Ein kühler Windhauch kitzelte meinen Nacken und ich spürte Rias Anwesenheit in meinem Rücken, als Liev an meine Seite trat.

»Wenn sich die Möglichkeit bietet, verschwindet ihr von hier. Ich komme nach«, murmelte der Iluminar und umfasste seinen Degen ein wenig fester. Ich nickte kaum merklich und beobachtete den Fremden, der die Kapuze zurückwarf, während Liev scharf die Luft einsog.

»Sieh an, sieh an: Leodins ganzer Stolz, Seite an Seite mit der Tochter des Lichts und dem Prinzen der Finsternis. Man könnte meinen, ihr erliegt dem Glauben an eine gemeinsame Zukunft wahrhaftig.«

Das weiße Haar unseres Gegenübers fiel ihm in die Stirn und reichte bis zu seinen Augen hinab, von denen eins hellblau und das andere golden schimmerte. Das filigrane Tattoo eines Flügels bedeckte seine gesamte rechte Schläfe und auf den Spitzen seiner Ohren saßen vergoldete Kappen aus Metall. Ein kaltes Lächeln umspielte seine blassen Lippen.

»Für einen Menschen bist du unwahrscheinlich schön und deine Magie umgibt dich wie die Strahlen der untergehenden Sonne. Und doch scheint dein Verstand bereits völlig benebelt zu sein, denn die Dunkelheit ist noch immer an deiner Seite.« Er legte den Kopf schräg und sah mich aus zusammengekniffenen Augen heraus an.

»Lavo.« Lievs Stimme hatte einen drohenden Unterton angenommen. »Deine verräterische Visage hat in Anima nichts verloren und wenn du mich fragst, gilt das für ganz Elirion.«

Das kühle Pulsieren der Schatten unter meiner Haut breitete sich langsam aus, während der Lapislazuli an meiner linken Hand aufleuchtete und alles in seinen blauen Schimmer tauchte.

»Deine Meinung könnte mich nicht weniger interessieren, Malo. Und was euren Fluchtplan angeht, nun, sagen wir, er kollidiert mit dem meinen.« Binnen eines Wimpernschlags sprang der Fremde vor, griff nach Rias Arm und riss sie an sich. Ein erstickter Schrei löste sich aus ihrer Kehle und das Knirschen von Lievs Zähnen hallte unnatürlich laut in der Stille wider.

»Du nimmst deine dreckigen Finger von ihr … sofort«, knurrte ich und das reißende Gefühl zwischen meinen Schulterblättern kündigte die schwarzen Flügel an, die augenblicklich die kühle Nachtluft teilten. Mein Gegenüber hob interessiert die Augenbrauen. Langsam schob Ria ihre rechte Hand auf den Gürtel zu, in dem verborgen unter ihrer Jacke das Messer steckte, welches Liev ihr geschenkt hatte.

»Wie kannst ausgerechnet du es wagen, von dreckbesudelten Fingern zu sprechen, Prinz der Finsternis? Haftet deine dunkle Magie doch überall ihrem Körper an.« Ohne mich aus den Augen zu lassen, beugte er sich vor und vergrub seine Nase in ihrem roten Haar. Ria versteifte sich und die Wut schoss glühend heiß durch meine Adern.

»Nox«, murmelte Liev und wollte nach meiner Schulter greifen, doch die Schatten krochen über meine Gestalt und hüllten mich in wirbelnde Dunkelheit.

»Weg von ihr!«

Das Grollen vibrierte in meiner Brust und ich sah die Angst in den goldenen Augen des Iluminars an meiner Seite aufflackern. Der Fremde lachte leise, ehe er sie noch enger an sich zog.

»Du glaubst, du kannst mir Befehle erteilen? Du bist nicht mehr wert als die Schwärze, der du entstammst. Ich werde Lumens Tochter mit mir nehmen und alles, was du tun kannst, *Prinz*, ist, mir dabei zu zusehen.«

Eine plötzliche Helligkeit ließ mich blinzeln, als rein weiße Schwingen den Raum durchmaßen, während die Kapuzengestalt nur müde lächelte. Ich spürte Lievs Hand auf meinem Oberarm und warf ihm einen flüchtigen Blick zu.

»Bleib hier und halte deine Kräfte zurück.« Er presste die Lippen zusammen und sein Gesicht war so blass, dass er merkwürdig krank aussah.

Meine Magie brodelte und zischte, zog sich allerdings Stück für Stück zurück. Der Druck seiner Finger auf meiner Haut verstärkte sich und Schweißperlen traten auf seine gerunzelte Stirn. Er musste sein *Hela* anwenden, um mich davon abzuhalten, den Fremden angreifen zu können. Wütend versuchte ich, mich aus seinem Griff zu lösen, doch meine Bewegungen wirkten fahrig und ungenau.

»Ah, die Fähigkeit der Heilung. Beeindruckend, wirklich. Hast du deinen Schützling genauer darüber aufgeklärt, was geschieht, wenn du ihm so ritterlich zur Hilfe eilst?«

Ein Keuchen löste sich aus Lievs Kehle und ich konnte das Zittern fühlen, das durch seinen Körper wogte.

»Liev, hör auf, bitte!«, rief Ria und ein verzweifelter Ausdruck trat in ihre Augen.

»Wie mir scheint, bist du noch immer ein glühender Verfechter von dunklen Geheimnissen.«

Die weißen Flügel wirbelten kleine Staubkörner auf und ich hustete.

»Halt deinen verlogenen Mund!«, krächzte der braunhaarige Iluminar und das Rasseln seines Atems sandte mir eine Gänsehaut den Rücken hinab. Ich wandte mich um und mit einer ruckartigen Bewegung zog ich seinen linken Fuß zurück, sodass er das Gleichgewicht verlor, taumelte und mich freigab. In diesem Moment rammte Ria ihre Klinge in den Oberschenkel meines Gegenübers, der sie fluchend von sich stieß, als das Blut den Stein zu seinen Füßen dunkelrot färbte. Sie stürzte auf mich zu und ich schloss einen Arm um ihre Taille, während der andere sich um Lievs Schultern legte. Die Schatten richteten sich drohend auf und aus ihrer wogenden Schwärze bildeten sich meine federnden Schwingen. Ich stieß mich kraftvoll vom Boden ab und das wärmende Licht ihrer Magie hüllte uns ein.

Als sich unter uns nur noch glitzernde Wellen an den Felsen brachen und das Kreischen der Möwen ihr Rauschen begleitete, sackte Liev bewusstlos in sich zusammen und ich hatte Mühe, sein Gewicht auszubalancieren, bevor es uns in die Tiefe riss.

»Das schaffe ich nicht, wir müssen irgendwo landen«, rief ich gegen das Tosen der Naturgewalten.

»Das musst du nicht, wir bekommen Unterstützung.« Ria wies nach vorn.

Dicht über den schäumenden Wogen glitt der Greif unter mir dahin, die Adlerschwingen im selben Takt mit den meinen. Der Wind trug ihn näher an uns heran, ich atmete tief durch und lockerte meinen Griff. Liev fiel nur für Sekunden, ehe das Reittier Animas ihn auffing und zwischen seinen majestätischen Klauen barg. Ich sah Ria in die Augen und spürte, wie der Druck ihrer Finger sich verstärkte.

»Du hast versprochen, mich nie mehr fallen zu lassen«, sagte sie. Ein Grinsen stahl sich in meinen Mundwinkel und ohne Vorwarnung ging ich in einen Sturzflug über. Sie schnappte hörbar nach Luft und ihr rotes Haar berührte beinah die tänzelnde Wasseroberfläche, als ich an die Seite von Gwyns zurückkehrte. Glühend prickelte ihre Magie in meinem Nacken und Ria legte ihre Fingerspitzen auf meine kühle Haut. Ich schluckte, irritiert über das sich stetig beschleunigende Klopfen in meiner Brust und das trockene Gefühl in meinem Mund.

»Was tust du da?«, fragte ich rau und nun war sie es, die schmunzelte.

»Dir eine Lehre erteilen … *Hoheit.*«

Ich schüttelte den Kopf und während die ersten Sonnenstrahlen über den roten Horizont krochen, erfüllte ihr Lachen jeden Winkel meines Körpers wie das Blut meine Adern.

Die ewige Sommerlandschaft Nyars erstreckte sich zu beiden Seiten der niedrigen Hügelkette und der Duft von unzähligen Blumen, die in voller Blüte standen, tränkte die milde Abendluft. Es waren Jahre vergangen seit meinem letzten Besuch und für meinen Geschmack war alles in dieser Umgebung zu intensiv: zu viele Farben, zu viele Gerüche, zu viel Zwitschern und Pfeifen. In Noom war die Stille und die Einsamkeit allzu häufig mein Begleiter, doch in Linneas Reich war die Luft erfüllt von den Geräuschen winziger Flügel. Ich hätte nichts dagegen einzuwenden gehabt, wenn wir schnellstmöglich wieder aufbrachen, doch mein Rücken schmerzte und ich wusste, dass es mit Rias zusätzlichem Gewicht nicht möglich war, die Strecke bis nach Talvi an einem Stück zurückzulegen. Außerdem brauchte Liev die Zeit, um wieder auf die Beine zu kommen. Die Anwendung des *Hela* schien ihn enorm zu schwächen. Unwirsch verschränkte ich die Arme vor meinem Brustkorb, als Ria an meine Seite trat. Sie hatte ihr Haar zusammengebunden und der Wind löste einzelne Strähnen, die ihre schmalen Gesichtszüge umrahmten wie lodernde Flammen.

»Es ist wunderschön.«

Ein Lächeln legte sich auf ihre Lippen.

»Beinah wirkt es so, als würde Linnea in jeder Pflanze und jedem Wesen einen Teil ihrer Seele versteckt halten, als wäre all das ihr Innerstes.«

Ich sah sie an und ihre Augen leuchteten.

»Mein Vater hat mir Geschichten erzählt über die geheimnisvolle Welt jenseits der Grenze, jedoch nie, wenn er glaubte, dass ich ihn hören konnte. Er kam abends oft an mein Bett und ich habe so getan, als würde ich schlafen, nur damit er von Elirion sprach. Ich wusste, dass ich irgendwann einmal all die Magie mit eigenen Augen sehen wollte und dass ich keine Angst zu haben brauchte vor diesen fremden Reichen, vor … euch.« Verlegen biss sie sich auf die Unterlippe.

»Das klingt merkwürdig, oder?«

Die Hitze schoss in ihre Wangen und ein seltsam beißendes Gefühl breitete sich in meiner Brust aus.

»Ich bin ehrlich zu dir und das ist deine Reaktion darauf?« Sie stieß ihre Faust gegen meine Schulter, was mich schmunzeln ließ.

»Ehrlich, ja? Du hast gesagt, dass man nur aufrichtig zu denen ist, die man liebt. Warum gibst du dir also bei mir Mühe?«

Das Pochen meines Herzschlags schien sich weiter zu beschleunigen, als Rias Finger meinen Arm hinabglitten. Sie trat einen Schritt auf mich zu und hob den Kopf.

Ich musste Liev Recht geben: Sie hatte sich verändert. Wenngleich sie nach außen noch immer zart und zerbrechlich wirkte, hatte die Magie ein Feuer entfacht, das aus ihr heraus zu strahlen schien und alles um sie herum in schimmerndes Licht tauchte.

»Nox, ich muss dir etwas sagen«, murmelte sie und stand nun so dicht vor mir, dass ich ihren Atem spüren konnte. In diesem Moment fiel mir zum ersten Mal der Geruch auf, der ihr anhaftete: eine Mischung aus taufeuchtem Gras und Rosen. Ich hatte mich nie mit derartigen Dingen befasst. Ich versuchte, mich zu konzentrieren, doch ihre Nähe, der Duft und ihre Hand auf der meinen ließen es nicht zu.

»Ich störe euch wirklich nur ungern, aber wir sollten schleunigst aufbrechen. Die Dinge, die da aus dem Norden auf uns zukommen, gefallen mir ganz und gar nicht.«

Liev stand plötzlich neben uns und deutete auf winzige helle Punkte nahe einem Laubwald, in dessen Blätterdach die untergehende Sonne versank.

»Sind das Hunter?«, fragte Ria leise. Ihre Finger verschränkten sich mit meinen eigenen, was Liev breit grinsend zur Kenntnis nahm.

»Scheint so, es sind definitiv Valarians Männer. Die Grenzen nach Noom werden bewacht und wer weiß, wie viele Spähtrupps dieser Bastard bereits ausgeschickt hat. Sollten sie uns hier finden …«

Ich presste die Kiefer aufeinander. »Werden sie uns gefangen nehmen. Brechen wir auf.«

Der braunhaarige Iluminar musterte Ria: »Wenn du auf Gwyns mitfliegst, würden wir Nox' Kräfte schonen und kämen schneller ans Ziel. Ich kann natürlich verstehen, dass der Rücken eines Greifs nichts im Vergleich zu der Umarmung eines Königs ist …«

Ich räusperte mich und das Glühen ihrer Wangen, ließ mich erahnen, dass ihre Gedanken den meinen nicht unähnlich waren. Sie drückte noch einmal meine Hand, wandte sich dann um und trat auf Gwyns zu, der gemächlich seine majestätischen Schwingen ausbreitete. Bevor Liev ihr folgen konnte, hielt ich ihn zurück.

»Egal, was passiert, bring sie unbedingt zu Nives und …«

Der Iluminar lächelte. »Keine Sorge, ich passe auf sie auf wie auf meinen Augapfel. Schließlich weiß *ich*, was sie dir bedeutet.«

Er zwinkerte mir zu und Sekunden später schwebte der Greif dicht über den Baumkronen in Richtung Osten in die aufziehende Nacht davon.

Das reißende Gefühl auf meinem Rücken, das ich immer spürte, wenn sich meine Flügel offenbarten, wurde dieses Mal von einer seltsamen Leere begleitet und ich ahnte, dass es nicht allein an dem Umstand lag, dass mein Halbbruder mein Volk in den Krieg schickte. Diese Leere erreichte nicht nur mein Innerstes, sie befiel mein Herz und hinterließ eine wohlige Wärme wie von Fingern, die über meine Haut strichen.

Achtundzwanzig

Ria

Der Druck in meinen Ohren, den der Wind verursachte, als wir über den Bäumen dahinglitten, war nichts gegen den Druck, der mein Herz schmerzhaft zusammenkrampfte. Bereits in Anima war mir bewusst gewesen, dass all das Training und die Lehrstunden mit Leodin dazu da gewesen waren, mich auf den Krieg vorzubereiten, der unmittelbar bevorstand. Ich hatte die Realität des Öfteren ausblenden können, war Lievs Heimat doch umgeben von einem Ozean und abgeschirmt vom Rest Elirions. Nun, da wir aber Linneas Sommerreich unter uns dahinziehen sahen und die hellen Punkte am Horizont von Minute zu Minute zunahmen, kroch mir eine Gänsehaut die Arme hinab. Ich blickte nach rechts, wo Nox' dunkle Flügel die laue Nachtluft teilten, und wünschte mir nicht zum ersten Mal, dass ich tatsächlich an seiner Seite wäre, wenngleich uns das Zeit kosten würde, die wir nicht hatten. Ich seufzte.

»Charmant, ich wusste nicht, dass meine Gesellschaft so unangenehm ist.«

Ich spürte Lievs Lächeln in meinem Nacken und schüttelte den Kopf, ehe ich antwortete:

»Das ist sie nicht und das weißt du genau! Es ist nur …«

Ich rutschte auf Gwyns Rücken hin und her. Der Greif klackerte nervös mit dem Schnabel und ich bemühte mich, stillzusitzen.

»Ria, du musst mir nichts erklären. Ich weiß um deine Gefühle und um seine.«

Ich drehte mich so hastig zu ihm um, dass ich für einen Augenblick das Gleichgewicht verlor und Liev den Druck seiner Unterarme um meine Taille verstärkte, während Gwyns unruhig den Kopf zurückwarf.

»Was soll das? Willst du dir den Hals brechen? Und *du*, du lässt sie nicht fallen, verstanden!«, knurrte Nox und verharrte in der Luft. Die dunklen Schwingen tanzten einen sanften Rhythmus und seine Augen richteten sich auf mich, als er die Arme vor der Brust verschränkte. Ich wusste nicht, was mich an diesem Anblick jemals geängstigt hatte. Er wirkte wie ein von Schatten umschmeichelter Engel. Keine von diesen glorifizierten Sagengestalten, die in Büchern und Kirchen zu finden waren, sondern majestätisch, düster und real.

»Du hast attraktiv vergessen«, murmelte eine leise Stimme in meinen Gedanken. Ich versuchte, sie zu ignorieren. Als die Grenze zum Winterreich in Sichtweite kam, wandte ich mich noch einmal an Liev, achtete dieses Mal jedoch auf eine feste Sitzposition.

»Was hast du damit gemeint, dass du auch von seinen Gefühlen weißt?«

Mein Freund legte sein Kinn auf meine Schulter und schnalzte mit der Zunge. »Tja, ich nehme diese Schwingungen zwischen euch ziemlich genau wahr und ich glaube, selbst ein blinder, emotional minderbemittelter Volltrottel hätte inzwischen bemerkt, dass unser ach so geheimnisvoller Nordprinz mehr für dich empfindet als Freundschaft. Aber du solltest ihn selbst danach fragen. Du bist so viel stärker geworden in den letzten Wochen, es wird Zeit, dass er wenigstens mutig wird.«

Ich lächelte und richtete meinen Blick nach vorn, wo bereits winzige Schneeflocken zu tanzen begannen und hohe, verschneite Tannen in das sternenklare Firmament emporragten. Talvi – das Reich des Winters war nicht weniger schön als Nyar. Das Glitzern des Schnees erinnerte mich an den Himmel über Noom und mein Herz wurde schwer, beinah wehmütig.

Ich wusste nicht, was ich mir vorgestellt oder ob ich mir überhaupt ausgemalt hatte, wie der Ort aussah, an dem Nives lebte. Wir landeten auf einer imposanten Dachterrasse und winzige Flocken stoben zu allen Seiten davon, während sowohl der Greif als auch Nox die Flügel an den Körper anlegten.

»Willkommen in Kyla.« Der Gesandte des Winterreiches trat lächelnd auf uns zu. Er musste uns bereits erwartet haben. Liev reichte mir seine Hand und ich rutschte von Gwyns Rücken hinab, ehe Nives mich ohne Umschweife in seine Arme schloss.

»Ich bin froh, dass du hier bist und dass es dir gut geht«, sagte er leise und ich erwiderte seine Umarmung.

»Ich weiß, dass euer Aufbruch aus Anima plötzlich kam und vermutlich hattet ihr bisher keine Zeit für Erklärungen. Ich sehe in deinem Gesicht, dass du Fragen hast, aber wir sollten damit bis morgen warten. Die Reise war anstrengend.«

Liev trat von einem Fuß auf den anderen und rieb seine Hände aneinander. »Einverstanden, alles andere besprechen wir bitte vor einem Kaminfeuer oder zumindest in der Nähe eines solchen. Es ist verdammt kalt hier draußen.«

Nives schmunzelte und besah sich unsere dünnen Jacken genauer, ehe er den Kopf schüttelte. »Ich sorge dafür, dass ihr eine passendere Garderobe bekommt, ich möchte nicht daran schuld sein, wenn euch Gliedmaßen abfrieren.«

Wir folgten ihm durch eine dunkle Holztür hinein in einen von unzähligen Kerzen und Kronenleuchtern erhellten Flur. Erstaunt stellte ich fest, dass die Leuchter schimmerten wie von Frost überzogen und von filigranen Eiszapfen geschmückt waren.

Der dunkelhaarige Iluminar beobachtete mich aus den Augenwinkeln. »Einfache Magie. Ich finde, es passt ganz gut zu einem Schloss inmitten von Schnee und Eis, was meinst du?«

Ich lächelte. »Es ist fantastisch. Ich bin sicher, dass Linnea mir zustimmen würde.«

Ein Hauch von Röte stieg in seine Wangen und er räusperte sich. »Ihr ist es ein wenig zu kalt hier, aber ja, funkelnde Dinge scheinen vielen Frauen zu gefallen.«

Ich erwiderte nichts und so folgten wir schweigend dem Verlauf des Ganges, bis wir an einen Torbogen kamen, hinter dem sich ein großer, fast saalähnlicher Raum öffnete. Drei Stufen führten hinab zu einer riesigen Glasfront, vor der cremefarbene Sofas zum Verweilen einluden. Der Boden bestand aus weißem Marmor, welcher sich im Licht des Kaminfeuers spiegelte, das eine wohlige Wärme verströmte. Nives begann ein nach Kräutern und Honig duftendes Heißgetränk zuzubereiten, Liev stellte sich ganz nah vor das knisternde Feuer und seufzte selig. Ich hingegen trat an eines der gigantischen Fenster heran und blickte hinaus in eine fast schon märchenhafte Winterlandschaft. Ich mochte die Wärme, die blühende Natur und das Plätschern von Wasser, aber dieser Ort zog mich augenblicklich in seinen Bann. Er hatte etwas Friedvolles, Beruhigendes an sich, genauso wie der Ratsgesandte Talvis. Jedes der vier Reiche Elirions schien ein Stück des jeweiligen Gesandten widerzuspiegeln, als bildeten sie so eine unzerstörbare Einheit.

»Erkälte dich nicht.« Nox war an meine Seite getreten und legte eine Wolldecke um meine Schultern. Wann hatte diese Sorge um mein Wohlbefinden angefangen?

»Danke. Bist du sehr erschöpft?«

Ein schiefes Grinsen stahl sich auf seine Lippen und mein Herz stolperte. Warum gelang es ihm so spielend leicht, mich aus der Fassung zu bringen?

»Das klang besorgt.«

Dieser raue Unterton in seiner Stimme ließ meine Haut kribbeln. Ich wickelte mich ein wenig fester in die Decke und zwang mich, nicht ihn anzusehen, sondern richtete meinen Fokus auf die verschneiten Hügel und Wälder.

»Du wolltest mir etwas sagen, bevor wir aufgebrochen sind?«

Ich richtete mich kerzengerade auf. Daran erinnerte er sich? Wie man eine Tür benutzte oder seine nächtlichen Besuche ankündigte, waren Höflichkeiten, die ihm des Öfteren zu entfallen schienen, aber ausgerechnet das hatte er sich gemerkt!

»Darauf kann ich dir jetzt nicht antworten«, murmelte ich und war Nives mehr als dankbar, als er uns in diesem Moment einen dampfenden Becher in die Hände drückte und wir ihm zum Sofa folgten. Vielleicht würde Nox seine Frage vergessen oder als unwichtig abtun. Das hoffte ich wenigstens, denn andernfalls musste ich ihm meine Gefühle gestehen, ohne mir über die seinen im Klaren zu sein.

Das süßliche Aroma des Tees kitzelte meinen Gaumen und machte mich schläfrig. Das Knacken des Kaminholzes und die leisen Gespräche ließen meine Lieder mit jeder weiteren Minute schwerer und schwerer werden. Ich seufzte und rutschte ein wenig tiefer in die weichen Polster. Liev und Nives saßen uns gegenüber. Gähnend fuhr sich der goldäugige Iluminar über die Stirn, ehe er langsam an seinem Getränk nippte. Ich warf Nox einen kurzen Blick zu. Er hatte den rechten Arm auf der Sofalehne abgestützt, der Linke lag auf seinem Oberschenkel, ebenso wie der rechte Fuß, der nun unruhig auf und ab wippte. Bei jedem anderen wäre dies ein deutliches Zeichen von Nervosität gewesen, doch ich hatte den Prinzen des Nordens noch nie nervös erlebt. Ungeduldig oder auch angespannt sicherlich, aber nicht nervös. Ein Schmunzeln legte sich auf mein Gesicht und für wenige Sekunden sah er zu mir hinüber, ehe er den Rücken durchdrückte und sich räusperte.

»Ich werde mich hinlegen, die Reise war … lang.«

Nox hatte etwas anderes sagen wollen, doch wie so oft hielt er sich und seine wahren Emotionen zurück, als hätte er Angst davor, was geschehen könnte, wenn er sie laut aussprach.

»Natürlich. Ihr solltet alle ins Bett gehen. Wir haben morgen noch genug Zeit, um alles Weitere zu besprechen.« Nives erhob sich und ich ließ, seinem Beispiel folgend, die Decke von meinen Schultern gleiten.

»Nikas, würdest du Ria ihr Zimmer zeigen? Es liegt im Nordflügel. Ich werde Liev zu den Ställen begleiten und nach Gwyns sehen.«

Ich konnte das winzige Lächeln im Mundwinkel des Ratsgesandten nur allzu deutlich erkennen und Liev zwinkerte mir zu, als er dem dunkelhaarigen Iluminar aus dem Raum folgte.

»Gute Nacht!«, rief er und ich spürte ein zaghaftes Ziehen in meiner Magengegend, als Nox' Handfläche sich zwischen meine Schulterblätter legte und er mich behutsam auf die Treppenstufen zu schob.

Die flackernden Kerzen warfen bizarre Schatten an die steinernen Wände und tänzelten über die weißen Bodenplatten, die das Geräusch unserer Schritte unnatürlich laut widerhallen ließen. Wir begegneten niemandem und ich runzelte über diesen Umstand irritiert die Stirn.

»Es ist so still. Wo sind all die Bewohner?«

Meine Schulter stieß gegen Nox' Oberarm und er zuckte kaum merklich zusammen.

»Die meisten von ihnen wohnen in der angrenzenden Stadt. Kyla ist ein politischer Stützpunkt. Lediglich die amtierende Ratsfamilie und ausgewählte Berater bewohnen das Schloss. Das unterscheidet Talvi und Noom von Nyar oder Eilos, wo die Sitze der Ratsgesandten gleichzeitig auch den Lebensmittelpunkt ihrer Völker darstellen.«

Er öffnete eine Tür und wir betraten ein großzügig angelegtes Treppenhaus, das überzogen war von glitzernden Eiskristallen, die sich vom Boden bis zur Decke kalt schimmernd auf dem Mauerstein ausgebreiteten. Vorsichtig fuhr ich mit meinen Fingerspitzen über die winzigen Verästelungen, die einen kühlen Schauer auf meiner Haut hinterließen.

»Das heißt, Nives' Eltern und Geschwister …«

Nox schüttelte den Kopf, noch ehe ich den Satz beendet hatte. »Nein, es gibt niemanden mehr. Außer Linnea hat keiner von uns noch lebende Familienmitglieder.«

Ich schluckte und mein Magen verkrampfte sich bei dem Gedanken daran, wie einsam diese Flure und Hallen sein mussten, wenn es niemanden gab, mit dem man sie teilen konnte. Es gab so viele Dinge, die ich nicht wusste, Geschichten, die ich noch nicht gehört hatte. Und wenn der dunkle Schatten des Krieges sich in ferner Zukunft aufzulösen begann, wenn Valarian endlich gefallen war, dann würde ich sie alle hören. Ich würde dafür sorgen, dass keiner meiner Freunde sich je wieder allein fühlte und dass die Einsamkeit lediglich zu einer schlechten Erinnerung verkümmerte, die die Vergangenheit für immer unter einem Schleier des Vergessens begrub.

Die schwere Holztür quietschte, als ich sie aufschob und das gemütliche Zimmer dahinter betrat. Es gab keine Vorhänge, sodass die breite Glasfront, die über den Baumwipfeln thronte, den Eindruck erweckte, der dunkle, mit Sternen gespickte Nachthimmel sei zum Greifen nah.

»Du solltest dich ausruhen. Den Raum am Ende des Flures bewohne ich jedes Mal, wenn ich hier bin.«

Ich wandte mich zu Nox um. Die Dunkelheit zeichnete Schatten auf seine markanten Gesichtszüge, als wären sie mit ihm verschmolzen.

»Du meinst, falls ich nicht schlafen kann? Oder bekomme ich einen detaillierten Lagenplan, um mich zurechtzufinden?«

Ich presste die Lippen aufeinander, um das Lachen zu unterdrücken, das bereits in meiner Kehle saß. Was waren das für Andeutungen? Woher kam dieser nachdenkliche Ausdruck, der sich immer öfter offenbarte, wenn er glaubte, dass niemand ihn beobachtete? Er schob die Hände in seine Hosentaschen und mied meinen Blick.

»Es wäre besser, du würdest all das hier nicht auf die leichte Schulter nehmen. Auch wenn du der Meinung bist, deine Magie unter Kontrolle zu haben, glaub mir, es reicht nur ein winziger Moment und alles fällt in sich zusammen.«

Ich sah, wie sich seine Muskeln anspannten, und trat einen Schritt auf ihn zu. Nox' Augen fixierten einen Punkt irgendwo am nachtschwarzen Horizont und plötzlich lag eine Traurigkeit in ihnen, die mich schlucken ließ.

»Was ist passiert?«, fragte ich leise, obwohl ich nicht mit einer Antwort rechnete. Ich wusste um die Geheimnisse seiner Vergangenheit, die Sky und auch Nives immer wieder angedeutet hatten und doch wusste ich nichts über ihn. Er war wie Sternenlicht, sichtbar … faszinierend … und gleichzeitig unnahbar und weit entfernt.

»Es ist nicht wichtig«, antwortete er und ich erwartete beinah, dass er sich umwandte und den Raum verließ. Doch er blieb und schüttelte den Kopf, als wollte er einen lästigen Gedanken abstreifen.

Ich griff nach einigen Kissen und der Wolldecke, die über der Lehne des Sessels lag, und breitete alles vor der bodentiefen Fensterfront aus. Seufzend ließ ich mich nieder und blickte hinunter auf die Schneelandschaft, die friedlich im Mondlicht dalag. Nox schwieg, als er sich wenige Minuten später neben mich setzte und die Arme auf seine Knie stützte. Ich verschränkte die Finger ineinander, fühlte die Wärme, die von ihm ausging, das seltsame Gefühl von Geborgenheit. »Doch, das ist es … weil du wichtig bist.«

Ich spürte, wie er mich ansah, und rückte ein kleines Stück näher an ihn heran, bis meine Schulter gegen die seine stieß.

»Hast du nie darüber nachgedacht, dich Sky oder Nives, irgendjemandem anzuvertrauen? All deine schlechten, dunklen Erinnerungen? Ein Teil deiner Last abzugeben, um sie gemeinsam mit einer Person zu tragen, die dir etwas bedeutet?«

Ich zog die Knie unter mein Kinn. Nox lachte leise. Seine Hand streifte meine, als er das linke Bein ausstreckte und sich mir ein Stück weit zu wandte.

»Was genau veranlasst euch Menschen dazu, ständig für das Leben anderer Sorge zu empfinden, oder Interesse? In deinem Fall würde ich sogar von Neugier sprechen.«

Ich sah ihn an. Er hatte den Kopf schräg gelegt und ein paar dunkle Haarsträhnen fielen ihm in die Stirn. Ich unterdrückte das Kribbeln in meinem Bauch und bohrte meinen Zeigefinger in seinen Oberarm.

»Das nennt man Empathie und ich fürchte, ich muss dir sagen, dass es keine ausschließlich menschliche Eigenschaft ist. Unsere Freunde haben sie auch, also vielleicht solltest du etwas offener werden und …«

»*Unsere* Freunde?«

Nox hob interessiert die Augenbrauen und die Hitze schoss in meine Wangen, ohne dass ich etwas dagegen unternehmen konnte. Mira hatte mich immer darum beneidet, dass ich meinen Gefühlen jederzeit uneingeschränkt Ausdruck verleihen konnte. In diesem Augenblick wünschte ich mir, diese Charaktereigenschaft möge sich einfach in Luft auflösen. Ich schloss für einen Moment die Augen, während mein Herz immer schneller zu schlagen begann.

»Ich denke, nach den Ereignissen, die wir gemeinsam durchgestanden haben, und dem Umstand, dass ich für jeden von ihnen ohne nachzudenken durchs Feuer gehen würde … ja, sind sie auch meine Freunde.«

Er zog meine Hand von seinem Arm. Seine Finger waren kühl und die Magie prickelte auf meiner Haut, als er sie mit den meinen verschränkte.

»Es ging dabei um deine Wortwahl. *Unsere* klingt, als stünden wir uns nah … als wären wir ein Paar.«

Seine Stimme war mit jedem Wort leiser geworden und er sah stirnrunzelnd auf unsere Hände hinab. In meine Ohren rauschte es. Was hatte er gerade gesagt? Mir schwindelte und plötzlich war er mir so nah, dass ich die winzige Narbe über seiner rechten Augenbraue erkennen konnte und sein Atem warm über meine Wangen strich. Mein Kopf war völlig leer, während mein Puls raste und ich konnte nicht umhin, immer wieder von seinen eisblauen Augen zu seinen Lippen hinab zu sehen. Die Stille um uns herum knisterte, als wäre sie elektrisch aufgeladen und sprühte Funken, die wie kleine Sternschnuppen auf uns hinab regneten. Ich bemerkte sein Zögern, die Irritation in seinem Blick und dann kamen die Schatten. Leise und dunkel schoben sie sich zwischen uns, züngelten wie schwarze Flammen über seinen Körper, sorgten dafür, dass er mich losließ und aufsprang.

»Ich … gute Nacht.«

Panik schwang in seiner Stimme mit und der Moment verflog endgültig, als die Tür knarrend hinter ihm ins Schloss fiel. Ich verharrte regungslos auf den weichen Kissen, zog die Decke um meine Schultern und der Geruch von gefallenem Regen und Zimt erfüllte das leere Zimmer wie eine flüchtige Erinnerung. Und es begann zu schneien.

Neunundzwanzig

Nox

Die Kälte stach wie winzige Nadeln in meine Haut und mein Atem bildete weiße Wolken, die wie Nebelschwaden in der Luft schwebten. Die Sonne war gerade aufgegangen und tauchte die Landschaft in ihren goldenen Schein.

Ich spürte die Müdigkeit in jedem Knochen, da ich mich die vergangene Nacht lediglich von einer Seite auf die andere gedreht hatte, in dem Versuch, wenigstens ein bisschen Schlaf zu finden. Der schwarze, gefütterte Mantel mit der schweren Kapuze, den Nives mir bereitgelegt hatte, reichte mir zur Mitte meiner Oberschenkel und schränkte mich erheblich in meiner Bewegung ein. Auch wenn ich dadurch nicht mehr fror, hätte ich ihn am liebsten gegen die leichte, lederne Jacke getauscht.

Der Schnee knirschte unter meinen Stiefeln, als ich durch den Innenhof schritt und in einen schmalen Seitengang abbog, an dessen Ende sich eine windschiefe Tür befand. Wir hatten sie entdeckt, als ich das erste Mal in Kyla gewesen war. Damals hatte es eine Versammlung aller Ratsgesandten und derer Familien gegeben. Sky und ich waren an diesem Tag Linnea und Nives begegnet. Wir hatten nach einer Möglichkeit gesucht, um uns unbemerkt davonzuschleichen und ein Stück weiter den Hang hinunter eine Schneeballschlacht auszutragen.

Ich zog den Kopf ein und trat durch den schmalen Türsturz. Die Erinnerung gehörte zu einem anderen Leben, einem Leben vor Valarians Herrschaft, vor der Ausbildung zum Hunter, vor ihr … ich rieb mir mit der Hand über das Gesicht und versuchte, die Bilder aus meinen Gedanken zu verbannen. Doch wie schon in den vergangenen Stunden gelang es mir nicht. Hätte meine Magie nicht dagegen aufbegehrt, dann … Wie von selbst fuhr mein Daumen über meine Lippen.

»Nikas!«

Ich wandte mich um und sah Nives durch den Schnee eilig auf mich zu kommen, in seiner Hand hielt er einen schmutzigen Umschlag.

»Der ist soeben aus Noom gekommen.«

Eine tiefe Sorgenfalte grub sich in die Stirn meines Freundes, als er mir den Brief aushändigte. Die krakelige Handschrift erkannte ich sofort: Caleb.

Ich hatte Glück, diese Zeilen schreiben zu können. Ich bin froh, dass Ihr in Sicherheit seid, und bitte Euch inständig: Kehrt nicht nach Cerradura zurück! Euer Bruder ist nun gänzlich dem Wahnsinn verfallen. Er hat sich den Schatten verschrieben und die Hunter, Eure Untergebenen und meine Familie, mit dunkler Magie beschmutzt. Es gehen Gerüchte um, dass die Erori überlebt haben und auf Rache sinnen. Es war noch nie so schwarz in Noom, die Sterne sind verschwunden. Achtet auf Euch und auf dieses Mädchen, das Euch so sehr am Herzen liegt. Verzeiht meine Wortwahl. In größter Hochachtung, mein wahrer König! Melindungi anda.

Meine Finger zitterten und der Schmerz in meiner Brust war so glühend, dass er mir die Luft zum Atmen nahm.

»Was ist geschehen?«

Nives legte seine Hand auf meine Schulter und ich reichte ihm die geschriebenen Zeilen. Ich spürte Tränen heiß in meinen Augenwinkeln brennen und hob den Kopf zu dem inzwischen Wolken verhangenen Himmel. Der Gesandte Talvis sog scharf die Luft ein und das Rascheln von Papier drang an meine Ohren, als ich die Hände zu Fäusten ballte. Ich wandte mich zu ihm um und die Wut loderte wie ein offenes Feuer in meinem Inneren. Das Grollen meiner Stimme ließ Nives zusammenzucken.

»Ich werde ihn töten. Er wird nicht länger die Kontrolle über Noom haben! Er wird fallen und ich werde derjenige sein, der ihm das Messer in sein verkümmertes Herz stößt.«

»Dazu hast du jedes Recht, aber wir sollten keine übereilten Entscheidungen treffen. Es gibt keine ausgebildeten Soldaten in Elirion. Lediglich die Hunter haben eine richtige Waffenführung erlernt, können kämpfen und sich verteidigen. Allein aus diesem Grund sind sie uns überlegen.« Mein Freund zögerte und verschränkte die Arme hinter dem Rücken, während er meinen Blick mied.

»Was verheimlichst du mir?«

Ich kniff die Augen zusammen, doch anstelle einer Antwort wandte Nives sich um und ging ein Stück weit den Hang hinab auf den Wald zu. Als wir die ersten Tannen erreicht hatten, begann es zu schneien. Die Flocken fielen dicht und immer dichter, sodass ich die Kapuze aufsetzte, um mich vor der wirbelnden Kälte zu schützen.

»Wohin gehen wir?«, fragte ich und sprang über einen mit Eisschollen überzogenen Bachlauf hinweg. Doch das Schweigen des dunkelhaarigen Iluminars war unergründlich und so liefen wir eine ganze Weile durch den knöcheltiefen Schnee, vorbei an Felsen, Bäumen und Büschen immer tiefer in das dunkler werdende Gehölz. Auf einer Lichtung, die umgeben war von rauschenden Baumwipfeln, verharrten wir und als Nives mich ansah, wirkte seine Miene sorgenvoll und gequält.

»Ich habe meinem Vater ein Versprechen geben müssen, damals vor vielen Monden. Dieses Versprechen werde ich nun brechen und ich tue es, um dir Antworten zu geben. Antworten, die sonst niemand kennt, weder Sky noch Linnea. Geschweige denn Liev oder dein Halbbruder. Und ich bitte dich, dieses Wissen für dich zu behalten, zumindest vorerst.«

Er seufzte und ich nickte langsam. Die Stille um uns herum war vollkommen. Ich schob meine Hände in die Manteltaschen.

»Vor vielen Jahren existierte eine kleine Gruppe von Iluminar, deren Stärke und Magie alles übertraf, was die Magieströme Elirions und seiner Reiche jemals gekannt hatten. Die Savi hatten ihnen jedoch nicht nur die Fähigkeiten verliehen, das Gefüge der Welt aufrecht zu erhalten, sondern ihnen auch jederzeit nah zu sein und den Horizont zu berühren. Diese auserwählten Iluminar besaßen Flügel.«

»Die Legende der Gefallenen. Frost und Liev haben davon gesprochen«, murmelte ich.

»Ja, doch was geschah nach ihrem Fall? Nach ihrem Bund mit den Schatten?«

Die Kälte kroch unter meine Haut und ich fror auf eine Weise, wie ich sie noch nie zuvor erlebt hatte.

»Es kam zu einem Krieg, dem vergessenen Krieg Elirions. Was im Einzelnen geschah, würde an dieser Stelle zu weit führen und es ist im Moment nicht von Belang. Ein Mann wandte sich jedoch gegen seinesgleichen und rettete mit Lumens Hilfe ganz Elirion vor der Tyrannei und dem Größenwahn der Erori. Rias Mutter kostete es das Leben, aber sie gab es aus freien Stücken für den ersten und bisher einzigen König unserer Reiche – den König des Sternenlichts. Es kehrten Frieden und Wohlstand in die Herzen der Iluminar zurück und als der König spürte, dass sein Leben unaufhaltsam dem Ende entgegenstrebte, bannte er einen Teil seiner Magie in den Stein eines Rings. Der Königsring sollte ebenso sicher verwahrt werden wie die Erinnerungen an die Rebellion der Gefallenen. Und so ging der Lapislazuli an meinen Vater, der versprach, ihn zu hüten und die Geschichte für immer zu verändern. Der Rat wollte keinen weiteren Alleinherrscher berufen, sondern jedem der vier Reiche einen Gesandten überstellen, der in seinem Interesse handelte. Für diese Zwecke musste unser Volk einen Teil seiner Vergangenheit vergessen.

Der Ring kam in meine Obhut, als mein Vater starb, und ich hatte gehofft, er würde nie mehr erwachen. Doch das tat er, in deiner Gegenwart, Nikas. Oddyn hat dich auserwählt und ich wusste, du würdest dieses Schicksal niemals annehmen, wenn ich dir die Wahrheit sagen würde. Dass du mich mit Hilfe des Steins kontaktieren könntest, als wir Anima verließen, war meine einzige Chance. Es tut mir leid.«

Ich versuchte, einen klaren Gedanken zu fassen, doch in meinem Kopf herrschte nichts als verzehrende Dunkelheit. »Wie?«

Es war eine unvollständige Frage, doch Nives verstand sie und antwortete leise: »Leodin beherrscht die Magie der Verschleierung. Er hat die Geschehnisse in den Erinnerungen unserer Welt unter positiven Ereignissen vergraben. Mein Vater und ich waren bisher die Einzigen, die die Wahrheit kannten, selbst Frost war sich nur einzelner Bruchstücke bewusst. Der Rat wollte es so.«

Die Finsternis streckte ihre Klauen aus und grub sie in mein Herz, riss daran, bis es splitterte und brannte. Lautlos öffneten sich die Flügel auf meinem Rücken und wirbelten Eiskristalle auf die wild durcheinander stoben. Nives hob schützend die Arme vor sein Gesicht. Schwarze Flammen tanzten auf meinem Körper und schmolzen den Schnee zu meinen Füßen. Der Wind heulte über die Lichtung und ließ das Holz der umstehenden Tannen knacken.

»Nikas, bitte! Lass nicht zu, dass deine Kräfte dich manipulieren.«

Meine Faust schloss sich noch fester zusammen. Als ich die Finger wieder löste, stürzte ein Baum zu meiner Linken auf die Lichtung und zerbarst, noch ehe er auf dem Boden aufkam. Mein Freund riss erschrocken die Augen auf.

»Nikas!«

»Nein!«

Meine Stimme klang wie Donnergrollen.

»Das ist eure Schuld. Ihr habt gesagt, ich soll mich nicht länger kontrollieren. Ihr habt gesagt, dass meine Gefühle der Schlüssel sind. Nun, das hier sind meine Gefühle!«

Ich stieß mich in die Luft und während der Wald unter mir erzitterte, loderte das Feuer in mir gleißend hell.

Ich hatte jegliches Zeitgefühl verloren. Die eisige Landschaft glitt unter mir dahin und wirkte plötzlich fremd und unendlich weit entfernt. Talvi war weitaus spärlicher besiedelt als Noom, doch aus der Dämmerung tauchten hier und da vereinzelte Dörfer und kleinere Städte auf. Bergketten und Nadelwälder prägten das Bild und wechselten einander stetig ab. Kyla lag leicht erhöht auf einer niedrigen Hügelkuppe und die Lichter des Schlosses waren so weit entfernt, dass ich sie lediglich erahnen konnte. Plötzlich nahm ich ein seltsames Flackern wahr, das hinter der nächsten Baumgruppe empor züngelte, und ich presste die Zähne zusammen, als der Geruch von Rauch in meine Nase stieg. Die Schreie der Dorfbewohner gingen mir durch Mark und Bein. Ich überlegte keine Sekunde, sondern landete in einiger Entfernung und begann zu laufen. Eine rote Wand aus Hitze und Ruß schlug mir entgegen und ich keuchte, duckte mich unter einem brennenden Dachbalken hindurch und stürmte auf den Platz, der in der Mitte des Dorfes lag. Iluminar rannten auf die unzähligen Brandherde zu, Magie zischte und Eis wurde zu sturzflutartigen Bächen. Doch die Flammen ließen sich nicht löschen, im Gegenteil, sie schienen sich auszubreiten und griffen unaufhörlich um sich. Ein Mann eilte mit wehendem Mantel an mir vorbei.

»Was ist hier passiert?«

Sein geschwärztes Gesicht war voller Angst. »Die Hunter … sie kamen auf riesigen Wölfen und haben alles in Brand gesteckt. Die Magieströme Talvis scheinen kaum etwas auszurichten.«

Er riss sich los und eilte davon. Schwindel erfasste mich. Valarian missbrauchte nicht nur meine Männer, sondern auch die Vark für seine Zwecke, diese stolzen und eigensinnigen Tiere. Er fiel in die Grenzgebiete ein, nur um seine Macht zu demonstrieren. Ein Knurren entwich meiner Kehle und ein blaues Leuchten an meinem Ringfinger weckte meine Aufmerksamkeit. Der Lapislazuli pulsierte und ehe ich reagieren konnte, regneten winzige, hell schimmernde Funken auf die brennende Häuserfassade nieder. Fauchend erstickten sie die Feuersäulen und ließen nichts als schwelende Glut zurück. Ich blinzelte. Woher kam diese Art von Magie? Und wie war es mir gelungen, über sie zu verfügen? Ich presste die Hände an meine pochenden Schläfen, als eine leise Stimme zu flüstern begann: *»König des Sternenlichts, melindungi anda.«*

»Du siehst schrecklich aus, wirklich.« Liev schüttelte mitleidig den Kopf.

»Danke«, knurrte ich, eilte den Gang entlang und hinterließ mit jedem Schritt ein wenig Ruß auf dem weißen Marmorboden.

»Wo warst du?« Er hatte aufgeholt und lief nun an meiner Seite die Treppe hinab. »Wüsste ich es nicht besser, würde ich denken, dass du mit dem finsteren Gesicht und diesen imposanten Flügeln der Hölle einen Besuch abgestattet hast.«

Ich knirschte mit den Zähnen. »Beinah.«

Dann riss ich die Tür zum Ratssaal auf. Nives und zwei seiner engsten Berater fuhren zusammen, als das schwere Holz krachend gegen die Wand schlug.

»Ich muss dich sprechen.«

Mein Freund nickte knapp. »Lasst uns allein.«

Die Männer verließen augenblicklich den Raum.

»Was ist geschehen?« Nives deutete auf meine verschmutze Kleidung und die mit Staub und Dreck verkrusteten Hände.

»Ich war in einem Dorf nahe der Grenze. Die Hunter sind dort eingefallen und haben es in Schutt und Asche gelegt. Und das ist kein Einzelfall: Überall entlang der Grenzlinie zu Noom sind Häuser zerstört, Iluminar verwundet oder tot. Valarian hat seinen Krieg längst begonnen und zwar nicht auf offenem Feld, sondern still und heimlich ohne viel Aufhebens darum zu machen.«

Der Ausdruck in Nives' Augen war mit jedem Wort immer härter und kälter geworden.

»Dieser feige Bastard! Wir müssen darauf reagieren!« Liev schlug mit der Faust so hart auf den Tisch, dass die Kelche zu klirren begannen.

»Ich werde Boten nach Nyar und Eilos senden. Linnea und Sky müssen davon erfahren. Du unterrichtest Leodin und Cura«, wandte sich der dunkelhaarige Iluminar an Liev.

Ich fing den Blick meines Freundes auf. »Ich gehe nach Cerradura und werde es beenden.«

Nives schüttelte langsam den Kopf. »Nein, das ist zu gefährlich. Aber ich weiß, dass du der Einzige bist, der die Kräfte deiner Männer einschätzen kann. Ich brauche dich an vorderster Front, an meiner Seite.«

Ich nickte.

»In Ordnung, bei Sonnenaufgang treffen wir uns wieder hier. Und, Nikas, du solltest Ria alles erzählen.«

Er legte seine Hand auf meine Schulter und sah mich eindringlich an, ehe er dicht gefolgt von Liev den Ratssaal verließ.

Ich lehnte an der Fensterfront und sah in den dunkler werdenden Himmel hinauf. Als ihre Schritte auf den wenigen Stufen erklangen, die zum Kamin hinab führten, drehte ich mich langsam um. Der Feuerschein tauchte ihr rotes Haar in seinen Schimmer und ihre grünen Augen funkelten. Sie trug eine schmale schwarze Hose, hohe dunkle Stiefel und einen dunkelblauen Pullover, der sich eng um ihren Körper schmiegte.

Ich schluckte. Sie war wunderschön und es erstaunte mich, dass dieser Gedanke erst in diesem Moment so glasklar in meinem Kopf Gestalt annahm.

»Du wolltest mich sprechen?«

Ich schob die Hände in meine Hosentaschen und sie trat an meine Seite. Ich spürte die Wärme durch meine Adern pulsieren.

»Ich werde mit Nives an die Grenze gehen. Es gibt Unruhen und ich weiß nicht, wann ich zurück sein werde. Du bist in Kyla in Sicherheit, Liev wird …«

Rias Zeigefinger legte sich auf meinen Mund und ich verstummte, ehe ich den Satz beendet hatte. Das Blut rauschte in meinen Ohren, als ein merkwürdig drängendes Gefühl von mir Besitz ergriff.

»Nein. Ich werde nicht ausharren in dem Wissen, dass du dich in Gefahr begibst. Versuch erst gar nicht, mich davon zu überzeugen. Ich bleibe an deiner Seite.«

Sie war mir jetzt so nah, dass ich ihren Körper spüren konnte und wie von selbst zog ich sie in meine Arme. Ihre Hände legten sich auf meine Brust und sie hob den Kopf.

»Ich kann es dir nicht sagen. Noch nicht«, murmelte ich und neigte mich ein Stück mehr zu ihr hinab. Mein Mund war nur noch Zentimeter von dem ihren entfernt.

»Das musst du nicht«, erwiderte sie.

Das Herz hämmerte immer schneller in meinem Brustkorb und das Zimmer löste sich auf, verschwamm in einem schemenhaften Nebel, bis alles, was ich wahrnahm, nur noch sie war. Ich runzelte die Stirn und ihre Finger glitten über meine Wange. Sie lächelte erneut und in diesem Augenblick wusste ich, dass all das, was ich fühlte, ihr galt. Jede Emotion, ganz gleich wie dunkel oder hell sie war. Dann berührten meine Lippen die ihren, zaghaft und zögernd. Und es war, als würden die Sterne zu hunderten vom Himmel fallen.

Epilog

Valarian

Die Flamme der Kerze flackerte, ohne gänzlich zu erlöschen. Auf den Fluren waren rasche Schritte zu hören. Ganz Cerradura schien dieser Tage erfüllt von einer ängstlichen Unruhe, die sich wie eine Krankheit stetig auszubreiten schien.

Ein kaltes Lächeln umspielte seine schmalen Lippen. Angst war ein Gefühl, das ihm nur allzu vertraut war, und es löste in ihm eine grenzenlose Empfindung von Macht aus, die unter der Oberfläche seiner blassen Haut wogte wie ein nie enden wollender Rausch. Er trat an die von Regentropfen und Nebel beschlagenen Fenster und blickte hinab auf den Innenhof des Schlosses. Im Schein von unzähligen Fackeln schimmerte das silberne Metall von Aberhundert Schwertern wie ein tödliches Versprechen. Er glaubte, das melodische Klingen von Stahl auf Stahl hören zu können, das eingängige Lied des Krieges, im Rhythmus der Zerstörung.

»Hoheit, es gibt Nachricht von der Grenze im Südosten.«

Die Stimme des Boten zitterte. Eine weitere erstaunliche Charaktereigenschaft der Angst: Sie ließ die größten, gestandenen Männer zu schwachem Abschaum verkümmern, höhlte sie aus, bis nichts mehr von ihnen übrig war.

Er wandte sich nicht um, sondern verschränkte lediglich die Hände auf dem Rücken. Armselige Speichellecker, sie würden keinen Tag in diesem heraufziehenden Krieg überleben. Sie dienten lediglich seinem Zeitvertreib und dazu, seine Gegner frühzeitig zu schwächen, sie mürbe und nachlässig werden zu lassen.

»Sprich«, sagte er leise und sah aus dem Augenwinkel, dass der Mann noch immer mit gesenktem Haupt vor dem Thron kniete. Sein unruhiger Atem wurde durch ein hektisches Räuspern unterbrochen.

»Euer Bruder, mein König … man hat ihn in Talvi gesehen. Wir … wir haben Informationen aus den Dörfern erhalten, dass die Menschenfrau und der goldäugige Bengel aus Anima ebenfalls bei ihm sind.«

Schwarze Rauchfäden schlängelten sich gemächlich seine Arme hinauf und die Augen des Soldaten weiteten sich, während das diabolische Lächeln seinen Mund nach wie vor nicht verlassen hatte.

»Wie ist das möglich? Hatte ich nicht die Anweisung gegeben, dass der Prinz das Winterreich auf keinen Fall erreichen dürfe?«

Ein erneutes Räuspern und dieses Mal klang es rau, als würde eine Klinge über die Oberfläche eines Steins gezogen. »Ja Hoheit, es ist mir unbegreiflich, wie …«

»So? Nun, mir ist es keineswegs unbegreiflich. Es scheint, als wären eure Männer meinem Auftrag nicht gewachsen. Bringt sie zu mir, sofort.«

Das Funkeln seiner onyxfarbenen Augen war erfüllt von einem unbändigen Zorn und der Mann eilte davon, um ihn kein weiteres Mal zu enttäuschen. Er ließ sich auf dem Thron nieder und legte sein Schwert behutsam über seine Knie, ehe er sich an die Wachen wandte, die zu beiden Seiten der Flügeltüren postiert waren.

»Ich möchte, dass die linke Hand meines Bruders diesem kleinen Schauspiel beiwohnt.«

Mit einer knappen Verbeugung trat einer der Soldaten in den schummerigen Gang hinaus und verschwand. Nikas hatte also Zuflucht im Schoß des ewigen Winters gefunden. Es überraschte ihn, dass der Prinz des Nordens nicht weiter gen Süden gereist war. Möglicherweise hatte *sie* ihn davon überzeugt, sich näher an der Grenze zu Noom aufzuhalten. Es sollte ihm recht sein. Dass diese Menschenfrau einen solchen Einfluss auf seinen Bruder hatte, schien die bereits gefallenen Karten in diesem Spiel noch einmal völlig neu zu mischen. Zu seinen Gunsten. Emotionen schwächten, machten angreifbar, ließen das Herz weich werden und es in diesem Zustand zu brechen oder ihm unterwürfig zu machen, erforderte nichts weiter als einen Funken, der das Feuer ganz von selbst nährte. Er fuhr sich mit der Zunge über die Lippen. Ihr Tod würde Nikas' Untergang und sein Aufstieg sein. Er lachte leise.

In diesem Moment betraten fünf Männer den Raum, in ihren Gesichtern zeigte sich weder Sorge noch Angst. Über diesen Punkt waren sie bereits längst hinaus. Übrig geblieben war nackte Panik, die ihre Schritte unsicher machte, wie die eines kleinen Kindes. Sie senkten ihre Blicke, als die Wachen einen sechsten Iluminar gefesselt und geknebelt hereinführten. Der zweite Heerführer der Hunter trug das Kinn hoch, wenngleich unzählige Verletzungen durch die in Fetzen hängende Kleidung an seinem Leib hindurch sichtbar wurden.

»Caleb, ich bin erfreut, dass du meiner Einladung gefolgt bist. Ich muss sagen, dass ich dich in weit schlechterer Verfassung wähnte.«

Seine Finger fuhren beinah liebevoll über das glänzende Metall seiner Waffe.

Der Hüne kniff die Augen zusammen und knurrte: »Ihr seid der Teufel persönlich. Nichts weiter als der Abschaum der Hölle!«

Caleb spuckte ihm vor die Füße und ein Zucken durchlief die anwesenden Soldaten. Er lächelte süffisant und legte den Kopf schräg, während er sich erhob und langsam auf die versammelten Männer zu schritt.

»Solltest du nicht loyal gegenüber deinem König sein?« Die Spitze seines Schwertes bohrte sich in die Brust des ersten Soldaten, der keuchend zusammenbrach. Ein Beben wogte durch seine Gefährten, denen nun klar zu werden schien, aus welchem Grund sie hierhergebracht worden waren. Caleb versteifte sich, als er die von Blut besudelte Klinge auf das Herz des zweiten Mannes richtete.

»Ihr seid ein Monster.«

Knirschend versank das Metall zwischen Sehnen und Knochen.

»Nun, es ist überraschend, dass du diesen Begriff für mich wählst. Ist es doch mein Bruder, dessen Magie ihm die Flügel eines Dämons verleiht.«

Der dritte Soldat legte flehend die Hände aneinander. »Bitte mein König, ich habe nichts Unrechtes getan.«

Sein Lächeln gefror, ehe er das Schwert auch in seine Brust stieß.

»Du hast meinen Befehlen nicht Folge geleistet. Schwächliche Versager sind ebenso wenig wert wie Verräter. Eure kümmerliche Existenz verdient es nicht, für das Nordreich zu kämpfen.«

Er reichte seine Klinge einer der Wachen und bedachte die am Boden liegenden toten Soldaten mit einem verächtlichen Blick, ehe er ihnen den Rücken zu wandte. »Schafft sie mir aus den Augen. Ebenso wie den glühenden Anhänger des Nordprinzen. Sperrt ihn zurück in seine Zelle, lasst ihn hungern, vielleicht bricht das seinen Stolz.«

Die sich zügig entfernenden Schritte hallten in der plötzlichen Stille nach und er schloss für einen Moment die Augen. Er hätte Nikas töten sollen, als er die Gelegenheit dazu gehabt hatte. Seine Finger umschlossen das filigrane Amulett, welches um seinen Hals hing und im diffusen Tageslicht silbern schimmerte. Es war nur noch eine Frage der Zeit, er musste sich ein wenig länger in Geduld üben.

»Ich hatte dich so bald nicht zurückerwartet. Bist du erfolgreich gewesen? Eine weitere Enttäuschung kann ich heute nicht mehr hinnehmen.«

Die Stimme, die ihm antwortete, war leise und klar wie Eis: »Ich habe dich noch nie im Stich gelassen, Valarian, und das werde ich auch zukünftig nicht.«

Der dunkle Ausdruck kehrte auf seine Lippen zurück. Nein, ganz gleich, wie sehr sie seinen Bruder liebte, ihre Loyalität galt ihm. Er wandte sich um.

»Gut. Sorgen wir dafür, dass die Reiche fallen, und lassen wir Nikas dabei zu sehen. Bis zum Schluss.«

Er trat an ihr vorbei und sie folgte ihm in die Schatten. Die Flamme der Kerze flackerte und erlosch. Die Finsternis war zurückgekehrt.

-Ende Band 1-

Weiter in Weltendunkel - Starfall

Danksagung

Träume bedeuten nichts, wenn es keine Menschen gibt, die an sie glauben.

Ich kann nur schwer in Worte fassen, was mir dieses Buch bedeutet. Es ist ein Teil von mir, von meiner Seele, und es erfüllt mich mit Stolz, sagen zu können, dass ich die Autorin von Weltendunkel bin. Was als Traum begann, im wahrsten Sinne des Wortes, ist nun für immer zwischen die Seiten dieses Buches gebannt worden. Und das ist nicht nur mein Verdienst, sondern auch der all derjenigen Menschen, die mein Leben jeden Tag bereichern. Ich danke euch von Herzen!

Meiner Mama, die mich stets ermutigt hat nach den Sternen zu greifen und mich selbst niemals aufzugeben.

Meinem Papa, der wusste, dass seine Motte das größte Abenteuer nicht im realen Leben zu bestehen hat, und mir den Willen gab zu kämpfen.

Meinem Bruder Max, der nie müde wird meine Hand zu halten, wenn die Welt ins Wanken gerät, und dessen Herz im selben Takt schlägt wie das Meine. Ich hab dich so lieb, Spatz!

Meinen Großeltern, die, ganz gleich wohin mein Weg mich führt, immer an meiner Seite sind.

Meiner Familie, guys, you're amazing and I'm so proud to be part of your family.

Meinen Freunden, die mich wertschätzen, meine verrückten Ideen teilen, mit mir lachen und weinen, und mich einfach nehmen, wie ich bin.

Der Liebe meines Lebens: meinem Mann. Mein Herz, ohne dich wäre ich niemals so weit gekommen. Du bist mein Fels, mein schönstes Geschenk und mein größter Fan. Ich habe in dir meinen Seelenverwandten gefunden und du bist nicht nur mein bester Freund, sondern auch mein größtes Vorbild. Ich liebe dich.

Und zu guter Letzt danke ich dir, der du dieses Buch gekauft hast, um die Welt hinter dem Schleier zu bereisen. Ich hoffe, dass Nox, Ria und die anderen in deinem Herzen Spuren hinterlassen werden. Und ich hoffe, du vergisst niemals, dass auch das hellste Licht nichts ist ohne die Schatten, die es leuchten lassen.

Bedeutungen
Namen, Orte, Wesen, Begriffe

Namen

Nikas (der Sieger)/ genannt, Nox (die Nacht)
Riana (die Königliche)
Linnea (die Zarte)
Nives (der Schnee)
Sky (der Himmel)
Liev (das Löwenherz)
Valarian (der Starke)
Tama (die Dunkelheit)
Lumen (das Licht)
Cura (die Heilung)
Lavo (der Gefallene)
Savi (die Weisen)
Erori (die Gefallenen)

Orte

Elirion (die Magie)/ das Reich der Iluminar
Nehes(Sehen)/ das Reich der Menschen
Noom (der Mond)/ das Reich im Norden
Cerradura (das Schloss)/ politischer Stützpunkt Nooms
Eilos (die Sonne)/ das Reich im Süden
Die Sonnenfestung/ politischer Stützpunkt& Lebensmittelpunkt Eilos
Nyar (der Sommer)/ das Reich im Westen
Capoll (die Knospe)/ politischer Stützpunkt& Lebensmittelpunkt Nyar
Talvi (der Winter)/ das Reich im Osten
Kyla (der Frost)/ politischer Stützpunkt Talvis
Anima (die Seele)/ die Insel des Rates
<u>Wesen</u>
Frost: Nox Gefährtin, Rasse der Tilki (Bed. Fuchs)
Zarkull (Luchs): Heimat Eilos
Dallador (Skelettwesen): Heimat der Dunkelwald Nooms
Vark (Wolf): Heimat Noom, Reittier

Onibi (Irrlichter): Heimat der Dunkelwald Nooms
Whimsicals (geflügelte Echsen): Heimat Nyar, Boten
Greif: Heimat Anima, Reittier
Cova (gigantische Fledermäuse): Heimat in den Höhlen zwischen dem Festland und Anima

Begriffe

Iluminar (die Leuchtenden)
Katara (der Fluch): Bezeichnung des Schleiers aus Elirion
Hunter (die Jäger): Bezeichnung der Armee Valarians
Melindungi anda (die Sterne schützen dich): Ausspruch aus Noom